KB143377

Iris Chang

方方

閻連科

Nguyễn Thanh Việt

Ken Liu

Toni Morrison

Bret Easton Ellis

Chuck Palahniuk

Camilo José Cela

Владимир Владимирович Набоков

Milan Kundera

Bohumil Hrabal

이문열

Ray Douglas Bradbury

Ismail Kadare

Nelly Arcan

Philip Milton Roth

마광수

Henry Valentine Miller

George M. Johnson

José de Sousa Saramago

Νικος Καζαντζάκης

Michel Houellebecq

نجيب محفوظ عبد العزيز ابراهيم احمد الباشا

তসলিমা নাসরিন

صادق هدایت

דורית רביניאן

Suzanna Arundhati Roy

Witold Marian Gombrowicz

George Orwell

나쁜 책

금서기행

Iris Chang

方方

閻連科

Nguyễn Thanh Việt

Ken Liu

Toni Morrison

Bret Easton Ellis

Chuck Palahniuk

Camilo José Cela

Владимир Владимиров

דורית רביניאן

Suzanna Arundhati Roy

Witold Marian Gombrowicz

George Orwell

김유태

글항아리

들어가며

안전한 책들의 칵테일파티

1

몇 해 전 어느 주말, 나는 늦깎이 대학원생이 되어 서울 시내의 한 대학 중앙도서관 책장과 책장 사이에 말없이 혼자 앉아 있었다. 도서관 십진분류표에 따라 800번대를 부여받은 책들의 서식지는 생의 출구처럼 자주 그곳을 드나들었던 나에게 안온한 성소와 같았다. 대학 도서관의 종합자료실은 입구를 들어가는 순간부터 신간으로 가득한 서점이나 공립도서관과 냄새부터 다르다. 수십 년간의 시간과 기억이 축적된 공간에서는 손때와 지문, 밑줄과 메모가 복합적으로 작용한 진한 묵은내가 도서관 이용자의 코끝에 이르기 때문이다. 신간만이 유통되는 서점은 오래된 도서관 향이 암시하는 가치를 결코 이길 수 없고, 공립도서관은 외서와 번역본과 개정판, 또는 영문 원서의 또 다른 제2언어 번역서까지 갖출 여력이 대학 도서관에 비해 부족하다. 대학 도서관은 한 명의 작가가 잉태한 책의 모든 국내외 판본 초판初版의 요람이자 무덤이다. 세상에 출간된 거의 모든 책의 초판은 이곳에 안치되므로 책장에 보이는 책등은 그 책이 지나온 길의 초시간적인 증언과 같다. 만지면 끝이 바스러질 듯한 판본, 훼손된 표지를 두꺼운 종이로 수선한 판본, 때로는 아예 새로 인쇄한 판본까지 정렬되어 있다. 저 초시간적인 책장에서 독자를 기다리는 책들의 운명이란 이런 것이다. 대출자가 없을 때는 코마 상태로 기거하다가 누군가 나타나 집으면 아무리 오래된 책이라도 일순간 생명력을 부여받는다. 영원한 망각의 물결에 도도히 합류했으면서도 부활의 가능성이 충만한 상태로 선택을 기다리는 위대한 언어적 창조물의 가치를 알아보는 독자는 소수이지만 분명히 존재한다. 나는 그런 마음으로 책장과 책장 사이에 앉아 오래된 책들의 책등을 쳐다보았다.

나무 책장으로 구성된 지성의 탑이 침묵 속에서 나에게 연쇄적으로 말하는 바는 실로 희귀한 것이었다. 그곳에서 나는 이제 아무도 찾으려 하지 않지만 여전히 생명력을 가진 책을 열고 닫으며 자주 전율했다. 빛은 싯누렇게 바랬더라도 짧게는 30년, 길게는 50년쯤 지난 헌책은 눈부실 지경이었다. 남루하지만 기름진 문장들, 한때 어두웠지만 그 어떤 신간보다 대낮처럼 정직한 얼굴을 하고 있는 종이 뭉치들을 더듬으면서 나는 이 책들이야말로 나를 현실에서 꺼내줄 영혼의 도르래라고 생각했던 것도 같다. 미래의 독자가 망각하지 않는 오래된 책은 일종의 녹이 슨 작살이다. 복잡한 의미와 뒤엉킨 문장으로 적힌 글들은 한때 한 세대를 주도하는 물성으로 존재하다가 어느덧 커튼 뒤로의 퇴장을 명 받았지만 보이지 않는 휘장 뒤의 묵언 속에서 빛으로 가득한 책은 분명히 있었다. 굳어버린 빵 조각 같은 종합자료실 책의 문장을 하나씩 발라내 음미하면 그것은 최고의 풍미를 자랑하곤 했다. 오래된 책을 정기적으로 펼쳐 읽는 행위는 생의 곁길로 빠지면서 즐기는 잠깐의 군것질이 아니라 정신의 식탁에서 기꺼운 마음으로 즐기는 정찬의 의례에 가까웠다. 묵은내가 폐부 끝까지 전해지는 도서관을 에어포켓 삼아 숨 쉬어보는 몽상을 거듭한 나는 수은을 삼키고 불가사의하지만 흡족한 미소를 짓는 표정으로 귀가하곤 했다. 일회적이지 않고 영원성을 간직한 책들을 내 안에 꾹꾹 눌러 담고 나오는 날의 노을빛은 아름다웠다. 생활인으로서, 한 명의 독자로서 그것은 내가 일상을 살아가는 방식이었다. 책은 누군가의 삶을 최대치로 끌어올릴 수 있다. 이 책은 이러한 마음에서 시작되었다.

2

주말이면 이처럼 대학 도서관 귀퉁이에 앉아 고서들의 판테온에 머무르다가, 평일이 되어 근무 중인 신문사로 출근하면 회사 집필실 내 책상에는 매주 100~150권 남짓의 신간 서적이 어김없이 쌓여 있었다. 갓 태어난 문자적 신생아들이 자신의 출생을 독자들에게 신고하기 위해 기자들에게 배달되었다. 독자분들은 저렇게도 많은 책이 출간되나 싶어 납득하기 어렵겠지만 저것은 한 분기 또는 한 달에 주어지는 분량이 아니라 매주 쏟아지는 신간의 총량이다. 연휴나 선거 등 계절적 요인에 따른 차이는 있겠으나 대개 100권을 넘는다. 세상의 모든 책이 신문사 출판팀 기자들의 책상을 거치는 것은 아닐 테니 더 많은 책이 인쇄기에서 김을 모락모락 피우며 세상에 나올 것이다. 한 달로 치면 최소 500권, 연간 6000권 넘는 책이 신문 지면에 작게나마 소개될 희망을 갖고 도착하는데 책을 받은 기자들은 출판사가 개별 포장해 발송한 봉투를 뜯고 선별해 토요일자 북섹션, 즉 책면에 소개한다.

한 시간 남짓 봉투를 뜯으며 느끼는 나의 감정은 대개 설렘이나 기대에 따른 환희보다는 한숨이거나 낙담이다. 책 한 권에 담긴 진정성의 손길을 모르지 않는다. 대부분의 책은 공들여 만들어진다. 그러나 얼핏 봐도 충실하지 못한 만듦새가 다수인 경우에는 이를 독자에게 무책임하게 소개할 수는 없기에 한숨 짓는다. 때로는 톱기사로 소개할 만한 책이 한 권도 보이지 않아 낙담한다. 엄청난 양의 책들은 영롱한 빛깔로 인쇄되어 독자를 맞이할 기대감에 부풀어 있는 눈치지만 선택의 순간 나는 냉정하다. 매주 10권 남짓의 책만 선택되며 나머지는 버려진다. 기자를 충격하지 못하면 독자를 충격하지 못하리라는 사실을 알기 때문이다.

버려지는 책들을 은유적으로 표현한다면 그것들은 대개 '안전한' 책이다. 한국의 출판계, 아니 아마 오늘날 세계의 출판계는 안전한 책으로 가득하다. 독자는 자기를 무너뜨리지 못하는 안전한 책들에 실망하고 이들 책이 도돌이표처럼 반복되며 출간되는 상황에 실망한다. 종이 신문의 종언은 기정사실이고, 책이 힘을 상실해가는 시대라지만 살아 팔딱거리는 새 책을 소개하는 일차적 출판 총람인 신문 책면이 안전한 책들이 모이는 칵테일파티로 변질되면 그것은 신문新聞이 아니라 발행되기도 전에 이미 죽어버린 지면이다. 세상과 불화할 가능성을 애초에 제로로 가정하고 집필된 책은 독자의 정신에 아무런 생채기도 내지 못한다. 모든 책이 독자를 할퀼 수야 없다. 그러나 그런 사태가 매양 반복되는 모습은 따분하다. 혹여 좁은 문을 뚫고 네댓 곳의 주요 일간지 책면에 톱기사로 소개되는 '그랜드슬램'을 달성하더라도 안전한 책을 다룬 안전한 기사, 안전하기만 한 기사는 독자가 두 번째 문단 첫 번째 줄에 이르기 전에 이미 새로움이 없다.

영속적으로 읽히는 책들, 시간이 지나도 회자되는 책들의 문장 사이에 숨어 있는 칼날 같은 진실은 무섭도록 단순하다. 독자를 충격하지 못하면 그 책은 인쇄와 동시에 이미 죽은 책이다. 탁월한 정신과 의사처럼 독자를 파헤치는 책은 굳이 홍보되지 않더라도 식별력을 가진 독자, 때로 오랜 시간이 흘러 미래의 독자와 만나고야 만다. 이런 믿음을 아직 버리지 못하는 내가 어리석고 순진한 것인지도 모르겠다.

3

흡족할 만한 글을 손아귀에 넣지 못하는 시간이 길어지면 나는 기사의 생산자에서 한 권 책의 독자로 돌아가기를 희망하였고, 그래서 주말마다 나를 달아오르게 만드는 도서관의 책장을 더듬었다. 그러다 펼친 책이 옌롄커의 『사서四書』였다. 이 소설은 강제수용소에 갇힌 지식인들의 비참을 몽환적인 설정으로 다루면서 문화대혁명 시기를 비판하는 책이다.

황허 강변 강제수용소 99구에 수용된 지식인들이 갇힌 장소는 감옥이나 형장이 아니라 노동 교화를 위한 농장이다. 옌롄커는 농장에 갇힌 지식인들에게 일반적인 이름을 붙여주는 대신 '작가, 학자, 종교, 음악, 실험'이라고만 명명한다. 『사서』를 이끄는 중심 인물은 화자로 등장하는 '작가'다. '작가'는 국가 제일의 대문호라는 칭호를 받았던 자로 혁명기 이전 그의 말 한마디, 글 한 줄의 영향력은 컸다. 하지만 불온한 혁명이 일어나면서 '작가'가 속한 예술인 단체는 "사상 교화가 필요한 단 한 명의 반동분자를 선출하라"는 지시를 받는다. 내로라하는 문인들이 한데 모여 사흘간 반동분자 1인을 선출하는 회의를 열지만 실패한다. 아무도 희생자를 만들 엄두를 내지 못하는 것이다. 회의 끝에 한계에 다다른 문인들은 '작가'에게 단독 결정을 요청했다. "당신만이 한 사람을 반동분자로 만들 자격이 있다"는 설득이었다. 그러나 '작가'는 양심상 임의로 희생자의 이름을 댈 수 없었다. 결국 이들은 익명 투표를 진행하는데 개표 결과 투표용지에 가장 많은 이름이 적힌 사람은 바로 '작가'였다.

강제수용소 99구를 통치하는 절대자는 '작가'에게 파란색 잉크 한 병, 펜과 편지지를 지급하면서 "불충하게 행동하는 수용자들의 죄상을 글로 써서 제출하라"는 은밀한 지시를 내린다. '작가'는 오직 살아남기 위해 옆자리의 지식인을 고발하는 밀고서 『죄인록』을 집필한다. 하지만 절대자의 지시를 수용한 '작가'의 속셈은 따로 있었다. '작가'는 『죄인록』을 쓰면서 여분의 잉크와 종이로 자신이 쓰고자 했던 최후의 작품을 은밀히 남기려 한다. 국가 제일의 대문호에서 수용소에 갇힌 초라한 밀고자로 전락해 목숨을 유지하려 삿된 글을 써야 하는 비운의 주인공 '작가'가 하나의 펜과 몇 페이지의 종이로 자신을 억압하는 세계를 겨냥한 반역을 시도한 것이다. '작가'는 『죄인록』을 절대자에게 바치면서 동시에 자신의 내밀한 고백록인 『옛길』을 집필한다. 이러한 사실이 발각되면 '작가'는 처형을 당하므로 『옛길』은 말하자면 작중 금서다. 그런데 잘 알려진 대로 『사서』를 쓴 옌롄커는 중국 공산당을 모욕했다는 이유로 자국에서 이 책의 출판 금지 조치를 당했으며 그의 다른 작품들도 대부분 출판, 홍보, 유통이 금지되는 수모를 겪었다. 소설 속에서 『옛길』이 금서인데, 『사서』를 집필한 현실의 저자 옌롄커가 바로 이 책 때문에 금서 작가로 낙인찍혔다는 사실은 뭐라 말할 수 없이 상징적이다. 옌롄커는 중국 정부의 검열과 탄압 때문에 금서 작가로 유명해졌고 오늘에 이르러 바로 그 이유로 노벨문학상 후보로 거론되곤 한다. 나는 한국에 출간된 옌롄커의 모든 작품을 읽었는데 그의 책은 지도에도 없는 감옥에 독자를 가둬버린다.

한 명의 독자로서의 나와 이 소설을 쓴 작가 옌롄커의 공명은 그가 쓴 책이 안전하지 못하다는 분명한 사실로부터 온다. 금서의 작가와 금서의 독자는 서로 다른 하늘 아래 살아가지만 서로 같은 태양을 보고야 마는 것이다.

위험한 책에는 금서라는 딱지가 붙고 금서 중에서도 정말 위대한 책은 독자의 내면에 끊임없이 싸움을 걸어온다. 독서의 끝자락에서 어지럼증을 일으키는 책만이 불멸의 미래를 약속받는다. 옌롄커의 대다수 책이 그러한 것처럼 금서는 이중적인 드라마다. 하나는 책 내부에서 벌어지는 첨예한 드라마이고, 다른 하나는 이 작품이 독자를 만나기까지 치렀을 과정을 상상할 때 벌어지는 드라마다. 두 세계를 동시에 확인하는 여정은 적어도 정신적으로는 안전하지 못한 행위다. 그러나 금서로 지정되어 손가락질당했거나 논란 끝에 사멸될 위험까지 겪었던 벼랑 끝 책들은 오히려 그러한 역사성 때문에 더 큰 가치를 획득한다. 이때 우리가 마주하는 진실 역시 무섭도록 단순하다. 안전하지 못했던 책들이야말로 재생再生의 가능성을 확보하며 그것은 인간이 책을 사랑하기 시작한 이후의 역사에서 한순간도 변하지 않았다는 사실 말이다. 정권이 됐든 종교 지도자가 됐든 누군가가 독서를 금지한 책은 혼돈의 세월이 지나면 지하의 골방에서 지상의 광장으로 걸어 나와 우리 손에 쥐어졌다. 동서양 분서焚書의 긴 역사, 나치의 책 화형식, 공산주의 독재 정권의 검열은 굳이 이 자리에서 언급하지 않더라도 모두가 아는 사실이니 말을 줄인다.

4

인류가 종이를 사용한 2000년 출판의 역사에서, 그러므로 금서란 개인과 세계의 거대한 충돌이 낳은 스키드 마크다. 여기서 나의 질문은 다시 깊어진다.

금서, 즉 독서가 금지되거나 금지됐던 책을 기억할 때 우리는 대개 고서를 떠올린다. 금서를 이야기할 때마다 빠지지 않는 소설 가운데 하나는 블라디미르 나보코프의 『롤리타』이다. 1955년에 발표된 이 소설이 포르노그래피 논쟁을 불러일으킨 문제작이었다는 역사적 사실을 우리는 그 책을 읽지 않았더라도 어렴풋이나마 알고 있다. 유명한 금서는 바로 그 이유로 더 많은 유명세를 얻어 금서 목록에 자주 오른다. 그러나 나는 궁금해진다. 왜 우리가 기억하는 금서는 언제나 과거로만 향하는가. 과연 그 논쟁적 주제가 과거의 문제이기만 할까. 그렇지 않다고 나는 생각한다. 금서는 안타깝게도 현재의 문제다. 우리가 안전한 책들 사이에 파묻혀 살아간다고 해서 이 글을 쓰고 있는 2024년에 금서가 사라져버린 것은 아니다. 베트남계 미국인 작가 비엣 타인 응우옌의 퓰리처상 수상작 『동조자』는 정작 저자의 고국인 베트남에서 출간되지 못하고 있고, 표현과 주장에 관해서는 절대적으로 자유롭다고 알려진 미국에서 노벨문학상 수상 작가 토니 모리슨의 『가장 푸른 눈』은 도서관 금서 지정 요청을 받은 책 3위에 올랐다. 5년, 10년 전 뉴스가 아니라 이 글을 쓰고 있는 2024년의 풍경이다.

많은 독자가 문학적 성취를 기준으로 삼는 노벨문학상은 어떤가. 이 상은 작가의 당대 업적과 시대정신에 관한 인류 합의의 결과로 수용된다. 매년 10월 첫 번째 목요일에 수상자가 호명되면 전 세계 독자들은 새로운 전설의 탄생에 열광하면서 이튿날 서점에서 책을 구매한다. 그런데 수상 작가 가운데 적잖은 인물이 금서나 논쟁작을 출간했던 사실을 우리는 잘 모르기도 한다. 카밀로 호세 셀라, 나지브 마흐푸즈, 밀란 쿤데라, 이스마일 카다레, 니코스 카잔차키스, 필립 로스, 주제 사라마구 등 노벨상을 받았거나 충분히 노벨상을 거머쥐리라고 예측됐던 작가들의 책은 금서였던 적이 있거나 지금도 일부 국가에서 금서다. 누군가를 불쾌하거나 불안하게 만들었던 책이 위대한 작품으로 인정받았으며 그것은 20세기 노벨문학상의 탁월한 성취였다. 이는 안전하지 못한 책들이 부여받았던 영속적인 지위 확보의 반증이다. 하지만 노벨문학상도 이제는 논란이 되는 작가나 작품을 피해가는 눈치다. 페터 한트케의 수상은 좋지 못한 의미로 수상 자체가 논란이었고, 근래 노벨문학상 수상자 가운데 금서의 작가는 없다. 노벨문학상의 안전한 선택은 변질이며 이는 권위의 하락으로 이어진다고 나는 생각한다.

금서는 세상이 온통 뿌연 때에 뜻밖의 색조를 띠며 세상의 불온함을 고발하는 초월적 문장의 합이었다. 그 책들은 한 시대와 불화했다. 금서라는 나침반이 가리키는 불화의 방향은 소수의 권력자가 탈취한 이념이었다. 금서의 작가들은 복종하지 않음으로써 세계와 독자에게 자유를 선물하고자 했다. 독자는 문장으로 적힌 지옥의 창문을 열어보면서 자유의 물결 속에 자신을 위치시킬 수 있다. 편협한 생각, 작가에 대한 권능자의 질투와 조바심이 금서를 만든다. 금서의 작가는 현실의 경계를 넘어서고자 힘썼던 초극적인 존재들이다. 그들은 안전하지 못한 책으로 안전한 사회를 만들었다. 금서를 읽으며 여행하는 일은 곤경에 처했던 책들의 광휘 가득한 복권이다. 금서를 선택하여 읽는다는 것은 잊힐 뻔했던 인류의 가치와 미래 지향적인 진의를 제자리에 위치시키는 독자讀者적 행위다. 독자는 망각의 물결에서 의식적으로 책의 불온함을 제거해준다. 이 위대한 일은 독자만이 해낼 수 있는 과업이다. 이제 우리는 이렇게 결론 지을 수 있다. '위험한 책만이 위대한 책은 아니다. 그러나 안전한 책만이 우리가 살아가는 세상의 우위에 서서 교훈처럼 자신을 주장해서는 안 된다.'

안전한 책만이 추앙받고 안전하지 못한 책은 열위에 놓이는 비대칭의 저울을 보며 나는 일종의 균형을 주장하고 싶었는지도 모른다. 새로 나온 책이 아니라 오래된 책, 고서 중에서도 한때나마 위험하다고 분류되었던 책, 그러면서도 현재까지 가치를 갖는 책을 자기 안에 소화시키는 일은 작가와 독자가 길항하여 이루는 자유의 진전이다.

5

금서를 다루면서 놀라웠던 점은, 책을 읽다보면 마치 죽어가는 양의 태내에서 새끼를 발견하듯이 그 안에 또 다른 금서나 금서 작가에 대한 단서가 숨겨져 있다는 것이었다. 마광수의 『운명』을 읽으며 카밀로 호세 셀라의 『파스쿠알 두아르테 가족』을 만났다. 토니 모리슨의 『가장 푸른 눈』을 추적하다가 조지 M. 존슨의 『모든 소년이 파랗지는 않다』를 알게 되었다. 이국에서 제대로 읽히지 못하고 망각 속에 버려진 책들은 마치 동아시아 서울의 카페 구석에서 이 글을 쓰고 있는 나에게 오래전부터 호명을 바라고 있었다는 듯이 자기 존재를 드러냈다. 그럴 때면 나는 마치 내 독서를 감시 중인 무형의 절대자로부터 초청을 받은 듯한 계시적인 느낌에 사로잡혔다. 각주 한 줄에서 알지도 못했던 금서의 제목과 작가가 발견될 때면 달뜬 기분으로 서점이나 도서관에 도착했다. 책들의 미로인 대학 도서관에서 다년간 아무도 찾지 않았던 게 확실해 보이는 책을 꺼낼 때면 나는 오래된 책이 쩍 벌어질 때 내는 소리와 그 안에 고여 있던 묵은내에 흥분했다.

책장 구석에 오랜 시간 꽂혀 아무도 찾지 않는 책은 폐지에 가깝다. 읽지 않으면 의미를 형성할 수 없다. 한 사람의 진정한 죽음은 생물학적 죽음의 순간부터가 아니라 죽은 그를 아무도 기억하지 않을 때 시작된다는 말을 어디선가 들었다. 책의 사멸도 이와 다르지 않다. 내가 찾던 그 책이, 저 위대한 금서가 아무도 지나가지 않는 거리에 버려져 있다. 부서지는지도 모르는 채 간곡하게 무릎 꿇고서 거리에 아무렇게나 버려진 금화를 품에 안고 통곡하는 심정에 가까운 순간도 있었다. 감정의 과잉을 드러내는 표현임을 모르지 않지만 이것은 나의 솔직함이다.

한때 위험하다는 판결을 받았던 이 책들에게 마땅히 허용되어야 옳았을 걸작으로서의 지위를 개인의 힘으로 조금이나마 회복시키는 일은 내 일상의 균형을 심각하게 훼손하는 일이었다. 글을 쓰면서 몸이 망가졌다는 사실을 알았지만 멈출 수 없었고, 그래서 이 책을 다 썼을 즈음에는 심하게 앓았다. 당초 이 책에 담긴 글은 내가 근무 중인 회사의 온라인 뉴스 연재물로 기획되었는데 매주 40매 안팎의 글을 써서 독자를 만나는 과정은 결코 호락호락하지 않았다. 지칠 때마다 나는 송고된 원고에 달린 댓글을 단 한 개도 빠짐없이 읽었고 애정과 기대 어린 반응을 접할 때면 미지의 독자들 얼굴을 상상했다. 주사기로 혈관에 뜨거운 것을 밀어넣는 듯한 상상이 나를 여기까지 오게 만들었다. 무엇보다 이 책을 쓰는 과정이 즐거웠던 결정적인 또 다른 이유는 위대한 메시지가 담긴 금서를 소개하는 내 글이 문학적 확성기가 되어, 독자들이 책을 구매하거나 대출해서 읽을지도 모른다는 상상 때문이었다. 나는 한 사람의 책장이 그 사람의 인생을 알려준다고 오랫동안 믿어왔다. 책장의 목록은 삶을 말해주는 강력한 증거이자 인생의 여백을 헛되이 보내지 않았음을 일러주는 알리바이다. 이 책에서 다루는 금서를 읽고 누군가가 그 책을 자기 책장에 꽂아둔다면 나의 한 시절은 독자의 책장에서 생생한 현재로 간직되는 것이다. 독자들의 책장이 나로 인해 바뀔 수도 있지 않을까 하는 실오라기 같은 가능성을 나는 붙들고자 했다. 이 책에서 다룬 일부 금서는 뉴스가 송고된 다음 날 서점 종합 베스트셀러에 오르기도 했다. 이미 절판된 금서를 소개하는 글을 읽은 모 출판사는 판권 여부를 확인한 뒤 재출간을 논의했다고도 들었다. 일부 원고는 비교문학 연구 학술지에 인용되었고 서울의 한 대학교 문예창작학과에서는 이 책의 원고가 논의되었다고 들었다. 지인들이 전해주는 이러한 소식은 나에게는 최고의 영예였고 훈장이었다.

6

세심한 독자는 이 책을 열며 차례부터 유심히 들여다봤을 것이다. 이 책이 소개하는 금서는 최근작만이 아니다. 멀게는 70년 전에 출간된 작품이기도 하고 이미 많은 독자에게 호응을 받은 유명한 책이기도 하다. 하지만 나로서는 금서의 현재성을 강조하려는 마음에 세 가지를 시도했다. 생존 작가라면 인터뷰를 시도하거나 과거에 이뤄졌던 인터뷰 기사 내용을 책에 녹였다. 옌롄커, 켄 리우, 비엣 타인 응우옌, 팡팡, 이문열 작가와 나눈 대화가 그렇게 책에 담겼다. 여러 사정 때문에, 또 나의 능력 부족으로 의도했던 모든 인터뷰를 성사시키진 못했으나 작가들이 직접 전해주는 금서 탄생의 비화를 나는 감히 독자를 대신하여 숨죽여 들었다. 또 국내에 번역되지 않은 책이라도 세계문학사에서 금서로 잘 알려진 책을 한 권이라도 더 다루고자 했다. 『모든 강*All the Rivers*』의 도리트 라비니안, 『라자*LAJJA*』의 타슬리마 나스린은 국내에서는 소개된 적이 거의 없고 그들의 책은 거론조차 되지 않지만 그들은 세계에서 이미 논쟁적인 작가다.

참고로 내가 이 두 책을 발견한 경로는 생성형 인공지능 GPT-4였다. 인터넷 클릭 몇 번만으로 해외 도서 배송이 가능한 세상, 또 검색만 하면 세상 어느 작가가 내가 찾는 책을 썼는지를 알려주는 세상이다. 그러나 나는 생성형 인공지능을 현존하는 금서를 검색하는 수단으로만 활용했다. 직업인의 양심을 걸고 말하건대 생성형 인공지능으로 책 내용을 요약하거나 그 내용을 베껴 쓰는 얄팍한 부정은 저지르지 않았다. 생성형 인공지능은 '북 헌터'로서 이 책에 기여했으나 인공지능은 도구이지 사유의 주체일 수 없다. GPT-4가 일러준 금서는 위의 두 권 말고 더 있었지만 선별 작업 끝에 이들 책으로만 한정했다. 애초에 다루고자 했던 금서는 이 책이 소개하는 30권 외에 20권 남짓 더 있었다. 언젠가는 글로 쓰겠지만 그것은 이 책의 집필이 나만의 독백이 아닐 때라야 가능한 일일 것이다.

마지막으로, 이미 유명한 금서라도 현재에 유의미하게 읽힐 가능성이 높거나 지금 이 순간에도 논쟁적인 책을 포함했다. 조지 오웰의 『1984』는 한때 금서였다는 단순한 사실로 인해 기술된 것이 아니라 이 책이 2022년 벨라루스에서 금서로 지정됐기 때문에 다루었다. 사데크 헤다야트의 『눈먼 부엉이』, 헨리 밀러의 『북회귀선』은 시의성이 상대적으로 부족할지 몰라도 책의 존재를 아는 독자가 상대적으로 적다는 점과 제목은 누구나 알지만 끝까지 읽어본 이가 많지 않으리라는 점 때문에 다루었다. 하지만 위에서 말한 세 가지 시도가 모든 책에 적용되지 않을 수도 있다. 그것은 나의 부족함 때문이다. 아울러 이 책에는 온라인 뉴스 연재물로 발표하지 않았던 논쟁작 3편의 원고도 포함시켰다. 2부에 수록한 블라디미르 나보코프의 『어둠 속의 웃음소리』, 5부에 수록한 아룬다티 로이의 『작은 것들의 신』, 비톨트 곰브로비치의 『포르노그라피아』에 대한 원고는 이 책에서 처음 공개한다. 이 연재를 성원해주셨던 독자분께 부치는 나의 작은 성의다.

글을 쓰고 책을 준비하면서 고마운 분이 많았다. 우선 이 책의 출간을 기꺼이 허락하고 기다려준 글항아리 강성민 대표께 감사드린다. 흔들릴 때마다 나를 붙잡아준 이은혜 편집장께는 한정된 지면에서 감사의 완전한 표현이 불가능할 정도다. 추천사를 써주신 옌롄커 작가와 신형철 평론가께도 감사의 말씀을 올린다. 나는 옌롄커 작가를 지금까지 세 번 만났는데, 그 사이에는 언제나 김태성 번역가가 계셨다. 불온한 소설을 소개하는 책임에도 「서울의 예수」 인용을 허락해주신 정호승 시인께도 깊이 감사드린다. 책이 나오기까지는 내가 문화부 기자로 근무 중인 매일경제신문사 선후배들의 호의와 응원이 있었음을 잊지 않겠다. 누구보다 이 책은 아내 강수진의 절대적인 배려로 가능했다. 아내는 모든 글의 첫 번째 독자였다. 먼 미래에 내 책장에 꽂힌 책의 의미를 알게 될 딸아이 김서인이 훗날 이 책을 펼치는 순간을 상상하며 한 줄 한 줄 썼음을 미리 밝혀둔다. 이 책은 아직은 딸아이에게 위험하지만 금서의 존재 이유를 나는 천천히 설명해줄 작정이다.

위에서 판테온이라는 표현을 썼다. 그러나 금서 가득한 책장은 판테온보다는 판데모니움이라는 은유가 정확할 것이다. 판테온은 모든 신의 신전, 즉 만신전萬神殿을 뜻하고 판데모니움은 『실낙원』에 나오는 말로 만마전萬魔殿으로 번역된다고 한다. 나쁜 책들은 세상에서 악으로 규정되기도 했지만 금서의 본질이 인간의 악함을 추동하려는 목적이 아니라는 점에서 그것은 문자적 의미의 악으로 규정될 수 없다. 이 책의 제목은 그러므로 반어적이다. 이 책에 거론된 금서 가운데 나쁜 책은 없다. 독자는 기쁘게 진의를 알아줄 것이다. 나쁜 책은, 좋은 책이란 것을.

2024년 4월

김유태

차례

3부 생각의 도살자들

4부 섹스에 조심하는 삶의 이면들

5부 신의 휘장을 찢어버린 문학

6부 저주가 덧씌워진 걸작들

우리 하나님 여호와께서 그 모든 땅을 우리에게 주셨으므로 우리는 아르논 계곡 변두리의 아로엘과 그 계곡 중앙에 있는 성에서부터 길르앗에 이르는 모든 성을 점령하였으며 성벽이 튼튼해서 점령하지 못한 성은 하나도 없었습니다. 그러나 우리는 암몬 사람의 땅과 얍복 강변 일대와 산간 지대의 성들과 그 밖에 우리 하나님 여호와께서 금지하신 곳에는 가까이 가지 않았습니다.

—「신명기」 2:36~37(현대인의 성경)

1부 아시아인들은 못 읽는 책

Iris Chang

方方

閻連科

Nguyễn Thanh Việt

Ken Liu

Toni Morrison

Bret Easton Ellis

Chuck Palahniuk

Camilo José Cela

Владимир Владимирович Набоков

Milan Kundera

Bohumil Hrabal

이문열

Ray Douglas Bradbury

Ismail Kadare

Nelly Arcan

Philip Milton Roth

마광수

Henry Valentine Miller

George M. Johnson

José de Sousa Saramago

Νικος Καζαντζάκης

Michel Houellebecq

نجيب محفوظ عبد العزيز إبراهيم أحمد الباشا

তসলিমা নাসরিন

صادق هدایت

דורית רביניאן

Suzanna Arundhati Roy

Witold Marian Gombrowicz

George Orwell

8만 명의 성폭행을 고발하고 죽다

아이리스 장, 『난징의 강간』

2004년 11월 9일, 미국 캘리포니아주 도로변에 주차된 차량에서 동양계 여성이 시신으로 발견됩니다. 권총 자살이었습니다. 여성의 죽음은 즉시 전 세계에 보도됐습니다. 사망자는 36세로 중국계 미국인 아이리스 장이었습니다. 그녀는 세계적인 베스트셀러 『난징의 강간*The Rape of Nanking*』 저자였습니다. 한국에서는 『역사는 누구의 편에 서는가』로 번역됐지요. 당시 미국을 대표하는 젊은 역사가였던 아이리스 장은 이 책의 출간 이후 논란의 중심에 섰고 수면 부족, 신경쇠약, 우울증 등의 질환에 시달렸는데 결국 차량 운전석에 앉아 리볼버 총구를 입에 물고 스스로 생을 마감한 겁니다. 이 모든 사건의 시작은 그녀가 집필한 『난징의 강간』이었습니다. 출간 당시부터 격렬한 논쟁에 휩싸였던 『난징의 강간』은 결국 저자를 죽음으로 내몬 위험한 책이 되었습니다. 어떤 책이었을까요.

난징대학살을 고발한 첫 번째 영문 보고서

아이리스 장의 부모는 제2차 세계대전 당시 고향인 난징의 생존자였습니다. 그녀의 부모는 중국 공산당을 피해 대만으로 이주하고 다시 미국으로 건너가 하버드대학을 졸업한 수재였습니다. 부모는 딸에게 1937년 난징에서 벌어진 비극을 자주 들려줬습니다. 수십만 명이 죽은 끔찍한 사건이었지요. 아이리스 장은 도서관에서 난징대학살을 검색했습니다. 그러나 제대로 된 사건의 전모는 나오지 않았습니다. 일리노이대학을 졸업한 그녀는 AP 통신, 『시카고트리뷴』 기자가 됩니다. 이후 아이리스 장은 난징대학살 자료와 구체적인 증언을 수집하기 시작합니다. "읽고 싶은 책이 있는데 아직 그 책이 없다면, 바로 당신이 그 책을 써야 한다"는 토니 모리슨의 말이 아이리스 장처럼 잘 어울리는 사람도 없을 겁니다. 그 결과물이 바로 『난징의 강간』입니다. 이 책은 '일본 제국군이 저지른 난징대학살의 만행을 기록한 첫 번째 영문 보고서'로 평가받았고 출간 즉시 『뉴욕타임스』 베스트셀러가 됩니다.

난징대학살은 제국주의 일본에 함락된 1937년 12월 도시 난징의 참극을 말합니다. 중국 공식 통계로 사망자 수는 30만 명입니다. 살해당한 사람을 나란히 눕혀 손을 잡게 하면 난징에서 항저우까지 거리인 322킬로미터, 기차에 시체를 다 채우면 2500량, 흘린 피의 총량은 1200톤으로 계산된다고 아이리스 장은 이 책에 서술합니다. 이는 난징에 주둔한 일본군이 도시를 함락한 직후 벌인 대학살의 결과였습니다. 아이리스 장은 일본 종군기자의 기사, 영미권 해외 특파원의 기록, 일본군 개인들이 남긴 일기를 참고해 난징의 참혹했던 분위기를 세필화처럼 그려냅니다.

난징에 입성한 일본 제국군은 식량이 부족해집니다. 그래서 중국인 포로를 몰살하기로 결심합니다. 50명씩 줄 세워 총살하라는 지시가 떨어집니다. 총으로 쐈지만 시체를 태울 기름 연료가 없었습니다. 그래서 양쯔강에 중국인 시체 수만 구를 유기합니다. 인간이 인간이 아니었습니다. 사람 죽일 총알도 부족해지자 일본군은 포로들을 땅에 생매장합니다. 삽을 든 군인은 일본군이 아니었습니다. 포로 뒷줄의 (곧 자신도 같은 운명을 맞이할) 다른 포로들이었습니다. 책은 다음과 같이 기록합니다.

> 사람들이 시체를 끌어내려 양쯔강에 던지고 있다. 시체들은 피로 흠뻑 젖어 있었고 목숨이 붙어 있는 몇몇은 사지를 뒤틀며 신음하고 있다. 시체를 강에 던지는 사람들은 단 한마디도 하지 않는다. 마치 팬터마임이라도 하듯이. 어두워서 강 건너편은 보이지 않는다. 진흙탕이 달빛을 받아 반짝인다. 그건 진흙이 아니라 피였다! 97쪽, 일본 종군 특파원 이마이 마사타케의 기사

> 폐허로 변한 거리는 섬뜩했고 살아 있는 것이라곤 시체를 실컷 파먹어 살이 오른 개들뿐이었다. 86쪽, 영국 특파원의 기록

난징대학살기념관에 설치된 동상. 난징 생존자의 증언을 토대로 만든 작가 우웨이산 중국미술관장의 연작입니다. 죽은 엄마의 젖을 빠는 아기, 죽은 소년의 눈을 감겨주는 수도승 등 난징대학살의 참극이 박제됐습니다.

처음에 우리는 '파이칸칸'이라는 속어를 사용했다. '파이'는 엉덩이란 뜻이고 '칸칸'은 모습이란 뜻이다. '파이칸칸'은 '여자의 다리를 벌리게 하고 본다'는 뜻이 된다. 중국 여성들은 속옷을 입지 않고 대신 바지에 끈을 둘러 입는다. 그래서 끈을 잡아당겨 풀면 여성의 하체가 그대로 드러난다. 말 그대로 우리는 옷을 벗긴 여성들을 구경했다. 그다음에는 '오늘은 내가 목욕하는 날이다', 이렇게 말하며 중국 여성들을 윤간했다. 거기서 끝났다면 그나마 괜찮았을 것이다. 그러나 그것이 끝이 아니었다. 우리는 그 여자들을 죽여버렸다. 시체는 말을 할 수 없으니까.

100쪽, 다큐멘터리 「천황의 이름으로」에서 일본군 아즈마 시로의 증언

『난징의 강간』은 인류학자 루스 베니딕트가 일본인의 의식을 분석한 명저 『국화와 칼』에 기반하고 있습니다. 베니딕트는 씁니다. "일본 사회의 도덕적 임무란 지역적이고 제한적이어서 다른 곳에서는 쉽게 파괴된다."『난징의 강간』, 106쪽 당시 강간당한 여성은 8만 명(최소로 잡아도 2만 명)으로 집계됐다고 책은 기록합니다. 민가에서 잡혀온 여성들은 각자 15~20명의 군인에게 할당되어 능욕을 당합니다. 노인부터 소녀까지 가리지 않았습니다. 군인들이 몰리는 곳마다 짐승 같은, 아니 짐승도 하지 않는 윤간이 벌어졌습니다. 비극은 성폭행에서 멈추지 않았습니다. 당시에도 군법상 강간은 금기였기에 병사들은 강간 피해자를 그 자리에서 살해합니다. 증거 인멸이 목적이었습니다. 단순히 재미삼아 임산부

의 배를 갈랐다는 진술, 처녀를 강간하면 전쟁에서 더욱 강해진다고 생각했던 일본군의 광적인 믿음 등 믿기 어려운 사실이 쏟아집니다. 이 책에서 난징대학살 참극의 증언자는 중국인만이 아닙니다. 전쟁에 참여했던 일본군의 증언까지 담았습니다. 아이리스 장은 훗날 난징전범재판, 극동군사재판 기록을 모두 다루며 실상을 밝힙니다.

사실 난징대학살은 20세기 후반까지 거의 외면당한 비극이었습니다. 왜일까요. 난징은 중국 국민당의 수도였습니다. 1949년 중국 공산당은 국민당을 몰아내고 대륙을 장악했습니다. 쫓겨난 국민당은 섬나라로 퇴각하는데 그곳이 현재의 대만입니다. 외면된 이유를 짚어볼까요. 우선 대만은 난징대학살 배상 책임을 요구하는 대신 일본에게서 '정식 국가'로 인정받아 교역하기를 바랐습니다. 둘째, 중국 공산당 입장에서 난징대학살은 자신들의 일이기보다 경쟁자였던 중국 국민당이 경험한 수치에 가까웠습니다. 셋째, 미국은 전쟁 이후의 안정을 위해 이 학살의 책임을 묻지 않았습니다. 더욱이 일본은 1970년대부터 난징대학살과 '위안부' 허구론을 펼칩니다. 난징의 참극은 그렇게 잊혀갔습니다. 그러던 중 고작 서른 살에 불과한 동양 이민자 출신의 미국인 여성이 중일전쟁의 만행, 중국 공산당의 무신경, 미국의 외면까지 아울러 비판하는 걸작 논픽션을 출간한 것입니다. 한 사람의 노력이, 망각됐던 비극의 기억을 역류시켰습니다.

아이리스 장은 일본 제국군의 잔혹함을 고발하는 선정적인 묘사로만 이 책을 채우지 않았습니다. 그는 인간의 악행에 저항하는 선한 인간의 본성을 함께 발굴합니다. 책에서 언급된 대표적인 인물은 독일인 욘 라베(1882~1950)입니다. 그는 중국에서 '난징의 살아 있는 부처' '중국의 오스카 쉰들러'로 추앙받습니다. 욘 라베는 어떤 사람이었을까요.

난징에서 30년을 산 욘 라베는 말로 표현할 수 없는 참극을 목격합니다. 그는 자신의 공장 직원을 비롯해 엔지니어 등 중국 시민을 보호할 '난징 안전지대'를 구축합니다. "안전지대로 몰려든 중국인은 25만 명"이라고 아이리스 장은 기록합니다. 욘 라베가 살려낸 중국인은 수십만 명에 달했습니다. 그런데 흥미로운 사실이 있습니다. 그는 아돌프 히틀러를 추종하는 나치 당원이었습니다. 이것은 무엇을 의미할까요. 나치 당원의 눈으로 봐도, 당시 일본제국군의 악행은 도를 넘어섰다는 뜻 아닐까요. 욘 라베는 참다못해 히틀러에게 직접 편지를 보내 "난징 전투에 참여하지 않는 민간인을 위해 중립 지대를 건설할 수 있도록 총통(히틀러)께서 힘을 써주십시오"(1937년 11월 25일)라고 읍소했습니다. 다만 히틀러는 그가 편지를 보낸 사실을 알지 못했다고 합니다. 욘 라베는 중국 여성들에게 호루라기를 나눠줍니다. 밤중에 피난촌에서 호루라기 소리가 들리면 그는 즉시 달려가 소녀를 발가벗기고 겁탈하려는 일본군을 '나치'라는 특수 지위를 이용해 내쫓습니다. 그는 일본군 사령관에게 "제발 자비를 베풀어달라. 국제 관례에 따라 인도적으로 민간인을 대해달라"고 호소합니다. 아이리스 장은 그런

높이 13미터에 달하는 우웨이산의 작품 「파멸한 가족The Ruined Family」은 난징대학살기념관의 상징과 같은 대작입니다. 난징대학살 당시 죽은 아이를 손에 들고 절규하는 어머니를 묘사했습니다.

욘 라베의 과거를 세계인에게 적극적으로 알렸습니다. 책 출간 이후 욘의 생애는 영화로도 만들어집니다.

협박에 시달린 일본 출판사는 계약을 파기했다

난징대학살의 비극을 기록한 이 책은 문제작으로 떠오릅니다. 일단 미국에서는 "중국의 옛 수도 난징에서 벌어진 끔찍한 사건에 대한 최초의 광범위한 연구"(『월스트리트저널』), "소름끼치는 대학살에 관한 역작"(『뉴욕타임스』) 등의 찬사가 쏟아집니다. 반면 일본의 우익집단은 "난징대학살은 날조"라는 입장을 취했습니다. 30만 명이라는 수치도 허구이고, 인용의 근거도 부실하다고 공격했습니다. 특히 책에서는 중국 여성과 한국 여성의 '위안부' 동원 사실을 구체적으로 언급하는데, 일본은 이들 여성이 강간당했다는 증거를 인정하지 않습니다. 미국의 방송국은 아이리스 장과 주미 일본대사의 설전까지 방영했습니다. 『난징의 강간』은 원래 일본 출간이 계획되어 있었습니다. 그러나 협박 전화를 받은 그 출판사는 작가와의 계약을 파기합니다. 일본에서는 출간되지도 않은 『난징의 강간』에 반박하기 위해 쓰인 책들이 베스트셀러가 되는 이상한 현상이 벌어지기도 했다고 이 책의 한국어판은 기록합니다.

아이리스 장은 왜 스스로 목숨을 끊었을까요. 아시아 학계에서는 민간인 학살 연구의 잔상이 그녀가 앓은 우울증의 원인이 됐을 것으로 보고 있습니다. 「난징대학살의 기록자, 아이리스 장의 죽음에 대한 한 연구」라는 논문에서 유강하 강원대학 교수는 죽음의 원인을 분석했습니다. "아이리스 장이 그 사건을 연구하고, 그 사건에 몰입했던 시간은 그녀를 난징대학살의 본질에 더 가깝게 다가가게 했지만, 비극의 잔상들은 피해자들과 그녀와의 거리를 서서히 무너뜨리고 있었다."286쪽 다시 말해 참극을 자세히 들여다보는 과정에서 작가 본인과 난징 피해 여성 간의 시간적·공간적 거리감이 사라졌고 이 때문에 난징의 고통이 아이리스 장의 고통으로 전염되었다는 설명입니다. 타인의 고통이 씨앗처럼 이식되어 그녀 내부의 고통으로 발아된 것이겠지요. 그 싹이 자라 맺은 결말의 이름은 작가 자신의 '죽음'이었습니다.

『난징의 강간』은 당시 일제 치하에서 고통받았던 한국인까지 대변합니다. "정신대로 끌려온 한국 여성은 성적 노예가 아닌 '공인된 창녀들'이었으며 일본은 붕괴 직전에 있었기 때문에 전쟁을 할 수밖에 없었다"(나가노 시게토, 법무대신 지명 직후)거나 "일본이 한반도를 점령한 데는 조선의 잘못도 있다. 조선은 기꺼이 식민지가 되었다"(문부성 장관 후지오 마사유키) 등의 발언을 자세히 소개한 아이리스 장은 이 주장을 반박합니다.

중일전쟁 당시 일본군은 '위안부' 제도를 고착화했습니다. 일본군 위안소는 중국의 20개 성省과 시市에 분포돼 있었다고 전해집니다. 중국 여성 20만 명이 성노예로 학대받았고 이는 단지 중국만의 일이 아니라 동아시아 전체의 일이기도 했습니다. 난징에는 중국, 한국, 대만에서 끌려온 '위안부' 할머니를 추모하는 리지샹利濟巷위안소유적진열관이 위치합니다. 실제 위안소로 사용됐던 건물에 세워진 추모 공간입니다. 2019년 난징에 출장을 다녀오면서 리지샹위안소유적진열관과 난징대학살기념관을 잠시 방문했습니다. 기념관 입구의 검고 어두운 천장에는 12초 간격으로 물방울이 하나씩 떨어지는 거대한 조형물이 설치돼 있었습니다. 이는 난징대학살 당시 12초마다 난징 시민 한 명이 희생됐음을 의미합니다. 2리터들이 생수통 2~3개 크기 유리병 속 흙더미는 지옥의 유물처럼 보였습니다. 난징대학살 희생자 유골 발굴 당시 중국 정부가 채집해둔 흙이었습니다. 병 내부에는 거미나 지네가 아직도 기어다녔습니다. 자세히 살펴보자 안내판에서 숫자 '1300'이 눈에 띄었는데, 자세히 읽어보니 난징대학살 당시 학살지 한 곳에서 죽은 난징 시민이 1300명이란 설명이었습니다. 바로 옆 유리병 안내판에는 숫자 '9721'이 눈에 띄었고 그 옆 유리병에는 '三萬三千(3만3000명)'이란 한자도 또렷했습니다.

기념관을 둘러본 뒤 속이 메스꺼워 택시에서 급하게 내려 양쯔강의 검은 진흙을 내려다봤던 날의 기억이 아직 선명합니다. 안개가 짙은 강변에서 저 멀리 낚시인들이 망중한을 즐기던 참이었습니다. '양쯔 강가 진흙더미 10킬로미터 구간에 태워지다 연료조차 아까워 버려진 난징 시민의 시체가 10만 명'이란 통계가 머릿속에 스쳤습니다. 진한 물비린내 사이로 피비린내가 훅 끼친 것도 같았습니다.

이제 사라진 아이리스 장은 우리에게 어떤 인물로 기억되어야 할까요. 한중일은 서로에 대한 혐오로 20세기를 건너왔고 지금도 반일, 반중, 혐한의 시선 속에 우리는 갇혀 살아갑니다. 이 책은 제국주의 시대의 끔찍한 기록의 재생이 아닌 저자가 책의 첫 문장에 적은 것처럼 '인류 악행의 연대기'로 읽어내는 것이 좀더 희망적인 독법이 아닐까 생각해봅니다. 난징대학살기념관의 출구에는 무지갯빛 색종이로 접은 수만 마리의 종이학이 진열되어 있었는데 종이학에 적힌 일본어를 해독해보니 도쿄도 전국지부 교육자 협의회, 무라사키 바나나 합창단 등이었습니다. 일본의 선량한 시민들이 난징을 애도하며 보내온 종이학이었습니다. 도시 난징은 여전히 고통과 동거 중이었지만 누군가는 악을 참회 중이라는 사실, 바로 이 점을 기억해야 할 것 같습니다. 『난징의 강간』은 인류가 반복하거나 재연해서는 안 될 악에 대한 경계, 인류가 현실의 함수 때문에 의도적으로 잊었던 희생자에 대한 애도의 서書가 아닐까요. 중국 정부는 난징대학살기념관 한쪽에 아이리스 장의 동상도 함께 세웠습니다. 기념관 방문객은 아이리스 장의 동상을 반드시 마주 보게 됩니다. 아이리스 장은 한 손에 그녀를 죽음에 이르게 했던 책 『난징의 강간』을 손에 쥐고 있었습니다. 이 동상은 난징 시민이 그녀에게 부여한 영원한 시민권이었겠지요. 기념관을 빠져나오다 급히 국화 한 송이를 사들고 가서 아이리스 장의 동상 아래 헌화하면서 기억만이 정말 무서운 무기가 될 수 있다고, 기억해야 하고 기억하려면 알아야 한다고 다짐했던 기억이 있습니다. 그러나 망각에 저항하려 했던 아이리스 장의 이름도 점점 잊히고 있습니다. 아이리스 장의 이름을 기억할 사람이 세상에 몇이나 될까요. 아이리스 장은 어린 아들과 남편을 두고 리볼버 권총 방아쇠를 당겼습니다. 이 글이 20세기 말 잠깐 등장했다가 사라진 슬픈 작가를 추념할 또 하나의 애도의 서로 남을 수 있을까요.

'상갓집 개'처럼 버림받은 우한의 수천만 생명

팡팡, 『우한일기』

언제 그랬냐는 듯 마스크 안 쓴 얼굴들을 길거리에서 자주 봅니다. 두려움은 이렇듯 진정됐으니 망각의 속도는 참 빠릅니다. 공포의 시작점에 중국 우한이 있었습니다. 2020년 우한이 경험한 도시 봉쇄는 여전히 세계 사람들에게 적잖은 공포로 남아 있습니다. 그때 우한에는 '중국의 양심'으로 불린 한 사람이 있었습니다. 소설가 팡팡方方입니다. 중국 최고의 문학상인 루쉰문학상과 루야오문학상을 수상했고 중국작가협회 전국위원, 후베이성작가협회장을 지냈던 인물입니다.

그러나 이제 팡팡은 중국 내 어떤 출판물에도 이름조차 인쇄될 수 없는 상황에 놓였습니다. 코로나19 초기 후베이성 정부의 '거짓말'을 그가 지적했기 때문입니다. 봉쇄 당시 정부는 팡팡이 블로그에 올린 글을 삭제했지만 우한의 젊은 의사와 시민들은 팡팡의 '지워진 일기'를 댓글로 복사하고 붙여 전파하는 '댓글 릴레이'로 그를 옹호했습니다. 우한 봉쇄는 오래전에 해제됐습니다. 하지만 팡팡에 대한 중국의 '봉쇄'는 여전히 미해제 상태입니다. 팡팡 작가가 우한에서 집필한 60편의 글은 『우한일기』라는 제목으로 15개국에서 번역되어 출간됐습니다. 하지만 정작 중국에서는 여전히 금서입니다.

팡팡은 1955년 난징에서 태어나 두 살 때 부모를 따라 우한으로 이주했고 평생 그곳에 거주했습니다. 팡팡은 4년마다 단 한 명에게만 수여하는 루쉰문학상을 받은 우한의 대표 작가였습니다. 코로나19가 발생한 후 2020년 1월 23일 우한에 봉쇄 조치가 내려졌습니다. 도시를 드나드는 입·출구가 막혔고 항공과 교통이 전면 통제됐습니다. 그사이 사람들은 고열과 인후통 등의 증상으로 쓰러졌습니다. 확진자 검사가 줄을 이었고 곧 병상이 가득 찼습니다. 팡팡은 봉쇄된 도시 우한의 풍경을 웨이보와 위챗에 올렸습니다. 아빠가 증상으로 격리되는 바람에 닷새 만에 자택에서 아사한 뇌성마비 아이, 엄마 시신이 실린 운구차 뒤에서 얼굴도 보지 못해 절규하며 작별하는 딸, 방호 장비를 지급받지 못해 바이러스에 감염됐고 그 때문에 본인과 부모와 일가족 전체가 사망한 간호사 등 눈 뜨고 보기 힘든 사연이 『우한일기』 문장마다 빼곡합니다. 다음의 내용이 과연 중국만의 이야기일까요? 우리가 경험했던 현실은 아니었던가요? 팡팡도 본인이 쓰는 글이, 우한 도시 봉쇄라는 고통의 시간 속에서, 중국을 넘어 인류사적 가치를 지닌 역병의 문학적 기록이 되리라곤 알지 못했습니다.

> 우한은 상상도 못 했던 재난에 처해 있다. 상갓집의 개처럼 곳곳에서 버림받은 우한 사람들을 떠올려보면, 얼마나 오랜 시간이 걸려야만 이 상처가 회복될 수 있을지 알 수 없다. 24쪽·49쪽 발췌

> 가끔 어떤 음성이 들린다. 대체 어디에서 아이가 이렇게 목이 쉬도록 우는 건지 모르겠다. '엄마, 날 버리지 마.' 이런 목소리가 들리면, 모든 엄마들은 온몸이 떨려오고 만다. 246쪽

여덟 글자가 사람을 죽였다

팡팡의 글에는 따스한 희망, 뾰족한 원망이 공존했습니다. 전국에서 우한으로 달려온 수만 명의 의료진은 머리를 짧게 자르거나 삭발한 모습이었습니다. 추운 겨울이지만 진료에 방해받지 않기 위해서였습니다. 위기에 처하자 선한 사람들의 지혜가 빛을 발했습니다. 시민들은 20명 단위로 식료품을 사다주는 '장보기 그룹'을 조직하는 등 아이디어를 모으며 다가오는 죽음 앞의 시간을 견뎠습니다. 팡팡은 이기적으로 행동하는 일부 중국인까지 포착하고는 질서를 주장하고 양심을 호소합니다. 우한 시내의 마스크 가격이 폭등했습니다. 어떤 약국은 마스크 한 장당 35위안을 받았습니다.

1위안을 한화 180원으로 잡으면 약 6000원의 초고가였습니다. 25장 단위로 판매하는 한 묶음은 875위안(약 15만 원)이었습니다. 그런데 작은 마트에 가보니 같은 마스크를 10위안(약 1800원)에 팔고 있네요. 극한적인 위기의 시대에 평범한 얼굴을 한 악인은 여럿이었습니다. 기증 명목으로 모인 물품을 내다 팔거나 확진자가 이웃집 대문에 일부러 침을 묻히는 모습도 목격됩니다. 심지어 목숨을 담보로 대문을 나선 자원봉사자에게 캔맥주를 몇 짝씩 주문하는 등 이해할 수 없는 모습도 팡팡은 『우한일기』에 빠짐없이 담았습니다.

단지 시민들의 비양심을 고발하는 일기였다면 이 책이 검열 당국으로부터 삭제 조치까지 받지는 않았을 겁니다. 팡팡은 『우한일기』에서 당국 관료들의 대응 실패, 거짓말과 무능, 불합리와 부조리를 작가적 양심을 걸고 소리 높여 질타했습니다. 애초에 후베이성 정부는 우한에서 처음으로 미상의 폐렴(훗날 코로나19로 명명) 환자가 여럿 발생하자 서둘러 거짓으로 진정시켰습니다. "人不傳人 可控可防(사람 간에는 전염되지 않는다. 막을 수 있고 통제 가능하다)." 이 여덟 글자가 초래한 파장은 예측과 상상을 완전히 넘어섰습니다.

이 말로 초기 우한 내 의료진이 집단 사망했고, 시민들까지 목숨을 내놨습니다. 팡팡은 그해 3월 개최 예정이었던 전국인민대표회의와 전국인민정치협상회의를 앞두고, 부정적인 뉴스가 나오지 못하도록 정부가 통제 중이었기 때문이라고 목소리를 냅니다. 하지만 정부 결정에 반하는 팡팡의 주장은 음모로 간주되었습니다. 팡팡의 비판에는 성역이 없었습니다. 우한 시민의 목숨을 앗아가는 데 원인을 제공했던 이들은 비판의 대상이 되었습니다. 중국의 호흡기 전문가 왕광파는 코로나19에 대해 "막을 수 있고 통제 가능하다"는 말을 한 후 본인이 감염됐다고 책은 전합니다. 그 이후로도 왕광파가 자신의 과오를 뉘우치거나 사과하지 않는 모습에 팡팡은 분노합니다. 왕광파는 우한 시민을 재난으로 내몬 장본인인데 그는 코로나19 감염을 '희생'으로 포장했다는 겁니다. 팡팡은 이런 글도 남깁니다.

> 병원에 당 간부가 시찰을 나온 모양이었다. 수십 명의 사람들이 도열해 있는데, 공무원뿐만 아니라 의료진도 있으며 환자까지 서 있었다. 모두 마스크를 쓰고서 '공산당이 없다면 새로운 중국도 없다'(중국 선전가요)를 불렀다. 대체 언제쯤에야 사람들이 동원되어 노래 부르고 연기하지 않아도 되는 것인가?121쪽

상황이 이쯤 되자 후베이성 당국은 팡팡의 글을 제거하기 시작합니다. 그가 글을 포스팅할 때마다 블라인드 처리가 됐고 계정은 정지됐습니다. 또 당국은 팡팡의 글에 동조하는 문인과 의사를 정보 당국에 고발 조치합니다. 시간이 흘러 우한 내 전염병 상황도 나아집니다. 정책 결정 실패와 사실 은폐로 사퇴하거나 지탄받아야 할 당국과 병원의 고위 관료들은 도리어 '코로나19 극복의 영

웅'으로 둔갑합니다. 비닐팩 안 시신의 온기가 식지도 않았는데 환호의 팡파르부터 울렸습니다. 팡팡은 정부의 사과를 요구합니다. "정부는 우한에 있는 수천 명의 사망자 가족들에게 고개를 숙여야 한다. 정부여, 당신들의 오만을 거둬들이고 겸허하게 당신들의 주인인 수백만 우한 인민의 은혜에 감사하라"296~297쪽라는 팡팡의 글은 중국 정부를 겨냥했습니다. 이후 팡팡은 중국 내 극좌파에 의해 매국노로 몰립니다.

"내가 진실을 기록했다고는 생각하지 않는다"

『우한일기』는 영미권 유명 출판사 하퍼 콜린스에서 출간됐고, 독일·스페인·영국·이탈리아·체코·프랑스·러시아·일본·베트남 등 15개국에서 번역 출간되며 역사가 되었습니다. 이 책은 봉쇄된 도시 우한에서 인간의 자유와 양심을 지키고 합리와 이성을 촉구했던 가장 긴박한 문학적 기록이었으니까요. 하지만 정작 그의 글을 옹호하고 지켰던 시민들이 거주하는 중국에서는 출간되지 못했습니다. 중국 내 출판은 허가제이므로 정부의 승인을 받아야 합니다. 그러나 팡팡은 금서의 작가이며, 중국 내 어떤 문예지에서도 이제 이름을 찾기 어려워졌습니다.

이 글을 이쯤 썼을 때 중국 현지에서 한 통의 편지가 도착했습니다. 몇 주 전 팡팡 작가에게 보낸 인터뷰 질의에 대한 답신입니다. 팡팡은 신변 위협 등의 이유로 연락처를 공개하지 않습니다만 이 책의 취지에 공감한 한중 출판 관계자의 도움을 받아 연락이 닿았고, 결국 중국 모처에 체류 중이던 그에게서 A4 용지 세 장 분량의 긴 답변서를 받았습니다. 인터뷰 전문을 공개합니다. 2023년 9월 15일 이메일 회신

— **코로나19 봉쇄가 해제된 뒤 2년간 소식을 듣지 못했습니다. 금서 작가로서 제약이 많으실 줄로 예상합니다만 어떻게 지내시는지 근황을 여쭙습니다.**

독자들이 내 소식을 듣지 못한 건 중국의 모든 주류 언론이 나를 차단했기 때문입니다. 우한 봉쇄가 끝난 이후 지금까지도 나에 대한 봉쇄는 해제되지 않고 있습니다. 난 중국 출판사나 문학 잡지에서 어떤 작품도 출판하거나 발표할 수 없습니다. 새 장편소설을 출판사에 보낸 지 3년이 넘었는데 세상에 나오지 못했으니 작가 개인으로서의 내 공개 활동은 더 말할 것도 없습니다. 중국 내 공개 출판물엔 나의 이름이 언급될 수 없습니다. 글쓰기를 전업으로 삼는 작가에겐 끔찍한 일입니다. 우한에서 60일간 전염병 상황을 기록했다는 이유만으로 정부 당국이 이런 저속하고 불법적인 방법으로 작가를 공격한다는 건 상상조차 할 수 없는 일입니다.

— 당신이 블로그에 쓴 60편의 글은 혼돈의 우한, 혼돈의 세계를 일깨운 글이었습니다. 일기를 쓰게 된 정확한 동기에 대해 한국 독자들에게 설명을 부탁드립니다.

제가 처음으로 온라인에 녹음을 한 것은 상하이의 『하비스트 매거진Harvest Magazine』에 글을 쓰도록 요청받았기 때문입니다. 우한 봉쇄 사흘째 되던 날이었습니다. 일기를 매일 쓸 생각은 없었고 일기라고 부르지도 않았으며 제목도 없는 임의의 기록이었습니다. 그러나 제가 글을 쓴 후 점점 더 많은 사람이 읽는 것을 알게 됐습니다. 한 번도 만난 적 없는 네티즌이 내 기록을 모두 모아 '팡팡 봉성封城 일기'라고 이름 붙였습니다. '봉성'이란 중국 후베이성 봉쇄를 뜻합니다. 저는 매일 글을 남겼기 때문에 '일기'라는 말에 동의했습니다.

— 후베이성 정부의 과오를 노골적으로 폭로했습니다. 중국의 어두운 면을 폭로했다는 이유로 비난을 받았는데 폭로를 결심한 이유는 무엇이었습니까?

중국의 어두운 면을 폭로한 것이 아니라 전염병 실태와 퇴치 과정, 시민들의 생활을 객관적으로 기록했을 뿐입니다. 보고 듣고 느낀 것을 바탕으로 한, 지극히 개인적인 기록이었습니다. 60일간의 일기는 10만 자 정도인데 비판은 전체의 5분의 1에 못 미칩니다. 비판의 목적은 당연히 문제가 어디에 있는지 정부에 알려서 조속히 시정하고 시정할 수 있도록 하는 것이었습니다. 그들은 형식주의에 익숙해져 많은 일을 제대로 하지 못했습니다. 게다가 도시 봉쇄라는 큰 사건은 누구에게나 처음 접하는 일이었고 실수와 누락이 불가피한 상황이니 기록을 통해 문제점을 지적해주는 게 도움이 되리라고 봤습니다.

— 당신 책에는 이런 문장이 나옵니다. 봉쇄 38일차에 남기신 글인데 가장 슬펐습니다. "가끔 어떤 음성이 들린다. 대체 어디에서 아이가 이렇게 목이 쉬도록 우는 건지 모르겠다. '엄마, 나 버리지 마.' 이런 목소리가 들리면, 나를 비롯해 모든 엄마는 온몸이 떨려오고 만다." 독자로서 온몸이 떨리는 대목이었습니다.

전염병 초기, 특히 의사 리원량이 사망하기 전후에 우한에서는 너무 많은 사람이 사망했고 사망자 중 상당수는 아는 사람들이었습니다. 동시에 당시 의료 시스템이 붕괴되었기 때문에 많은 감염자는 치료를 받을 방법이 없었고 죽음이 임박했음을 알면서도 도움을 청할 곳이 없었습니다. 슬픔이 너무 깊었습니다. 당시의 죽음은 단지 한 사람의 죽음이 아니라 가족 전체의 죽음이거나 부모가 차례로 죽거나 모자가 같은 날 죽는 경우도 있었습니다. 그 소식을 들을 때마다 가슴이 저렸고 제 몸의 뼈가 다 부서지는 느낌이었습니다. 평화로운 시대에 자란 우리 모두는 이런 일을 경험한 적이 없습니다. 당시 우한을 비극적이었다고 표현해도 전혀 과장이 아닙니다. 우리는 슬픔과 고통도 피할 수 없었습니다. 리원량이 사망한 날 밤에 전례 없는 슬픔과 분노를 경험하며 글을 썼습니다.

— 한 명의 독자로서 작가란 진실을 기록하는 사람이라고 믿습니다. 나는 당신이 진실을 기록했던 진정한 작가라고 생각하면서 질문을 보내고 있습니다. 이런 기록이 고통스럽지는 않았습니까? 그리고 이 책이 해외에 판매되면서 중국에서 배신자라는 비난도 받았는데 이에 대해 어떻게 생각하십니까?

나는 내가 진실을 기록했다고 생각하지는 않습니다. 왜냐하면 진실이 무엇인지 전혀 모르기 때문입니다. 나는 우한 전염병의 실제 상황을 기록하기 위해 최선을 다했습니다. 우한 시민들이 초기의 초조함, 공포, 두려움, 분노에서 강인함, 인내, 정부에 협력하려는 노력으로 변화하는 과정, 그러면서도 수많은 동포의 죽음을 목격한 후의 복잡한 감정을 기록했습니다. 전염병 초기에 나 자신도 우한 시민들과 같은 경험을 했습니다. 리원량의 사망에 이어 너무 많은 사망자가 발생해 전례 없는 슬픔과 분노를 느꼈습니다. 배신자라는 비판에 대해서는, 나는 이 문제를 대수롭지 않게 생각하고 있습니다. 자신의 작품을 해외에 출판하는 것은 작가에게 지극히 정상적인 일이기 때문입니다.『우한일기』이전에는 해외에서도 많은 작품을 출간했습니다. 작가가 자신의 작품을 해외에 출판하면 매국노가 된다는 논리는 정말 터무니없습니다. 이 논리는 정말이지 우스꽝스럽고 상식에 어긋납니다. 나는 이러한 비난을 개의치 않으며 내 기분이나 내 삶에도 전혀 영향을 미치지 않습니다. 다만 매우 흥미로운 점은 중국 관료들이 이러한 비난을 믿고 있다는 것입니다. 그것은 또한 나에게 놀라운 느낌을 줍니다. 중국 관리들이 이렇게 우매할 줄은 몰랐으니까요.

— 당신의 책에는 극좌파에 대한 언급이 나옵니다. 지식인 이중톈 선생과의 대화가 흥미롭습니다. "극좌와 극우는 본질적으로 같다"는 두 분의 대화에 밑줄을 그었습니다.

중국에서는 극우 세력이 기본적으로 정부에 의해 용인되지 않고 있고 현재 발언할 수 있는 채널도 거의 없지만 극좌 세력은 매우 강력합니다. 중국에는 극좌파 사이트가 많이 있는데, 이들 사이트 대부분은 개혁개방을 반대하고 문화대혁명에 대해 긍정적인 태도를 갖고 있으며 중국이 문화대혁명 시대로 돌아갈 수 있기를 희망하고 있습니다. 리틀핑크小粉紅와 늑대전사戰狼가 대표적입니다. 중국은 근본적으로 극좌주의 물결의 영향을 받고 이에 덮여 있습니다. 많은 발언과 사건은 문화대혁명 때와 비슷합니다. 관용 수준도 문화대혁명과 마찬가지로 극히 낮은 수준입니다. 그들이 좌파든 우파든 극단으로 치닫는 한 나는 동의하지 않을 겁니다. 나는 중국 사회가 좀더 관대해지기를 희망합니다. 우리는 자신의 생각과 행동에 맞지 않는 사람을 용납해야 할 뿐만 아니라 권력자의 견해에 맞지 않는 사람, 즉 반체제 인사도 용납해야 합니다. 관용적인 사회는 자유롭고 풍요로운 삶으로 이어질 수 있으며 위대한 창의성은 자유롭고 풍요로운 사회에서만 나올 수 있습니다. 내 눈에는 극좌와 극우가 서로 다른 두 방향의 극단으로 치닫는 것에 지나지 않습니다.

— 당신의 문학에 가장 큰 영향을 끼친 작가는 누구입니까?

저는 어렸을 때 루쉰을 좋아했고 그분을 향한 사랑과 존경심은 지금까지 이어지고 있습니다. 하나는 루쉰의 인품 때문이고, 다른 하나는 루쉰이 했던 말의 힘 때문입니다. 그의 불굴의 성격과 불복종적인 성격, 간결하고 예리한 글은 한 사람의 삶에 영향을 미칠 수 있습니다.

— 눈앞의 미래를 예단할 수는 없습니다만 적어도 코로나19는 과거의 일이 된 듯합니다. 참혹한 세월을 겪으면서 중국인과 한국인을 비롯한 세계인의 사고는 예전과 달라졌다는 느낌도 듭니다. 코로나19가 인류에게 남긴 유산은 무엇이라고 생각하십니까?

모두에게 지워지지 않는 상처를 남겼습니다. 하지만 역사적 경험에 따르면 인간은 그 상처를 쉽게 은폐하고 또 망각할지도 모릅니다.

팡팡은 성인이 된 후 약 4년간 공장 하역 잡역부로 생계를 유지했던 경험이 있습니다. 24세라는 다소 늦은 나이에 우한대학에 입학했고 삶을 시詩로 노래하기를 희망했습니다. 이후 소설가가 된 팡팡은 100권 이상의 저서를 출간했습니다. 그리고 국가적 권위를 지닌 루쉰문학상까지 받았습니다. 하지만 팡팡은 현실의 감투 대신 작가적 양심을 택했습니다. 2017년 중국의 또 다른 유명 문학상 루야오문학상 수상작인 『롼마이軟埋』가 중국 정부로부터 판매 금지 조치를 당하기도 했습니다. 『롼마이』는 중국 공산당의 1950년대 토지개혁을 전면 부정했다는 맹비판을 받아 금서로 지정됐습니다. 1950년대 공산당 초기의 농지개혁으로 남편의 온 가족이 목숨을 끊는 것을 목격한 뒤 기억상실증에 걸린 노부인 이야기가 이 소설에 나옵니다. 한국에는 아직 출판되지 않은 책입니다.

『우한일기』는 우리에게 어떤 책으로 기억되어야 할까요. '전염병 사태로 인한 죽음의 행렬 앞에서 집단적 체제에 희생되어 이유도 모르고 사망했던 개인(들)의 참혹한 슬픔을 기억하라'는 묵직한 질문을 던지는 책이라고 저는 생각합니다. 동시에 감염자들의 국적을 불문하고 '코로나 지옥도' 속에서 인간의 선善은 이 질병을 이겨내는 강력한 치료제였으며 사회란 그런 신뢰 위에서 쌓아 올려지는 것이라는 교훈도 책은 전합니다. 이 책이 중국인, 그중에서도 우한 시민의 기억만이 아닌, 세계사적 보편성을 획득하는 책인 이유는 바로 그 때문이겠지요. 전염병은 머지않은 어느 날, 또 우리의 평범했던 일상을 '봉쇄'하려들 겁니다. 아마 그때 팡팡의 『우한일기』 안에서, 우리의 지친 얼굴을 마치 거울처럼 재발견하게 될 것만 같은 확정적인 예감이 듭니다.

주사 약솜 하나로 아홉 번을 문질렀다

옌롄커, 『딩씨 마을의 꿈』

책을 냈는데 책을 출간해준 그 출판사가 직접 작가를 고소하는 일이 세상에 얼마나 될까요. 심지어 작가의 사적인 비위非違 때문이 아닌, 책 속 '내용'을 문제 삼아 작가를 고소했다면 이게 정상적인 상황일까요. 하지만 이것은 중국에서 벌어졌던 실화입니다. 중국 소설가 옌롄커 얘기입니다. 매년 노벨문학상 수상이 유력하게 점쳐지는 그는 중국 내 가장 논쟁적인 작가이며 현존하는 세계 최다수 금서의 작가이기도 합니다. 당장 확인되는 중국 내 금서만 8권일 정도이니, 그가 중국 사회에서 얼마나 뜨거운 논쟁의 중심에 서 있는지 알게 하지요. 『딩씨 마을의 꿈』도 그중 하나였습니다. 출판사는 옌롄커가 국가의 명예를 훼손했고 출판사에 정치적·경제적 손실을 입혔다며 그를 고소한 바 있습니다. 특히 『딩씨 마을의 꿈』은 그가 허난성 집단 에이즈 감염 사태를 문학적으로 고발한 작품인데, 당시 파장이 꽤 컸습니다. 중국 정부는 출간 직후 이 소설의 발행, 유통, 홍보 등을 전면 금지했습니다. 도대체 무슨 일이었을까요.

촛불을 들이대 포착한 악인의 미소

『딩씨 마을의 꿈』은 피를 팔고 사는 매혈로 인한 중국 내 집단 에이즈 발병 사태를 정치적 우화로 그려낸 작품입니다. 배경은 딩씨 집성촌, 인구 약 800명에 가구 수는 200호인 촌읍입니다. 딩씨 마을에서 2년간 주민 약 40명이 에이즈로 사망했습니다. 매혈 운동이 국가 사업으로 진행되고 10년쯤 지난 시점이었습니다. 10년 전은 피가 금처럼 비싸게 팔리던 때였습니다. 너도나도 채혈소로 달려갔고, 미친 듯이 피를 팔았습니다. 붉은 참깨 같은 주삿자국이 팔뚝에 선명했지만 주민들의 욕심은 눈을 가렸습니다.

채혈소 우두머리 딩후이는 기회를 놓치지 않았습니다. 다른 채혈소의 피 한 병 단가는 80위안이었지만 딩후이는 85위안을 약속했습니다. 대신 피 파는 사람을 속이고 '한 병 반'을 뽑아냈습니다. 급기야 딩후이는 약솜 하나로 3명의 팔에 아홉 번을 문질렀고 주사기도 재사용했습니다. 시간이 흐르고 주민들 몸에서 고열이 나기 시작합니다. 푼돈이라도 더 챙기려고 비위생적으로 피를 뽑다가 에이즈가 집단 발병한 것입니다. 죽음이 딩씨 마을을 덮칩니다.

> 견디기 힘든 세월이었다. 죽음은 매일 모든 집의 문 앞을 서성거렸다. 이리저리 날아다니는 모기처럼 어느 집 앞에서 방향을 틀기만 하면 그 집은 영락없이 열병에 감염되었고, 다시 석 달 남짓한 시간이 지나면 누군가 침상 위에서 죽어나갔다.31쪽

딩후이는 마을 주민들의 표적이 됩니다. 대대적으로 피를 매집한 그에게 사람들은 복수를 결심합니다. 딩후이는 타인의 피를 사들였을 뿐 자신의 피는 팔지 않았습니다. 주민들이 몰려가 딩후이를 살해하려 하자 그는 '현縣 열병위원회 부주임'으로 승격된 임명장을 꺼내 보여줍니다. 이제 그 누구도 고위 관료로 영전한 딩후이 몸의 털끝 하나 건드릴 수 없습니다. 에이즈 사망자 유족들은 독약 묻힌 과일을 딩씨 집 근처에 놓아 그 집 가축부터 씨를 말립니다. 독약 묻은 토마토를 먹은 딩후이의 아들도 흰 거품을 물고 사망합니다(이 소설은 딩후이의 죽은 아들이 화자입니다). 파렴치한 딩후이와 달리, 딩씨 마을의 양심적인 선생이자 딩후이의 아버지인 딩수이양은 마을의 에이즈 환자들을 학교로 모으기 시작합니다. 앞날을 모색하자는 이유였습니다. 집결한 주민들은 사기, 절도, 불륜을 서슴지 않습니다. 각자 제출해야 하는 양식 주머니에 벽돌이나 돌덩이, 기와를 넣어 무게를 속입니다. 또 모두가 잠든 사이 물건을 훔칩니다. 죽음을 앞두고 '사촌의 아내'와 사랑을 맹세하기도 합니다. 옌롄커는 이처럼 최후의 순간에 직면한 인간의 민낯에 촛불을 들이대고 그 표정을 관찰합니다.

소설은 딩후이가 매혈 경제 체제의 초고위층 자본가로 올라서기까지의 과정을 자세히 묘사합니다. 딩후이는 에이즈 사망자에게 국가가 공짜로 나눠주던 관부터 빼돌립니다. 무료로 챙긴 수백 수천 개의 관을 이웃 마을에 저렴한 가격에 팔아 종잣돈부터 모읍니다. 딩후이는 그 돈으로 관 가공 공장 다섯 군데의 운영권을 따냅니다. 이어 관 공급량을 조절해 관 가격을 폭등시킵니다. 관 품귀 현상이 일어나 값이 두 배, 세 배, 다섯 배씩 뛰자 서민들은 관을 구할 방법이 없어집니다. 죽어서도 안식을 누릴 수가 없어졌습니다. 다급해진 당국이 에이즈 감염 사망자만 관을 구매할 수 있도록 규제하자 딩후이는 가짜 에이즈 감염 증명서를 팔아 또 이윤을 취합니다. 관 재료로 사용될 목재 가격까지 폭등합니다. 야산의 모든 나무가 관 제작을 이유로 벌채됩니다.

> 마을이 온통 관 마을이 되어버렸다. 그렇게 싼값에 관을 구입하게 된 사람들은 정부가 관을 지원해줬다는 생각에 자신이 열병에 걸린 것도 잊고, 집 안에 곧 죽음을 맞이할 사람이 누워 있다는 것도 잊은 채 미소를 띤 얼굴로 이리저리 돌아다니며 가볍고 즐거운 농담을 주고받았다. 너무 기쁜 나머지 눈물을 흘리는 사람도 있었다. 어떤 사람은 원래 자기 집에 열병이 걸린 사람이 없어 당연히 관을 살 수 없었지만 무사히 관문을 통과하여 결국 관을 손에 넣게 되자, 겁 없이 눈을 똑바로 뜨지 않고 관을 들고 집으로 돌아와서는 자물쇠를 잠가놓았다. (…) 관을 얻기만 하

면 죽어도 아무 걱정이 없을 것처럼 보였다.329~332쪽 발췌

딩후이는 '관 시장' 장악도 모자라 주민들이 가족을 묻을 무덤 위치까지 판매합니다. 결혼하지 못하고 죽은 젊은 총각, 젊은 규수의 영혼 결혼을 뜻하는 '음혼陰婚' 사업에도 뛰어들어 떼돈을 법니다. 딩후이 금고의 자금은 고스란히 현의 고위 관료들 뒷돈으로 들어가고, 딩후이는 더 큰 이권을 약속받습니다. 펜을 메스처럼 쥔 옌롄커는 재앙의 작동 방식을 노련하고도 치열하게 해부합니다. 그가 작품으로 남긴 소설 속 기구한 사연은 가슴 아픕니다. 왕바오산은 피를 팔아 자오씨우친이란 여성을 아내로 맞습니다. 결혼한 그녀는 남편이 자신을 맞느라 빌렸던 나머지 돈을 대신 갚습니다. 왕바오산은 멀쩡한데 아내 자오씨우친이 에이즈로 사망합니다. 또 우샹즈의 어린 딸아이는 그녀가 젖을 물리자 고열에 시달리다 사망합니다. 우샹즈도 그녀의 딸도 피를 판 적이 없습니다. 피를 판 사람은 우샹즈의 남편이었죠. 그는 아내를 너무 사랑해 본인만 피를 팔았습니다. 그러나 정작 자신만 살고 아내와 딸아이를 떠나보냈습니다.

옌롄커가 에이즈에 대한 세상의 편견을 확산시키려고 『딩씨 마을의 꿈』을 쓴 것은 아닙니다. 그는 에이즈 집단 감염 사태를 촉발한 기회주의자, 이기주의자를 겨냥합니다. 특히 에이즈 집단 감염으로 고통받은 허난성은 옌롄커의 고향이기도 합니다. 그는 고향에서 발생한 재앙을 문장으로 남겨 사회 구조를 비판하고 동시

에 이름 석 자 남기지 못했던 허난성 서민들을 애도합니다. 『딩씨 마을의 꿈』의 서문과 작가 후기에 옌롄커는 씁니다.

> 유일하게 나를 불안하게 만드는 것은 독자들이 내 소설을 읽을 때, 내가 쓴 『딩씨 마을의 꿈』을 읽을 때 즐거움을 느끼지 못하고 가슴을 도려내는 듯한 고통을 느끼게 될지도 모른다는 사실이다. 그러므로 먼저 독자들께 사죄의 말씀을 드리고 싶다. 내 소설이 가져다줄 고통에 대해 모든 독자들께 사죄의 말씀을 올리고 싶다.623~624쪽

『딩씨 마을의 꿈』은 실제 사건을 모티브로 삼았습니다. 1990년대 허난성에서 100개가 넘는 마을에 채혈소가 들어섰고 하루 벌어 하루 먹고 살던 중국의 농민들은 매혈에 뛰어들었습니다. 이 과정에서 주사기 등 부수 기자재 재사용, 혈액과 식염수 혼합 등 상상을 초월하는 비위가 난무했습니다. 1993년 10월 한국의 한 일간지를 보면 이런 기사도 발견됩니다. 당시 중국에 입국하려면 에이즈 비감염 증명서가 필수였습니다. 홍콩의 한 기업인은 베이징 공항에 도착한 뒤 중국 관료에게서 이 증명서를 1000홍콩달러(당시 원화로 약 10만 원)에 사들여 입국했다가 적발됐습니다. 집단 에이즈 사건은 21세기 들어서도 지속되는 사회적 재앙입니다. 2012년 12월 1일(세계 에이즈의 날)에는 허난성에서 매혈과 수혈로 에이즈에 감염된 환자 100여 명이 베이징으로 찾아가 1990년대의 비

극에 대한 정부의 보상을 요구하기도 했습니다. 2012년 당시 리커창은 부총리였고 차기 총리 후보로 유력했습니다. 그러나 '허난성 재임 시절 에이즈를 관리하지 못했다'는 오점이 그에게 꼬리표처럼 달리기도 했습니다. 그러나 그는 결국 2012년 총리로 지명됐고, 2013년 정식으로 임명돼 10년의 임기를 채웁니다.

한국에서도 서민들이 생활고에 시달리면 가장 먼저 생각하는 최후의 방편이 매혈이었습니다. 1956년 3월 24일자 한 일간지에 이런 기사가 실려 있네요. "자기의 피를 돈과 바꾸려는 매혈 희망자들이 요즘 들어 부쩍 늘어 매일같이 '혈액은행' 문전에 쇄도하고 있는데 이 서글픈 군상은 그대로 참혹한 '민생고'를 여실히 보여주고 있다." 한국에서 매혈을 완전히 금지한 것은 1982년이었습니다. 헌혈을 늘려 필요량을 충당하고 매혈은 법으로 막았습니다.

1958년 허난성 출생인 옌롄커의 첫 직업은 군인이었습니다. 극도로 가난한 농민의 자식이었던 그는 먹고살기 위해 군인으로 복무하는 와중에 해방군예술대학에 진학해 문예를 공부하면서 소설을 썼습니다. 독특한 이력이지요. 체제를 옹호하는 군인이면서 동시에 체제의 문제점을 비판하는 작가인 그의 소설 작법은 '이중적 글쓰기'가 아닐 수 없습니다. 『인민을 위해 복무하라』 『사서』 『풍아송』 『작렬지』 『레닌의 키스』 『연월일』 등 그의 다른 소설도 인간의 욕망, 사회의 금지 규범을 파헤칩니다. 서문에서 길게 소개했던 그의 대표작 『사서』는 2016년 한강 작가가 부커상을 수상했을 당시 최종 후보 경쟁작이었습니다. 특히 『인민을 위해 복무하라』는 그의 소설 중 최고의 스캔들이었습니다. 마오쩌둥 공산당의 선전 구호 '인민을 위해 복무하라爲人民服務'를 남녀 간 외설스러운 성적 구호('군인 직속 상관의 아내를 위해 성적으로 봉사하라')로 바꿔버린 이 작품은 정식으로 출간되기도 전에 판매 금지 조치를 당합니다. 옌롄커는 그러나 『인민을 위해 복무하라』보다 『딩씨 마을의 꿈』과 『사서』를 읽어달라고 당부한 바 있습니다.

중국의 또 다른 작가 위화의 『허삼관 매혈기』도 매혈 시장 이야기를 다뤘습니다. 한국 독자들에겐 『딩씨 마을의 꿈』보다 『허삼관 매혈기』가 더 익숙하지요. 위화의 작품은 인생의 중요한 순간에 큰돈이 필요할 때마다 피를 팔아 가족을 먹여 살리는 소시민의 애환을 그렸습니다. 두 작품의 문학적 성취에는 이견이 없지만 매혈을 소재로 일부 자본가의 이기심과 관료의 내통을 고발한 옌롄커의 소설, 개인의 고통을 화두 삼은 위화의 소설은 비슷하면서도 결이 다릅니다. 똑같은 매혈을 소재로 했지만 『딩씨 마을의 꿈』은 금서이고 『허삼관 매혈기』는 아닙니다. 이런 차이는 어디에서 비롯된 것일까요. 『딩씨 마을의 꿈』을 번역한 김태성 작가에게 물어보니 "『허삼관 매혈기』는 허구이고 『딩씨 마을의 꿈』은 실제 사건이었기 때문에 중국 내 출판을 총괄하는 광전총국의 대응이 달랐던 것"이라고 분석했습니다. 이어서 "1990년대 허난성에서는 매혈 도중 바늘을 아끼려고 사용했던 주사기를 계속 썼다. 당시 나는 베이징에 있었는데 에이즈 확산 때문에 정부가 허난성을 봉쇄할 정도로 사태는 심각했다. 봉쇄에 불만을 품은 사람들이 성을 탈출해 대도시로 가서 무차별적으로 지나가던 사람을 주사기로 찔러 테러한다는 가짜 뉴스까지 나돌았다. 옌롄커는 중국의 역사와 고통을 소재로 삼았기 때문에 정부가 『딩씨 마을의 꿈』 유통을 당장 막아야 한다고 판단했을 것"이라고 당시를 회상합니다. 특히 그는 『인민을 위해 복무하라』를 통해 이미 금서의 작가로 낙인찍혔던 만큼 더 엄격한 검열 대상이 됐겠지요.

서랍 밖 세계를 겨냥했더니 서랍에 갇혔다

2020년 출간된 회고록 『침묵과 한숨』의 '금서와 쟁론에 대한 몇 가지 견해'에서, 옌롄커는 자신을 금서 작가로 보는 세상의 시선을 다음과 같이 사유합니다.

> 금서라고 해서 다 좋은 책은 아니다. 금지한다고 해서 다 잊히는 것은 아니며 인정받는다고 해서 다 존재하는 것도 아니다. 그러나 중국식 글쓰기 환경에서 평생 글을 썼는데도 쟁론의 대상이 된 적이 없는 작가는 의심해볼 필요가 있다.110~114쪽 발췌

그는 자기 소설을 "서랍 문학"이라고 표현합니다. 중국 내에서 발표되지 못하고 서랍 속에 갇힐 운명의 글이라는 뜻을 함축하고 있습니다. 하지만 그의 작품은 언제나 서랍 밖 세계를 향했습니

다. 소설 속 딩후이의 최후를 비극적으로 그려냄으로써 옌롄커는 시대의 울음을 위로하지요. 금서에 대한 그의 진단은 울림이 큽니다. 금지된 책이라는 낙인이 위대함을 보증하는 증거는 아니지만, 비참한 현실을 사는 작가의 작품이 한 번도 금서가 되지 않았다면 그 작가의 진실성은 의심받게 된다는 의미이지요.

『딩씨 마을의 꿈』 속 딩후이의 운명은 어떻게 될까요. 스포일러가 조금 있습니다만 이야기해봅니다.

아버지 딩수이양은 아들 딩후이를 몽둥이로 때려죽입니다. 아들을 죽이자마자 아버지는 마을 사람들을 향해 무릎 꿇고 엎드려 비명을 지르며 속죄 의식을 치릅니다. 자신이 아들을 직접 죽였다고, 그대들에게 죽을죄를 지은 아들을 자기 손으로 정죄했다고 말이지요. 하지만 이 장면이 정말 슬픈 것은 부자간의 살인이기 때문이 아닙니다. 딩수이양의 참회를 들어줄 마을 사람들이 이미 전부 병사한 뒤이기 때문입니다. 마을 사람들 그 누구도 울부짖는 딩수이양을 내다보지 않습니다. 딩씨 일가를 용서하지 못해서가 아니었습니다. 딩씨 일가를 용서할 사람들이 이 세상에 없었으니까요. 딩씨 마을 사람들은 이미 에이즈로 사망했습니다. 딩수이양의 참회도 딩후이의 죽음도 너무 늦어버린 것이었지요.

한국을 찾은 작가 옌롄커를 단독 인터뷰한 적이 있습니다. 당시 금서에 대해 나눴던 대화를 옮겨봅니다. 2018년 11월 5일 인천국제공항에서 인터뷰, 신문 기사 원문을 그대로 인용함

— 마오쩌둥의 정치 구호를 육체적 욕망으로 해체한 『인민을 위해 복무하라』 필화 사건으로 유명하다. 내는 책마다 자국에서는 금서가 되는데 세계 문단에서는 극찬이 쏟아지는 '옌롄커 역설'을 어떻게 받아들여야 하나.

이제껏 여덟 권이 금서다. 사람들은 나를 비정상이라고 말하나, 중국 상황과 현실 세계를 고려하면 금서 없는 소설가가 오히려 비정상 아닌가.

— 가닿지 못할 것을 염두에 둔 글쓰기는 애석하지 않나.

『딩씨 마을의 꿈』처럼 분명하지 않은 이유로 금서가 된 게 다수다. 비유컨대 '서랍 문학'이었다고 할까. 그러나 이제 책 출간에는 연연하지 않는다. 작가로서 그것은 새로운 자유다.

— 당신의 소설을 관통하는 단 하나의 단어는 '회의'일까.

글쎄……. 생존과 존엄, 위배와 반항이 모두 해당될 것이다. 문학은 현실의 문제를 느끼고 이를 바꾸려는 시도이자 노력이다. 내가 쓰려는 문학은 여기서 벗어나지 않을 것이다.

— 서사 전략으로 언급한 신실神實주의를 간단히 설명한다면.

현실에서 나타난 표면적인 논리 대신 존재하지 않는 진실, 눈에 보이지 않는 진실, 진실에 가려진 진실까지 찾는 전략이다. 인간의 정신, 사물의 내부에 더 의존한다. 중국의 복잡한 현실을 드러내는 장치다. 『사서』가 한 예다.

— 직업군인으로 20년 넘게 복무했고 지금은 소설만 쓴다. 두 번의 인생을 산 셈이다. 하나는 국가를 수호하는 삶이었고, 다른 하나는 체제를 뒤엎어 진보를 이루는 삶이다. 두 삶을 한 인생에서 살아본다는 것은 축복이었나, 재앙이었나.

나는 상반된 신분을 유지할 수밖에 없었다. 군인이자 작가인 나의 과거는 모순이었다. 영웅을 묘사해야 하는데 군대에 영웅은 없었고, 문학은 허상이라는 생각에 빠졌다. 환멸에 사로잡힌 채 『여름 해가 지다』를 썼다. 군인 아닌 인간을 다룬 첫 작품이었다. 군인으로서 요구되는 작품만 썼다면 작가로서 나의 존재 이유는 없었을 것이다.

— 가난에서 벗어나려 소설을 쓰기 시작했다고 들었다. 삶의 결핍은 문학의 깊이와 비례할까.

결핍은 상상을 일으킨다. 더 많이 결핍될수록 더 많은 상상이 온다. 상상으로써 인간은 현실에서 탈피하고 어딘가를 동경한다. 동경은 세계를 이해하는 힘이다. 따라서 둘은 비례한다고 본다(옌롄커는 극도로 피폐한 유년을 보냈고, 그 이야기를 산문집 『나와 아버지』에 썼다).

— 루쉰, 카프카가 당신의 이름 옆을 떠돈다.

어떤 소설가든 단계별로 영향받은 작가가 다를 것이다. 나의 처음은 루쉰이었다. 루쉰을 통해 문학의 반항성을 인식했다. 미시마 유키오와 가와바타 야스나리, 남미의 마술적 리얼리즘도 마찬가지다. 카프카도 아낀다.

— 요통이 심했다고 들었다. 건강은.

육필을 고집하다보니 목 디스크와 허리 통증으로 한동안 고생했다. 침대에 비스듬히 누워 땅이 아니라 하늘을 쳐다보며 손으로 글을 썼다.

— 소설 쓰기가 고통스럽지는 않나.

소설가에게 글쓰기는 두 가지 감정 상태다. 유쾌한 이야기를 쓸 때는 유쾌하다. 고통스러운 것을 쓸 때는 고통스러울 수 있다. 눈치챘겠지만 나는 명백히 후자다.

— 문학이란 무엇인가.

문학은 인간 정신의 언어 표현일 뿐이다. 그러므로 문학에 특별한 사명을 기대해서는 안 된다. 내가 중국 사회를 비판해주기를 바라는 독자가 많지만, 중국은 아마 100년이 지나도 여전히 비판의 대상으로 남아 있을 것이다.

— 쓰는 행위가 무가치하다는 얘기인가.

인간 정신이 소멸하지 않는 한, 문학은 존재할 것이다. 그것이 인간이다.

— 문학과 밥 가운데 무엇이 중요한가.

살아 있는 한 인간에게는 밥이 중요하다. 밥이 먼저이고, 문학은 그다음이다. 그러나 밥을 먹은 뒤 인간에게는 '정신의 밥'이 필요하지 않겠는가.

『침묵과 한숨』에 실린 옌롄커의 글 한 줄을 인용하며 글을 맺습니다. "요컨대 내 일생의 노력은 좋은 작품을 써내기 위한 것이다. 나는 중국에서 금서가 가장 많고 쟁론의 대상이 가장 많이 되는 작가가 아니라 좋은 작가가 되기를 희망한다." 113~114쪽 타인을 죽음으로 내몬 인간의 탐욕은 언제쯤, 누구에게서, 그리고 어떤 방식으로 용서받을 수 있을까요. 중국판 『페스트』인 이 소설은 덮는 순간 더 먹먹해지는 걸작입니다.

CIA 간첩을 고문한 소설, 베트남에서 못 읽는 이유

비엣 타인 응우옌, 『동조자』

독방에 주인공이 갇혀 있습니다. 폭 3미터, 길이 5미터 방에 감금된 주인공은 방대한 분량의 자술서를 작성하는 중입니다. 자술서에 따르면 그의 아버지는 프랑스인이고 어머니는 베트남인이었습니다. 그는 혼혈아, 심지어 사생아였습니다. 가톨릭 신부였던 아버지의 베트남 체류 시절, 아버지의 하녀였던 어머니 몸에서 그가 태어났거든요. 심지어 당시 어머니는 성인이 아닌 소녀였습니다. 태어나면서부터 금단의 영역에 머물렀던 문제적인 인물이었지요. 그래서 어린 시절부터 주인공은 이렇게 불렸습니다. "잡종 새끼, 잡종 새끼." 성인이 된 주인공은 미국으로 건너가 준수한 성적으로 대학을 졸업했습니다. 그러고는 베트남 전쟁 당시 남베트남에 파견된 미국 중앙정보부CIA 비밀 요원이 됩니다. 그런데 그는 동시에 북베트남 공산당이 몰래 숨겨둔 간첩이기도 했습니다. CIA가 비밀리에 파견한 요원이면서 동시에 공산당의 지령을 받은 복잡한 인물인 것이지요. 이는 비엣 타인 응우옌의 장편소설 『동조자』의 설정으로 박찬욱 감독이 동명의 HBO 드라마로 제작한 작품이기도 합니다. 한국에서는 2024년 4월 쿠팡플레이를 통해 공개를 시작했습니다. 원작 소설은 2016년 퓰리처상을 수상했지만 베트남에서는 읽을 수 없습니다.

혼혈인 주인공 '나'는 아홉 살 때 베트남 난민선에서 표류하다가 구조된 보트피플이었습니다. CIA 고위직 간부였던 클로드는 영어 실력이 제법인 '나'의 재능을 알아차렸습니다. 클로드는 주인공에게 지원을 아끼지 않으면서 성인이 되기까지 돌봐 미국 스파이로 교육합니다. 마치 태어날 때부터 이념의 전선에 투입될 운명이었다는 듯이 말이지요. 베트남 전쟁이 터지자 '나'는 비밀 임무를 맡고 전장에 투입됩니다. '나'는 남베트남 최고위직 장군 휘하에 배속됩니다. '나'에게 맡겨진 주요 업무는 긴급 공문 작성이었습니다. 장군의 유능한 부관으로 인정받은 '나'는 주변의 신임을 한몸에 받았지만 클로드가 맡긴 CIA 비밀 요원 임무도 동시에 수행합니다. 그러나 '나'의 정체는 장군의 부관, CIA 비밀 요원이 전부가 아니었습니다. '나'는 보트피플로 표류하기 전인 어린 시절, 북베트남 공산당의 지시를 받고 잠입한 간첩이었습니다. CIA의 클로드가 주인공의 재능을 알아보기 전에 이미 공산당의 지령을 받은 소년이었던 겁니다. '겉으로는 장군의 충성스러운 참모, 한 꺼풀 벗겨보면 CIA 요원, 속내까지 들여다보면 공산주의자 간첩'인 복잡한 인물이었지요. 소설은 주인공과 장군이 베트남을 떠나 미국령 괌으로 가는 장면에서 본격화됩니다.

북베트남 공산당 18개 사단의 포연과 괴성이 도시 사이공을 포위하기 시작합니다. '나'와 장군은 수백 명의 난민과 함께 미군 수송기에 겨우 탑승합니다. 죽음에서 벗어나기 위한 피란 행렬이었습니다. 실제 역사에서도 1975년 4월 30일 사이공이 함락되면서 남베트남은 패망하지요. 패전한 베트남 군인들은 괌 난민 수용소 생활을 거쳐 미국 본토로 수송됩니다. 이후 용감했던 베트남 전사들은 영광을 뒤로하고 초라하고 보잘것없는 신세로 전락합니다. 악명 높았던 장군은 피자 가게를 '호령'하는 촌부, 병참 담당이었던 대령은 건물 잡역부, 무장 헬리콥터를 조종했던 늠름한 소령은 정비공, 게릴라를 추적했던 대위는 즉석요리 전문 요리사, 보병 중대의 유일한 생존자인 중위는 배달부가 됐다고 소설은 묘사합니다. 한때 영웅의 면모를 보였던 이들은 이제 동맹국의 보조금에 의지하는 패잔병 무리에 불과했습니다. 그러나 이들은 아직 패배하지 않았습니다. 이들은 우려낸 고깃국물을 팔고 벽돌을 운반하고 즉석요리를 데우며 한두 푼씩 모은 자금으로 고국 베트남에 다시 '쳐들어갈' 준비를 합니다. 주인공은 과연 CIA와 베트남 공산주의자 사이에서 안전할 수 있을까요.

베트남계 미국인인 응우옌이 쓴 『동조자』는 문학사적으로도 높은 위상을 차지합니다. 그동안 세계문학사에서 베트남 전쟁을 다룬 소설이나 영화는 많았습니다. 한국에도 황석영의 『무기의 그

늘』, 안정효의 『하얀 전쟁』 등이 참전의 기억을 후대에 되살렸습니다. 미국에서는 1968년 베트남전에 징병됐던 작가 팀 오브라이언의 『그들이 가지고 다닌 것들』이 대표적입니다. 『동조자』는 베트남계 미국인의 시각으로 쓴 세계에서 거의 유일한 소설입니다. 하지만 작가의 국적만이 이 소설이 갖는 유의미한 특징은 아닙니다. 응우옌은 인종(프랑스인 아버지와 베트남인 어머니), 종교(가톨릭의 금기인 신부의 정사로 태어난 사생아), 이념(CIA 비밀 요원이자 북베트남이 심은 고정 간첩) 등 여러 차원에서 혼종의 정체성을 사유하고 있습니다. 주인공은 베트남에서도 주변인이고 미국에서도 주변인으로, 남북 어디에서나 강하게 의심을 받는 인물이기 때문입니다.

전쟁과 관계된 거의 모든 사람을 '나'는 비웃습니다. 베트남을 조롱하고, 미국을 비꼬고, 자신들을 식민지 삼았던 프랑스를 냉소합니다. 주인공의 유쾌한 조소는 내밀한 자학 개그에 가깝습니다. 미국은 패전 후 괌을 거쳐 자국으로 이송된 베트남 난민들을 뿔뿔이 흩어지도록 하는데, 이 때문에 베트남 사람들은 미국 내에서 이산가족이 됩니다. '나'는 만약 베트남인들을 모여 살게 한다면 미국이란 공동체에서 "엉덩이에 난 뾰루지 같은 집단을 만들 수 있었을 것"125쪽이라며 자조합니다. '나'가 미국에 도착해 난생처음 서양식 좌변기에 앉은 장면 묘사도 블랙 유머로 가득합니다. "나는 어린 시절 내내 둘로 조각나 있는 변좌에 앉았고, 내가 자세를 취하면 식탁에서 제일 좋은 자리를 차지하려고 다투던 메기들을 생생히 기억했습니다."264쪽 사람의 분변을 가장 먼저 '먹으려' 메기들이 몰려든 강에서 뒷일을 보는 '나'의 기억은 자기비하적입니다. 응우옌이 이 소설에서 보이는 이런 감정은 독자에게 재미를 주면서도 인간으로서 누렸어야 할 최소한의 품위를 상실함으로써 빚어졌던 '웃픈' 상황들을 전시합니다. 즉 자신이 살아온 시간이 얼마나 비참했는지를 독자와 공유함으로써 인간 조건의 결여를 보여주지요. 근본적인 욕구인 배설의 순간에도 참담한 현실을 직시해야 했던 과거를 고백하는 '나'의 과거 상황에 독자는 공감하게 됩니다. 밝은 분위기로 작가는 자신의 결점과 실패의 역사를 보여주는데 바로 그 점이 이 소설의 가장 큰 매력입니다.

호찌민을 비판하면 일어나는 일

자국 출신인 외국 국적의 작가가 국제적인 상을 받으면 모국이 떠들썩하게 자축하는 것은 인지상정입니다. 2017년 일본 출생의 영국인 소설가 가즈오 이시구로가 노벨문학상을 받았을 때 일본 열도가 들썩였던 것처럼 말이죠. 『동조자』는 정치적, 종교적, 성적으로 파문을 일으킬 만한 요소가 가득한 소설입니다. 그럼에도 2016년 미국 최고의 저술상인 퓰리처상을 받았습니다. 정작 이 책은 베트남에서 금서입니다. 이유는 두 가지로 추정되는데, 첫 번째는 공산당 모독이 반복해서 서술되기 때문입니다. 응우옌은 CIA

간부 클로드와 남베트남 장군의 대화 장면에서 베트콩을 이렇게 표현합니다. "저 개 같은 공산주의자 새끼들이……."157쪽 또 주인공은 미국에서 은인인 해머 교수를 만나는데, 해머는 과거에 공산주의자였다가 전향한 인물입니다. 주인공이 해머에게 묻습니다. "한때 공산주의자였던 것을 후회하시나요, 교수님?" 그러자 해머가 답합니다. "아니, 그렇지 않아. 결과적으로 그 실수를 저지른 덕분에 오늘날의 내가 될 수 있었어."180~181쪽 공산주의자들이 주인공을 고문하는 마지막 장면도 잔혹하게 그려졌습니다. 주인공은 공산당을 위해 정보를 전달하는 업무를 평생 담당했습니다. 그러나 그가 북베트남에 돌아갔을 때 아무도 그를 동료로 환대하지 않았습니다. '미국 사상에 물들었다'는 이유에서였죠.

공산주의자들은 주인공의 옷을 전부 벗겨 매트리스 위에 눕힙니다. 기절할 듯이 졸린 주인공이 잠들려 할 때마다 고문 기술자들은 돌아가며 주인공을 발로 툭툭 건드립니다. 절대 잠들지 못하게 하려는 수면 고문이었죠. 아주 환한 조명을 켜서 그의 얼굴을 비추며 괴롭히기도 합니다. 또 그들은 소련이 선물한 혈청을 그에게 주사합니다. 9볼트짜리 배터리 전선을 그의 귀에 꽂아 전기 고문을 합니다. 구역질이 날 정도로 목구멍에 물을 붓기도 하지요. 주인공은 미치기 직전까지 갑니다. "제발 잠 좀 자게 해줘! 차라리 죽어버리고 싶어!"614쪽라고 비명 지르는 주인공의 마지막 요청을 공산당 비밀 정치위원은 들어주지 않습니다.

사실 응우옌의 비판이 공산주의자만 겨냥하는 것은 아닙니다. 베트남을 식민지화했던 프랑스도 강한 비판의 대상이 되고, 패망을 앞두고 무능했고 부패했던 남베트남도 무책임한 정부로 비판받습니다. 패망한 '장군'은 상황을 이 지경으로 만들었다는 이유로 베트남 난민들에게 슬리퍼로 뺨따귀를 맞는 장면도 그려지지요. 미국은 이 소설에 최고의 권위를 부여했고, 베트남은 이 소설을 하대했습니다. 작가 비엣 타인 응우옌에게 이메일을 보내 그 이유를 직접 물어봤습니다. 며칠 뒤 긴 답장이 도착했습니다.

> 베트남 정부에 '금지 도서 목록'이 있는지는 모르겠습니다. 목록을 공개하지 않는 것 같습니다. 하지만 제 베트남 출판사는 2016년부터 『동조자』의 번역본을 가지고 있었습니다. 그러나 출판하지 못했습니다. 베트남 출판사는 출판을 위해 정부가 승인한 다른 출판사의 허가를 필요로 합니다. 그러나 어떤 출판사도 출판하지 않았습니다. 공산당, 공산주의 활동, 호찌민에 대한 소설의 묘사 때문에 출간되지 않은 것 같습니다. 저는 제가 이 소설에서 공산주의에 대해 말하는 것이 남베트남, 미국인 또는 자본주의에 대해 말하는 것보다 더 나쁘다고 생각하지는 않습니다. 그러나 공산주의에 대한 비판, 또는 공산주의의 일부 실패나 한계에 대한 현실적인 묘사라고 생각하는 것조차 논란의 여지가 있습니다. 특히 베트남에서 호찌민은 전혀 다룰 수 없습니다. 2023년 7월 10일 이메일 회신

HBO 드라마 시리즈 「동조자」의 한 장면. 할리우드 스타 로버트 다우니 주니어가 1인 5역으로 캐스팅됐고 주인공 '나'는 호아 쉬안데 배우가 연기했습니다.

응우옌이 밝혔듯이, 베트남의 국부로 통하는 호찌민을 직접 비판한 대목이 베트남에서 이 소설의 출판을 금지한 가장 큰 이유일 것입니다. 작품에서 미국에 도착한 베트남 난민들은 미국인이 버린 고급 의상을 주워 입고 정치적 항의 성명이 적힌 알림판을 들고 있습니다. 그들의 손에 든 알림판에는 "호찌민=히틀러?" "우리 국민에게 자유를!"이라고 적혀 있습니다. 응우옌과 같은 베트남 보트피플이 보기에 호찌민은 좋은 평가를 받기 어렵습니다. 그는 당시 반대파를 탄압했고 민간인 학살에 책임이 있다는 비판을 받고 있기도 합니다.

하지만 2024년 드라마 시리즈 「동조자」가 HBO를 통해 세계에 공개되면 『동조자』에 대한 베트남 내 관심도 폭발적으로 증가하리라 예상됩니다. 박찬욱 감독이 연출하는 데다 영화 「아이언맨」으로 잘 알려진 로버트 다우니 주니어가 무려 1인 5역을 맡았기 때문입니다. 박찬욱 감독은 2023년 6월 유튜브 '일당백'과 진행한 인터뷰에서 때마침 방한한 작가 응우옌과 나란히 앉아 『동조자』를 두고 애정이 느껴지는 한마디를 했습니다. "어떤 작품을 하겠다고 결정할 때 하고 싶다는 생각도 들어야 하고 잘할 수 있다는 확신도 있어야 하는데 『동조자』는 그런 생각이 다 들었습니다." 박 감독의 작품은 소설을 원작 삼은 것이 많습니다. 「아가씨」 「공동경비구역 JSA」는 소설이 원작이고 「올드 보이」도 일본 만화가 원작이었지요. 이번 「동조자」에 그는 어떤 색깔을 입혔을까요.

역사 속에서 내가 누구인지 정확히 인식하라

'동조자'는 영어로 The Sympathizer입니다. '동조하는 사람'이란 뜻이죠. 동조한다는 것은 근본적으로 공감한다와 같은 말이기도 합니다. 주인공은 이념상 좌든 우든 어느 쪽에나 쉽게 공감합니다. 주인공의 운명(이중간첩 지시)은 이미 아홉 살 이전에 정해졌습니다. 인종적으로든 정치적으로든 종교적으로든 주인공은 양쪽 모두의 의견에 쉽게 공감할 수밖에 없었던 한 '혼종' 베트남 스파이의 운명을 상징하지요. 소설에서 '나'의 운명은 응우옌이 자기 의지와 상관없이 걸어가야만 했던 삶의 궤도와 무관치 않습니다.

4세 때 미국으로 건너간 보트피플 출신인 응우옌은 아메리칸 드림을 이룬 미국 사회의 신화적인 인물입니다. 그는 UC버클리에서 영문학과 민족학 학위를 받은 뒤 서던캘리포니아대학USC에서 오래 강의한 교수입니다. 2023년에 그는 하버드대학 찰스 엘리엇 노턴 시詩 교수로도 임명됐습니다. 이 교수직은 1925년 이후 100년 역사를 자랑하며, 하버드대학 홈페이지에 따르면 T. S. 엘리엇, 호르헤 루이스 보르헤스, 오르한 파묵 등 세계 문호들이 임명됐던 영광의 자리입니다. 작가 응우옌은 2023년 가을부터 2024년 4월까지 찰스 엘리엇 노턴 시 교수직을 맡아 강연 중인데 그의 강의는 유튜브에도 공개됐습니다. 이 보트피플의 후예는 자신이 역사 속에서 누구인지를 정확히 바라봄으로써, 또 과거와 현재의 연결선상에서 스스로를 잊지 않음으로써 현재의 자리에 섰습니다.

세상의 환대와 관심을 넘어 자기 자신을 정확하게 인식하려는 자세는, 아무리 시대가 변해도 문학이 걸어가야 할 가장 분명한 자리라는 생각을 하게 됩니다.

응우옌이 몰두하는 정체성의 작업은 과거 그의 USC 강의계획서에도 자세히 나옵니다. 2023년 상반기 그의 연구 주제는 '베트남 전쟁 생존자와 그 후손들'이었습니다. 아시아계 미국인 문학, 베트남 전쟁과 기억, 타인으로서의 글쓰기 등을 강의에서 다룹니다. 즉 '베트남 디아스포라'에 대한 작업을 이어가는 것으로 보입니다. 디아스포라Diaspora란 특정 민족이 불가항력의 이유로 자신이 살던 땅을 떠나 다른 지역으로 이동해 집단을 형성하는 것을 뜻하지요. 재일교포(자이니치)를 다룬 이민진의 소설 『파친코』, 윤여정 배우가 오스카 여우조연상을 수상한 영화 「미나리」 등이 넓은 의미에서 디아스포라 작품입니다. 응우옌은 강의 홈페이지 '어나더 워 메모리얼 닷컴anotherwarmemorial.com'에 베트남 전쟁 생존자 인터뷰 데이터베이스를 구축하고 있습니다. 홈페이지에서 인물 사진을 클릭하면 전쟁 당사자 혹은 그 후손이 겪은 전쟁의 참상이 프로파일링되어 있습니다. 샬럿 던이란 여성은 베트남 전쟁을 겪은 부모 밑에서 성장한 베트남계 미국인입니다. 응우옌 교수의 강의를 듣는 학생들은 한 명도 빠짐없이 베트남 전쟁 생존자와 후손을 인터뷰해야 합니다. 이 인터뷰들은 홈페이지에 업로드됩니다. 『동조자』의 주인공은 이처럼 수많은 베트남인의 비극적 운명을 응축한 캐릭터였던 것이지요.

식민지화 이후의 대규모 전쟁, 그리고 그 전쟁이 좌우 이념 간의 대리전이었다는 점에서 이웃 나라 베트남은 한국과 여러 면에서 닮았습니다. 베트남은 미국의 패전으로 한국과는 다른 길을 갔지만 말이죠. 저는 『동조자』에서 주인공의 독백을 읽는 내내 최인훈의 대표작이자 20세기 최고의 한국 소설인 「광장」 속 이명준을 떠올렸습니다. 그렇게 생각하는 사람이 과연 저뿐일까요. 한 국가가 치른 전쟁은 영구적인 상처를 남깁니다. 그런데도 시간이 지나 그 전쟁의 상흔은 '낡은 것' '오래된 것'으로 치부되어 망각되기 마련이지요. 하지만 응우옌의 문장은 여전히 현재적입니다. 그의 문학은 『헌신자』 『난민들』 등 후속작이 출간될 때마다 큰 반응을 얻고 있습니다. 한국문학에서도 응우옌과 같은 작가들이 장대한 역사소설로 세계문학과 길항하게 될 때를 기다려봅니다. 슬픔은 시간이 지날수록 짙어질 뿐 낡아지는 감정은 결코 아니니까요.

일본 731부대를 추적한 천재 소설가

켄 리우, 「역사에 종지부를 찍은 사람들」

미국 소설가 가운데 가장 총명하다고 평가받는 인물이 있습니다. 1976년생으로 하버드대학 문학부 졸업, 마이크로소프트 프로그래머, 하버드대학 로스쿨 출신 변호사 등의 경력을 가진 켄 리우입니다. 그의 문학세계는 독특합니다. 그는 주로 역사라는 팩트에 과학적 상상력을 덧댄 소설을 써왔습니다. 세계 유명 문학상을 휩쓴 젊은 거장인 그의 작품 수십 편 가운데 유독 일본 내 출간만 거절당했던 작품이 하나 있습니다. 제2차 세계대전 당시 일본 731부대를 소재 삼은 「역사에 종지부를 찍은 사람들」입니다. 이 소설은 역사학, 법학, 컴퓨터공학을 엮어 1940년 중국 하얼빈의 버려진 공장에서 자행된 731부대의 생체 실험과 그 이후의 논쟁을 가상으로 다룬 작품입니다. 제국주의 일본의 생체 실험을 천재적인 상상력으로 재해석한 탁월한 작품의 내부로 들어가봅니다.

주인공은 아케미 기리노라는 여성 물리학자입니다. 그녀는 훗날 '뵘기리노'라고 명명하게 되는 초미세 입자를 발견합니다. 공기 속에 뒤섞인 이 입자는, 보이지도 만져지지도 않습니다. 입자를 빛의 속도로 관측하면 과거의 한때가 시각, 소리, 냄새, 초음파 등으로 데이터화됐습니다.

뵘기리노 입자의 발견은 인류의 미래를 다시 쓸 위대한 성과였습니다. 기리노 박사는 뵘기리노 입자 관측 장치까지 개발합니다. 이로써 시간을 거슬러 과거를 관찰하는 일이 가능해졌습니다. 모두가 시간여행 장치의 발견에 한껏 들떠 열광하는 가운데 공교롭게도 기리노 박사는 인류의 첫 번째 시간여행 장소로 1940년 하얼빈 외곽에 위치했던 한 허름한 공장을 선택합니다. 그곳은 바로 제국주의 일본의 731부대 실험실 현장이었습니다.

기리노 박사의 시간여행은 '입자'로서 체험되는 구조이기 때문에 이를 경험할 피실험자가 필요했습니다. 모집 공고가 붙고 응모자 중 릴리언 C. 장와이어스라는 여성이 선발됐습니다. 릴리언은 1940년 731부대 피해 여성의 조카였습니다. 그녀는 어린 시절 실종된 고모의 최후가 궁금해 실험자로 자원했고 높은 경쟁률을 뚫고 인류 최초의 시간여행을 떠납니다.

실험 시작 후 릴리언이 눈을 떠보니 섭씨 영하 20도 추위 속의 공터였습니다. 얇은 옷만 걸친 포로들이 한 줄로 길게 서 있었습니다. 731부대가 '극단적 저온이 인체에 미치는 영향'을 실험하는 중이었습니다. 릴리언은 육체가 없으면서도, 현장의 소리를 듣고 눈으로 보며 현장을 감각합니다. 731부대 장교가 포로의 팔을 때리자 사람 몸에서 이런 소리가 났습니다. '깡, 깡, 깡.' 팔 안의 혈액까지 고체로 바뀐 뒤였습니다. 인간이 어디까지 악해질 수 있는가에 대한 생생한 체험은 릴리언의 두뇌를 거쳐 전부 저장돼 데이터로 구축됐습니다. 731부대원들은 밀폐된 방의 기압을 높여 사람이 '터져' 죽을 때까지 관찰하고, 포로의 양팔을 절단해 각각 반대쪽에 접합하는 실험까지 합니다. 매독 감염 경로를 실험하고자 생면부지 남녀에게 성교를 지시한 일은 반어적 의미에서 차라리 인간적이었다고 해야 할까요.

릴리언의 이 위험한 '시간여행' 이후 세계 학계는 걷잡을 수 없는 상황에 직면합니다. 과학적 실증, 역사적 검증을 거치자 릴리언의 증언과 데이터가 역사학자들의 사료 기록과 일치했고, 어떤 면에서는 더 확실하고 더 정교한 데이터였기 때문입니다. 미국 하원 청문회 현장에 증인으로 불려간 릴리언은 사람의 신체를 잘라 보존해둔 여러 개의 유리병을 목격했으며 심지어 세로 방향으로 가른 사람의 육체도 보관돼 있었다고 주장합니다. 릴리언은 자신의 고모를 결국 발견하는데, 고모는 임신한 상태였고 발진과 부종이 가득했다고 증언합니다. 731부대에서 강간과 인체 실험은 일상이었다고 릴리언은 증언합니다. 비명이 들려 들어간 방에서는 한 의사가 여성 피실험자를 성폭행 중이었고 다른 여성들은 의사의 성폭행이 용이하도록 그 여성의 몸을 붙들었습니다. 릴리언은 악마가 된 인간의 민낯을 실시간으로 관찰합니다.

시간을 움켜쥐는 자가 역사를 지배한다

뵘기리노 입자를 활용한 시간여행 방식은 이론적 모순의 여지가 없었습니다. 누가 봐도 실재했던 사건이라고 인정할 수밖에 없는 시간여행 데이터를 두고 격론이 벌어집니다. 그러나 증거 채택 여부에 관한 합의가 이뤄지지 않아 사회는 혼란에 빠집니다. 상황이 악화되자 미국과 중국 정부는 뵘기리노 입자를 활용한 시간여행 장치를 폐쇄합니다. 또 세계 각국 정부는 '시간여행 전면 중지 상호 협약'을 맺습니다. 그러나 역사는 언제나 의도와 반대 방향으로 흐르기 마련이지요. 강대국들이 시간여행 중지를 협약하는 동안 역사의 희생자였던 민족과 국가는 정반대 길을 선택합니다. 아르메니아인, 유대인, 티베트인, 아메리카 원주민, 인도인, 케냐의 키쿠유족, 신대륙 노예의 후손들, 세계 곳곳의 희생자 집단이 전부 '기리노 박사의 관측 장비를 사용하게 해달라'고 강력하게 요청한 겁니다.

이제 기계를 손에 쥐는 자가 역사를 지배하게 됩니다. 세상은 어떤 파국을 맞이하게 될까요.

시간여행을 소재 삼은 소설은 적지 않습니다. 너무 많아 진부하게 느껴질 정도이지요. 일본의 전쟁범죄 책임을 추궁하는 문학 작품도 많습니다. 켄 리우의 이 소설은 지루함을 넘어섭니다. 두 가지 강력한 힘을 지녔기 때문입니다. 첫째, 이 소설은 '역사의 점유'라는 주제를 신선한 방식으로 사유합니다.

수천 년의 세계사에서 전쟁은 대부분 '영토 분쟁'이었습니다. 공간의 분쟁이 곧 세계 분쟁사였지요. 현재 대립 중인 국가들은 국경을 사이에 두고 상대에게 자신의 '공간'을 주장합니다. 가자지구(이스라엘·팔레스타인), 크림반도(러시아·우크라이나), 댜오위다오 혹은 센카쿠열도(중국·일본) 등도 모두 공간의 싸움입니다. 그런데 「역사에 종지부를 찍은 사람들」은 공간 갈등을 시간 갈등으로 바꿔냈습니다. 시간여행 주도권을 확보하면 과거를 들여다보는 일이 가능해지고, 이로써 역사의 점유도 허용되니까요.

이 소설이 흥미롭게 느껴지는 두 번째 이유는, 전범 국가 일본의 책임만을 도돌이표처럼 반복 재생하지 않는다는 점입니다. 켄 리우는 중국 공산당의 뒤늦은 항일 애국주의와 일본의 만행을 감춘 미국의 맥아더 장군을 동시에 부정하고 비판합니다. 켄 리우는 중국인이 아니라 중국계 미국인입니다. 그의 시선에서는 일본, 중국, 미국 모두 유죄입니다. 책에 따르면, 중국 공산당은 일본 패망 후 '공산주의 계급론'에 의거해 일본군 포로에게는 관대했고, 간부에게는 엄혹했습니다. 하급 병사 포로들이 공산당의 강의를 듣고 자백서를 쓰면 쉽게 풀어줬습니다. 그러다가 1990년대에 들어서면서 소련 등 공산권이 붕괴됩니다. 위기의식을 느낀 중국 정부는 스스로의 정당성을 확보하고자 중일전쟁의 기억을 애국주의와 일치시켰다고 이 책은 기술합니다. 항일 무장투쟁의 역사를 뒤늦게 상기시키면서 중국 공산당을 전면에 등장시킨 것이었다는 설명입니다. 또 작가의 시선에서 미국 역시 책임으로부터 자유롭지 못합니다. 미국은 소련이 일본의 731부대 생체 실험 자료를 확보할 것이 두려워 일본으로부터 직접 그 자료를 넘겨받았고, 이후 이 사안에 대해 침묵했습니다. 그 중심에 선 인물이 바로 맥아더 장군이었다고 소설은 기술합니다. 켄 리우는 이 소설에서 먼저 '과거의 정보와 기억을 그대로 체험할 수 있는 기술의 발견'을 언급한 뒤, 그 기술이 인간 사회에 어떤 파장을 일으킬지 상상력을 동원해 이야기했습니다. 반일 소설만은 아니고, 중국과 미국까지 동시에 비판한 작품입니다. 소설 「역사에 종지부를 찍은 사람들」은 켄 리우의 단편 14편이 실린 『종이 동물원』 맨 끝에 수록됐는데, 일본에서는 이 소설만 빼고 작품집을 펴냈습니다. 중국도 켄 리우의 작품에 불쾌감을 드러냈습니다. 그의 책은 중국에서 4권 이상 출간됐는데, 중국어판에는 공산당을 비판한 대목이 곳곳에서 삭제된 채 출간됐다고 전해집니다. 한중일 가운데 이 소설을 온전한 형태로 읽을 수 있는 나라는 한국뿐입니다.

그럼에도 불구하고 켄 리우는 「역사에 종지부를 찍은 사람들」을 두고 "스스로 가장 아끼고 자랑스러워하는 이야기"라고 자주 말해왔습니다. 이 소설은 그의 홈페이지에 전문이 공개되어 있습니다. 독자와 공유하고 싶은 작가의 마음을 일러주는 대목입니다. 2018년 『종이 동물원』 한국어판 출간 당시 저는 켄 리우를 서면으로 단독 인터뷰했습니다. 이메일 답변을 일부 옮겨봅니다.

세계는 지난날의 참상과 불의가 낳은 결과물이다. 인류의 일원으로서 우리가 물려받은 세계가 어쩌다 이런 모습이 됐는지, 모두를 포용하려면 어떻게 해야 하는지 배울 의무가 있지 않을까. 우리 인간은 이야기를 통해 세계를 이해하도록 설계된 종種이다. 어떤 진실은 오로지 이야기를 통해 이해할 수 있을 뿐 데이터를 통해 이해하는 것이 불가능하기 때문이다. 우리는 이처럼 까다로운 진실이 담긴 이야기를 가리켜 문학이라고 한다. 프로그래머, 변호사, 작가라는 나의 직업은 근원적인 행위의 변주variations에 지나지 않는다. 가상을 조합해 특정한 결과를 얻는 건 모두 똑같다. 하지만 글쓰기는 유별난 구석이 있다. 기호를 조합해 만든 인공물이란 점은 같지만 궁극적인 힘은 감정과 공감이기 때문이다. 그것은 인간으로서 우리가 누리는 경험의 기반이며 나는 인간의 기반을 구현하는 게 즐겁다. 2018년 12월 18일 이메일 회신

켄 리우의 이 소설은 마치 한 편의 다큐멘터리 영화를 보는 듯이 서술됩니다. 등장인물의 회고, 심층 인터뷰, 기조연설 영상, 법정 증언, TV 토론, 길거리 인터뷰 등 복합적인 형식으로 글이 전개됩니다. 미국 하원 외교위원회 아시아태평양지구 환경소위원회 청문회, 아치볼드 에저리 하버드대학 교수의 인터뷰, 731부대 소속 의사이자 전범인 야마가타 시로의 증언, 미국 『이코노미스트』 기사 등에 이어 중국 식당의 종업원 쑹위운우, 오스트레일리아 퍼스의 거주민 교사 존, 밀워키에 거주 중인 주부 패티 애시비 등 수십

「역사에 종지부를 찍은 사람들」의 주인공 아케미 기리노 박사는 1940년의 731부대를 첫 번째 시간여행 장소로 선택합니다. 1940년대 731부대가 실제 사용했던 본부 건물의 모습. 지금도 하얼빈시에 보존돼 있습니다.

명의 이야기가 펼쳐집니다. 그 과정에서, "전쟁 중엔 나쁜 일이 벌어지니, 잊고 용서하는 게 크리스천의 길"513쪽이라거나 "늙은 사람들은 외로움을 많이 탄다. 일본군한테 납치당했다고 주장하는 한국인 매춘부처럼"513쪽 "중국이 티베트 사람들한테 못되게 굴었으니, 그 업보가 아닌가"514쪽라는 내용이 기술됩니다. 현실에서 많이 접했던, 낯익은 이야기지요. 그래서인지 소설을 들여다볼수록 제목의 뜻을 알게 됩니다. '역사에 종지부를 찍은 사람들'은 바로 평범한 얼굴의 모든 사람입니다.

이 소설 역시 (혹은 이 글 역시) 색깔론의 스펙트럼에서 '반일이냐 친일이냐, 혐중이냐 친중이냐, 친미냐 반미냐'의 기로에 서게 되겠지요. 그러나 그런 색깔론과는 무관하게 분명한 점은, 외면하고 싶은 불의와 억압 속에서 어느 길이 옳은 것인지를 켄 리우가 우리에게 질문한다는 것입니다. SF와 판타지 문학계에서 3대 문학상으로 불리는 휴고상, 네뷸러상, 세계환상문학상을 휩쓴 그의 다음 행보가 궁금해지는 이유입니다. 한 권의 책으로 세 개의 상을 석권한 작가는 켄 리우가 전 세계에서 처음입니다.

2부

독자를 불편하게 할 것

Iris Chang

方方

閻連科

Nguyễn Thanh Việt

Ken Liu

Toni Morrison

Bret Easton Ellis

Chuck Palahniuk

Camilo José Cela

Владимир Владимирович Набоков

Milan Kundera

Bohumil Hrabal

이문열

Ray Douglas Bradbury

Ismail Kadare

Nelly Arcan

Philip Milton Roth

마광수

Henry Valentine Miller

George M. Johnson

José de Sousa Saramago

Νικος Καζαντζάκης

Michel Houellebecq

نجيب محفوظ عبد العزيز ابراهيم احمد الباشا

তসলিমা নাসরিন

صادق هدایت

דורית רביניאן

Suzanna Arundhati Roy

Witold Marian Gombrowicz

George Orwell

우린 모두 '강자의 안경'을 심장에 박아넣었다

토니 모리슨, 『가장 푸른 눈』

미국 작가 토니 모리슨은 그야말로 전설입니다. 39세에 쓴 첫 소설로 세계적 권위의 전미도서상과 퓰리처상을 받았고, 23년 후인 62세에 노벨문학상 메달을 목에 걸었기 때문입니다. 토니 모리슨 책의 판매량은 1000만 부로 추계됩니다. 평단과 대중이 열광하는 그녀는 펜촉 하나로 세계인과 대화한 20세기 최고의 작가입니다. 그런데 토니 모리슨을 언급할 때마다 논란이 불가피한 책이 한 권 있습니다. 데뷔작 『가장 푸른 눈』입니다. 영아 살해, 근친상간, 소아성애를 한 권에 모두 담았기 때문입니다. 정체성에 관한 사유로 가득한 이 소설은 슬럼가에 방치된 흑인 아이들이 처한 비극을 다룬 작품입니다. 흑인 아이들은 백인도 아니고 성인도 아닌, 사회 최하층 약자입니다. 『가장 푸른 눈』은 바로 그 연약한 지점을 어루만지며 시작됩니다.

『가장 푸른 눈』의 배경은 흑인들이 사는 쇠퇴한 슬럼가입니다. 어느 날 흑인 소녀 클라우디아는 엄마에게서 "갈 곳 없는 여자애가 집에 와서 잠시 살 것"이라는 말을 듣습니다. 한 침대를 쓰게 된 아이의 이름은 피콜라였습니다. 불행한 사람들만 모여 지내는 하류층의 마을에서도 피콜라네 가정은 악명이 높았습니다. 피콜라의 아빠 촐리 때문이었습니다. 촐리는 늘 만취해 폭력을 일삼았습니다. 피콜라가 클라우디아 집에 위탁된 이유도 아빠 촐리가 집에 불을 지르고 체포됐기 때문입니다. 상처로 가득한 피콜라를 친구 클라우디아는 연민합니다. 사실 두 소녀의 처지는 비슷했습니다. 궁핍한 부모는 매일 서로를 죽일 듯이 싸워댔으니까요. 소설에서는 암울한 소녀들의 하루하루가 무채색으로 묘사됩니다.

옆 동네 백인 소녀들은 클라우디아와 피콜라를 조롱했습니다. "검둥이, 이 못생긴 검둥이들." 가정 내 불화와 외모 편견이 그러잖아도 우울했던 소녀들의 유년에 찐득찐득 달라붙습니다. 클라우디아와 피콜라는 예뻐질 수 있는 가장 확실한 방법을 고민합니다. 그건 바로 '푸른 눈'을 갖는 것이었습니다. 백인 소녀들이 가진, 보석처럼 박힌 두 개의 푸른 눈이었습니다. 푸른 눈동자를 가질 수만 있다면 모든 어른이 백인 소녀를 예뻐하는 것처럼 자신들도 어른들에게서 사랑받을 테니까요. 푸른 눈은 주로 백인의 상징입니다. 물론 유전자에 따라 흑인도 푸른 눈을 가질 순 있다고 합니다. 희박한 가능성으로 말이지요. 『가장 푸른 눈』의 중심인물 클라우디아와 피콜라는 저 불가능에 가까운 기도를 매일 올립니다.

'못생긴' 검은 피부를 상쇄할 세상에서 가장 푸른 눈The Bluest Eye을 달라고 피콜라는 간절히 기도합니다. 아직 이름도 잘 모르는 신에게 말입니다.

> 피콜라는 세상을 보고, 세상을 담는 자신의 눈이 지금과는 달리 아름다웠다면, 자신은 전혀 다른 존재가 되었을 거라고 생각하게 되었다. 피콜라는 하루도 빠지지 않고 푸른 눈을 달라고 기도했다. 일 년 동안 아주 열정적으로 기도했다. 다소 낙심하긴 했지만 희망을 잃은 것은 아니었다. 그처럼 멋진 일이 벌어지는 데는 기나긴 시간이 걸릴 것이다.60쪽

이쯤 읽으면 『가장 푸른 눈』은 천진한 소녀들의 성장소설로 느껴질 겁니다. 그러나 토니 모리슨이 설계한 문장은 그런 한가한 예측과는 정반대 방향으로 치닫습니다. 슬럼가 소녀들은 성적으로 유린당합니다. 동네 아저씨 방에는 포르노 잡지가 가득했습니다. 매너가 좋았던 아저씨는 소녀의 몸을 만집니다. 심지어 흑인 소녀들이 만나는 동네의 젊은 여성들도 대부분 매춘부였습니다. 예상이 크게 어긋나지 않는다면 소녀들 역시 몇 년 안에 별다를 바 없는 운명을 따라갈 처지였습니다. 절망의 씨앗은 도둑처럼 찾아와 생의 척박한 땅에 심어져 모든 풍경을 망쳐버립니다. 피콜라의 아빠 촐리가 감옥에서 출소한 겁니다. 촐리는 인간이 될 수 없는 인물이었습니다. 그는 삶이 지켜내야 할 최소한의 가치조차 학습하

지 못했으니까요. 촐리는 이제 막 월경을 시작한 어린 딸에게 다가갑니다. 토니 모리슨은 『가장 푸른 눈』의 핵심이 되는 이 장면을 두 페이지에 걸쳐 기술하는데, 촐리의 얼굴이 상상되어 토악질이 나올 정도여서 옮겨 쓰진 않겠습니다. 깨어난 피콜라는 친엄마 폴린을 찾아가 도움을 요청합니다. 그런데 어린 딸을 지켜야 했던 엄마는, 오히려 그런 말을 하는 피콜라를 심하게 구타합니다. 몸도 마음도 차갑게 굳어버린 소녀 피콜라는 정신분열을 일으킵니다.

> 절망은 텅 빈 가슴속에서 오랫동안 타올라 '경멸'이라는 거대한 덩어리가 되었다. 차갑게 식은 경멸은 성난 입술로 분출되어 모든 것을 소진시켰다. 남자아이들은 피콜라 주위를 돌며 섬뜩한 춤을 추었다. 마치 불구덩이에 던질 제물祭物을 준비하듯이. '깜둥이 깜둥이 네 아버지는 발가벗고 잠을 자. 얼레리 꼴레리. 얼레리 꼴레리.' 82쪽

피콜라의 마음에는 정말이지 단 하나의 목표만 남습니다. 바로 '푸른 눈' 말입니다. 그토록 갈망했던 푸른 눈만 가질 수 있다면 모두가 자신을 사랑하리라는 마지막 믿음 때문이었습니다. 피콜라는 광고 전단을 보고, 정신이 성치 않은 남성 점술가(영매)를 찾아갑니다. 그게 자신이 푸른 눈을 가질 유일한 방법이라고 생각했으니까요. 그런데 피콜라가 만난 그 자식은, 하필 또 '소아 성애자'였네요. 피콜라는 푸른 눈을 가질 수 있을까요.

『가장 푸른 눈』이 출간된 것은 1970년. 그때만 해도 이 작품이 세상을 떠들썩하게 만들 정도는 아니었습니다. 1970년대에 토니 모리슨은 두 편의 장편을 더 발표합니다. 1973년에 내놓은 두 번째 소설 『술라』가 전미도서상 후보에 올라 문학적 가능성을 인정받았고, 1977년 세 번째 소설 『솔로몬의 노래』가 마침내 내셔널 북 어워즈를 받으면서 그녀는 동시대 미국의 대표 작가로 도약합니다. 첫 소설을 출간한 지 7~8년 만에 남들은 일생에 한 번 받기도 어려운 상을 받았습니다. 하지만 이런 기적조차 토니 모리슨이란 작가의 작은 출발에 불과했습니다. 이후 그녀는 1987년 『빌러비드』로 퓰리처상을 수상했고, 1993년 결국 노벨문학상 수상자로 호명됩니다. 세상은 언제나 포장지 없는 날것으로 우리에게 비극을 보여주지만 소설이 그 날것을 거울처럼 옮겨 적는 일은 늘 불허되었습니다. 토니 모리슨의 글은 그 날것을 바라보게 해주는 창窓과 같은 기능을 했습니다.

토니 모리슨의 문학적 영예 이면에서, 『가장 푸른 눈』을 둘러싼 논쟁은 미국 사회를 뜨겁게 달궜습니다. 이 논쟁은 잦아들기는 커녕 현재까지도 이어지는 중입니다. 1998년 메릴랜드주의 일부 학부모는 『가장 푸른 눈』을 "음란한 소설"이라며 문제 삼았습니다. "근친상간과 소아 성애 소재의 책은 도서관에서 퇴출돼야 한다"는 이유였지요. 이듬해 뉴햄프셔주 고등학교에서는 『가장 푸른 눈』을 "학생들의 독서 목록에서 삭제하라"는 요청이 폭주했습니다. '노벨문학상 작가가 쓴 음란소설'이란 딱지가 이 소설에 꼬리표처럼 붙었습니다. 미국도서관협회ALA 집계에 따르면 『가장 푸른 눈』은 1990~1999년 대출 및 커리큘럼 폐지 요구 목록에 오른 100권의 책 중 34위를 차지했습니다. 2000~2009년에는 15위, 2010~2019년에는 10위를 차지하더니 2022년에는 3위가 됐습니다(2023년 9월 발표). 노벨문학상 수상자의 작품에 매달린 '음란 서적'이라는 꼬리표, 이것이 『가장 푸른 눈』을 둘러싼 미국 사회 금서 논쟁의 전말입니다. 한 남성의 인면수심의 가정 범죄를 다룬 소설을 성장기 아이들이 도서관에서 '자유롭게' 읽도록 한다는 것은 쉬운 문제가 아닙니다. 미국도서관협회도 자녀들이 이 책들을 읽도록 '권장'하려는 것은 아닙니다. 다만 타인이 책을 읽거나 책을 읽지 않을지 판단할 권리는 없다고 주장합니다. 책의 자유로운 유통과 표현의 자유를 믿고 따르는 미국 도서관은 금서 지정 요청 때문에 상당한 사회적 논란을 겪는 중입니다.

아이를 잉태한 부모는 폭력까지 유산으로 넘겨준다

무엇보다 『가장 푸른 눈』의 금서 논쟁 가운데는 내용이 "음란하고 외설적이다"라는 지적이 많았습니다. 하지만 읽어보면 압니다. 이건 음란하거나 외설적인 책이 아니라, 슬퍼도 너무 슬픈 책이라는 것을요. 소설의 주제는 피콜라가 겪은 성폭력의 비극만이 아닙니다. '가해자인 부모 촐리와 폴린이 겪은 피학의 세계'까지 함께 다

롭니다. 세상에 던져진 피콜라의 삶을 추적하면서 피콜라를 잉태한 부모가 겪었던 세상의 폭력을 나란히 전시하지요. 그런 점에서 이 소설은 '폭력이 유산처럼 상속되는 흑인사회 악의 연대기'에 가깝습니다. 그건 흑인사회에서 살았던 토니 모리슨만이 할 수 있는, 또 해야만 하는 이야기였습니다.

작가는 먼저 피콜라의 아빠이자 범죄자인 촐리의 삶을 따라갑니다. 촐리는 태어나면서부터 부모에게 부정을 당했습니다. 친엄마는 출산 직후 담요와 신문지로 둘둘 말아 핏덩이 촐리를 철로변 쓰레기 더미에 버렸습니다. '사생아' 촐리가 자라 친아빠를 찾아갔을 때 그는 자초지종을 듣지도 않고 말합니다. "그년에게 돈을 돌려준다고 말해. 이제 내 앞에서 썩 꺼져." 그 여자가 누군지도 모르면서 말이지요. 피콜라의 엄마 폴린도 한때는 삶에 대한 의지가 강했습니다. 하지만 세상은 그녀에게 가혹했습니다. 피콜라를 출산하던 날, 폴린은 존엄한 인간이 아니라 마치 '암말'과도 같은 짐승이었습니다. 백인 여자들을 살갑게 대하던 산부인과 의사는, 수술대에 누운 폴린을 보며 후배들에게 말했습니다. "흑인 여성은 고통 없이 출산한다. 마치 '암말'처럼." 이건 세상이 흑인 여성을 대하는 엄혹한 방정식이었습니다.

물론 우리는 잘 압니다. 친아버지 개인이 겪은 과거의 아픔이 자식을 학대하거나 폭행할 한 줌의 정당성도 얻지 못한다는 사실을 말입니다. 큰 충격으로 눈물을 떨구는 딸을 가슴속 깊이 안아주지는 못할망정 손찌검하는 정신 나간 친엄마의 모습도 결코 허용

될 순 없습니다. 다만 이 소설은 촐리와 폴린이 가정과 사회로부터의 유대감을 전혀 못 느끼는 환경에서 자랐음을 간파합니다. 저 둘은 폭력을 유산처럼 피콜라에게 이식하고 있는 것입니다. 아이를 어떻게 키워야 하는지, 아이를 어떻게 대해야 하는지에 대한 상식이 전혀 없었으니까요. 그 결과, 피콜라의 신체적·정신적 죽음이라는 일이 발생했습니다.

검은 피부와 곱슬머리가 갖는 '추함'을 덮어줄 푸른 눈을 얻길 기도하는 피콜라의 바람은, 결국 자기혐오와 수치심에서 비롯됐습니다. 이 두 감정은 무엇으로부터 온 것일까요? 그건 사회가 흑인을 바라보는 차가운 시선에서 기인합니다. '검은 것은 추하고, 하얀 것은 미적이다'라는 미추美醜의 오류가 흑인 소녀의 마음에서 발아한 것이지요.

'나는 누구인가'의 문제에 답하기 위해서는 누구보다 '나'를 직시해야 합니다. 그런데 흑인들 대다수는 이 질문에 대답하기 위해 '타인(백인)의 눈에 비친 나는 어떠한가(누구인가)'를 먼저 사고하며, 이를 흑인의 이중의식이라고 부릅니다. 세계가 흑인에게 가했던 차별의 역사 때문입니다. 자아와 타자의 '겹눈의 시선'으로 자기 자신을 바라보기, 이것이 흑인의 뿌리 깊은 의식입니다. 만약 이 글을 읽는 우리가, 흑인이 아닌 황인이라는 이유로 피부색에 위계를 적용해 '황인은 흑인보다 좀더 미적이고, 백인보다는 약간 추하다'라고 한다면 이 논리가 합당할까요.

타인의 렌즈로 자아를 규정하려는 이중성은 우리 모두가 갖고 있습니다. 특히 흑인에게 그것은 참혹했던 역사와 차별적인 문화가 억지로 눈알에 끼워넣은 무형의 콘택트렌즈이고, 심장에 깊숙이 박은 미추의 안경일 것입니다. 그런데 사람은 누구나 저 보이지 않는 '색안경'을 끼고 살지 않던가요. 자신이 얼마나 위대한 존재인지 알지 못하는 상태에서 타인의 눈으로 자신의 아름다움을 규정하려는 어리석음 말입니다. 작가는 그 지점에서 흑인(인간)의 뿌리 깊은 이중적 시선, 즉 이중의식을 발견한 것이지요. 사실 그것은 흑인'만'의 일이 아니라, 우리 모두의 이야기이기도 합니다. 이것이 『가장 푸른 눈』이 이룩한 눈부신 성취입니다.

1901년에 만들어진 노벨문학상 전체 수상자 가운데 여성은 현재까지 17명입니다. 최초는 1909년 스웨덴 출신의 셀마 라겔뢰프였습니다. 이후 1993년 토니 모리슨의 수상은 여성 작가로서 8번째이니, 그 전까지 무려 92년간 여성 작가의 수상은 단 7번이었습니다. 그로부터 30년이 흐른 현재까지, 여성 작가 9명이 노벨문학상을 받았습니다. 92년간 7명이었다가 30년간 9명이니, 노벨문학상을 운영하는 스웨덴 한림원이 얼마나 남성 중심적이었는지를 말해주지요. (물론 한림원도 변화 중이라는 증거이기도 하지만요.) 그런데 저 17인의 여성 작가 중에서 '흑인'은 토니 모리슨 딱 한 명입니다. 그녀는 노벨상 123년 역사에서 '최초'이자 '유일'한 흑인 여성 수상 작가입니다.

두 번째 '토니 모리슨'은 언제쯤 우리에게 얼굴을 보여줄까요? 미국 여성 작가 앨리스 워커가 차기 후보로 자주 거론되지만,

미국 극단 아든 시어터가 2018년 상연한 연극 「가장 푸른 눈」 장면. 토니 모리슨의 소설은 여러 편이 영화와 연극으로 각색되어 전 세계 대중과 만났습니다.

2022년 미국 백인 여성 시인 루이즈 글릭이 노벨상을 수상했기 때문에 앨리스 워커의 수상 가능성은 낮습니다. 노벨상이 국가와 대륙을 안배하니까요. 젊은 흑인 여성 작가 중에서는 『절반의 태양』 『숨통』 『보라색 히비스커스』를 쓴 치마만다 응고지 아디치에(나이지리아, 1977년생), 『하얀 이빨』 『타인들의 책』을 쓴 제이디 스미스(영국, 1975년생, 흑인 어머니와 백인 아버지를 둔 혼혈)가 유력합니다. 하지만 두 작가는 아직 40대여서 먼 미래에나 가능할 것입니다. 따라서 토니 모리슨은 유일한 '흑인 여성' 노벨문학상 작가로 우리에게 오래 기억될 것입니다.

우리는 죽는다, 하지만 우리에겐 언어가 있다

1993년 노벨상 수상 당시 토니 모리슨의 강연은 현재 오디오 파일로만 전해집니다. 노벨문학상 홈페이지에 접속하면 볼 수 있습니다. 그중 저에게 가장 인상 깊었던 문장은 "We die. That may be the meaning of life. But we do language. That may be the measure of our lives(우리는 죽는다. 그것이 인생의 의미일지도 모른다. 하지만 우리는 언어를 사용한다. 그것이 우리 삶의 척도가 될 수 있다)"였습니다.

토니 모리슨은 전 세계 상을 휩쓸고 아울러 프린스턴대학에서 오랜 기간 학생들을 가르칠 만큼 영예와 권위를 가진 학자였습니다. 그러나 그녀의 작가적 출발은 아주 작은 테이블에서 이뤄졌습니다. 두 아들의 엄마였던 그녀는 결혼 6년 만에 이혼했습니다. 자식들을 양육할 돈이 필요했던 터라 출판사 편집자로 일했습니다. 그녀는 '흑인들의 하버드'로 불리는 하워드대학을 졸업했고 탁월한 언어적 능력을 가진 편집자였지만 동시에 무엇보다 엄마였고 또 생활의 최전선에서 돈을 벌어야 하는 직장인이었습니다. 토니 모리슨은 훗날 그 시절을 회상하면서 "새벽에 일어나 글을 썼다"고 말했습니다. 그때 쓴 첫 소설이 바로 『가장 푸른 눈』이었지요.

두 아들이 잠들어 있는 새벽녘, 그녀는 작은 책상에 앉아 흑인으로서의 이야기를 썼습니다. 그것은 자기 이야기였고, 동시에 주변 사람들 이야기였습니다. 피콜라는, 토니 모리슨이 어린 시절을 기억하며 떠올린 한 아이이고(백인처럼 푸른 눈을 갖고 싶어했던 한 소녀), 클라우디아는 토니 모리슨의 작가적 분신이니까요(주인공 피콜라를 관찰하는 소녀). 토니 모리슨의 문학은 '최정상 문학의 나침반은 언제나 바로 자기 옆의 소외당한 사람들의 자리를 향한다'는 명징한 사실을 우리에게 일깨워줍니다. 위대한 문학은 이처럼 아주 작은 개인사가 세계사적 보편성을 획득할 때 완성됩니다.

연쇄살인범들의 성경으로 불렸던 피 얼룩 같은 책

브렛 이스턴 엘리스, 『아메리칸 사이코』

검붉은 피가 얼굴에 튄 한 남성이 이를 드러내며 활짝 웃는 장면으로 유명한 영화 「아메리칸 사이코」(2000)를 기억하시는지요. 주인공 패트릭 베이트먼을 연기한 배우 크리스천 베일의 섬뜩한 웃음이 아직도 생생하게 기억납니다. 이 영화의 원작이 소설이고, 이 책이 세계에서 동시다발적으로 판매 금지를 당했던 문제작임을 아는 분은 적을 겁니다. 또 호주·캐나다의 연쇄살인범들 자택의 책장에서 『아메리칸 사이코』가 공통적으로 발견된 사실까지 아는 분은 더 적을 겁니다. 한때 '연쇄살인범들의 성경聖經'으로 불린 책, 한번 읽고 나면 잘 지워지지 않는 피 얼룩 같은 책, 브렛 이스턴 엘리스의 장편소설 『아메리칸 사이코』의 진한 피 냄새 속으로 들어가봅니다. 한국에서는 '19세 미만 구독 불가' 딱지가 붙어 있어서 성인이 아니면 구매가 불가능합니다. (아래 글은 역겹고 잔혹한 문장, 외설적인 표현, 특히 작품의 일부 스포일러가 포함되어 있습니다. 인용은 최소화했습니다.)

주인공은 하버드대학 출신의 투자회사 고위직 임원인 26세의 패트릭 베이트먼입니다. 겉보기에 그의 삶은 완벽에 가깝습니다. 누구나 탐내는 외모, 뛰어난 자기 관리 능력, 10억 원에 달하는 연봉까지 모든 것을 갖췄습니다. 그러나 뉴욕은 그에게 악취의 공간입니다. 베이트먼의 삶을 한 꺼풀 벗겨내면 썩은 피 냄새가 가득합니다. 출근길은 늘 그를 짜증나게 합니다. 뉴욕의 풍경은 악취의 임계점을 넘어섰습니다. 길은 막히고, 택시 창밖으로 세어본 노숙인은 30명쯤. 뉴스에서는 '목조 주택 지붕에서 던져진 갓난아이, 산 채로 불태워진 짐승들, 에이즈에 감염된 야구 선수, 마약에 중독된 아이'와 같은 끔찍한 소식만 방송됩니다. 베이트먼이 내면에 숨긴 감정은 살의와 성욕뿐입니다. 사실 그는 연쇄살인범입니다. 단지 재미를 위해, 때로 두통을 잊기 위해 오락이자 심심풀이로 사람을 죽였습니다. 그러나 그를 추적하는 사람은 아무도 없습니다. 베이트먼은 상대방 눈을 보고 대화하면서도, 호주머니 속 톱니 모양 칼로 상대방 복부에서 '내장을 꺼낼' 상상을 합니다. 첫 살인은 하버드대 학부생 시절에 감행했습니다. 신입생이었던 여자친구는 2학년 진급을 못 했습니다. 강둑 나뭇가지에서 '머리통만 머리카락이 묶인 채로' 발견됐거든요.

어느 날 패트릭 베이트먼은 회사 동료 폴 오언과 마주칩니다. 오언은 늘 거슬리는 녀석입니다. 오언이 자신을 베이트먼이 아닌 다른 남성 동료 마커스 홀버스탬으로 오해하기 때문입니다. 또 오언은 베이트먼과 외모도 비슷했습니다. 발렌티노 양복과 같은 브랜드의 뿔테 안경. 둘은 같은 미용실, 같은 디자이너에게 헤어스타일링을 맡기는 등 삶의 모든 부분이 겹쳤습니다. 만취하여 몸을 가누지 못하는 오언을 집으로 초대한 베이트먼은 유행가를 틀어놓고 바닥에 신문지를 깝니다. 그리고 양복 위에 우비를 껴입은 뒤 소파에 앉은 오언의 얼굴 한가운데에 도끼를 내리꽂습니다.

두상에서 분출된 피가 베이트먼의 우비를 뜨겁게 적십니다. 베이트먼은 곧이어 오언의 집으로 갑니다. 그는 손목시계, 전기면도기, 모직 정장 등을 챙기고 오언이 런던 여행을 떠난 것처럼 연출합니다. 오언은 맨해튼에서 그렇게 '증발'했습니다.

오언의 죽음을 전후로, 베이트먼의 살인 충동은 성性 충동과 엮이면서 점점 더 엽기적이고 가학적으로 변해갑니다. 베이트먼은 퉁명스럽게 답하는 여성 바텐더에게 "네 피를 가지고 놀고 싶다"며 욕하고, 길거리 창녀와 콜걸을 불러 삼자 성관계를 합니다. 그러나 '평범한' 성관계가 아니었지요. 베이트먼은 두 여성 사브리나와 크리스티를 침대에서 심각하게 학대합니다. 두 신체에는 멍이 들고 생채기가 났으며, 심지어 절름발이가 될지도 모르는 사디즘-마조히즘의 관계였습니다. 두 여성은 화대를 받는 조건으로 베이트먼의 폭력을 견뎠습니다. 성관계 직후 침대 옆에 놓인 '이탈리아제 빈 소금통'의 존재는 (책에 직접 기술되진 않지만) 정신이상자의 잠자리가 방금 저 공간에서 일어났다는 사실을 추정하게 합니다. 베이고 패인 상처에 소금을 뿌린 게 분명하기 때문입니다.

시간이 흐를수록 베이트먼의 행동은 침대를 넘어 거리에서도 가학적으로 변해갑니다. 1달러짜리 지폐를 구걸하던 무기력한 노숙인, 펫숍에서 구매한 애완용 강아지, 길거리에서 만난 꼬마를 그는 닥치는 대로 살해합니다. 길거리 개의 두 앞발을 '한 번의 강한 동작'으로 부러뜨리고 가는 길, 베이트먼은 맥도널드에서 바닐라 밀크셰이크를 주문합니다. 아무 이유 없이 행인의 얼굴에 '총알 두 방'을 먹인 직후에는 시리얼 한 통을 사면서 휘파람을 붑니다. 사이코패스의 살인을 과연 누가 어떻게 멈출 수 있을까요.

출판사 편집자가 구토하면서 울다

『아메리칸 사이코』는 문장 몇 줄을 읽는 것만으로도 속이 메스꺼워지고 눈꺼풀이 떨려오는 소설입니다. 반사회성 성격 장애를 가진 한 사이코패스의 '범죄 종합선물세트'와도 같은 책이지요. 그래서인지 1991년 이 책 출간 당시 각국의 반응은 격렬했습니다. 미국에서는 출간과 동시에 금서로 지정됐고, 출간 30년이 지난 지금도 일부 도서관에서는 금서로 분류되고 있습니다. 독일에서도 검열 끝에 판금 조치를 당했으며, 호주에서는 'R18+(만 18세 이상만 열람 가능)', 즉 성인만 독서 가능한 책으로 분류됐다고 합니다. 작가는 익명의 괴한으로부터 살해 위협까지 받았습니다. 이뿐만이 아닙니다. 1991년 호주의 한 쇼핑몰에서 행인 8명을 칼로 죽인 범인이 현장에서 자살하는 참극(스트라스필드 쇼핑몰 대학살 사건)이 벌어졌습니다. 경찰이 범인의 집을 조사해보니 『아메리칸 사이코』가 책장에서 발견됐습니다. 1992년 캐나다 몬트리올에서는 여성 20명을 노예로 삼고 강간·살인한 남녀(심지어 부부)가 검거됐는데(버나도 호몰카 사건), 그들의 집에서도 『아메리칸 사이코』가 발견됐습니다. 이 책이 '연쇄살인범들의 성경'으로 불린 이유입니다.

한국에서 이 책이 출간된 시기는 2009년으로, 다른 나라들보다 좀 늦은 편입니다. 출판사 황금가지는 이 소설을 '19세 미만 구독 불가' 표시에 비닐 포장을 한 상태로만 판매했는데, 간행물윤리위원회는 묘사가 잔혹하다며 '유해 서적'으로 분류해 판매를 금지합니다. 법정 소송 끝에 지금은 19세 이상 성인이면 구매할 수 있습니다. 황금가지에 물어보니 "당시 담당자가 편집 과정에서 구토를 하고 울면서 진행했을 만큼 힘들어했던 소설"이라는 얘기를 들었습니다.

이 책은 상하 각권 400쪽씩, 도합 800쪽 분량입니다. 인내심을 요구하는 이 책을 읽다보면, 이런 생각이 불가피해집니다. 왜 작가는 사이코패스 범죄를 이토록 끔찍하게 묘사했던 걸까요. 단지 선정성을 내세워 세상의 관심을 얻기 위해서였을까요. 그러다 소설의 마지막 대목에 이르면 불현듯 이런 생각이 듭니다. 바로 베이트먼이 소설 속에서 일인칭으로 고백하는 수십 건의 살인 사건이 아예 처음부터 현실에서 일어나지 않았을 가능성입니다.

다시, 소설의 안쪽으로 들어가봅니다.

베이트먼은 자기혐오가 깊어지자 전담 변호사에게 자신의 죄악을 남김없이 털어놓습니다. 변호사는 의뢰인 베이트먼이 전화 메시지로 남긴 '살인 고백'을 전혀 믿지 않습니다. 베이트먼은 "내가 바로 오언을 죽인 살인자"라며 화를 냅니다. 그러나 변호사는 이것을 농담으로 받아들입니다. 변호사에게도 합리적인 이유가 있습니다. 베이트먼이 자신을 자꾸 몰아세우자 화가 머리끝까지 난 변호사는 그제야 나직하게, 그러나 분명한 어투로 베이트먼에게 말합니다. "이 멍청한 새끼야… 왜냐하면… 내가… 폴 오언하고… 저녁을… 먹었거든… 두 번이나… 런던에서… 바로 열흘 전에." 제2권 392쪽 이제 두 가지 가설이 가능해집니다. 첫째, 베이트먼이 오언이라고 알고 지낸 남성이 오언이 아니었을 가능성. 둘째, 자신이 오언을 살해했다는 베이트먼의 고백이 '거짓 환상(상상 속 살인)'이었을 가능성입니다.

첫 번째 가설부터 살펴볼까요. 『아메리칸 사이코』에서는 뉴욕 최상류층 인물들의 패션이 비슷한 데다 상대방의 참모습에 관심이 없다보니 서로가 서로를 다른 인물로 오해하는 것으로 자주 묘사됩니다. 즉, 베이트먼이 죽인 남성이 오언이 아니었다면, 전담 변호사의 주장("열흘 전에 오언과 식사했다")이 성립됩니다.

하지만 두 번째 가설의 가능성도 근거는 충분합니다. 소설을 읽어보면, 베이트먼이 변호사를 만난 이후 그의 살인 장면이 더는 기술되지 않고 있습니다. 살인이 멈춘 것이지요. 또 변호사와의 만남 직후 베이트먼이 택시 기사에게 시계와 지갑을 빼앗기는 장면이 나오는데, 이로써 그는 강자(피의자)에서 약자(피해자)로 바뀝니다. 이에 따른다면 베이트먼의 독백은 전부 거짓 환상이고 그의 상상 속에서 벌어졌던 살인은 가짜라는 해석이 설득력을 얻습니다. 타인에 대한 존중과 관심이 사라진 시대, 인간은 자기 정체성까지 상실했습니다. 그게 우리가 살아가는 사회의 맨얼굴입니다. 타자에 대한 분노와 공격성이 베이트먼의 위험한 환상으로 표출된 것이지요. 인간의 끝도 없는 소유욕, 인간의 비인간화라는 주제의 중심에 패트릭 베이트먼이 자리합니다.

인간이라는 종種은 현실보다 과장된 허구 속 비극을 관람함으로써 해방감을 맛보는 존재입니다. 현실에서 경험하기 어려운 그리스 비극을 보면서 일종의 카타르시스를 느꼈던 것처럼 말이지요. 예술은 픽션을 통해 세상의 구조적 모순을 이해하도록 인간을 이끕니다. 베이트먼의 광란에 가까운 범죄 묘사는 인간에 대한 존중이 허물어지고 한낱 물질로 폄하되는 세계, 윤리적 인간과 도덕적 사회가 더 이상 설 자리를 잃어가는 현실을 더 선명하게 비춥니다. 『아메리칸 사이코』는 그런 점에서 현실을 보여주는 (반어적 의미에서의) 윤리적 거울로 기능합니다. 비상식적이고 비합법적인 베이트먼의 살인 연극을 목격하고 나면 윤리적 기준이 완전히 망실된 우리 세계, 인간이 쾌락을 위해 물질화되는 시대를 고민하게 되는 것이지요. 그것이 『아메리칸 사이코』의 잔혹한 묘사를 이해하는 하나의 길일 것입니다.

가면 밑에서 숨을 참고 지내는 사람들

『아메리칸 사이코』 안팎에는 흥미로운 비화가 적지 않습니다. 우선 책에는 유명 스타가 등장하는데, 대표적인 작중인물이 영화배우 톰 크루즈입니다. 소설 속에서 그는 베이트먼의 펜트하우스에 사는 이웃으로 둘은 엘리베이터에서 만나 대화합니다. 베이트먼이 톰 크루즈의 신작 영화 제목을 틀리게 말하는 장면도 나옵니다. 이처럼 소설 곳곳에는 작가가 숨겨둔 유머가 가득합니다.

『아메리칸 사이코』는 발표 후 페미니스트들의 비판에 직면했습니다. 등장 여성 대다수가 이성적 사고력이 결여된 인물로 그려졌기 때문입니다. 비판에 앞장섰던 페미니스트는 저널리스트이자 사회운동가로 지금도 활동 중인 글로리아 스타이넘이었다고 전해지는데, 그녀가 바로 영화 「아메리칸 사이코」의 주인공으로 낙점되는 크리스천 베일의 새어머니였다는 사실도 의미심장합니다. 또 소설 속에서 한 인물이 베이트먼을 "배트맨 같은 호색한"제2권 23쪽이라고 비꼬는 장면이 나옵니다. 「아메리칸 사이코」의 크리스천 베일이 훗날 「다크나이트」 트릴로지(3부작)에서 주인공 배트맨 배역을 맡는다는 점 역시 흥미롭습니다. 소설 『아메리칸 사이코』의 발표가 1991년, 영화 「아메리칸 사이코」의 개봉이 2000년, 영화 「배트맨 비긴스」(다크 나이트 3부작 중 첫 작품)의 개봉이 2005년임을 감안하면 마치 어떤 예언과도 같은 문장이지요. 크리스천 베일이 '사이코' 베이트먼의 악과, '수호자' 배트맨의 선을 5년의 시간차를 두고 연기했다는 점도 흥미진진합니다.

『아메리칸 사이코』에는 뮤지컬 「레 미제라블」의 포스터가 계속 등장합니다. 영화에서는 베이트먼의 자택에 포스터 한 점이 걸려 있고, 소설에서는 세 번 이상 「레 미제라블」이 언급됩니다. 이쯤 되면 우연한 장면이 아니지요. 「레 미제라블」의 주인공 장발장은 고작 빵 하나를 훔친 죄로 감옥에 갇혔습니다. 그리고 돌아와 한 신부님의 도움을 받아 자기 정체를 숨기고 살아야 했습니다. 반면 『아메리칸 사이코』의 베이트먼은 인간을 아무리 살해해도 단죄되지 않습니다. 살인범이라는 그의 정체는 거대한 도시에서 희미하게 감춰집니다. 빵 하나의 무게가 지극히 무겁게 다뤄지고, 인간 목숨의 무게는 더없이 가볍게 여겨지는 시대인 것이지요.

결국 이런 질문이 가능해집니다. '인간이 인간이 아닌 시대, 우리는 무엇을 잃어버린 걸까?' 아마 그건 우리가 지켜야 하는 무형의 마지노선, 바로 '윤리'가 아닐까요.

얇은 가면 몇 장을 바꿔 쓰면서 화를 억누른 채 숨을 참고 지내는 사람들, 그게 실은 우리 자신의 은폐된 민낯이기도 합니다. 인간이 짐승이 아닌 이유는, 베이트먼처럼 누군가를 살해하는 상상에 갇혀 사는 대신, 우리가 회복해야 할 윤리적인 가치관을 공유하는 바로 그런 마지막 선의善意 때문일 겁니다. 『아메리칸 사이코』는 그런 인간의 폭력성을 거울처럼 비추면서 우리를 고민하게 만드는, 영원한 '비윤리적' 문제작입니다.

턱뼈 전체가 날아간 한 여성의 마약 사냥

척 팔라닉, 『인비저블 몬스터』

차량의 열린 창문 틈으로 누군가가 총을 갈겼습니다. 운전석에 앉아 있던 그녀의 턱뼈 전체가 부서졌습니다. 운전석에는 턱뼈 조각이 걸려 있었습니다. 그녀는 직접 차를 몰고 응급실에 도착해 그대로 기절합니다. 깨어나 보니 얼굴은 붕대로 칭칭 감겨 있습니다. 누군가가 병실 거울을 떼어버렸습니다. 결코 봐서는 안 될 모습이기 때문이었지요. 생명은 가까스로 건졌지만 얼굴은 이제 '절반만' 남았습니다. 치명적으로 아름다웠던 여성 모델이 얼굴 반쪽을 잃은 이후의 사건을 통해 "나는 누구인가, 나를 나이게 하는 것은 무엇인가"를 묻는 걸작 『인비저블 몬스터』의 첫 장면입니다. 이 소설은 총격 테러, 방화와 폭발, 납치와 살인 등의 소재 때문에 모든 출판사가 출간을 거절했던 문제작입니다.

총알이 턱뼈를 날리기 전, 주인공 '나'는 패션모델이었습니다. 예쁜 외모와 빼어난 체형 덕분에 어디를 가든 누구를 만나든 레드카펫에 올라선 듯이 카메라 플래시가 터졌고, 사람들은 그런 그녀를 동경했습니다. 그러나 지금은 병실 신세입니다. TV에는 미소가 환한 그녀의 광고가 방송되는데 그 미소를 가능하게 했던 얼굴의 절반이 이제는 없습니다. 가족도 애인도 그녀를 떠났습니다. 혀로 입천장을 자극하며 성대를 울리면 겨우 쇳소리가 났지만 하관이 없으니 부정확한 발음 탓에 알아들을 수 없었습니다. 얼마나 끔찍했던지, 슈퍼마켓에서 보란 듯이 물건을 훔친 날에도 단 한 명의 점원조차 그녀를 말리지 않았습니다. 그녀를 제지하려면 얼굴을 마주 봐야 하는데 그러기에는 두려웠으니까요. 물건을 훔쳐 계산대를 걸어 나오는데도 점원들은 딴 곳만 응시합니다. 한때 만인의 연인이었지만 이제 아무도 바라보려 하지 않습니다. 책 제목처럼 '보이지 않는invisible 괴물monster'이 된 것입니다.

어느 날 성형외과에서 만난 브랜디가 '나'에게 말을 겁니다. "지독히도 못생겼군. 코끼리에 깔리기라도 한 거야?"57쪽 의문의 여성 브랜디는 '나'에게 가명假名을 선물하고 격조 높은 패션 디자이너가家의 유일한 상속녀로 행세할 것을 제안합니다. '나'는 브랜디가 설계한 범죄에 뛰어듭니다. 대저택 절취범이었습니다. 한 사람이 부동산 중개인을 1층에서 붙잡아 대화를 나누는 사이, 나머지는 2층 욕실과 침실에서 물건을 훔치는 식이었지요. 노리는 물건은 주로 약물이었습니다. 두 사람은 절도를 '약 사냥'이라고 부릅니다. 진정제 발륨, 진통제 다르본, 응급피임약 에스티닐, 질염 치료제 에스트랏, 신경안정제 디아제팜과 알프라 졸람 등등. 티가 나지 않을 정도로만 빼돌린 약을 직접 복용하거나 길거리에 내다 팔았습니다. '나'는 이제 모델에서 말을 못 하는 가짜 상속녀로 변해 두 번째 삶을 시작했습니다.

명쾌하게 해명되지 않는 인생사, 주인공 '나'의 삶은 의혹으로 가득해집니다. '나의 턱뼈를 날려버린 범인은 누구인가?'라는 질문이 머릿속을 울려댑니다. '나'는 먼저 모델 친구 이비를 강하게 의심했습니다. 이비는 '나'처럼 미인으로, 재벌가 출신이며 모델 일을 함께한 친구였습니다. 이비는 '나'의 약혼자였던 매너스와 바람을 피운 사이이기도 했습니다. 그런데 매너스는 이비가 총을 쐈다고 주장하고, 이비는 매너스가 범인이라며 항변합니다. 그러는 사이 '나'는 화려한 카메라 세례를 받던 과거의 자신이 진짜 '나'인지, 총격 테러 이후 '나란 누구인가'를 생각하는 '나'가 진짜 내 모습인지 혼란스러워합니다. 새 친구 브랜디는 '나'의 머릿속에서 진행되는 의심과 낙심을 적극 만류합니다. 브랜디의 사유와 논리는 치밀했습니다. 삶을 관조하고 인생의 핵심을 꿰뚫는, 이지적인 인물이었습니다. 브랜디는 "새들이 내 얼굴을 뜯어 먹었어BIRDS ATE MY FACE"라고 은유적으로 말하는 '나'에게 이렇게 말합니다.

> 네 얼굴이 망가졌다고 자책할 필요는 없어. 네 안에 진정한 너는 없어. 네 육체, 네 모든 세포들까지 팔 년 내에 새로운 것들로 바뀌니까. 네가 지니고 있는 모든 작은 분자들도 이미 과거에 수백

만 명이 생각해낸 것들이야. 넌 네 문화 속에 갇혀 있어서 안전한 거야. 네가 생각할 수 있는 모든 것들이 훌륭한 건 네가 그것을 생각할 수 있기 때문이지. 도망치는 건 상상조차 할 수 없어. (…) 세상은, 네 요람이자 덫이야. 224쪽

브랜디의 이야기는 세 가지 시사점을 줍니다. 사람의 신체 세포는 7~8년이 지나면 새것으로 바뀐다고 합니다. 그렇다면 첫째, 정신을 육체와 분리할 수 없을 경우 '진짜 나'의 규정은 과연 어느 시점에 가능한 걸까요. 또 인간은 누구나 신체 속에 미생물이나 세균을 갖고 있습니다. 불결하게 느껴지지만, 사실 인간은 그것들이 몸속에 없으면 살아갈 수 없습니다. 그러니 둘째, 인간이 '내가 아닌 것'과 공존해야 생존하는 존재라면 '나인 것'과 '내가 아닌 것'의 구분은 과연 가능한 걸까요. 브랜디가 던지는 철학적 사유는 점점 깊어집니다. 한 사람을 규정하는 조건이 단지 그 사람 고유의 의지만으로 가능할까요. 따지고 보면, 우리 자신이 생각하는 모든 것은 이미 누군가가 떠올렸던 생각의 조합이 아니었던가요. 그러니 묻습니다. 셋째, 우리 내부에서 진행된 사유를 타자의 것과 분리할 수 없다면 '내 고유의 생각'이란 과연 무엇일까요. 『인비저블 몬스터』는 세 난제에 대한 해답을 찾아가는 긴 여정입니다.

'나', 브랜디, 이비, 매너스가 중심인물로 얽히는 이 작품에는 셀 수 없이 많은 인물이 등장하고, 서로 공통점이 없어 보이는 이야기가 전개되다가 하나의 사건, 하나의 주제, 하나의 결말로 수렴

됩니다. 척 팔라닉은 마지막 대목에 이르러 독자에게 둔중한 타격감까지 줍니다. 충격적인 서사의 전개와 난수표처럼 얽힌 스토리 끝에서 만나는 반전이 매력적인 작품입니다. 다 읽은 뒤 세어봤더니 작가가 준비한 반전만 대략 7개입니다. 독자가 안심할 즈음 다시 심장을 조이고 의문이 풀릴 즈음 다시 꽉 조이는 작품. 그래서 '방금 내가 읽은 것이 내가 지금 생각한 그것이 맞나'라는 느낌을 주는 소설입니다.

폭력을 교환하며 내 정체성을 찾다

『인비저블 몬스터』는 세상의 빛을 보지 못할 뻔했습니다. 출판사들이 출간을 한결같이 거절했으니까요. "사람들을 불안에 떨게 한다" "너무 폭력적이다"라는 게 이유였습니다. 작가 척 팔라닉은 자신의 작품 앞에서 좌고우면하지 않았습니다. 그는 결심합니다. "진짜 폭력이란 게 무엇인지 보여주겠다." 팔라닉은 이 작품에 이어 『파이트 클럽』을 씁니다. 공허감으로 가득한 회사원 잭이 "싸워봐야 너 자신을 알게 된다"고 말하는 의문의 남성 테일러 더든을 만나 '파이트 클럽'이라는 지하 비밀 조직을 만들면서 벌어지는 이야기입니다. 이 소설은 세계적인 거장 데이비드 핀처 감독과 배우 브래드 피트·에드워드 노턴 주연의 동명 영화로 제작되면서 책도 세계적 베스트셀러가 됩니다. 팔라닉의 오기가 오만이 아니었음을 증명한 셈이지요. 『파이트 클럽』이 성공하자 『인비저블 몬스터』도 강제 소환됩니다. 이후 『인비저블 몬스터』에는 '『파이트 클럽』 여성판'이라는 별명까지 붙었습니다. 영화 「파이트 클럽」의 포스터를 보면 깨진 앞니와 흐르는 코피가 인상적입니다. 이 모든 시작에 『인비저블 몬스터』가 있었습니다.

『파이트 클럽』을 보신 분들은 기억하겠지만, 이 작품의 주제는 '폭력의 교환을 통한 자기 정체성 찾기'일 것입니다. 그런데 '정체성'이라는 주제는 『인비저블 몬스터』에서도 동일하게 전개됩니다. 왜 그럴까요.

사람의 얼굴은 그 사람의 정체성을 이루는 가장 상징적인 외피입니다. 타인과 구별되는 특성의 대부분이 얼굴에 담겨 있지요. 주인공 '나'의 과거 얼굴은 선망의 대상이었지만 이제는 정반대입니다. 그녀가 머리에 베일을 두른다는 것은 자신을 세계로부터 은폐하는 행위, 즉 자기 정체성을 부정하고 또 부정당하는 일이었습니다. 이때 친구 브랜디가 강조합니다. 얼굴을 잃었다는 자괴감에 빠지는 대신, 자신의 내면을 보라고 말이지요. 이건 '뻔한' 제언이 아니었습니다. '새 이름을 붙여주고, 새 직업을 갖도록 하는 것. 그리고 너의 것과 너의 것이 아닌 것을 구분할 수 없음을 깨닫게 하는 것.' 이것이 브랜디의 주문이었습니다. 결국 『인비저블 몬스터』는 얼굴과 이름, 가족과 애인을 잃은 '나'를 통해 인간의 흔들리는 정체성을 사유합니다. 그리고 그 고민의 끝에서 '나란 누구인가, 나를 나이게 하는 것은 무엇인가'에 답하기를 유도합니다.

'나'라는 모든 특성이 제거된 자리, 내 안의 '투명한 괴물invisible monster'은 어떤 모습일까요.

이 책이 출간된 해는 1999년입니다. 출판을 거절당했다가 다시 세상에 불려 나왔으니, 집필 시점은 1990년대 초·중반으로 추정됩니다.

그런데 생각해보면, 정체성을 고민하는 작품이 20세기 말에 여러 편 쏟아졌고, 많은 사람이 그런 작품에 호응했습니다. 영화 「트루먼쇼」(1998)부터 볼까요. 30대의 트루먼 버뱅크는 자신을 평범한 보험회사원으로 여기지만 사실 그는 실시간 리얼리티 쇼 「트루먼쇼」의 주인공이었습니다. 생애 전체가 '도촬'되어 수억 명에게 생중계 중이었지요. 트루먼은 '나'를 찾아 세트장 바깥으로 향합니다. 영화 「매트릭스」(1999)는 또 어떤가요. 해커 앤더슨은 모피어스가 내민 '빨간 알약'을 먹은 뒤 자신의 정체를 깨닫습니다. 인간은 그저 기계가 사용하는 '체온 36.5도짜리 배터리'에 불과하며, 오감으로 인식된 현실은 기계가 만들어낸 환상임을 직시합니다. 앤더슨은 메시아 '네오'가 됩니다. 그뿐인가요. 10분마다 기억을 망각하는 남성이 몸에 문신으로 새겨 복수를 꿈꾸는 「메멘토」(2000), 헤어진 연인과의 추억을 기계 장치로 지우려는 남성을 그린 「이터널 선샤인」(2004)도 '나란 무엇인가'라는 공통된 질문을 던집니다.

독일 역사학자 지크프리트 크라카우어는 『칼리가리에서 히틀러로』에서 대중이 사랑하는 영화의 심층에 깔린 집단 무의식을 발견한 바 있습니다. 이 책은 히틀러 나치의 프로파간다 정책의 중심에 영화가 자리했음을 발견하면서 '영화와 무의식의 친연관계'를 간파한 명저입니다. 크라카우어는 "영화가 반영하는 것은 확고한 신념보다는 심리적 성향, 즉 의식세계 밑에 깔린 집단심리의 심층"이며 "영화는 보이는 세계를 카메라에 담아냄으로써 감춰진 정신적 흐름을 들여다보는 열쇠 역할"을 한다고 책에 썼습니다. 그의 논지를 현대 영화에 적용해보면 한 작품의 벼락같은 흥행에는 대중의 잠재의식이 내재돼 있다는 결론이 가능합니다.

『인비저블 몬스터』『파이트 클럽』 등 1990년대에는 정체성의 혼돈을 지적하는 작품이 쏟아졌습니다. 관객과 독자들이 그런 작품에 적극 반응했다는 사실은 자기를 확신하지 못하는 사람들의 불안 심리가 전 지구적 고민거리이자 시대정신이었다는 증거일 것입니다. '내가 나이도록 하는 조건은 결국 나만이 결정 가능한 문제인지 모른다'(『인비저블 몬스터』), '나의 내부에 나조차 알지 못했던 또 다른 존재가 있을 수 있다'(『파이트 클럽』), '세계는 마치 기획된 것으로 보인다. 이것은 진짜 나의 모습이 아닐지도 모른다'(「트루먼쇼」), '세계 전체가 인위적으로 설계된 이계異界일 수도 있다. 인간의 인지능력과 감각은 허구일 수 있다'(「매트릭스」), '나를 구성하는 건 나의 기억이다. 그런데 기억을 잃는다면 나는 과연 누구인가'(「이터널 선샤인」), '기억이 인간의 과거, 현재, 미래를 잇는다고 할 때 기억을 잃은 나란 존재는 어떻게 행동해야 하는가'(「메멘토」) 등의 질문은 '여럿이면서 동시에 단 하나인 문제(크라카우어식으로 말한다면 '내면의 요구가 외적으로 투영된, 영화 속에 파고든 모티브')'가 되지요. 따라서 자기 정체성의 혼돈이라는 주제는 우리가 오랫동안 고민해온 물음으로 이해됩니다. 『인비저블 몬스터』의 '나'는 결국 그녀의 여정에 동참하려는 독자와 조응하며 고민을 이식합니다.

걸작의 세 번째 조건, 독자를 '불편'하게 할 것

사실 『인비저블 몬스터』를 읽는 일은 다소 불편합니다. '나'와 브랜디가 사냥하는 대저택의 약들은 향정신성 의약품이 대부분이고, '나'의 오빠 셰인은 에이즈 합병증으로 병상에서 사망했다는 설정이 나옵니다. 또 '나'와 브랜디 등 등장인물이 쓰는 가명은 5개도 넘습니다. 책장을 함부로 넘기며 읽었다가는 다음 장에 나오는 인물이 누구를 지칭하는 것인지 몰라 책 속에서 길을 잃기도 합니다. 하지만 결말에 이르면 탄식과 감탄을 금할 수 없을 정도로 반전을 거듭하는 마력을 가진 소설이지요. 무질서하게 얽힌 듯하지만 읽는 재미가 쏠쏠해 서너 시간이면 완독이 가능합니다.

척 팔라닉의 다른 소설로는 『렌트』 『질식』 등이 번역 출간된 바 있습니다. 그의 책은 날것 그대로의 묘사가 항상 논쟁적이었습니다. 특히 『귀신 들린*Haunted*』이란 책에 수록된 척 팔라닉의 소설 「내장GUTS」은 스토리를 듣기만 해도 끔찍하지요. 수영장 필터의 흡입구에서 발가벗은 채 엉덩이를 대고 항문 자위를 즐기다 내장이 빨려나와 익사 직전인 상황을 묘사하는 이 소설은 낭독회에서 책 내용만 듣고 '기절'한 청중이 70명을 넘겼다고 전해집니다. 척 팔라닉은 2023년 『영원하진 않지만 지금 당장은*Not Forever, But For Now*』을 출간했는데 『뉴욕타임스』는 이에 대해 "과격하고 화난 상상력과 금기를 깨는 유머"라고 평가했습니다. 그의 소설은 이처럼 '파괴적인 상상력'이라는 수사가 어울리는데 카프카가 말한 '얼어붙은 바다를 깨는 도끼'를 넘어서서 '얼어붙은 세상을 깨는 망치'라는 생각이 듭니다.

해외의 한 출판사 편집장이 국내의 유명 평론가에게 해준 이야기를 떠올려봅니다. 이 평론가가 '좋은 책의 조건'을 편집장에게 묻자 이런 답변이 돌아왔다고 하네요. 저도 사석에서 전해 들은 이야기입니다만 옮겨봅니다. "첫째, 흥미진진할 것. 둘째, 새로울 것. 그리고 셋째가 가장 중요한데, 바로 독자를 '불편'하게 할 것. 별생각 없이 드러누워 보다가 엇, 하고 몸을 일으켜 자세를 바로잡게 만드는 책이 좋은 책입니다." 『인비저블 몬스터』는 이 세 가지 조건을 모두 갖췄습니다. 흥미진진하면서 전에 없던 새로움까지 있는데, 독자에게 '하나의 불편한 질문'을 남기기 때문이지요. 그 질문은 이렇습니다. '이 책을 읽고 있는 독자인 나의 참된 자아는 과연 어떤 모습인가.' 나 자신을 확신할 수 있다는 것은 축복일까요, 저주일까요. 척 팔라닉은 바로 그 점을 묻습니다.

브랜디가 『인비저블 몬스터』의 주인공 '나'에게 건넨 한마디는 의미심장합니다. 저는 이 문장에 굵은 밑줄을 그었습니다. "너 자신을 갈라내버려. 그리고 스스로 꿰매는 거야."89쪽 심연의 '나 자신'의 본질을 직시하고 스스로 그 상처를 봉합할 때 진짜 자신을 이룩할 수 있다는 조언일 것입니다. 그 말을 들은 '나'는 결말에 이르러 드디어 깨닫습니다. "추해지는 것은 흥분되는 일은 아닐지라도, 내가 상상했던 것보다 훨씬 나은 무언가를 위한 '기회'가 될 수 있다."295쪽 이 책이, 독자 모두에게 '나를 나이도록 하는 것은 무엇인가'를 고민케 하는, 하나의 치명적인 심연의 총상 같은 '기회'가 되길 소망합니다. 책을 완독해도 턱뼈는 무사할 겁니다.

폭력과 증오는 사악한 세상이 잉태하는 것이다

카밀로 호세 셀라, 『파스쿠알 두아르테 가족』

인간이 저지르는 최악의 범죄는 '친족 살해'일 것입니다. 특히 어머니를 살해하는 범죄는 용납 불가능한 금기였습니다. 공개석상에서 그런 얘기를 꺼내는 것부터가 터부시되었지요. 그런데 스페인에서는 좀 달랐습니다. 어머니를 죽이는 잔혹한 장면을 묘사했던 소설이 평단과 대중으로부터 호평을 받은 것입니다. 심지어 이 책을 쓴 작가는 1989년 노벨문학상까지 수상했습니다. 바로 스페인의 대문호 카밀로 호세 셀라의 『파스쿠알 두아르테 가족』입니다. 이 책을 바탕으로 만든 영화는 1976년 칸영화제 남우주연상까지 받았습니다. 『돈키호테』 이후 세계에서 가장 많이 읽힌 스페인 소설 『파스쿠알 두아르테 가족』을 들여다봅니다.

한 약국에서 회고록 뭉치가 발견됩니다. 파스쿠알 두아르테라는 이름의 사형수가 남긴 글이었습니다. 펼쳐보니 그건 '살인 회고록'이었습니다. 파스쿠알 두아르테의 나이는 55세로, 그는 교수형이 예정된 사형수입니다. 두아르테는 회고록에서 자기 삶을 차분하게 돌아봤습니다. 소설은 두아르테의 이 회고록을 읽는 방식으로 전개됩니다. 스페인의 작은 마을 바다호스에서 태어난 그는 폭력에 노출된 유년 시절을 보냈습니다. 부모는 그에게 불행을 가르친 최초의 악인과 같았습니다. 아버지는 혁대 버클로 소년 두아르테를 두드려 패는 광인이었습니다. 어머니는 매일 깽판을 치며 자신과 아들을 때린 그런 남편에게 키스를 해주었습니다. 소년의 시선으로 부모는 이해 불가능한 존재였습니다.

소년 두아르테는 어머니를 향한 증오감을 키워갑니다. 어머니도 두아르테를 포함한 삼남매에게 자애롭지 못한 여성이었습니다. 그사이 어머니는 다른 남성과 간통해 이복동생을 낳기도 합니다. 집안 꼴이 엉망 그 자체였지요. 어느 날, 두아르테의 막냇동생 마리오에게 돌이킬 수 없는 사고가 터집니다. 두아르테의 부모는 돼지를 집 안에 대충 풀어놓고 키웠는데 마리오가 돼지에게 두 귀를 뜯어 먹히는 참극이 벌어진 것입니다. 그러나 어머니는 제대로 된 치료를 해주지 않고 아들에게 약만 대충 발라줍니다. 그러고는 어린 마리오가 불결하다며 바닥에 음식을 던져주고 그냥 바닥에서 키웁니다. 마치 짐승처럼 말이지요. 아무런 보호도 받지 못한 마리오는 항아리에 거꾸로 빠져 죽은 채 발견됩니다. 이 어이없는 죽음에 부모는 별로 슬퍼하는 기색도 없습니다. 그 앞에서 무력했던 소년 두아르테는 그때부터 본능으로서의 모성을 강하게 의심합니다.

어머니가 끝까지 눈물을 보이지 않았으니까요.

> 어머니는 아들[마리오]의 죽음에도 역시 울지 않았습니다. 어린 것의 불행을 위해 흘릴 눈물조차 남아 있지 않을 만큼 심장이 굳어버린 여자, 그 여자가 내 어머니였습니다. (…) 내가 언제부터 마음속에서 그녀를 어머니로 생각하지 않았으며, 또 언제부터 우리가 서로 원수가 되었는지를 분명히 해두고 싶었기 때문입니다. 증오란 자기와 비슷한 사람을 향할 때만큼 지독할 수 없고…. 60~61쪽

두아르테 가정의 참극은 이것으로 끝이 아니었습니다. 두아르테의 아버지가 미친개에게 물리는 사고가 발생합니다. 심하게 몸을 떨던 아버지는 눈앞에 보이는 누구라도 물어뜯을 기세였습니다. 광견병 바이러스가 온몸에 퍼진 것입니다. 두아르테와 어머니는 아버지를 진정시키려 벽장에 가뒀고 이틀이 지나자 벽장 안은 조용해졌습니다. 벽장 문을 열자 아버지가 바닥에 쓰러진 채였습니다. 그런데 남편을 본 어머니의 반응이 또 기이합니다. "검붉은 혀를 절반 정도 내민 (아버지의) 얼굴"54쪽을 보며 미소를 짓습니다. 마치 모든 것이 잘 끝났다는 듯이 말입니다. 도대체 어디서부터 잘못된 걸까요. 두아르테의 어머니는 왜 가족의 연이은 죽음에도 분노하거나 절망하지 않는 걸까요. 이들 죽음의 거대한 상실 이면에서 어린 두아르테의 분노는 커져만 갑니다.

스페인 마드리드에 위치한 작가 셀라의 동상. 세계 전체를 바라보려는 눈과 펜을 든 손, 사유하는 지성과 내리쬐는 태양만 주어진다면 세계 속 인간을 움켜쥘 책 한 권을 잉태할 수 있다고 말하는 듯합니다.

시간이 흘러 두아르테는 성인이 됩니다. 그는 사랑하는 애인 롤라와 결혼식을 올립니다. 그러나 불행은 아직 끝난 게 아니었습니다. 롤라가 첫아이를 임신했는데 유산의 고통을 겪은 것입니다. 한 해가 지나 둘은 다시 임신했지만 어렵게 얻은 아이를 11개월 만에 또 땅에 묻어야 했습니다.

유년 시절 가정에서 겪었던 폭력이, 성인이 되어서는 '운명의 폭력'으로 둔갑하고 있음을 두아르테는 서서히 깨닫습니다. 뜻밖의 상실을 거듭하면서 두아르테와 롤라의 관계도 서서히 허물어지기 시작합니다. 악담과 욕설이 난무하는 생활이 이어지면서 두아르테는 자신이 가정이라는 이름의 불행한 거미줄에 걸렸음을 알아차립니다. 두아르테 자신과 아내가 그토록 경멸했던 자신의 부모를 빼닮아가고 있었으니까요. 두아르테와 롤라는 한때 무척 사랑하던 사이였지만 세월이 그들을 불행하게 만들어버렸습니다. 두아르테는 아귀지옥으로 전락해버린 이 가정을 잠시 떠나기로 다짐합니다.

그는 홀로 길을 떠나 스페인 전역을 돌아다니던 방황 끝에 집으로 되돌아옵니다. 2년 만에 보는 가족이었습니다. 그런데 집에 오니, 낯빛이 어두워진 아내 롤라가 이런 말을 하네요. "나는 아이를 낳을 거예요."135쪽 상간남이 누구인지 무섭게 추궁하니 롤라는 두아르테의 여동생 로사리오의 남자친구였던 파코가 아이의 친아빠라고 실토합니다. 아내가 여동생의 연인과 하룻밤을 보내고 급기야 임신까지 한 것입니다. 심지어 파코는 두아르테가 가장 경멸했던, 바로 그 자식이었습니다. 정신을 차려보니 아내가 죽어 있었습니다. 첫 번째 살인에 이어, 불륜남 파코도 두아르테의 손에 의해 숨이 끊어집니다. 두 번째 살인이었지요. 검거된 두아르테는 28년 형을 받았습니다.

수감된 두아르테는 아내 롤라가 임신한 이유는 자기 어머니가 롤라에게 포주 노릇을 했기 때문이라고 확신합니다. 광기로 물들었던 자신의 유년 시절, 그리고 성인이 되어서도 자신을 괴롭힌 어머니. 두아르테는 살인범인데도 모범수로 복역하면서 고작 3년 만에 출소했습니다. 집으로 간 그는 어머니를 살해할 칼날을 갑니다. 어쩌면 그가 처음부터 죽였어야 하는 사람은 어머니였는지도 모릅니다. 칼을 갈면서, 두아르테는 살인을 사유합니다. 그러고는 바로 그 논란의 장면이 시작됩니다. 차마 옮겨 적을 수 없는 '모친 살해' 장면 말입니다. 아들이 어머니를 자기 손으로 죽이는 모습이 책에는 생생하게 그려집니다. 그것은 모성의 부정이며 운명에 대한 난도질이었습니다. 숨을 거둔 두아르테의 어머니는 유죄일까요, 무죄일까요.

> 죽음에 대한 생각은 언제나 늑대의 발걸음처럼 느리고 구렁이의 몸놀림처럼 징그럽게 다가옵니다. (…) 우리를 완전히 미쳐버리게 하고 아주 슬프게 하는 광기는 언제나, 마치 안개가 평원을 공격하듯, 결핵이 폐를 공격하듯 느낄 수 없을 정도로 서서히 도착합니다. 어느 날 사악함이 나무처럼 자라고 살쪄서…….172쪽

자, 여기까지가 『파스쿠알 두아르테 가족』의 전체 줄거리입니다. 만약 지금 이 소설이 출간된다면 아마 존속살해라는 설정 때문에 외면당할 가능성이 크겠지요. 내용이 거북한 데다 끔찍할 정도로 세밀한 묘사 장면으로 채워져 있으니까요. 당시 이 소설은 출간 즉시 금서로 지정됐습니다. 정동섭 전북대 교수의 논문에 따르면 이 작품은 "내용이 불량하고 미풍양속을 해친다"는 이유로 큰 논쟁을 일으켰다고 합니다. 당시 유명했던 스페인 작가 피오 바로하는 당시 신예였던 카밀로 호세 셀라가 이 책의 서문을 써달라고 부탁하자 이런 답변을 보내며 거절했습니다. "감옥에 가고 싶다면 자네 혼자 가게나." 당대의 기준으로도 아들이 어머니를 죽이는 소설을 이해할 순 없었을 테니까요. 책이 로마에서 이탈리아어판으로, 아르헨티나에서 스페인어판으로 연이어 출간됐지만 정작 셀라의 고국에서는 금서였습니다.

하지만 대중의 반응은 달랐습니다. 흥미롭게도 이 책이 재판(2쇄)을 찍자 경찰이 금서를 회수하러 출동했는데, 서점에서는 이미 완판된 직후였다고 합니다. 당대의 스페인 독자들은 이 소설에 왜 열광했던 걸까요. 이들에게만 유독 자신의 어머니를 향한 증오심이 숨겨져 있었던 걸까요. 그럴 가능성은 적습니다. 장르를 불문하고 작품의 성공이란 인간의 의지로는 되지 않는 복잡성의 함수에 가깝습니다. 대중적으로, 또 비평적으로 찬사를 받는 작품은 표면으로는 보이지 않는 사회 내부의 기저 심리, 일종의 무의식을 건드릴 때라야 가능하다는 것이 널리 입증됐습니다. 모든 정보를 종합해보면 이런 결론을 내릴 수 있지 않을까요. '카밀로 호세 셀라의 『파스쿠알 두아르테 가족』은 당대 스페인 시민들 내면의 심리적 무의식 중 한 부분을 강하게 건드렸다.' 그렇다면 이 소설에는 어떤 비밀이 숨겨져 있던 걸까요. 이를 위해서 저는 당시 스페인 2000만 시민의 심리에 충격적인 내파內破를 일으킨 사건, 즉 제2차 세계대전의 최종 리허설로 불리는 스페인 내전(1936~1939)부터 되짚어야 한다고 생각합니다.

작가가 『파스쿠알 두아르테 가족』을 집필하기 시작한 해는 1940년입니다. 책이 발표된 시점은 1942년이지요. 스페인 내전의 상흔이 아직 지워지지 못한 때였습니다. 스페인 내전은 프란시스코 프랑코(1892~1975)가 이끌었던 군부가 쿠데타를 일으켜 벌어진 사건입니다. 프랑코의 군부는 우파 진영을 대표했고, 공산당과 아나키스트 등의 공화파는 좌파 진영을 아울렀는데, 이 전쟁은 당대 이데올로기의 전장戰場이라고 불릴 만큼 복잡한 전개 양상을 띠었습니다. 폭력이 폭력을 제압하고, 억눌린 폭력이 다시 상대의 폭력을 진압하는 방식이었습니다. 내전 결과 프랑코의 군부가 승리하면서 스페인은 긴 독재의 암흑기로 돌입합니다. 이때 스페인 내전으로 국민 2100만 명 중 100만 명이 사망했습니다. 나머지 시민들도 유혈사태 속에서 오직 생존만을 구걸해야 하는 처지였습니다.

두아르테는 끊임없이 폭력에 무방비로 노출됐고 이러한 처지는 동생 마리오와 누이 로사리오도 다르지 않았습니다. 고통의 순환이라는 무한궤도 속에서 자란 성인 두아르테도 폭력적이긴 마찬가지입니다. '인간은 원래 악하게 태어나는가, 혹은 불행한 환경이 악을 끄집어내는가'의 문제는 스페인 시민들에게도 던져집니다. 이들도 인간의 악을 아주 오랫동안 관찰했기 때문입니다. 적나라하게 폭력을 묘사하고 인간 본성의 어두운 측면을 스스럼없이 보여주는 소설은 스페인 문학 가운데 『파스쿠알 두아르테 가족』이 처음이었습니다. 20세기 스페인 문학을 이야기할 때 이 소설이 회자되는 이유는 바로 전에 없던 방식의 성찰을 주기 때문입니다. 결국 1940년대에 독자들이 이 책을 읽으면서 체감했을 무의식은 소설이 보여주는 '강한 폭력의 세계와 인간 본성의 어두운 측면에 대한 공감'이 아니었을까요.

두아르테의 가족은 스페인 사회 전체의 알레고리를 형성하기도 합니다. 알레고리란, 주제 A를 말하기 위해 다른 주제 B를 이용해 그 유사성으로 주제의식을 드러내는 문학적 기법입니다. 두아르테의 부모는 폭정으로 시민들을 제압했던 프랑코와 다르지 않아 보입니다. 폭력의 원인은 두아르테의 부모에게 있었으니까요. 이 모든 죽음에 책임을 지닌, '미친개'에게 물린 두아르테의 아버지는 현실의 프랑코 정권 그 자체라고 저는 읽었습니다. 자식에 대한 부양 의무를 다하지 않고 온정과 사랑 대신 무책임한 삶의 태도로 일관한 두아르테의 어머니도 책임에서 자유로울 순 없습니다. 반면 돼지에게 두 귀를 먹혀버린 남동생 마리오는 독재 치하에서 귀를

닫아야 했던 시민들을 기억하게 합니다. 두아르테와 그의 동생들은 폭력의 악순환을 불러일으키는 지배 이데올로기에 복종해야 했고 그런 삶 속에서 각자도생을 해야만 했습니다. 책 제목이 '파스쿠알 두아르테'가 아니라 '파스쿠알 두아르테 가족'인 이유가 바로 여기에 있지 않을까요. 두아르테가 견뎌야만 했던 유년의 폭력은 지배자(전쟁 주체)의 폭력이 피지배자(시민)의 삶으로 '이식'되는 시간이었을 것입니다. 불행을 유산처럼 물려주었고, 증오를 좌우명처럼 가르친 두아르테의 어머니는 두아르테의 눈에 '유죄'가 아닐 수 없습니다.

제도의 실패, 영성의 실패, 시민의 실패

『파스쿠알 두아르테 가족』의 형식 실험도 주목할 만합니다. 이 책의 독자는 마치 형사 사건 기록물을 들춰보는 프로파일러가 된 듯한 착각이 들 정도이지요. 이 책은 일단 두아르테가 교수형 직전 감옥에서 쓴 회고록(A)이 중심을 이룹니다. 회고록은 로페스라는 귀족에게 발송되는데, 두아르테가 로페스에게 쓴 편지(B)가 A보다 앞서 서술됩니다. 또 A를 읽은 로페스가 "이 회고록을 불태워 버리라"고 명령한 유언장(C)이 있습니다. 여기에 추가로, 회고록(A) 전체를 옮겨 쓴 필사자의 메모장(D), 두아르테가 남긴 네 줄짜리 쪽지(E)까지 한 권의 책에 담아내고 있습니다. 꽤 입체적인 구성입니다. 그런데 이 모든 정보를 종합하면 소설에는 또 하나의 비밀이 숨겨져 있습니다.

일단 두아르테가 어머니를 칼로 찔러 죽인 사건이 일어난 해는 1922년입니다. 그런데 책의 메모에 따르면 두아르테는 어머니 살해의 죗값으로 1935년(혹은 1936년)까지만 감옥에 갇혀 있다가 풀려납니다. 무려 세 명(아내 롤라, 내연남 파코, 어머니)을 살해한 데다 재범인데도 고작 13년 정도만 살고 자유의 몸이 된 것입니다. 그러나 두아르테는 결국 1937년 교수형에 처해집니다. 그가 감옥에서 나온 1935년(혹은 1936년)부터 1937년까지 약 1~2년의 공백기가 발생한다는 뜻입니다. 책의 문장을 촘촘히 살펴보면 두아르테가 교수대에 목이 매달린 진짜 이유는 어머니 살해가 아니라 한 지주의 살인 사건 피의자였기 때문으로 추정됩니다.

정리하자면 두아르테는 첫째, 아내와 상간남 살인으로 3년 복역, 둘째, 어머니 살해로 약 13년 복역 후 풀려났다가 셋째, 결국 지주 살인으로 다시 갇혀 교수형에 처해진 것입니다. 셋째의 경우, '전쟁 주체의 도구(정권의 끄나풀)'가 되어 누군가를 살해하는 데 앞장섰다는 해석이 가능합니다. 두 차례의 교도소 수감을 통한 두아르테 교화는 불가능했고(제도의 실패), 교도소 시절 두아르테를 아끼며 교육했던 가톨릭 사제도 그의 재범을 막지 못했습니다(영성의 실패). 사회의 제도도 종교의 영성도 폭력의 발생을 제지하지 못했다는 점이 『파스쿠알 두아르테 가족』에 숨겨진 또 하나의 깊은 주제입니다. 결국 두아르테의 실패는 한 선량한 시민의 실패이며, 나아가 인간의 실패라는 주제를 형성합니다.

전쟁 직후에 쓰인 문학을 '전후문학postwar literature'이라고 부릅니다. 전쟁 경험은 그것을 관통한 모든 인간에게 무형의 상처를 남기기 마련입니다. 『파스쿠알 두아르테 가족』은 스페인에서 전후문학의 새 지평을 열었다는 평가를 받았습니다. 시기는 좀 다르지만, 한국전쟁 이후 가장 성공적으로 평가받는 최인훈의 『광장』처럼 말이지요.

전후문학의 거친 비교가 되겠지만, 셀라는 주인공 두아르테를 통해 폭력의 원인을 직접 제거하는 방향(어머니 살해)으로 나아가는 반면, 최인훈은 주인공 이명준을 통해 좌우 이데올로기의 이분법을 무력화하고 폭력의 원인으로부터의 탈주(중립국행)를 선택하게 합니다. 두 작품이 '전쟁 속 인간이란 무엇인가'라는 주제를 대동소이하게 다루지만 결말은 전혀 다르지요. 두아르테의 살인과 이명준의 자살이라는 점도 방향이 다릅니다. 인간성을 잃어버린 세계에서 타인을 살해할 것인가, 자신을 살해할 것인가의 기로에 두 작품은 놓입니다. 귄터 그라스의 『양철북』도 전후문학의 대표작입니다. 전쟁 속에서 '육체적 성장을 스스로 멈춰버린 소년' 오스카의 시선을 통해 아예 인간(정확히는 어른)이 되기를 거부해버리지요. 베트남 전쟁 전후문학 최고의 작품으로 꼽히는 바오 닌의 『전쟁의 슬픔』은 작가의 참전 경험을 바탕으로 10년간의 상처를 보여주는데, 주인공 끼엔을 통해 인간의 절망에 대해 이야기합니다. 그 역시 '자기 부정'이자 '세계 부정'이라는 점에서 동등한 지위를 형성합니다.

셀라의 문학적 위상은 독특합니다. 그의 생애와 작품은 두 가지 아이러니를 형성합니다. 셀라는 스페인 내전을 겪은 시민들의 무의식을 건드려 위대한 작가의 반열에 올랐지만, 그는 프랑코의 군부에 참전한 군인 출신이었습니다. 폭력의 원인에 대한 소설을 썼는데 작가 스스로가 폭력의 가담자였다는 얘기지요. 또 그는 금서의 작가였지만 프랑코 정권이 들어선 이후 금서를 결정하는 검열관으로 참여했습니다. 그가 검열관으로 일한 이후에도 그의 다음 소설 『벌집』은 또 금서가 됩니다. 금서를 결정하는 검열관의 작품이 금서가 되는 아이러니라니 인생이든 문학이든 참으로 복잡한 요물입니다. 셀라가 논쟁적인 인물일지라도 『파스쿠알 두아르테 가족』이 가진 사회문화적 위상까지 부정하진 못할 겁니다. 작가의 손을 떠나는 순간, 그 작품은 작가만의 소유물이 아니라 독자와의 공동 소유물이 되니까요. 어쩌면 '어머니를 살해한 소설'이 아직도 살아남아 우리에게 읽힌다는 것, 그것이 이 책을 둘러싼 가장 큰 아이러니일 테지만요.

금기를 구원처럼 선택하고야 마는 인간들의 자화상

블라디미르 나보코프, 『어둠 속의 웃음소리』

중년 남성 험버트가 법적으로 의붓딸인 12세 소녀의 육체를 욕망하고 강간하고 유린하는 내용이 담긴 소설을 기억합니다. 블라디미르 나보코프의 장편 『롤리타』입니다. 시대와 세대를 초월한 이 문제작은 1955년 출간된 이래 한 번도 논쟁에서 벗어난 적이 없습니다. 새 남편의 비뚤어진 욕망을 확인한 뒤 심리적 충격을 받은 아내가 사고로 사라지자 험버트는 의붓딸에게 아내(어머니)의 죽음을 알리지 않은 채 아무런 장애도 없이 모텔을 전전하며 의붓딸과 성관계를 맺습니다. 초기의 자제심과 죄책감은 사라지고 오직 젊은 육체를 향한 욕망만이 남겨지는 작품입니다. 파리에서 처음 출간된 『롤리타』는 미국 수입이 금지되는 등 외설 논란을 일으켰습니다. 그러나 문장에 알알이 박힌 문학적 깊이와 열린 해석의 가능성, 그리고 롤리타라는 환영幻影으로 인해 문학사에서 가장 심오한 걸작으로 인정받고 있습니다. 이 작품은 스탠리 큐브릭 감독에 의해 영화화되면서 유명세를 얻었고 파국을 맞는 인간 심리를 다룬 고전으로 자리잡아 현재까지 전 세계에서 5000만 부 넘는 판매고를 올렸다고 합니다. 나보코프가 남긴 말처럼 이제 롤리타는 작중 화자인 험버트나 그들의 창조자 나보코프보다 더 유명해졌으며, 소아성애를 뜻하는 우회적인 단어로서 '롤리타 신드롬'도 통용됩니다. 혼외정사, 그것도 10대 소녀와의 성교라는 극단적인 소재에도 불구하고 단순히 외설로 폄훼하기에는 너무나 뛰어난 문학성을 보여준다는 평가가 『롤리타』에 늘 뒤따릅니다.

그런데 이 책이 출간되기 23년 전, 그 원형原型으로 꼽히는 『어둠 속의 웃음소리』가 먼저 발표됐다는 사실은 덜 알려져 있습니다. 10대 소녀의 육체를 갈망한 중년 남성이 혼외정사를 저지르다 발각되어 아내와 헤어지고 시간이 흘러 결국 그 소녀에게도 배반당한 뒤 파멸에 이르는 내용으로 『롤리타』와 상당히 유사합니다. '10대 여성을 향한 육체적 동경→남편의 불가해한 성욕을 인지한 아내와의 이별→그럼에도 불구하고 철없는 애인의 벗은 몸에 집착하는 주인공→결국 애인에게 배반당한 뒤 마주하는 죽음'이란 뼈대는 두 작품에서 동일하게 관찰됩니다. 나보코프가 『어둠 속의 웃음소리』를 처음 발표한 것은 1932년이며, 러시아어로 썼습니다. 이후 영어에 정통했던 그는 기존 영역본이 마음에 들지 않아 직접 번역해 1938년 미국에서 출간했습니다. 즉 미국에서 발표된 나보코프 첫 소설은 『어둠 속의 웃음소리』였지요. 『롤리타』의 문학적 성취에 이견을 내놓는 사람은 드물 겁니다. 게다가 『어둠 속의 웃음소리』에는 『롤리타』에서는 발견되지 않는 하나의 빼어난 문학적 장치가 숨겨져 있습니다. 그 이야기를 나눠보려 합니다.

한 점의 빛도 없는 삶에 끼어든 욕망

주인공은 40대 미술평론가 알베르트 알비누스입니다. 그의 아내 엘리자베트는 영화관 지배인의 딸로 부유한 집안의 상속녀였습니다. 알비누스는 결혼 후 얼마 지나지 않아 엘리자베트를 향한 애정이 식었고, 지리멸렬한 삶에서 도피하고자 기회 닿을 때마다 자제력을 잃은 채 다른 여성과 불륜관계를 맺습니다.

작은 영화관 객석에 앉아 소일하던 알비누스는 극장 접수대에서 근무하는 앳된 외모의 소녀를 발견하고는 불순한 욕망을 품습니다. 소녀의 이름은 마르고트였습니다. 알베르트는 많아야 열여덟 살쯤밖에 안 된 마르고트의 육체를 탐하는 몽상에 빠집니다. 그의 눈에 소녀의 외모는 고통스러울 정도로 아름다웠습니다. 마르고트의 철없는 행동이나 말투까지도 알비누스에게는 점점 더 집착의 대상이 됩니다. 손으로 만지고 싶다는 깊은 욕망을 느낀 그는 마르고트 주변을 맴돌다 환심을 사고, 아내의 재산으로 아파트를 사주며 허락받지 못할 밀애를 시작합니다. 욕망은 끈적이는 타르처럼 알비누스에게 달라붙었습니다. "알비누스는 피처럼 붉은 웅덩이 속으로 발을 내디뎠다."21쪽 상황은 엘리자베트가 남편의 불륜과 성욕을 알아차리면서 바뀝니다. 마르고트가 알비누스의 집으로 보낸 장난기 섞인 편지를 엘리자베트가 읽게 된 것입니다. 엘리자베트는 치욕과 수치심, 그리고 비참함을 참아내지 못하고 집을 나가버립니다. 알비누스는 이에 아랑곳 않고 마르고트와의 만남을 이어갑니다.

완벽에 가까운 미를 발산하는 마르고트는 영화배우를 꿈꿨습니다. 알비누스는 애인의 집과 몸을 수시로 드나들면서 그녀의 꿈을 알게 되고 영화 제작자 렉스를 소개해줍니다. '10대 애인'의 벗은 몸이 꿈같은 보상처럼 주어졌습니다. 솜털이 덮인 등, 짙은 꿀색깔의 피부, 비단 같은 살결. 하지만 마르고트는 알비누스를 기만합니다. 렉스와 마르고트는 한때 연인이었고, 심지어 렉스는 마르고트의 첫 번째 애인이었습니다. 오래전 헤어졌던 두 사람이 알비누스의 소개로 우연히 재회했습니다. 이런 사실을 알지 못하는 알비누스는 마르고트와 렉스에게 이용당하는 처지에 놓입니다. 렉스는 알비누스로부터 영화 제작에 필요한 돈을 '빨아낼' 방법을 궁리합니다.

다시 시간이 흐르고, 알비누스는 운전대를 잡았다가 자동차 사고를 당해 심각한 부상을 입고 병상에서 깨어납니다. 흐릿한 기억과 혼재된 과거. 사고 직전의 순간은 제대로 기억나지 않았습니다. 눈을 감싼 붕대를 풀자 아침부터 저녁까지 완전한 어둠만 가득합니다. 알비누스는 치명적인 불행에 발을 잘못 디뎠음을 깨달습니다. 그러나 이미 시간이 많이 흐른 뒤였지요. 사고로 시력을 완전히 상실한 겁니다. 이제 세상은 검은 벽으로 둘러싸인 악몽이 됩니다. 알비누스는 절망스러울수록 마르고트를 더 다정하게 끌어안았고 둘은 남은 생애 동안 동행하기로 약속합니다.

하지만 마르고트는 사실 딴 생각을 품고 있었습니다. 알비누스와 함께 살되 그 저택에 렉스까지 끌어들이려는 음모였지요. 초대받지 않은 손님인 렉스는 저택의 가정부에게 자신을 알비누스의 주치의로 소개하고는 '집주인의 회복을 위해 본인이 이 집에서 동거해야 하며, 의사의 동거 사실을 모르게 해야 하는 의학적인 사정이 있다고, 만약 이를 방해한다면 법적인 책임을 물을 것'이라고 으름장을 놓습니다. 가정부는 겁을 먹고 고개를 끄덕입니다. 알비누스, 마르고트, 렉스의 기괴한 동거는 이렇게 시작됩니다.

처음에는 렉스도 알비누스가 눈치채지 못하도록 침묵 속에 은거합니다. 소리를 내지 않고 생활하면서 알비누스를 기만합니다. 그러다 점차 따분하고 무료해진 렉스는 알비누스를 조롱하고 싶어집니다. 렉스는 마르고트와 대화 중인 알비누스의 팔다리를 툭툭 건드리거나 앞이 보이지 않는 알비누스 앞에서 마르고트를 포옹하는 등 대범한 행동을 거듭합니다. 식사 중인 식탁에서, 저물녘 산책길에서 알비누스는 이상한 인기척을 자주 느낍니다. 마르고트는 "이곳엔 당신과 나, 오직 우리 둘뿐"이라며 화내는 알비누스를 안심시키지요. 알비누스는 급기야 자신이 환청을 듣는다고 결론 내립니다. "또 환청이로군!"259쪽 그러는 사이, 마르고트와 렉스는 알비누스의 소유지를 매각하고 알비누스가 소장했던 그림까지 팔아먹습니다. 알비누스의 서명을 위조한 수표를 사용해 은행에서 금전을 빼돌리는 대담성도 보입니다. 두 사람은 알비누스가 무일푼이 되면 그에게 강아지나 한 마리 안겨주고 도주할 작정이었습니다. 헌신적인 척하는 10대 애인 마르고트, 그리고 침묵의 동거인 렉스의 계획은 성공할까요.

알비누스는 시각장애인이 된 자신을 향한 비웃음이 분명한 섬뜩한 웃음소리를 듣고 맙니다. 알비누스는 주머니에 권총을 숨기고 침입자에게 천천히 다가갑니다. 앞이 보이지 않는 알비누스는 이방인을 정조준해 살인을 완수할 수 있을까요.

진실은 검은 벽면인 세상 너머에 있다

젊은 애인에게 홀린 한 남성이 파멸에 이르는 인과응보 치정극. 『어둠 속의 웃음소리』를 압축한다면 아마 이렇게 되겠지요. 줄거리로만 보면 지극히 단순하게 느껴질지도 모릅니다. 하지만 그 정도 작품이었다면 나보코프의 문학적 명성이 지금까지 이어지진 못했겠지요. 『어둠 속의 웃음소리』를 이해하려면 '피처럼 붉은 웅덩이' 같은 이 소설의 안쪽으로 발을 디뎌야 합니다. 먼저 이 소설이 처음 발표됐을 때의 원제는 『카메라 옵스큐라』였습니다. 라틴어 '카메라 옵스큐라Camera Obscura'에서 이야기를 시작해볼까요.

카메라 옵스큐라는 '어두운 방'(영어로 흔히 dark chamber로 번역)이란 뜻입니다. 현대인이 사용하는 카메라는 전부 카메라 옵스큐라의 원리로부터 파생됐습니다. 동서남북 사방과 위아래를 전부 틀어막은 어두운 공간을 설치하고 한쪽 벽에 바늘구멍만 한 것을 뚫으면 반대편 벽에 빛이 투사되는데, 놀랍게도 빛이 투사된 벽면에는 첫 번째 구멍과 마주한 외부 풍경이 상하좌우 거꾸로 나타납니다. 유리 렌즈 등 별도의 장치를 끼우지 않아도 카메라 옵스큐라 현상은 가능합니다. 좀 쉽게 설명해볼까요. 서울 광화문과 충무공 동상 사이에 빛을 차단한 육면체 공간을 만든 뒤 광화문과 마주한 북향 벽면에 작은 구멍을 내면 이순신 동상과 마주한 남향 벽면에 광화문과 북악산의 상像이 맺히는 식입니다.

레오나르도 다빈치도 이 원리를 알았고, 더 멀게는 고대 그리스의 아리스토텔레스도 카메라 옵스큐라의 감광성 원리를 인지했습니다. 이 원리는 중세 이전부터 화가들이 그림을 그릴 때 보조도구로 사용하기도 했습니다. 중세의 풍경화가들은 카메라 옵스큐라를 활용해 한쪽 벽면에 투사된 이미지를 확인하면서 캔버스 위의 붓을 움직였습니다. 카메라 옵스큐라는 시각의 연장延長이었지요. 17세기경 카메라 옵스큐라에 반사경을 부착하는 아이디어가 도입되면서 거꾸로 뒤집혔던 상은 본래의 이미지, 즉 우리가 세상을 보는 그대로의 모습으로 바뀝니다.

완벽하게 어두운 공간과 작은 구멍으로 쏟아지는 한 줄기 빛은 주인공 알비누스가 운명적으로 경험했던 두 번의 실명失明 상황을 압축하는 상징입니다.

나보코프의 치밀한 계산이었겠지만 알비누스가 마르고트를 처음 보고 당황하는 얼굴이 되었던 장소는 공교롭게도 어두운 극장 안이었습니다. 극장은 카메라 옵스큐라를 빼닮은 공간입니다. 초기의 영화관은 빛이 차단된 공간에서 필름 영사기가 돌고 빛이 쏘인 자리에 이미지가 연속적으로 재생되는 공간이었습니다. 극장은 현실을 단절시키는 비현실적인 처소인데 알비누스는 마침 극장에서 마르고트로 명명된 비현실적 욕망의 빛을 발견했습니다. 나보코프는 알비누스가 "영사기의 빛이 손에 쥔 영화표 위에 떨어지는 바로 그 순간"에 마르고트의 존재를 처음 인식하는 것으로 묘사합니다. 알비누스에게 마르고트는 개인의 외부에서 내부로 쏟아진 빛인 것이지요. 그 형체는 바로 젊은 육체입니다. 이후 알비누스는 욕망에 눈이 멉니다. 알비누스가 마르고트를 내면에 새기는 행위는 중세 화가가 카메라 옵스큐라를 보면서 그 이미지를 자신의 캔버스에 옮겨 담기로 결심했던 순간과 다르지 않습니다.

시간이 흐르고 알비누스는 시력을 잃은 채 음울한 암흑 공간에서 살아가게 됩니다. 그럼에도 불같은 욕망은 꺼지지 않았습니다. 알비누스의 눈에는 한 점의 빛조차 끼어들 틈이 허락되지 않았고 이제 그에게 남은 유일한 불빛은 마르고트뿐이었습니다. 마르고트는 어두운 통로와 같은 심연에 갇혀 자신에게 기대려 하는 알비누스를 철저히 기만했습니다. 미성년자 애인과 그녀의 남자친구에게 비참하게 놀아나면서도 알비누스는 '사건의 진실'을 인지하지 못합니다. 카메라 옵스큐라의 벽면에 맺힌 상은 빛이 주입되는 벽면과 거리가 가까울수록 밝아지고 선명해집니다. 그러나 가까울수록 크기가 작아지기 때문에 이미지의 실재를 뚜렷이 확인하기에는 어려움이 있습니다. 투사된 상을 큰 이미지로 확인하려면 빛이 들어오는 벽면과의 거리를 떨어뜨려야 하는데 이때 상의 크기는 커지더라도 빛이 닿는 거리가 멀어지기에 이미지는 어둡고 흐릿해집니다. 실명한 알비누스가 마르고트와 렉스가 벌이는 진실에 다가서려 해도 결코 그 윤곽을 정확하게 포착하지 못하는 우울한 상황과 동일하지요.

진실은 늘 세상이라는 검은 벽면 너머에 위치합니다. 사건의 진실을 명확하게 확인하지 못한다는 점, 어두운 골방에서 끔찍한 욕망을 품고 홀로 갇혀 진실을 더듬어보지도 못한 채 파멸하는 알비누스의 운명, 그것은 인간의 보편적인 삶을 닮았습니다. 그래서인지 책의 마지막 장을 덮고 나면 어딘지 모르게 하나의 디테일한 우화를 읽은 느낌이 듭니다.

나 자신을 파괴하고 세계가 부식되는 것을 바라보기

『어둠 속의 웃음소리』는 나보코프의 대표작 『롤리타』처럼 거대한 논란을 빚진 않았습니다. 이 소설은 금서로 지정되는 수모를 겪거나 국경을 두고 책의 수출입을 한 나라의 정부가 금지한 적도 없습니다. 그 이유는 소설의 외설성을 독자들이 몰라봤기 때문이 아니라 책 출간 당시 나보코프가 아직 국제적인 명성을 얻지 못했기 때문일 것입니다.

『어둠 속의 웃음소리』는 파리의 한 잡지에 연재된 뒤 1932년 단행본으로 출간되는데 당시 나보코프는 베를린에 체류 중이었기에 그의 소설을 읽는 독자는 제한적이었습니다. 러시아 출신 이민자가 베를린에서 써서 파리 잡지에 발표한 작품은 상대적으로 적은 관심을 받을 수밖에 없으니까요. 1932년 나보코프는 33세였습니다. 그로부터 23년이 지난 1955년 56세에 그는 『롤리타』를 출간하면서 국제적인 명성을 얻습니다. 『롤리타』 역시 처음에는 여러 출판사로부터 거절당한 불운한 원고였습니다. 그러나 파리에서 출간되면서 나보코프의 작가적 운명은 거대한 전환을 경험합니다. 미국 관세청이 이 책에 금수 조치를 내릴 만큼 큰 논란을 겪었지만 작품에 덧씌워진 검열은 언제나 검열의 실패로 귀결되곤 했으니까요. 『롤리타』가 세기의 문제작으로 떠오르면서 작가에 대한 연구가 이뤄졌고, 연구자들은 이 소설의 문학적 뿌리를 『어둠 속의 웃음소리』로 확인했습니다. 이후 두 작품은 '아동 성애 소설'이라는 악명과 함께 고전으로서의 지위를 얻지요. 그렇다면 이제 궁금해집니다. 『어둠 속의 웃음소리』와 『롤리타』에 공통으로 등장하는 아동 성애 모티브는 과연 어떤 의미로 해석돼야 할까요. 이는 아마 블라디미르 나보코프라는 논란의 인물을 이해하는 가장 중요한 질문일 겁니다.

생각해보면 인간이 정말 간절히 원하는 욕망은 언제나 파괴적입니다. 자아를 부수고 그의 주변 세계를 붕괴시킵니다. 거친 욕망일수록 그 욕망은 평범한 삶으로부터의 월경越境을 전제로 삼습니다. 경계를 넘는다는 것은 대개 윤리적 굴레를 무너뜨리고 금지된 땅으로 진입하는 시도일 때가 많습니다. 그래서인지 나보코프의 소설은 유독 욕망과 파괴의 친연관계를 보여주곤 합니다. 그가 창조한 여러 주인공은 자의적으로 파멸을 선택하다가 결국 몰락합니다. 『롤리타』의 화자 험버트의 삶이, 『어둠 속의 웃음소리』의 알비누스의 삶이 그러했지요.

나보코프의 또 다른 대표작 『사형장으로의 초대』는 사형을 언도받은 주인공 친친나트의 마지막 20일을 다루고 있습니다. 그는 죽음이라는 파멸을 앞둔 인물입니다. 친친나트가 수감된 감옥은 '닫힌 방'으로서 생멸의 미로에 붙들린 인간의 현재를 상징합니다. 친친나트의 닫힌 방은 알비누스의 실명과 등가를 이루지요. 벗어날 길 없는 사형수의 감옥은 완벽한 어둠으로 가득한 검은 벽과 같습니다. 친친나트는 삶과 죽음의 경계에서 몽상과 갈망으로써 현실을 벗어나려 하는데 결국 사형의 운명을 피하지는 못합니다. 닫힌 공간에서 무언가를 욕망하다 결국 죽음을 맞는 것. 이는 인간의 보편적인 자화상이지요. 나보코프의 『절망』에서도 주인공 게르만은 살인을 실현한 뒤 자신의 행동을 예술 행위라고 자부하며 범행의 불법성을 부정합니다. 게르만은 윤리적 기준을 벗어난 인물로서 펠릭스를 자신으로 위장해 살해한 뒤 보험금을 타내려 했습니다. 게르만의 살인은 경계를 넘어서려는 시도를 벌인 인간의 표정을 살핀다는 공통점을 가집니다. 게르만은 험버트와 알비누스처럼 규범을 넘어섬으로써 자기 자신까지 파멸시킵니다. 세상이 불허한 금지 규정을 정면으로 들이받고 현실로부터 이탈하는 주인공의 표정을 관찰하기, 나아가 스스로를 파괴하는 개인과 그로 인해 부식되는 세계를 바라보는 일이 나보코프 문학의 핵심이지 않을까요. 이때 독자는 나보코프의 소설 속 인물을 관찰하면서 그를 거울삼아 '무언가를 욕망하고 마침내 파괴되고 마는 운명 공동체의 일원으로서의 자신'을 발견합니다. 하지만 이 인물들이 보여주는 규범으로부터의 이탈, 즉 월경은 전혀 낙관적이지 않습니다.

『어둠 속의 웃음소리』는 1969년 토니 리처드슨 감독에 의해 같은 제목의 영화로 제작됐습니다. 오래전 영화이다보니 유튜브에 무료 공개되어 있습니다(「Laughter In The Dark」). 알비누스와 마르고트의 성교 장면은 압축적으로 묘사되었고 알비누스가 왜 혼외정사에 빠져드는지에 대한 사유도 다소 단순화된 느낌이지만, 글로 표현하기에는 아무래도 부족한 '완벽한 어둠의 상태'를 알비누스 역의 배우 니콜 윌리엄스가 정확히 연기해냈다고 생각됩니다. 알비누스가 최후를 맞는 장면이 소설과 영화에서 다르게 전개된다는 점도 특기할 만한데, 소설에서는 알비누스가 권총을 빼앗겨 사망에 이르지만 영화에서는 계단에서 발을 헛디디면서 오발 사고로 죽습니다. 하지만 알비누스가 마르고트와 렉스를 죽이려 했던 사실은 변함없습니다. 미국 인터넷무비데이터베이스IMDb에 따르면 「마이너리티 리포트」의 각본가이자 감독이었던 스콧 프랭크가 『어둠 속의 웃음소리』를 영상화하기로 했고, 넷플릭스 시리즈 「퀸스 갬빗」의 주인공인 안야 테일러 조이가 주인공으로 거론 중인 상태라고 합니다.

나보코프 소설의 일관된 주제가 '욕망의 낙관'이라고 단정 짓는 것은 위험합니다. 나보코프가 보기에 욕망이 인간의 보편적이고 일상화된 호기심이었음은 분명하지만 그 불온한 욕망의 결과는 파괴적이었기 때문입니다. '황금빛 욕망에 매혹되어 피할 길 없는 힘을 느끼는 상태에 놓인 인간'으로만 그의 소설을 이해한다면 이는 나보코프에 대한 몰이해이며, '과격한 욕망이 초래하는 결말의 비극성, 그럼에도 금기를 구원처럼 선택하고야 마는 인간의 공통적인 자화상'이 그의 궁극적인 주제가 아닐까 생각합니다. 『어둠 속의 웃음소리』로 두 개의 검은 방의 대비(알비누스가 마르고트를 처음 만났던 영화관과 알비누스가 결국 실명 상태에서 겪는 최후의 결말, 즉 욕망의 시작과 욕망의 결말)를 보여주려 했던 것이 아닐까요. 현실과 비현실 사이에 놓인 작은 틈으로부터 쏟아지는 절대적인 욕망을, 카메라 옵스큐라를 누구나 가슴에 품고 살아갑니다. 이런 단순한 진실이 그의 소설에 오랫동안 생명력을 부여했습니다. 그러나 험버트도 알비누스도 욕망으로부터 자신을 구원하지 못했다는 사실은 명확합니다. 삶의 의미와 방향을 선택하는 주체는 언제나 나 자신이지요.

3부

생각의 도살자들

Iris Chang

方方

閻連科

Nguyễn Thanh Việt

Ken Liu

Toni Morrison

Bret Easton Ellis

Chuck Palahniuk

Camilo José Cela

Владимир Владимирович Набоков

Milan Kundera

Bohumil Hrabal

이문열

Ray Douglas Bradbury

Ismail Kadare

Nelly Arcan

Philip Milton Roth

마광수

Henry Valentine Miller

George M. Johnson

José de Sousa Saramago

Νικος Καζαντζάκης

Michel Houellebecq

نجيب محفوظ عبد العزيز ابراهيم احمد الباشا

তসলিমা নাসরিন

صادق هدایت

דורית רבניאן

Suzanna Arundhati Roy

Witold Marian Gombrowicz

George Orwell

한 번의 농담에 5년간 군대에 끌려간 남자

밀란 쿤데라, 『농담』

단 한마디 농담 때문이었습니다. 여학생에게 보낸 엽서에 적은 그 한마디 때문에 스무 살 주인공은 대학에서 퇴학을 당합니다. 학교를 가지 못하니 군 복무 영장이 나옵니다. 끌려가보니 병영이 아닌 지하 탄광 갱도였습니다. 원래 2년 복무였는데 자꾸 늘어나 5년을 보냈습니다. 농담의 대가치고는 가혹한 시간이었습니다.

밀란 쿤데라의 장편소설 『농담』의 이야기입니다. 40년간 노벨상 후보였던 쿤데라가 2023년 94세로 타계하자 전 세계가 애도했지요. 그의 소설들은 늘 예찬과 감동의 중심에 있었습니다. 그러나 고국 체코에선 20년간 독서와 유통이 금지됐습니다. 그의 저작 중 가장 논란이 컸던 금서는 『농담』입니다.

이 소설로 진입하기 위해서는 네 명의 인물을 기억해야 합니다. 주인공 루드비크, 그가 마음에 품었던 여고생 마르케타, 또 루드비크를 퇴학시키는 데 결정적 역할을 한 학교 리더 제마네크, 그리고 훗날 제마네크의 아내이자 루드비크의 정부情婦가 되는 헬레나. 배경은 1949년으로, 공산당 일당 독재 체제의 사회입니다. 공산당 관료는 초법적 권리를 부여받았습니다. 당黨 중심의 세상이었습니다. 학내에서도 공산당 입김이 강합니다. 그런 분위기에서 체코의 어린 학생들은 공산당이 주입한 이상한 열기, 무조건적인 심오한 이념에 경도되어 있었습니다. 시대정신은 유머를 허락하지 않았습니다. 웃음이 사라졌고, 말과 글에 해학이나 아이러니가 첨가되는 것은 반동으로 여겨졌습니다.

마르케타도 그런 학생이었습니다. 농담을 절대 이해 못 하는 성격이었죠. 아주 예뻐 모든 남학생이 좋아했지만 마르케타는 항상 경직돼 있었고 학교 일을 늘 심각하게 받아들였습니다. 루드비크는 장난기가 발동해 마르케타에게 엽서 한 장을 씁니다. 그 엽서는 곧 루드비크 인생 전체를 붕괴시킬 폭탄이 됩니다.

엽서를 받은 마르케타는 루드비크를 학교에 신고합니다. 엽서 맨 끝줄에는 이렇게 적혀 있었습니다. "낙관주의는 인류의 아편이다!"59쪽 여기서 낙관주의란 '공산주의 혁명이 성공할 것이라는 무비판적 낙관과 경직된 사고'를 뜻합니다. (또 당초 카를 마르크스는 '종교'를 인류의 아편으로 표현한 바 있는데, 이 유명한 말을 패러디한 문구이기도 했습니다.) 바꿔 말하면 루드비크가 엽서에 적은 저 농담은 "마르케타, 긴장 좀 풀어"라는 뜻이었죠.

엽서를 확인한 마르케타는 이 농담조차 진담으로 받아들였습니다. 학내 공산당 위원들도 이걸 농담으로 수용하지 못합니다. 공산당의 소중한 정신을 마약('아편')으로 봤다는 이유를 들먹이며 '루드비크의 농담이 체코 근로자 전체를 모독했다'고 판단합니다. 여기까지가 소설 초반부입니다. 이야기는 이제 기상천외한 방향으로 전개됩니다. 일단 학교 리더 제마네크가 주인공을 벼랑 끝으로 몰아갑니다. 학내 공산당 위원의 만장일치로 루드비크의 퇴학이 의결됩니다. 학업을 지속할 권리를 잃자 군 복무 연기 혜택도 상실됩니다. 군대에 끌려갔더니 그냥 나라만 지키는 평범한 곳이 아니었습니다. 루드비크와 같은 불온한 반골들은 탄광에서 노역을 해야 했습니다.

이게 끝이 아니었습니다. 루드비크는 어머니가 사망했지만 가볼 수 없었습니다. 합법적 복무 기간은 2년. 하지만 군대에는 '그럴 만하다고 여겨지는 만큼 전역을 연기시켜도 된다'는 불합리한 규정이 있었습니다. 루드비크는 무려 5년을 복무합니다. 복무가 아니라 사실상 복역이었습니다. 시간이 흘러 루드비크는 전역하고 우여곡절 끝에 연구원이 됩니다. 그러다 우연히 15년 만에 고향에 갑니다. 그는 호텔에서 나이가 비슷한 한 30대 여성을 우연히 발견합니다. 호텔 프런트 관리인은 그 여성이 불러주는 이름을 숙박부에 천천히 적고 있었습니다. '헬레나 제마네크, 헬레나 제마네크…….' 루드비크는 직감합니다. 헬레나란 이름의 저 여인이 15년 전 자신을 퇴학시키고 오지로 보냈던 제마네크의 현재 와이프라는 것을요. 루드비크는 '침대'에서 헬레나를 굴복시켜 제마네크에 대한 복수를 완성하기로 다짐합니다. 그는 성공할 수 있을까요.

공산당이 증오한 쿤데라 책 전부가 금서

쿤데라는 1967년 『농담』을 발표한 뒤 유럽 전역에서 문명文名을 얻습니다. 1960년대 체코 문학의 황금시대를 그가 열었다고 해도 과언이 아닐 것입니다. 그러나 쿤데라의 소설은 1968년 금서로 지정됩니다. 왜일까요. 그는 『농담』 발표 즈음에 체코 작가동맹회의에서 연설을 했습니다. 이 연설은 그의 예술사상을 보여주는 지표였고 체코 문학계에서도 대단히 중요한 이정표였습니다.

당시 작가동맹 회장은 J. 헨드리흐였습니다. 체코 공산당 중앙위원회 소속인 그는 '공산당에 대한 작가들의 충성심 약화'를 지적해 예술인들의 반감을 샀던 문제적 인물입니다. 쿤데라는 작가회의에 참석해 개회 연설을 했다고 전해지는데, 쉽게 말해서 공산당 간부 면전에서 젊은 예술인들을 대표해 국가의 문화 정책을 싸잡아 비판한 격이었습니다. 구글에서 검색해보니 당시 밀란 쿤데라의 명연설이 체코 프라하작가페스티벌PWF 웹사이트에 공개돼 있습니다.

쿤데라는 이날 연설에서 사회주의 예술의 기괴한 사고를 유려한 화법과 완곡한 문장으로 꼬집었습니다. 사회주의 예술은 당이 달성하고자 하는 이상에 예술과 예술가가 복무하기를 바랐습니다. 예술가의 창작이란 당이 추구하는 이념적 지평 위에서만 유효하다고 보기 때문이었지요. 일체의 낭만과 비판을 허용하지 않는 사회주의 예술의 엄숙주의가 지닌 문제점을 쿤데라는 간파했습니다. 예술의 도구화는 사회주의 예술, 좀더 구체적으로는 사회주의 리얼리즘의 실체이자 한계점입니다. 헨드리흐와 같은 사회주의 당 직자들은 예술의 자유를 제한하고 이로써 '예술의 한계'를 규정하는 데 열중했습니다. 예술의 한계를 규정하는 순간 인간이 추구하는 자유의 한계가 노정된다고 쿤데라는 확신했습니다. 우리 모두가 알듯이 예술은 스스로를 도구화하지 않는 무한한 자유 위에서의 진보적 창조이며, 문학이란 자유의 옹호를 위한 인간의 총체적인 언어활동이 아니던가요. 현실의 의미를 밝혀내고 해석하는 것이 언어예술로서 문학의 유일하고도 입체적인 목적이며, 예술에 굴레를 획정하는 순간 이는 죽어버린 예술이자 예술의 종막이 됩니다. 그런 점에서 쿤데라의 연설은 예술에 임박했던 죽음의 징후를 날카롭게 지적한 한마디였습니다.

> 한 가지 분명한 사실은 우리 예술이 번영했다면 그것은 정신적 자유가 확장되었기 때문이라는 점입니다. 현재 체코 문학의 운명은 정신적 자유의 정도에 달려 있습니다. 나는 자유라는 단어를 언급하면 즉시 꽃가루 알레르기를 일으키고 사회주의 문학의 자유에는 한계가 있다고 반대하는 사람들이 있다는 것을 알고 있습니다. 모든 자유에는 예를 들어 현대 지식, 교육, 편견 등의

수준에 따라 제한이 있다는 것은 잘 알려져 있습니다. 그러나 새로운 진보 시대는 그 제한으로 정의되지 않습니다! 르네상스는 역사적 거리에서만 명백했던 합리주의의 제한적인 순진함으로 정의된 것이 아니라, 이전 경계의 합리주의적 위반으로 정의되었습니다. 낭만주의는 고전주의 규범의 경계를 넘고 이러한 경계를 넘어 포착할 수 있는 새로운 발견을 통해 스스로를 정의했습니다. 그리고 사회주의 문학이라는 단어조차 유사한 해방적 범법을 의미할 때까지는 긍정적인 의미를 갖지 못할 것입니다.

사흘간 열린 작가동맹회의에서 헨드리흐는 젊은 작가들의 비판을 못 견디고 자리를 떠났다고 합니다. 쿤데라는 체코 사회주의 예술 정책을 정면으로 비판하면서 당에서 제명됩니다. 연설 후 1년쯤 지나 1968년 소련 공산당이 체코를 침공하면서 쿤데라의 책은 금서로 묶이지요. 그는 교수직에서도 쫓겨납니다. 책 출판의 권리도 박탈당합니다. 하지만 역설적으로 공산당이 금서로 지정할수록 쿤데라의 언어예술을 사랑하는 세계의 독자는 자꾸 늘어만 갔습니다. 역사의 어느 순간에도 예술인을 향한 탄압과 작가의 명성은 비례했으니까요. 그로부터 20여 년 후인 1989년 체코 공산정권이 붕괴되면서 쿤데라의 책은 금서 목록에서 해제됩니다. 이 시기를 전후로 밀란 쿤데라는 세계적인 명성을 얻었고 노벨문학상 후보로 도약합니다. 그의 죽음으로 노벨문학상 수상은 이뤄지지 못했습니다.

밀란 쿤데라는 1990년대 한국 대학가에서도 강력한 자장을 형성했습니다. 쿤데라와 무라카미 하루키가 1990년대 한국 독서 시장을 지배했다고 해도 과언이 아닐 겁니다. 당시 한국 대학생들이 쿤데라를 유독 사랑했던 이유는 무엇일까요. 사실 2000년대 학번인 저로서는 아무리 쿤데라의 문장을 탐닉하더라도 그때 그 감정을 영원히 피부로 느낄 수는 없을 겁니다. 1990년대의 대학생들이 쿤데라의 문장을 읽고 전율한 것과 2000년대 이후 학번이 쿤데라 문장을 좋아하는 것은 질적으로 다르니까요. 그래서 95학번인 신형철 문학평론가와 잠시 쿤데라에 대해 이야기를 나눠봤습니다. 신 평론가의 말을 요약하면 다음과 같습니다.

> 1990년대 독서 모임에서 『참을 수 없는 존재의 가벼움』은 요즘 말로 하면 일종의 밈meme화된 상태였다. 그 정도로 밀란 쿤데라의 인기가 높았다. 『농담』과 『불멸』도 당시 대학생들이 많이 읽었다. 사실 쿤데라가 갖고 있던 장점과 위험을 동시에 감지한 것은 나보다 조금 앞선 선배 세대였다. 그 선배들은 '전체'라는 가치를 소중하게 여겼다. 체제 안에서 생겨나는 부작용도 대의를 위해서 생겨나는 측면이 있다고 보는, 그런 양가적인 마음이 었다. 그래서 몇 년 선배들은 후배들이 쿤데라 책을 읽고 있으면 '무슨 이런 작가를 읽고 있느냐'고 한소리 하기도 했다. 그런데 쿤데라가 그것을('전체는 개인에 우선한다') 신랄하게 까뒤집고 냉소하니까 대학생 독자들은 통쾌해했던 거다. 물론 그런

쿤데라의 소설을 얄밉게 느낀 사람도 있었고, 때로 당시 상황을 우울하게 받아들인 사람도 있었다. 하루키와 쿤데라는 서로 거리가 먼 사이였지만 당대 한국 독자들이 느끼는 두 사람의 상징적 위상은 비슷했다. 쿤데라와 하루키가 말하고자 한 것은 '전체 대 개인'이었으니까. 쿤데라는 한국문학에 결핍돼 있던 철학적 체취를 느끼게 해주는 작가였음이 분명하다.

출판사 민음사에 물어보니 쿤데라의 대표작 『참을 수 없는 존재의 가벼움』은 100만 부, 『농담』은 10만 부 이상 팔린 것으로 집계됩니다. 게다가 밀란 쿤데라 전집이 세계에서 가장 먼저 나온 나라도 바로 한국이었습니다. 그만큼 우리 독자들의 쿤데라 사랑이 대단했다는 의미로 이해됩니다.

죽고자 독약을 삼켰는데 그건 변비약이었다

다시 『농담』의 내부로 돌아가봅니다. 루드비크의 복수는 성공할까요. 제마네크의 아내 헬레나는 루드비크에게 완전히 빠져듭니다. 두 사람은 결국 관계를 맺습니다. 하지만 루드비크는 이 모든 복수의 무의미함을 깨닫고 헬레나와 이별하기로 결심합니다. 실연당한 헬레나는 자살을 선택합니다. 힘든 마음에 독약을 입에 털어넣습니다. 하지만 헬레나가 삼킨 약은 다량의 독약이 아니었습니다.

바로 다량의 변비약이었죠. 쿤데라는 헬레나가 고통받는 저 비극적(?) 장면을 유쾌하게 묘사했습니다. 루드비크는 헬레나의 창백한 얼굴을 보고 그녀를 구하려 하지만 독약이 아닌 변비약을 삼킨 헬레나는 화장실에서 발견됩니다. 헬레나는 '지독한 냄새' 때문에 루드비크에게 제발 저쪽으로 가라고 절규합니다. 이 사실을 전혀 알지 못하는 루드비크는 혹시라도 헬레나가 잘못될까봐 자꾸만 그녀의 팔을 붙잡고 놔주지를 않습니다. 개인적으로 이 부분을 다시 읽으며 정말 크게 웃었습니다. 이 장면은 쿤데라의 단순한 기교만은 아닐 겁니다. 루드비크가 엽서에 적은 한마디로 마르케타를 웃게 만들려 했던 것처럼 쿤데라는 이 책 한 권으로 세계 전체를 한번 크게 웃기려 했던 것이지요. 그런 의미에서 본다면 『농담』 전체가 한 편의 '농담'이었던 셈이고, 쿤데라는 이 책을 통해서 이데올로기가 강요하는 엄숙주의에 거대한 어퍼컷을 제대로 한 방 꽂은 것이었습니다.

쿤데라의 고향인 브르노에는 밀란 쿤데라 도서관이 세워져 있습니다. 쿤데라 유족이 기증한 3000권의 도서가 보관돼 있다고 합니다. 도서관 홈페이지에 들어가보니 3000권이 모두 저자의 출판물입니다. 전 세계인이 그를 추앙했던 것이지요. 쿤데라의 문장이 오래 기억되고 읽히는 힘은 과연 어디서 오는 걸까요. 저는 그 원동력이 바로 쿤데라의 문장이 지닌 아름다움 때문이 아닐까 생각합니다. 개인적으로 제가 가장 아꼈던 그의 문장 하나를 공유하며 글을 맺습니다. 쿤데라처럼 아름다운 문장을 탐하는 이들이라면 영원히 기억할 만합니다. "아름다움이란 더 이상 아무런 희망도 없는 인간에게 가능한 마지막 승리다." 『소설의 기술』 195쪽

마치 밀란 쿤데라의 문학 인생을 즙으로 짜낸 듯한 문장이란 생각이 드는 것은 저뿐일까요. 그의 문장을 읽는다는 것은 세계 전체와 호흡하는 행위이기도 합니다. 쿤데라는 결국 노벨문학상을 받지 못하고 떠났지만 그의 관에 덧씌워진 찬사의 질량을 잴 수 있다면 전 세계에 출간된 그의 종이책 무게 총량보다 더 무거울 겁니다.

생각의 도살자여, 내 사유는 폐기할 수 없노라

보후밀 흐라발, 『너무 시끄러운 고독』

곰팡내 나는 지하실, 주황색 전구 불빛. 폐지 압축기 기계음이 괴성처럼 울립니다. 체코 맥주에 거나하게 취한 한 노인이 천장에서 쏟아진 종이를 쓸어 담습니다. 시궁쥐들은 종이책을 갉아 먹고 파리 떼가 주변을 맴돕니다. 천장 뚜껑 문을 열고 소장이 고함을 칩니다. "한탸! 거기 있나? 제발 술 좀 그만 마시게." 노인 한탸는 장갑 안 낀 맨손이지만 좀 지저분해도 괜찮습니다. 맥주와 책만 있다면 지상은 천국이니까요. 말단 노동자인 한탸가 '뜻하지 않게' 프라하 최고의 철학자가 되는 이야기. 이것은 공산주의 노동당의 무지無知를 지적으로 '공격'했던 20세기 체코 최고의 금서 『너무 시끄러운 고독』의 줄거리입니다. 이 책이 처음 출간된 때는 1976년이고 한국에서는 2016년 6월에 나왔지요. 132쪽짜리 짧은 소설입니다만 이 책의 깊이와 넓이는 그 이상입니다.

근사한 책 속 문장을 '사탕처럼' 빨아먹으면

한탸의 삶은 이렇습니다. 그의 머리 위 천장에서는 폐지가 쏟아집니다. 핏물 밴 정육점 신문지, 날짜 지난 팸플릿, 낙서로 덮인 종잇장입니다. 지하에서 폐지를 처리하는 한탸는 35년간 같은 일을 했습니다. 고된 노동과 탁한 공기에 머리털이 다 빠져버릴 정도였습니다. 그가 '초록불은 전진, 빨간불은 후진'인 압축기에 더러운 종이를 넣고 철사로 묶어낸 폐지 뭉치는 지붕 없는 열차에 실려 프라하 외곽의 제지공장으로 보내집니다. 하늘에서 떨어지는 폐지는, 그러나 한탸에게 '물질로서의 종이'만은 아니었습니다. 정부가 검열해 폐기를 명령한 진귀한 도서, 지상에서 구경하기 어려운 사상서나 문학책이 뒤섞여 있었습니다.

사회주의 정부는 정권에 도움이 되지 않는 책을 폐지로 처분했습니다. 값어치를 매길 수조차 없는 책들까지 불필요한 종이로 분류되어 1킬로그램당 1코루나(현 환율 57원)에 팔려나갈 운명이었지요. 한탸는 배운 것이 없지만, 압축되고 있는 진귀한 고서들의 참된 가치를 알았습니다. 그래서 폐지 압축 전에 마치 미사를 올리듯 '독서 의식'을 치렀습니다. 죽어가는 책들을 향한 마음이었지요. 그러고도 읽지 못했던, 그래서 버릴 수 없었던 책을 그는 방에 쌓아뒀습니다. 침실에는 종교서와 철학책이 2톤이나 쌓여 있고, 너무 많은 책 때문에 화장실에는 변기 자리만 겨우 남아 있었습니다. 집 안 전체가 책으로 가득했습니다. 그렇게 35년 동안 축적한 독서력으로 한탸는 의도치 않게 프라하 최고의 현자가 되어 있었습니다. 사회 최하층부 노동자이면서 사상, 문학, 이념, 종교를 전부 섭렵한 비밀의 현인이었습니다.

그의 독서는 늘 맥주와 함께였습니다. 요즘 말로 '책맥'이지요. 홉의 쓴맛이 강렬한 필스너 우르켈과 같은 체코 맥주를 상상해 보셔도 좋을 겁니다. 수 리터들이 맥주를 마시고, 벌겋게 달아오른 얼굴로 죽음의 운명을 앞둔 책을 기쁘게 음미하는 것, 그것이 한탸의 삶이었습니다. 맥주에 취한 건지, 책에 취한 건지 모를 정도로 혼몽한 그는 현실과 비현실을 구분하지 못합니다. 어떤 날에는 지하실에 젊은 예수가 앉아 있고, 또 어떤 날에는 우수에 젖은 노자가 압축통에 몸을 기댔습니다. 니체와 괴테, 셸링과 헤겔, 에라스뮈스와 칸트, 쇼펜하우어와 사르트르가 유령의 모습으로 지나갑니다. 꿈인지 생시인지 모를 환영들이 출몰했습니다. 술에 거나하게 취한 시간마다 보이는 환영들은 한탸의 지적 수준을 일러줍니다. 이런 식이지요.

> 젊은 예수에게서 나는 눈을 떼지 못한 채 맥주를 단지째 들이켰다. 반면 노자는 홀로 자신에게 어울리는 무덤을 찾고 있었다. 곤죽으로 짓이겨진 파리떼와 뒤섞인 핏방울이 튀는 와중에도 예수는 그윽한 황홀경에 빠져 있고, 노자는 깊은 우수에 젖어 무심하고도 거만한 자세로 압축통 모서리에 몸을 기대고 있었다. (…) 예수가 낙관의 소용돌이라면, 노자는 출구 없는 원이다.52쪽

절망한 한타는 중세 체코 종교개혁가 얀 후스의 동상을 생각합니다. 콜린 광장에 세워진 얀 후스 동상은 너무 세게 안은 성서가 반쯤 몸속으로 파고든 모습입니다.

파리 떼와 쥐 떼가 우글거리는 지하실에서 한탸는 책을 사랑하고 사상을 존경합니다. 그는 책 문장을 '쪼아대고 빨아댐으로써' 현실 저 너머의 삶을 바라봅니다.

> 내 독서는 딱히 읽는 행위라고 말할 수 없다. 나는 근사한 문장을 통째로 쪼아 사탕처럼 빨아먹고, 작은 잔에 든 리큐어처럼 홀짝대며 음미한다. 사상이 내 안에 알코올처럼 녹아들 때까지. 문장은 천천히 스며들어 나의 뇌와 심장을 적실 뿐 아니라 혈관 깊숙이 모세혈관까지 비집고 들어온다.9~10쪽

어느 날 한탸의 생활에 원치 않던 변화가 일어납니다. 그의 압축기보다 20배 빠른 자동화 압축기가 등장한 것입니다. 상상을 초월하는 크기의 새 압축기는 컨베이어 벨트에 책을 올려놓으면 저인망식으로 없애버리는 기계였습니다. 정권과 무관한 가독성 없는 책들은 쓰레기로 취급받습니다. 전입을 온 젊은 압축공들은 신입 사회주의 노동당원이었습니다. 그들은 한탸처럼 책의 가치를 분류하기는커녕 컨베이어 벨트에 종이를 올린 뒤 장서들을 무참하게 '살해'합니다. 마치 "살아 있는 닭들의 내장을 신속하게 뜯어내는 숙련된 여공 같은"95쪽 모습이었지요. 누군가 전생全生을 걸고 쓴 문장들, 책의 판형을 결정하고 교정을 보고 삽화를 넣고 제본해 독자의 상상력을 자극했던 책 제작의 모든 순간이 풋내기 사회주의 압축공에게는 가치 없는 일로 취급됩니다.

저 거대한 압축기가 다른 모든 압축기에 치명타를 가할 것이고, 내가 몸담고 있는 직업에도 상이한 유형의 사람들과 작업 방식으로 새로운 시대가 열릴 것이었다. (…) 책 속에서 근본적인 변화의 가능성을 찾겠다는 열망으로 우리가 종이 더미에서 구해낸 장서들도 모두 끝장이었다. 91쪽

새 압축기가 등장하자 한탸는 '정말로 사라질' 장서 앞에서 눈물로 절규합니다. 그는 중세 시대 체코의 종교개혁가 얀 후스의 동상을 떠올립니다. 콜린 광장에 세워진 그 동상은 너무 세게 안은 성서가 반쯤 몸속으로 파고든 모습이었습니다. 한탸의 심정이 얀 후스와 같았지요. 한탸는 젊은이들에게 밀려납니다. 소장은 한탸에게 다른 지시를 내립니다. "마당에 나가서 일단 비질부터 하라"고 말이지요. 이어 먼 인쇄소로 가서 백지白紙를, 즉 아무것도 적히지 않은 종이를 다루는 업무를 배우라고도 지시합니다. 백지에는 그가 추앙했던 아리스토텔레스도, 플라톤도 적혀 있지 않았지요. 냄새나는 폐지 더미 속에서 선물과도 같은 멋진 책 한 권을 찾아낼지 모른다는 희망을 그는 빼앗겼습니다. 울분에 찬 한탸는 최후의 반역을 계획합니다.

『너무 시끄러운 고독』은 체코 금서였습니다. 왜 그럴까요. 보후밀 흐라발이 이 책을 쓰던 시기는 소련을 포함한 바르샤바 조약군 4개국(소련, 폴란드, 불가리아, 헝가리)이 체코를 침공한 직후였습니다. 이 침공으로 체코에 자유화 열기가 불었던 '프라하의

봄'(1968년 1~8월)은 끝장났고, 공산주의 점령이라는 긴 암흑기가 도래합니다. 정부가 불허하는 공식 금서임에도 『너무 시끄러운 고독』의 생명력은 길고 끈질겼습니다. 이 책은 1976년 사미즈다트 самиздат로 첫 출판됩니다. 사미즈다트란 '지하출판'을 말합니다. 소비에트연방 통치 시절, 중부 유럽의 지식인들은 사미즈다트 방식으로 책을 비공식 출간했습니다. 네다섯 부쯤 인쇄해 지인들에게 한 부씩 비밀리에 돌리고, 책을 받은 지인이 이를 네다섯 부쯤 복사해 다시 나눠주는 방식이었습니다. 지금이야 이 책들에 대해 자유롭게 이야기할 수 있지만 당시만 해도 발각되면 즉각 죽을 수도 있을 만큼 위험했습니다.

더구나 이 책이 금서였던 결정적인 이유는, 전체주의를 향한 비판이 책 곳곳에 기술되었기 때문입니다. 은유로 가득한 이 소설을 한 줄로 압축한다면 이렇습니다.

'히틀러의 나치가 떠났더니, 사회주의 독재가 왔다.'

소설 속 한탸는 오래전 프로이센 왕실 도서관 인장이 찍힌 도서가 폐기 처분되던 끔찍한 현장을 목격했습니다. 1945년 패망 직전의 나치가 프로이센 왕국의 귀중한 장서를 뚜껑 없는 무개화차에 싣고 떠나던 모습이었지요. 금박을 입힌 책은 당초 프라하 외무성 부속 건물에 숨겨졌지만 누군가 책의 은신처를 발설하는 바람에 모두 전리품으로 규정돼 기차에 실린 채였습니다. 인간의 무지만 아니었다면 1000년도 넘게 보관됐을 금장 장서들이 일주일간 비를 맞고 빗물에 씻겨가는 모습이 소설에 묘사됩니다. 값을 매길 수조차 없는 엄청난 책들이었습니다. 그런 장서들이 무게 단위로 팔려나가는 모습에 그는 절망합니다. 검댕과 잉크가 뒤섞인 금빛 물이 빗물과 눈물에 섞여 무개화차 아래로 줄줄 흘렀습니다. 이는 첫째, 나치의 억압을 상징합니다. 시간이 흘러 히틀러의 나치는 사라졌지만, 이 소설은 1970년대 체코를 점령한 소련이 나치와 다를 바 없다고 묘사하고 있습니다. 엄청난 크기의 자동화 압축기는 '생각의 도살자'와 같았습니다. 그러니 둘째, 『너무 시끄러운 고독』은 이념과 체제가 만들어낸 소련의 사상 억압까지 고발한 것이지요. 한탸가 보여준 마지막 선택을 통해 '그들이 책을 폐기하더라도 사상의 자유는 절대 폐기할 수 없다'고 이 소설은 지적합니다.

쿤데라의 허무주의 영웅, 흐라발의 비영웅

한탸라는 인물의 하층민적 지위, 그리고 작가 흐라발이 한탸를 그려낸 방식은 흥미롭습니다. 보후밀 흐라발과 밀란 쿤데라는 같은 체코 출신 작가이면서 여러 면에서 대조적 위상을 지닙니다. 위기의 시대를 문장으로 견뎌낸 작가라는 점에서 둘은 동질적이지만 쿤데라는 프랑스로 망명해 프랑스어로 소설을 썼고, 흐라발은 끝까지 체코에 체류하며 체코어를 고집했습니다. 이는 단지 거주지 차이만이 아닙니다. 쿤데라와 흐라발의 소설 속 주인공도 차이를 보이니까요. 쿤데라가 창조한 문학적 인물이 '시대를 내려다보며 고뇌에 빠진 허주무의적 지식인'인 반면, 흐라발의 피조물은 '모든 것을 알고 있지만 사회에 아무 힘을 발휘하지 못하는 바보'로 묘사됩니다. 또 쿤데라의 소설에는 성적 자유를 획득했지만 만족하지 못하는 인물이 줄곧 등장하는 반면, 흐라발의 소설에는 성적 불구의 인물이 자주 나타난다는 것도 차이점입니다. '성性의 실현'이 한 인물의 자아를 형성하는 강력한 증거라고 볼 때 흐라발의 남성상은 좌절된 동시대인들의 정서를 대변합니다.

사실 흐라발은 프라하 소재 국립 카렐대학에서 법학을 전공한 엘리트였습니다. 그는 박사학위까지 받았습니다. 1348년 개교한 카렐대학은 중부 유럽에서 가장 오래된 명문대이기도 합니다. 하지만 흐라발이 작가와 겸했던 직업은 그의 학위와 동떨어져 있었습니다. 그는 제철공장 노동자, 선로 감시원, 전보 배달부, 장난감 가게 점원, 약품상 대리인, 단역 연극배우, 폐지 수집상, 공증사무소 서기 등 갖은 직업을 전전했습니다. 정권으로부터 탄압받는 작가에게 세상은 가혹했습니다. 『너무 시끄러운 고독』의 한탸 역시 폐지를 꾸리는 인부였던 흐라발의 생업적 경험이 녹아든 캐릭터인 것이지요.

보후밀 흐라발의 소설은 무려 8편이나 영화로 제작됐습니다. 특히 『너무 시끄러운 고독』은 2007년 35밀리미터 필름 18분짜리 애니메이션으로 공개됐습니다. 제네비브 앤더슨의 작품으로, 유튜브에 무료 공개되어 있습니다(「Too Loud A Solitude」). 영화의 마지막 장면은 소설의 결말과 다소 다르지만 지하 공간을 구경하는 재미가 넘칩니다. 영화가 소설보다 좀더 종교적이란 점도 특기할 만합니다. (비언어극이어서 어떤 언어 사용자든 쉽게 이해할 수 있습니다.) 흐라발의 소설 『엄중히 감시받는 열차』는 영화 「가까이서 본 기차」로 만들어졌는데, 1968년 미국 아카데미 시상식(오스카)에서 외국어영화상을 수상했습니다. 「가까이서 본 기차」를 연출한 이르지 멘델 감독은 흐라발의 또 다른 작품인 『영국왕을 모셨지』를 2006년 영화화합니다(「나는 영국왕을 모셨다」). 흐라발이 창조한 영화 속 인물들은 원작에서와 같이 하층민 정서를 대변하는 블랙 유머로 가득해 매력적입니다. 한 어리숙한 철도원이 '어쩌다보니' 독일군 나치의 열차를 폭파하게 되는 과정을 유쾌하게 그렸습니다. 영화 촬영지였던 체코 중부 로데니체 역사驛舍는 지금도 보존되어 있습니다.

이 책은 왜 '고독'에 관한 소설일까요. 시끄러움은 세계의 혼돈과 소음을, 고독은 자기 안으로의 침잠을 의미합니다. 비극적 운명에 처한 소란스러운 세상, 나치의 열차와 소련의 압축기가 당대인의 정신을 납작하게 눌러버리는 세계에서 한탸의 유일한 선택은 다름 아닌 책이었습니다.

> 책에 빠지면 완전히 다른 세계에, 책 속에 있기 때문이다…… 놀라운 일이지만 고백하지 않을 수 없는 것이, 그 순간 나는 내 꿈속의 더 아름다운 세계로 떠나 진실 한복판에 가닿게 된다. 날이면 날마다, 하루에도 열 번씩 나 자신으로부터 그렇게 멀리

떠날 수 있다는 사실이 신기할 따름이다.16쪽

책은 한 권 한 권이 모두 다른 세계로의 이탈을 경험하도록 돕는, 낱권짜리 '정신적 티켓'입니다. 책의 세계는 고요해서 문장을 읽는 순간만큼은 다른 세계로 떠나볼 수 있으니까요. 『너무 시끄러운 고독』은 바로 그런 책을 사랑하는 마음, 종이와 잉크의 물성을 가졌지만 누군가에게는 일종의 정신적 티켓인 책에 대한 헌사라고 저는 생각합니다. 책을 읽는 일은 그 어떤 절망의 순간에도 결코 헛되지 않다는 것을, 지옥과도 같은 세계에서 벗어날 일종의 출구라는 것을 흐라발은 지하실의 한탸를 통해 이야기하고 있습니다.

여러분에게 책이란 무엇이었나요. 이제 종이책 고유의 물성은 가치가 사라져가고, 집이 좁아진다는 이유로 책을 무가치하게 생각하는 이들도 적지 않습니다. 아무리 세상이 변한다 해도 책 속에서 근본적인 변화의 가능성을 모색하려는 한탸와 같은 사람들은 결코 사라지지 않을 겁니다. 아무리 소수라 하더라도 말이지요. 『너무 시끄러운 고독』은 책이라는 형식에 삶을 바쳤던 작가들, 책과 함께한 공간에서 삶의 한때를 보냈던 독자들을 위한, 고요하고도 빛나는 걸작입니다.

전두환의 계엄군도 광주 시민도 이 책을 읽고 똑같이 분노했다

이문열, 「필론의 돼지」

이문열 작가는 1980년 봄날 서울의 한 출판사에서 다급한 전화를 받았습니다. 공수부대 부사관 두 명이 오늘 낮에 출판사로 찾아왔는데 "이문열의 집 주소를 대라"고 했다는 것입니다. 군인들이 분노했던 이유는 이문열 작가가 당시 발표했던 한 단편소설 때문이었습니다. 그런데 이 소설에 화를 냈던 것은 군인들뿐만이 아니었습니다. 당시 광주민주화운동에 투신했던 시민들도 똑같이 격노했습니다. 이후 이 책은 전두환의 신군부 세력(제5공화국)이 7년간 금서로 지정했고, 이와 별도로 광주민주화운동 시민군들도 불쾌한 소설로 여겼습니다. 바로 「필론의 돼지」에 얽힌 이야기입니다. 이 작품이 세상에 나온 지도 44년이 지났습니다. 이 작품은 어떻게 12·12 군사반란을 일으킨 신군부와 광주민주화운동 시민군을 동시에 자극했을까요.

유신이 끝나 숨통이 트였는데 이번엔 '깡패'가 왔다

「필론의 돼지」는 3년간의 병영생활을 마치고 고향으로 가는 군용열차에 탄 한 남성의 이야기입니다. '그'는 끔찍한 시간을 끝내고 자유의 몸이 되어 용산역 출발 대구행 군용열차에 몸을 실었습니다. 사실 전역병들이 주로 이용하는 군용열차는 피하고 싶었지만 전날 친구들에게 거하게 술을 산 까닭에 차비가 부족해 어쩔 수 없이 전역병 전용칸에 몸을 실은 것입니다. 기차가 한강철교를 지나는데 소란이 벌어집니다. 베레모를 쓴 현역병 5명이 전역병들이 앉은 열차칸으로 들이닥쳐서는 고생하는 후배들에게 술값을 보태 달라며 반 협박조로 위협하기 시작합니다. 금품 갈취였지요. 몇몇 전역병이 잔돈을 건네면 후배 현역병들은 "우리를 거지로 아느냐"며 욕설을 지껄이고 참다못한 전역병들이 "우리가 너희들에게 돈을 줄 이유가 없다"고 맞서면 주먹이 내리꽂히는 무서운 분위기가 연출됩니다. 군법회의에 회부하겠다며 꼿꼿한 자세로 따져 묻던 전역병은 너무 많이 맞아서 몰골이 말이 아닙니다. 열차칸에는 헌병도 없고 공안원도 보이지 않습니다. 법과 진리는 언제나 주먹보다 늦었으니까요. 그때 어디선가 이런 목소리가 들려옵니다. 베레모 후배들은 고작 5명이고 우리 전역병은 100명인데 왜 우리가 이렇게 당하고 있느냐는 울분의 외침이었습니다.

그 목소리에 설득당한 전역병들의 눈빛이 달라집니다. 전역병들이 베레모들에게 달려듭니다. 그런데 정도가 지나쳤습니다.

베레모들의 손발이 짓밟혔고 뼈가 부러지는 소리까지 들렸습니다. 급기야 소주병이 깨지더니 여기저기 피까지 튑니다. 보다 못한 주인공이 살기등등해진 전역병들을 만류할지 말지를 고민합니다. 주인공은 무사히 그리운 집까지 갈 수 있을까요.

이 작품은 알레고리 소설입니다. 우선 전역병이 탑승한 군용열차는 박정희 정권 18년 집권이 종료된 직후의 세계를 뜻합니다. 「필론의 돼지」가 처음 발표된 날짜는 1980년 4월 30일. 1979년 10월 26일 박정희 전 대통령이 서거했고 곧이어 12월 12일 전두환 보안사령관의 군사반란이 일어났습니다. 「필론의 돼지」가 처음 수록된 잡지 『작가作家』 제1권의 발행 일자가 1980년 4월 30일입니다. 그런데 공교롭게도 소설 발표 직후 5·18민주화운동이 발생합니다. 「필론의 돼지」는 이때부터 꽤 복잡한 소설로 해석되기 시작합니다. 출판사가 이문열 작가에게 "공수부대가 내려가니 몸을 피하라"는 전화를 걸었던 것은 이 때문이죠. 작가가 "내가 이 소설을 쓸 때 광주 일은 일어나지도 않았다"라고 항변해도 받아들여질 가능성은 적었습니다.

내용을 보면 작품 속 베레모 현역병들은 신군부 세력을, 곧 민간인이 될 전역병들은 광주민주화운동 세력으로 치환됩니다. 그렇다면 「필론의 돼지」는 첫째, 당시 집권 세력인 12·12 전두환 신군부 세력을 소줏값이나 벌자고 승객들을 두들겨 패는 양아치 깡패 무뢰배 집단으로 묘사해놨고, 둘째, 5·18 희생자인 민주화 운동가들은 얼굴 없는 목소리에 선동당해 무자비한 폭력을 행사하는 "불사의 악귀"(소설 속 실제 표현입니다)로 은유한 셈이 돼버렸습니다. 여덟 장짜리 단편소설이 신군부와 시민군을 발칵 뒤집어놓았던 이유입니다. 작가의 등단 2년차 때였습니다.

좀더 깊이 들어가볼까요. 이 소설이 실린 비정기 잡지 『작가』 제1권은 이문열, 이외수, 윤후명, 김채원 등 11명의 단편을 싣고 있습니다. 서문을 읽어보면 이 작가들은 잡지가 출간되기 1년 전인 1979년 8월 15일 서울의 한 식당에서 첫 번째 모임을 가졌습니다. 그때만 해도 세상은 '어제'와 같았습니다. 몇 개월 뒤인 10월 26일 궁정동 안가에서 총성이 울려 세상의 지축이 바뀔지, 12·12로 전두환 신군부가 국정을 장악해 군부 독재 세상이 이어질지 아무도 몰랐던 시절입니다. 또 이듬해 봄 5월에 한국 현대사 최악의 비극이 발생할 줄도 알지 못했습니다. 신군부가 정권을 장악하면서 「필론의 돼지」는 금서 조치를 당합니다. 아무도 읽을 수 없고 누구도 접근 불가능한 작품이 돼버렸습니다. 군인을 소재로 다뤘다는 이유로 이문열의 또 다른 소설 「새하곡」도 유통이 금지됩니다. 지금까지 총 판매 부수가 3000만 부 넘는 초베스트셀러 작가인 그의 작품 가운데 드물게 판금 조치를 당한 것들이지요. 군정의 시대가 저물어가던 1987년에 들어서야 「필론의 돼지」는 이문열 중단편 소설집 『구로 아리랑』에 실리며 비로소 어둠에서 빠져나옵니다. 7년 만이었습니다. 『구로 아리랑』 작가 후기에 그는 이렇게 썼습니다. "83년 후반 및 84년 초반, 그리고 87년에 쓴 작품들과 그 이전에 씌어졌더라도 이런저런 사정으로 독자들에게 읽히기 어려웠던 작품들의 묶음이다. 특히 약간 손을 댔으나마 「필론의 돼지」를 실게 된 데는 야릇한 감회마저 느낀다."347쪽

이 작가는 1980년 처음 소설을 쓸 당시의 '베레모'를 1987년 판에서는 '검은 각반'으로 바꿉니다. 각반은 군인들이 군화 위에 신는 보호대입니다. 베레모를 검은 각반으로 바꾸면서 '군홧발'의 의미를 강조하는 한편 베레모가 환기하는 공수부대의 상징성은 다소 비껴갔습니다.

풍우 속에서 잠자던 한 마리 돼지

이문열 작가는 작품의 제목을 잘 달기로 출판계에서 유명했습니다. 그는 왜 이 소설의 제목을 '필론의 돼지'로 정했을까요. 심민화·최권행 교수가 함께 번역해 출간한 몽테뉴의 『에세』 14장을 보면 필론(혹은 퓌론, 기원전 360~기원전 275)의 이야기가 자세히 나옵니다. 필론은 고대 그리스의 회의주의 철학자입니다. 필론은 배를 타고 가다가 거대한 풍랑을 만납니다. 사람들은 잔뜩 겁을 먹었는데 돼지들은 전혀 두려워하지 않습니다. 사람은 이성(풍랑 때문에 죽을 수도 있다는 두려움) 때문에 괴로운데, 돼지는 이성이 없기 때문에 괴롭지 않아 잠이나 잡니다. 오히려 이성과 지식이 평정과 고요를 방해한다는 의미를 담은 일화입니다. 이것은 무슨 뜻일까요. 난리의 와중에 소설의 주인공 '그'의 눈에 군대 훈련소 동기

홍동덕이 눈에 들어옵니다. 홍은 참으로 느긋합니다. 폭풍우 치는 바다 위에서 잠이나 자는 필론 옆의 돼지처럼 말이죠.

이문열 작가는 유신과 신군부라는 폭력의 시대에는 필론 옆에 있던 돼지처럼, 또 소동에 휩쓸리지 않고 잠이나 자고 술이나 마시는 홍동덕이야말로 현자가 아닌가, 라는 질문을 던졌습니다. 「필론의 돼지」가 금서였던 시절을 지나 지금까지도 잊히지 않고 생명력을 얻는 이유는 갑갑한 회사생활, 민감한 가족관계, 저 멀리 정치권까지도 세상이 언제나 둘로 쪼개져 싸우기 때문일 것입니다. 「필론의 돼지」는 드라마로 각색돼 1993년 4월 MBC 베스트극장에서 방송된 바 있습니다. 소설과 달리 방송은 금품을 갈취하는 베레모를 왕년의 삼청교육대 출신 깡패들로 묘사했습니다. 소설의 전역병 대신 연수 교육(지옥훈련)을 마치고 귀성하는 대진그룹 사원이 등장합니다. 명작은 시간이 지나고 형태가 바뀌어도 명작입니다.

이문열 작가와 경기도 이천 부악문원에서 인터뷰를 한 적이 있습니다. 문학 기자를 하면서 부악문원에서의 독대만 세 번이었는데 그는 「필론의 돼지」를 중단편 중 최고작으로 언급했습니다. 유신이 끝나면서 사람들은 이제 자유라 생각했고 그런 분위기에서 「필론의 돼지」를 발표했다고 그는 설명했습니다. 보안사령부 쪽에서는 '유신 끝나서 살 만한데 또 군인이 왔다'는 식으로 전두환을 비판했다고 하고, 광주에서는 이 소설이 '자신들을 폭도(소설에서의 전역병들)로 몰아붙였다'고 하니 참 고약한 상황이었다고 털어

「필론의 돼지」가 처음 수록된 무크지 『작가作家』 제1권의 모습. 1980년 4월 30일 출간된 판본입니다. 44년 전 초판본이어서 종이의 색은 바랬지만 이 책에 수록된 단편 「필론의 돼지」는 지금까지도 거론되는 문제작입니다.

놓기도 했습니다. 당시 비판의 칼은 어느 쪽이었는지를 묻자 이문열 작가는 이렇게 답했습니다.

> 한 인간이 하늘에서 내린 파도를 어찌 막겠나. 소설가는 하나의 방향만을 겨냥할 수 없는 존재가 아닐까. 다만 내가 소설에서 말하려던 건 '무지無智와 혁명이 어떻게 구별될 수 있느냐'였다. 소설에서 '그'도 홍동덕처럼 체념한 채 소주병을 받는다.

이후 이문열 작가의 정치적 행보는 1992년 보수주의를 선언한 산문집 『시대와의 불화』 출간으로 명확해집니다. 특히 그의 작품은 1980년대 후반부터 비판과 호응의 중심에 서 있었습니다. 이문열 작가에게는 '체제의 충성스러운 수호자'라는 혹독한 비판도 내려졌고 평론가들이 다른 작가들에게는 관대하면서도 그에게만 유독 인색한 평가를 내렸다고 보기도 합니다. 극단적으로 양분된 평가 사이에서 그는 자리해왔습니다. 이문열 작가는 20세기 후반 한국문학에서 거론하지 않을 수 없을 만큼 뛰어나지만 그에 대한 평가는 작품의 내부가 아닌 바깥에서 내려지고 있습니다. 그의 소설이 한 편의 작품으로만 이해되는 경우는 이제 없으며 그 소설이 가리키는 방향이 무엇인지를 오래전부터 사람들은 간파해왔지요. 개인적으로 저는 이문열 작가의 작품을 뜬눈으로 읽으며 오랜 시간을 보냈고 오래전 학부 논문에서도 그의 대표작 『사람의 아들』을 다뤘습니다. 그의 소설은 이처럼 정적과 굉음, 분리가 불가능한 명암明暗 내에서 자리합니다. 한국문학이 오랜 기간 가닿지 못했던 광활한 여백을 채운 작가임은 분명하지만 그의 오랜 독자 가운데 적지 않은 이가 그의 작품을 단지 작품으로만 대하지 않는다는 점에서 이는 작가와 독자의 공통된 비극입니다. 『젊은 날의 초상』을 읽으며 소설을 거울삼아 밤을 지새우던 오래전에 독자에게는 그 아쉬움이 더 깊어지는 것이지요.

1997년 출간된 장편소설 『선택』은 이문열 작가가 페미니스트들과 논쟁한 대표작입니다. 조선 중기를 살았던 사대부 종부인의 목소리를 빌려 여성주의를 "남성을 상대로 한 무한투쟁의 선동"이라고 은근히 비판하는 작품이죠. 그해 신문들을 살펴보면 이문열 작가의 『선택』은 '최악의 반反페미니즘 도서'로 선정됐습니다. 하지만 『선택』에 대한 대중의 반응은 조금 달랐습니다. 출간 약 한 달 만에 10만 부가 넘게 판매되며 베스트셀러 1위에 올랐는데 주독자층은 공교롭게도 주부였습니다. 『선택』은 『세계의 문학』 연재 당시 반여성주의 소설이란 비판을 받았습니다. 그런 책이 출간 즉시 주부들의 열기에 휩싸인 것입니다.

단편소설 「익명의 섬」도 페미니스트들로부터 거센 비판을 받은 작품입니다. 촌읍으로 부임한 선생이 동네 부랑자 '깨철이'에게 강간을 당합니다. 알고 보니 깨철이는 수많은 마을 여성의 성적 쾌락을 충족시켜주는 존재였다는 설정이었습니다. 오늘날의 기준으로는 비판의 소지가 상당하지요. 그러나 이 소설은 임권택 감독의 연출, 안성기·정윤희 주연의 영화 「안개마을」로 영화화됐고 백

상예술대상, 대종상을 받았습니다. 2001년 11월 3일, 그의 집이자 후학을 위한 레지던스인 부악문원 앞에서는 이문열 작가의 '책 장례식(책 반환)'이 치러지기도 했습니다. 그가 그 유명한 '홍위병 발언'을 한 후폭풍이었습니다. 시민단체 소속 남성들이 이문열의 책 733권을 관 모양으로 만들어 들고 10세 소녀에게 '책 영정'을 앞세우게 한 이 사건은 당시 큰 논란이었습니다. '책 장례'를 치르며 참가자들은 조사弔詞를 낭독했습니다. 이 행사가 끝나자 해당 단체는 작가의 책 수백 권을 고물상에 단돈 10원에 팔기도 합니다. 이문열 작가의 발언을 규탄하는 퍼포먼스였습니다. 그의 소설은 출판사 알에이치코리아로 판권이 넘어가면서 전권이 새롭게 출간됐습니다. (「필론의 돼지」는 「필론과 돼지」로 제목이 바뀌어 '이문열 중단편전집 1'에 수록되었습니다.) 이문열 작가는 자신을 가장 유명하게 만든 출세작 『사람의 아들』 다섯 번째 개정판인 이번 책에 대해 "마지막 개정판"이라고 확언했습니다.

소설가 이문열. 그도 어느덧 칠십대 중반입니다. 여러분이 기억하게 될 그는 어떤 모습일까요? 사법고시를 패스하지 못하고 낭인浪人으로 살다가 문학에 입문한 늦깎이 소설가. 작품활동을 시작하자마자 단숨에 세인들의 눈을 사로잡아 출판계 지형을 바꾼 베스트셀러 작가. 북北의 아버지에 대한 울분이 내면의 저변을 이루고, 사회가 잃어버린 영웅의 귀환을 바랐던 그가 현실 정치에 뛰어들거나 발언하지 않고 20대의 번민을 담아낸 연작소설 『젊은 날의 초상』과 같은, 이데올로기와 무관한 작가로 남았다면 후대의 평가는 어땠을까 하는 상상도 해봅니다.

부악문원에서 어느 날 그날의 마지막 질문으로 "이제 시대와의 불화를 끝마치고, 세상과 화해하실 생각은 없으십니까"라고 물었습니다. 그때 적어둔 답변을 옮기며 글을 맺습니다. 세상이 어떤 방향으로 기억하든 한국문학은 분명히 이문열의 문장에 빚졌고, 한국 사회도 이문열 문장의 자장에서 완전히 자유로울 수는 없을 것입니다. 평가는 독자의 몫입니다.

> 죽음은 두렵지만 아직 시간이 더 있는 것 같으니 죽음의 허무만큼은 대답을 유보하겠다. 다만 죽음 앞에서 두려움보다는 억울함이 없지 않다. 그건 어떤 치욕의 감정이다. 연루되고 싶지 않았던 일에 확정적으로 개입돼버린 것과 같은, 말끔히 털지 못한 그 무엇이 남게 될 것만 같아서다. 그러나 성질 나쁜 포악한 악인으로 죽을지언정 비루하게, 비굴하게 살다 죽었다는 말만큼은 정말 듣기 싫다. 그게 나의 마지막 두려움이라고 해야 할까. 2019년 5월 19일 이천 부악문원에서의 인터뷰

종이책이 마약보다 혐오스러운 세상은

레이 브래드버리, 『화씨 451』

‘모든 국민 독서 금지. 책은 불태워야만 하는 것이었다. 책이 숨겨져 있다면, 당연히 그 집도 함께.’

어느 날 갑자기 독서가 금지된 세상을 상상해봅니다. 금서 목록에 오른 책은 100만 권. 책 보유만으로도 이단으로 간주되며, 발각 시 즉결처분. 이게 가능한 일일까요. 레이 브래드버리의 장편소설 『화씨 451』의 설정입니다. 화씨 451도(섭씨 232.7도)는 종이책이 불타기 시작하는 온도를 뜻합니다. 발견되면 즉시 책을 태워버리는 국가를 묘사한 작품입니다. 사상의 자유에 관한 소설적 입문서로 1953년에 집필됐고, 2018년 영화로 제작돼 칸영화제에도 진출한 작품입니다. 또 이 책은 지금 뜨겁게 논쟁 중인, 정치적 올바름(PC주의)을 무려 71년 전에 예견하고 비판했습니다.

주인공은 30세 남성 몬태그입니다. 그는 책을 소각하는 전문직 공무원 방화수입니다. 불을 꺼 생명을 구하는 소방수가 아니라, 책을 불로 태우는 독특한 직업입니다. 그는 10년간 방화 작업에 1000회 이상 투입된 베테랑입니다. 누가 책을 가지고 있다는 신고를 받으면 즉시 방화차를 타고 출동해 '책 불법 소지자'를 제압한 뒤 책을 모아 불지르는 일을 합니다. 몬태그가 사는 나라는 '독서 금지'가 국법입니다. 책이 메스암페타민(필로폰), 코카인, 아편보다 더 위험한 물건으로 취급됩니다. 꺼내기만 해도 사람들은 인상을 찌푸리며 기겁하고 도망가지요. 언제부터 책이 금지됐는지 기억하는 사람도 없습니다.

어느 날 몬태그는 수천 권의 책이 쌓인 집으로 출동합니다. 주인은 한 노인이었습니다. 방화수들은 방대한 분량의 책을 한 줌의 재로 만들기 위해 냄새가 지독한 등유를 붓습니다. 노인은 저항하지 않습니다. 방화수들이 책을 점화하려 하자 성냥을 꺼낸 노인이 책과 함께 분신해버립니다. "여자는 경멸에 찬 눈초리로 손을 들고는 성냥개비를 난간에다 세차게 부볐다. 너무 늦었다."70쪽 몬태그는 책 읽는 사람들이 정신이상자라고만 생각해왔습니다. 그런데 책을 지키려다 책과 함께 타죽는 모습을 처음 목격한 것입니다. 몬태그는 노인의 자살에 큰 충격을 받습니다. 세상이 어딘가 잘못되었다고, 무언가 텅 비었다고 느끼기 시작한 것입니다.

현실의 우리가 살아가는 세계에서 책은 '책 이상'의 것으로 여겨집니다. 귀중한 책을 훼손하거나 폐기하는 행동은 사회적 금기로 여겨지기도 하지요. 책은 단지 종이의 집적集積이 아니라, 지식을 보존하는 그릇이라는 암묵적 합의에 기반합니다. 그런데 몬태그의 나라에서는 책 소각이 국책 사업인 데다 '방화청'까지 들어서 있습니다. 수천 명의 방화수는 전국에 의무 설치된 방화서 소속 직원입니다. 이 나라에서는 문자와 언어를 이용한 사유 활동이 금지되어 있고 소설, 철학서, 역사서는 전부 금서입니다. 왜 이 정부는 책을 금지했을까요.

몬태그의 상사인 비티 서장이 그 이유를 자세히 설명합니다. 오래전에는 책이 모든 사람에게 추앙받은 것이 분명한 사실이며 특히 책은 다른 매체에 비해 경제적이어서 많은 호응을 얻었습니다. 그러나 비티 서장은 그런 책이 점차 말초적인 매체들에 밀려 힘을 잃었고 대중에게 외면받았다고 이야기합니다. 비티 서장을 비롯한 리더들은 사람들을 불행하게 만드는 원인이 다름 아닌 책이라고 확신합니다. 책은 인간에게 행복이 아닌 고통과 번민을 주기 때문이라는 설명입니다. 책은 세상의 거울입니다. 그 거울에 비친 인간의 실존은 대개 비참하고 불안합니다. 그래서인지 소설 속 세상에서 사람들은 '생각하지 않는 세상'에 열광했습니다. 마치 지금의 우리처럼 말이지요. 소설 속 사람들은 텔레비전이 제공하는 행복에 도취되어 살아갑니다. 하는 일이라고는 영상을 보면서 '즉각적 정보'에 기뻐하는 것입니다. 사람들은 집 안 거실 벽면(3~4개 면)을 모두 텔레비전으로 연결한 뒤 그곳에서 방영되는 영상에 중독되어 살아갑니다. 사유는 곧 고통이니까요. 비티 서장은 몬태그에게 무사유의 필요성을 힘주어 말합니다. 모든 가치 있는 사유를 단절하고 우발적이며 단편적인 정보만을 주입함으로써 사람들을 통제하는 방식이었습니다. 별 의미도 없는 조각에 불과한 정보를 끝없이 일러주면 사람들은 모든 의미로부터 제거됩니다. 사유를 전개하는 하나의 문인 책은 독극물이요, 학문은 불안을 야기하는 열쇠라고 봤기 때문입니다. 사유의 제단으로부터 인간을 고립시켜, 실제로는 아무 생각도 하지 않고 있지만 '나는 생각하고 있다'고 착각하고 오해하게 만드는 일이 중요하다고 비티 서장은 주장합니다. 세계의 전체성을 묘사하기 위해 고안된 철학이나 사회학, 즉 탐구의 상태에서 인간을 벗어나게 해 무사유의 존재로 전락시키는 일만이 버티 서장에게 중요했습니다.

하지만 몬태그의 내면에서는 이미 의심의 씨앗이 자라기 시작했습니다. 몬태그는 결국 집의 환풍구에 숨겨뒀던 20권의 책을 발각당합니다. 그는 죽음을 피하기 위해 비티 서장을 살해하고 도주합니다. 살인자 몬태그는 살아남을 수 있을까요.

2만 권의 책을 태운 1933년 베를린의 학생들

미국 작가인 레이 브래드버리가 이 책을 쓰던 1950년대는 정치적으로 혼란스러웠습니다.

미국 안으로는 정치적 반대자를 공산주의로 매도하는 정치 광풍(매카시즘)이 불었습니다. 미국 밖에서는 소련이 비공산주의 반대파를 탄압했습니다. 브래드버리는 사상의 자유를 박살내고 있는 냉전 시대의 현실을 보면서, 오래전 베를린에서 벌어졌던 '나치 독일의 책 소각 사건Nazi Book Burning'을 떠올립니다. 독일과 오스트리아에서 나치 소속 학생들이 자행한 책 불태우기 운동이었습니다.

1933년 5월 10일이었습니다. 나치 이데올로기와 양립할 수 없는 책이 전부 불태워졌습니다. 횃불을 든 나치 학생들은 '독일적이지 않은' 책을 불태웠습니다. 그들은 한 연구소에서 2만5000권의 장서를 꺼내 그 자리에서 불붙입니다. 아인슈타인, 프로이트, 헤세, 브레히트, 만, 카프카, 브로트 등의 책이 그 자리에서 찢기고 재로 변했습니다. 나치의 선전가 요제프 괴벨스는 인류 최고 지성의 책을 "지적 오물"이라 부르고 "유대 지식주의는 끝났다"면서 광분한 학생들이 책을 태우는 행위를 독려했습니다. 이 과정에서 책을 옹호하던 사람들까지 죽어나갑니다. 『화씨 451』에서 스스로 성냥불을 켜고 운명을 선택한 노인처럼 말이지요. 광기의 악령이 불처럼 뜨거웠던 시대였습니다.

『화씨 451』은 21세기 들어 묘한 작품이 됩니다.

브래드버리는 모든 책 읽기의 자유, 책 쓰기의 자유를 희망했습니다. 그가 70년 전에 우려했던 것은 이른바 '소수자의 책 검열'이었습니다. 이것은 무슨 말일까요. 먼저 브래드버리의 부고 기사를 읽어볼까요. 1920년생인 그가 2012년 6월 5일 사망한 다음 날 보도된 『월스트리트저널』 기사의 제목은 '레이 브래드버리 VS.

1933년 5월 10일 독일 베를린에서 자행된 책 소각 당시 사진. 나치 이데올로기와 양립할 수 없는 책들이 모두 불에 태워졌습니다.

정치적 올바름'으로 "레이 브래드버리는 자유 세계를 장악하고 있는 자기 검열에 대한 압력을 포함해 미묘한 검열 제도로 인해 똑같이 어려움을 겪었다. 실제로 『화씨 451』은 정치적 올바름의 위험에 대한 선견지명이 있는 경고를 제공했다. 『화씨 451』 속에서 몬태그가 태우는 책은 소수자가 불쾌감을 느끼지 않도록 고안되었다"고 쓰였습니다.

'정치적 올바름'이란 소수자에 대한 배려가 없는 단어나 문장을 반대하는 운동입니다. 무심코 한 표현이 누군가에게 박탈감을 줄 수 있으므로 중립적 용어를 사용하자는 것이 일례입니다. 그런데 브래드버리는 『화씨 451』 '마치는 글'에 이렇게 적었습니다. 책에 따르면, 2년 전 어떤 여자대학의 한 학생이 브래드버리에게 "더 많은 여성 캐릭터와 역할을 집어넣어달라"는 편지를 보냈고, 또 다른 독자의 편지에는 "왜 작품 속 흑인들이 죄다 그렇게 비굴한가. 다시 쓸 생각이 없는가"라고 적혀 있었다고 합니다. 어떤 출판사는 브래드버리의 단편소설을 교과서에 수록하면서 작가의 허락도 없이 단어를 마음대로 삭제해버립니다.

브래드버리는 불쾌감을 감추지 않습니다. 그는 독설에 가까운 문장으로 반복합니다. "세상에는 불붙은 성냥개비를 들고 돌아다니는 사람들로 넘쳐난다."260쪽 물질로서의 책을 재가 되기까지 불태우지 않더라도 책에 불을 지르는 방법은 여럿이라는 통찰이었습니다. 사고의 자율성을 침해하는 크고 작은 규제를 방화에 가까운 행위라고 그는 비판합니다. 브래드버리가 보기에 생각을 재단

하는 사회 각층의 모든 시도는 야만적인 방화에 다름없었습니다. 일부 종교는 자신의 교리에 어긋나는 주장을 비판하며 제약하려 하고 여성해방 운동가는 반여성적인 기미가 조금이라도 보이는 모든 글에 저항을 시도하면서 작가의 자유를 방해합니다.

이것은 보수와 진보, 세대, 성별 등 모든 곳에서 동시적이었다고 브래드버리는 씁니다. 철학사, 신학사, 예술사, 문학사에서 이런 시도는 반복되었고 협소한 울타리 안에 무한한 세계의 사고와 감정을 욱여넣으려 했다는 겁니다. 하지만 세계는 그렇게는 좁혀질 수 없는 '커다란 전체성'이며 작가의 자유, 나아가 인간의 자유는 그보다 넓고 크다고 봤습니다. 자유로운 사상을 자의적 판단에 가둬 비난하려는 시도는 비티 서장의 음모와 다르지 않다는 것, 그것이 브래드버리 주장의 핵심입니다.

따라서 브래드버리는 작가로서 표현의 자유를 방해하는 모든 이의 검열을 '예견'한 것이었습니다. 소수자든 아니든 책의 표현에 검열 잣대를 들이대는 모든 행위가 속된 말로 완장질처럼 보였던 게 아니었을까요. 그런 의미에서 그는 반反PC주의자입니다. 물론 브래드버리가 소수자의 권익 자체를 비판한 것은 아니며, 모든 의미에서의 소수자를 나치와 동일시했다고 이해하는 것은 분명한 비약입니다. 그 점은 조심스럽게 구분될 필요가 있습니다.

레이 브래드버리는 전미도서상 평생공로상, 미국 예술문화훈장, 퓰리처상 특별 표창을 수상했습니다. 그가 사망했을 때 모든 작가가 고개 숙여 추념했습니다. 작가 스티븐 킹은 “오늘 나는 희미해져가는 거인의 발소리를 들었다. 그의 작품은 기이한 아름다움으로 영원히 남을 것”이라고, 스티븐 스필버그 감독은 “SF와 판타지, 상상의 세계에서 그는 불멸의 존재”라고 칭송했습니다. 작가 마거릿 애트우드는 “청소년 때 나는 『화씨 451』을 집어삼키듯이 읽었다”고, 버락 오바마 전 대통령은 “그의 스토리텔링 재능은 우리 문화를 재편성하고 세계를 확장했다”고 평가했습니다.

『화씨 451』은 대중매체에 지대한 영향을 끼쳤습니다. 크리스천 베일이 주연한 영화 「이퀼리브리엄」(2002)은 『화씨 451』의 세계관을 유산처럼 물려받은 작품입니다. 「이퀼리브리엄」은 책뿐만 아니라 인간의 감정을 불러일으키는 그림, 영화, 애완동물이 모두 금지된 사회를 담았습니다. 이 영화 속 통일 정부 리브리아는 『화씨 451』에 기원을 둡니다.

1만 원짜리 한 장이면 OTT 서비스로 영화를 무제한으로 보는 세상입니다. 또 유튜브를 틀고 속도감 있는 콘텐츠만 봐도 퇴근길 시간이 꽉 채워지는 세상이지요. 동시에 지금은 아무런 제약 없이 책을 사 볼 수 있는 세상, 몇 걸음만 걸어가면 공공도서관에서 책을 공짜로 대출받는 세상이기도 합니다. 브래드버리가 ‘두려워

했던 세상'과 '갈망했던 세상'이 포개지고 겹쳐진 곳이 바로 우리가 발 딛고 살아가는 현대입니다. 그런데 오히려 독자는 희귀종이 되다보니 책은 이 시대에 그 미약한 힘마저 바래는 사물인 것 같습니다. 소설에 적힌 다음의 한마디는 그래서 더 깊이 와닿습니다. "요즘은 방화수들이 별로 필요치 않아요. 대중 스스로가 책 읽는 것을 거의 포기했소."143쪽 세계의 총체성을 설명하고 그 복잡성을 주시하기 위한 책은 독자로부터 연기도 없이 사라지는 것만 같습니다. 세계의 책장은 언제나 불충분하지만 독자의 책장은 스스로 텅 비어가는 끔찍한 풍경, 그것이 우리가 살아가는 현실이기도 합니다. 책으로부터 유일한 만족감을 얻었던 독자는 소수가 되고 다수는 책의 부재를 당연시하는 세상, 그것은 이 책이 말하는 방화수들의 모습과 다르지 않습니다.

여러분에게도 책과 관련된 추억이 하나쯤은 있지 않나요. 종이와 잉크로 구성된 세상 속에 영혼의 운명이 걸려 있다는 듯이 한 줄씩 밑줄을 그으면서 자주 '책 바보'가 되었던 저로서는, 이 책처럼 독서의 본령을 일깨우는 작품 앞에서 겸허해집니다. 『화씨 451』은 우리가 책을 손에 쥘 자유의 소중함을 떠올리게 해주는 명저입니다. 책장에 꽂아야 할 것은 바로 이런 책입니다.

돌에 묻은 피와 살 그리고 거기서 들리는 비명

이스마일 카다레, 『피라미드』

여기는 그늘 한 점 없는 사막의 노지 야영장, 10만 명이 진을 칩니다. 전국 각지에서 몰려든 노동자들입니다. 뜨거운 태양 때문에 일꾼들은 일사병에 걸리기 직전입니다. 밤마다 벌레 독침이 숙소 안 사람들의 살갗을 노릴 만큼 열악한 환경이었습니다. 이들이 죽음을 무릅쓰고 한 장소에 모인 동기는 단순했습니다. 개당 2.5톤짜리 돌을 맨손으로 운반해 무덤을 만들기 위해서였습니다. 이 위험한 건축은 이집트 왕이 주도하는 국책 사업인데, 허공에 색을 입히는 일처럼 무모한 시도이기도 했지요. 암석 수십만 개를 오직 사람의 힘으로 옮기는 일은 무수한 양의 피를 요구했기 때문입니다. 알바니아 작가 이스마일 카다레의 소설 『피라미드』의 줄거리로, '유럽의 김일성'으로 불리는 알바니아 공산주의 40년 독재자 엔베르 호자를 직격 비판한 작품입니다. 이 책은 출간이 불허되었으나 작가와 작품을 향한 검열이 지속될수록 카다레의 문학적 위상은 높아졌고, 1990년대부터 30년간 그의 노벨문학상 수상이 점쳐지기도 했습니다. 20세기 인간의 독재를 수천 년 전 일어났던 문명사를 은유해 쓰디쓴 통찰을 안겨준 비극의 파노라마 같은 소설입니다.

작품의 배경은 기원전 2600년경 이집트입니다. 파라오 쿠푸가 즉위했습니다. 쿠푸는 대신들에게 모호하고도 이상한 말을 남깁니다. 피라미드 건축이 시작되리라는 예상과 달리 쿠푸는 "어쩌면 피라미드를 만들지 않을 수도 있다"는 한마디를 내뱉었습니다. 고개를 조아린 대신들은 젊은 파라오의 속뜻을 읽을 수 없었습니다. 절대권력을 손아귀에 쥔 자로서 그저 대신들을 떠보기 위해 한 말인지, 혹은 다른 의도를 품은 고단수의 수작인지 알기 어려웠습니다. 이 말을 남긴 뒤 파라오가 더는 피라미드를 언급하지 않으면서 왕가의 혼돈은 한동안 지속되었습니다.

달리 방법을 찾기 어려웠던 파라오의 점성가와 늙은 고문관, 그리고 대제사장은 파라오를 설득하기로 합니다. 왜 몇 세기 동안 역대 파라오들이 피라미드를 지었는지를 쿠푸에게 말하기로 한 것입니다. 그들은 고문헌과 전승을 넘나들면서 파라오에게 피라미드의 비밀을 일러줍니다. 그들의 주장은 이러했습니다. '피라미드는 왕권의 상징 따위와는 별 상관이 없다. 오히려 그 반대다. 왕정국가 이집트의 진짜 위기는 파라오의 힘이 약화됐을 때가 아니라, 이집트의 부가 더없이 풍요로웠을 때 발생했다. 생활이 안락해지면 백성은 독립적인 정신을 가지고 파라오의 권위에 도전하고 반항한다. 역사가 이를 증명한다. 따라서 피라미드 건축은 파라오가 '선택'할 문제가 아니며, 마땅히 시행되어야 할 과업이다.' 대신들은 목숨을 걸고 파라오에게 주장합니다. 자신들이 다스려야 할 세계를 백성에게 영구히 내주지 않기 위해서는 그들이 마땅히 누려야 할 육체의 권리를 박탈해야 한다고, 그들의 힘을 소진시키고 무에 가까울 정도로 고갈시켜 피폐한 정신 상태를 유지함으로써 만에 하나 벌어질지도 모를 사회 변혁의 가능성을 제거해야 한다고. "심신을 지치게 하고 파괴하는 동시에 철저히 무용無用한"15쪽 일은 바로 피라미드 건축이었습니다. 피라미드는 사회계급을 유지하는 수단이요, 개인으로서의 이상과 의식을 파괴하는 유일무이한 선택지였습니다.

과거 파라오에게 주어진 선택지는 세 가지였다고 대신들은 주장합니다. 첫째, 땅속으로 끝도 없는 구멍을 파게 하는 일. 둘째, 이집트 전역을 통째로 에워싸는 거대 성벽의 건축. 셋째, 왕의 무덤 피라미드.

먼저 구멍 파기는 대의가 부족한 데다 말 그대로 끝도 없어 큰 원망을 살 일이었습니다(무한성). 또 성벽 쌓기는 언젠가 종결될 일이어서 먼 미래에는 지속 가능하지 않았습니다(유한성). 반면 피라미드 건설은 유한하면서 동시에 무한했습니다. 파라오마다 하나씩 완성하면서도, 후임 파라오는 영구히 등장하므로 세상이 끝날 때까지 시행할 만한 일로 적합했으니까요(유한성+무한성). 게다가 성과물이 눈앞에 펼쳐지는 일이었기에 왕권을 강화하기에 적합했습니다. "폐하, 피라미드는 권력입니다. 지배하고 우매화하고 의지를 꺾어놓는 무엇이며, 단조로움이요 소모입니다."17쪽

대신들의 설득에 젊은 파라오 쿠푸는 크게 감동합니다. 피라미드 건축이 유지되어야 할 필요성에 공감한 것입니다. 피라미드를 건축하지 않으려 했던 쿠푸는 오히려 선대 파라오를 뛰어넘을 결심을 합니다.

피라미드를 건축한다니 채찍산업부터 활기를 띠었다

파라오 쿠푸는 이전 왕들이 결코 넘보지 못한, 역대 최대 규모의 피라미드 건축을 승인합니다. 이 결정이 정식으로 공지되기도 전에 결국 피라미드가 지어질 것이라는 소문이 왕국의 38개 주에 퍼집니다. 그러자 가장 먼저 채찍제작소가 반응합니다. 채찍을 정부에 납품하는 제조업자들은 채찍 생산량을 최대치로 끌어올립니다. 사회 공포가 극단까지 치닫습니다. 그러나 이집트 왕정의 대신들은 이를 나무라기는커녕 채찍 제조업자의 선견지명을 치하합니다.

이어 10만 명의 숙식을 해결할 야영장이 피라미드 부지 인근에 조성됩니다. 노동자들은 땅을 평지로 만들고 암석 운반에 방해되는 돌멩이들을 골라냈습니다. 채석장 위치가 정해지고 접근로가 건설됩니다. 피라미드 건축의 첫 삽을 뜨지도 않았는데 사전 작업에만 몇 년이 걸렸습니다. 쿠푸 피라미드 건축에 소요되는 시공 기

간은 '한 사람의 한평생'으로 추정됐습니다. 당시 기술력으로는 정확히 얼마나 걸릴지 확인하기 어려웠으니까요. 심지어 파라오 쿠푸는 젊은 나이였는데 그의 장례식 전에 피라미드가 완공될지도 장담할 수 없었습니다.

피라미드 건축에 요구되는 시간은 계속 늘어만 갑니다. 건축 기간이 연장됐다는 첫 발표 당시 왕정이 안내한 기간은 15년이었습니다. 그런데 피라미드 건축 준비에만 상당한 시간이 걸리자 사람들은 '피라미드 건축이 완전히 끝나지는 않았어도 상당 부분 완성되었다는 느낌'까지 받습니다. 한 노인은 이렇게 말합니다. "피라미드라고? 그게 아직도 안 끝났어?"46쪽 정작 쿠푸의 피라미드 하부의 돌 하나도 쌓기 전이었습니다. 아주 긴 시간이 더 흐르고, 드디어 건축 개시가 선포됩니다. 그러나 돌 하나를 옮기는 것은 수많은 인간의 끝도 없는 인내를 요구하는 일이었습니다. 그 인내의 결과는 죽음이었습니다. 돌덩이 하나를 옮길 때마다 죽음이 '기승'을 부렸습니다. 2.5톤의 암석에는 개별 번호가 적혔는데 그 '숫자'는 인간의 피와 살점, 그리고 비명의 기록이었습니다.

불같은 태양 아래 노동에 투입됐던 이집트 사람 10만 명이 집단으로 미쳐갑니다. 피라미드라는 과업은 너무 위험하고 공포스러웠습니다. 한낮의 일사병은 목숨을 위태롭게 만들었고 전갈에 쏘일까 두려워 잠을 설치는 공포의 밤은 끝도 없이 이어졌습니다. 사상자가 속출하자 음모론이 사회를 덮치기도 합니다. 신성한 쿠푸의 피라미드 돌에 누군가가 저주를 걸었다거나 암석에 병원균을

1988년 알바니아 수도 티라나에 건립된 '호자 박물관'의 1990년대 모습. 아버지 엔베르 호자를 기념하기 위해 그의 딸이 설계한 피라미드 형태의 건물입니다. 콘퍼런스센터로 사용되다가 1999년 코소보 전쟁 당시 북대서양조약기구NATO 기지로 사용됐으며, 도시 흉물로 남았다가 현재는 리모델링되어 일반인에게 공개됐습니다.

묻혔다는 낭설이 떠돕니다. 유언비어가 퍼질 때마다 누군가는 사지가 찢기고 누군가는 투석형에 처해집니다. 피라미드는 말없는 살육자였습니다. 사막의 더위 속에서 달궈진 돌덩이마다 썩은 피 냄새가 진동합니다. 인간의 힘만으로 옮기기에는 너무 무거운 돌 때문에 사람들은 그 아래 깔려 죽거나, 또는 돌에 갈려 죽었던 것입니다. 무덤 하나를 만드는 데 평생을 바쳐야 한다는 불행한 예감이 사막의 공기를 타고 퍼집니다. 정신착란을 일으킨 사람들이 속출하고 급기야 아래로 굴러떨어지는 암석을 피하기는커녕 차라리 돌 앞에 몸을 던져 자살하는 극단적인 사례까지 나옵니다.

그 무렵 테베 사람 시프타흐는 모래 위에 그림을 그려 쿠푸 피라미드의 총 높이를 추정합니다. 일선 노동자들은 피라미드의 크기를 처음에는 알지 못했으니까요. 사람들은 시프타흐가 계산한 피라미드 높이를 듣고도 믿을 수 없다는 표정을 짓습니다. '시프타흐가 드디어 미쳤다'고 생각할 정도였는데, 그가 계산한 높이는 인간이 쌓을 수 없는 것이었기 때문이지요. 하지만 시프타흐의 계산은 정확했다는 게 밝혀집니다. 소란은 오래가지 못했습니다. 시프타흐가 맷돌에 산 채로 갈리는 형벌을 받은 것입니다. 괜한 것을 궁금해했다는 이유였습니다. 사회가 이처럼 미쳐 돌아가자, 결국 한 고관은 "이제 전통과 결별하고 피라미드 건설을 중단해 파라오의 불멸을 만방에 드러내자"54쪽고 주장합니다. 파라오는 결코 죽지 않는 존재이므로 피라미드는 사실 필요하지 않다는 논리였습니다. 하지만 그 고관 역시 죽음에 처합니다. 저 말을 한 혀가 잘리고 저 말을 하는 데 필요했던 목과 폐, 그리고 저 말을 강조하는 데 쓰였던 손까지 순서대로 '절단'됩니다. 이제 이집트의 노동자들은 절절히 깨닫습니다. 피라미드가 사막의 햇빛 아래 검게 그을린 노동자들을, 아니 그들이 살아가는 땅 전체를 집어삼키는 거대한 괴수라는 것을 말이지요. 피라미드는 이집트를 영원히 극복되지 않을 곤경에 빠뜨리고 파라오가 죽으면 처음으로 되돌아가 곤경의 서사를 재생하는 돌로 만들어진 괴물이었습니다. 그 괴물은 한마디 말도 없이 세상을 통치했고, 누구도 침묵하는 돌의 성장을 막을 수 없었으며, 그 무한과 영원의 침묵은 모두를 두렵게 만들었습니다. 자신의 존재를 영속시키려는 단 한 사람, 파라오가 기획한 두려움이었습니다.

모든 소설에는 작가의 내밀한 의도가 있게 마련입니다. 카다레는 『피라미드』를 어떤 맥락에서 집필했을까요. 이를 이해하기 위해서는 그가 이 소설을 쓰던 때의 알바니아의 정치적 상황과 또 작가를 탄압했던 한 인물을 떠올려야 합니다. 바로 알바니아의 공산주의 독재자 엔베르 호자(1908~1985)입니다.

젊은 시절의 호자는 독립운동가였습니다. 그는 이탈리아의 파시즘과 독일의 나치즘으로부터 조국 알바니아를 구원한 영웅으로 추앙받기도 했지요. 호자는 이념적으로 공산주의를 선택했고 알바니아 노동당 총서기가 되어 독재자의 길을 걷습니다. 정권을 장악한 그는 서방 자본주의의 유입을 극렬히 막고자 국민을 통제하는 혹독한 공포정치를 펼쳤습니다. 지독한 폐쇄주의, 국민 검열과 통제, 국가안전국 시구리미sigurimi 운용을 통한 국민 억압, 구금과 유배, 공개 처형 등 호자의 통치는 현재의 북한과 비슷했습니다. 그러다보니 그에게는 '유럽의 김일성'이라는 별명까지 따라붙었습니다. 알바니아의 한 반체제 인사에 따르면 엔베르 호자 통치기에 정치범 6000명이 처형됐고 10만 명에 가까운 사람이 투옥되거나 유배를 떠난 것으로 집계됩니다. (다만 호자는 김일성과 마오쩌둥을 비판해 사이가 좋진 않았다고 외신과 역사서들은 기술합니다.) 이스마일 카다레는 호자의 독재정치에 맞서 평생을 싸운 예술가였습니다. 그는 문학으로 싸웠고 『피라미드』는 그중 하나였습니다.

카다레는 왜 하필 호자를 비판할 수많은 역사적 소재 가운데 피라미드를 선택한 걸까요. 작가는 전체주의 국가의 피라미드 건립을 지시했던 역사 속 파라오들의 빗나간 의지가 알바니아에서 재현되고 있다고 봤습니다. 호자는 통치 기간에 대략 75만 개의 벙커를 만들었습니다. 외적의 침입을 막겠다는 명분으로 자원을 총동원해 지은 군사시설이었습니다. 벙커에 사용된 철근과 콘크리트 덩어리가 수천 년 전 만들어진 피라미드의 피범벅인 돌덩이와 다를 바 없다고 본 겁니다. 카다레는 호자의 지시로 만든 전쟁용 벙커들이 국민 통제의 수단임을 간파한 것이었습니다. 그 벙커들은 지금도 흉물로 남겨져 있습니다.

카다레가 『피라미드』 집필을 시작한 1988년은 알바니아의 수도 티라나에 괴이한 모양의 콘크리트 박물관이 세워진 해이기도 했습니다. 엔베르 호자는 그보다 3년 앞선 1985년에 사망했는데, 호자의 딸은 아버지를 기념해 '엔베르 호자 박물관Enver Hoxha Museum'을 세웠지요. 참 묘하게도 호자 박물관 역시 피라미드 형태입니다. 지금은 호자 박물관이 아닌 '티라나 피라미드Pyramid of Tirana'로 불립니다. 공산주의가 붕괴된 뒤 1991년 콘퍼런스 센터로 사용되다가 1999년 코소보 전쟁 당시 북대서양조약기구NATO 기지로도 사용됐습니다. 도시의 흉물로 남겨졌다가 리모델링되어 일반인에게 공개됐다고 합니다.

『피라미드』는 고대 이집트 쿠푸의 피라미드, 알바니아 공산주의 독재자의 공포정치 잔재인 벙커, 그리고 공산주의 독재의 유산인 호자 박물관을 문학적으로 연결한 작품이며, 공산주의 독재 권력이 작용하는 방식과 백성(시민)이 고통받는 원인을 첨예하게 다룬 정치적 우화이기도 합니다.

유럽의 정신이 추앙했던 단 한 명의 작가

이스마일 카다레는 1990년대 이후 노벨문학상 단골 후보로 거론됐습니다. 그가 알바니아 독재를 피해 망명했던 프랑스에서는 카다레가 노벨상 수상자로 호명되지 못하자 언론이 전부 나서서 심사위원을 거세게 비난한 일도 있었습니다. 카다레는 2005년 맨부커 인터내셔널상을 수상했습니다. 당시 후보 명단을 보면 유럽의 문학가들이 그를 얼마나 존경하는지 대번에 알 수 있습니다. 그해 후보는 총 18명이었는데 귄터 그라스(1999년), 가브리엘 가르시아 마르케스(1982년), 도리스 레싱(2007년), 나지브 마흐푸즈(1988년), 오에 겐자부로(1994년) 등 노벨문학상 수상자이거나 노벨상'만' 못 받았던 작가가 대부분입니다. 이들 가운데 카다레가 영국 최고의 문학상을 수상한 것은 그에 대한 유럽 문학인들의 뿌리 깊은 존경심을 일러주지요.

『피라미드』는 독재 풍자의 외피를 걷어내더라도 소설 내적으로 완벽에 가까운 재미를 안겨줍니다. 읽고 있으면 이어질 내용이 몹시 궁금하거든요. 파라오 쿠푸는 피라미드가 중간 높이까지 올라갔을 때 자신이 누울 안치소의 위치를 조금 더 위로 올리라고 지시합니다. 이건 단순한 문제가 아니었습니다. 중력을 이겨내려면 막대한 질량의 돌덩이로 세워지는 건축물의 설계를 변경해야 하는 엄청난 지시였지요. 쿠푸의 황당무계한 지시는 이뿐만이 아니었습니다. 피라미드를 거의 다 쌓자 이번에는 자신의 미라 말고 다른 미라를 안치해 자신이 묻힌 정확한 위치를 속이면 안 되겠느냐는 말을 합니다. 대신들은 파라오의 저 말에 몸부림치듯 두려워합니다. 쿠푸의 시신을 대체할 '가짜 시신'으로 자신이 지목될까봐 두려웠기 때문입니다. 심지어 건축이 거의 다 끝나가는데, 채석장에서 가져온 귀한 돌을 누군가 빼돌리고 엉뚱한 돌을 납품한 사실이 발각되는 등 촌극이 끊이질 않습니다. 2.5톤짜리 돌이 1만 개가 넘는데 말이지요. 확인 결과 납품된 돌은 질이 좋지 못했습니다.

일꾼들은 이미 죽을힘을 다해 자리를 잡게 한 돌을 피라미드 중앙에서 빼내라는 지시가 내려올까봐 전전긍긍합니다. 『피라미드』는 164쪽짜리의 짧은 장편이어서 완독에 긴 시간이 걸리지 않지만 현대의 정책결정자들이 반면교사 삼아야 할 교훈이 가득한 책입니다.

다만 이제 널리 알려진 사실인데, 이집트 사학자들에 따르면 피라미드 건축에는 노동력이 강제 동원되지 않았다는 게 정설입니다. 현존하는 피라미드의 수천 년 전 건축에 동원된 이들은 노예가 아니라 대개 농부였고 이들은 정당한 임금을 지급받았으며 때로 파업도 벌이는 등 정권의 폭압과는 거리가 멀었다고 합니다. 따라서 『피라미드』는 허구의 상상력으로 현실을 풍자한 소설적 결과물로만 이해되어야 하며 그 내용을 피라미드 건축의 실재했던 역사로 오인해서는 곤란합니다.

문학은 정치와 동떨어진 예술로 간주되곤 합니다. 문학이 현실과 괴리되었다는 반감은 독자와 문학 사이의 거리를 멀게 만듭니다. 그러나 문학이야말로 가장 정치적인 예술 장르이며 때로는 정치 그 이상일 수 있음을 이스마일 카다레는 삶으로 또 작품으로 증명했습니다. 그의 이름은 그러므로 영원히 빛날 겁니다.

4부

섹스에 조심하는 삶의 이면들

Iris Chang

方方

閻連科

Nguyễn Thanh Việt

Ken Liu

Toni Morrison

Bret Easton Ellis

Chuck Palahniuk

Camilo José Cela

Владимир Владимирович Набоков

Milan Kundera

Bohumil Hrabal

이문열

Ray Douglas Bradbury

Ismail Kadare

Nelly Arcan

Philip Milton Roth

마광수

Henry Valentine Miller

George M. Johnson

José de Sousa Saramago

Νικος Καζαντζάκης

Michel Houellebecq

نجيب محفوظ عبد العزيز إبراهيم أحمد الباشا

তসলিমা নাসরিন

صادق هدایت

דורית רביניאן

Suzanna Arundhati Roy

Witold Marian Gombrowicz

George Orwell

낮에는 매춘부, 밤에는 소설가

넬리 아르캉, 『창녀』

2001년 프랑스 서점가에 소설 한 권이 출간되자 출판계가 들썩였습니다. 제목은 'Putain'. 창녀, 매춘부, 헤픈 여자라는 뜻입니다. 이 책은 28세의 여성 작가 넬리 아르캉의 자전소설이었습니다. 넬리는 캐나다 퀘백대학에 재학하면서 스무 살 때부터 성매매를 했고, 그 경험을 소설로 썼습니다. 성매매 기간은 5년. 책은 관음증의 시선 속에 10만 부가 팔렸습니다. 격렬한 논쟁이 끊이지 않았고 TV 프로그램들은 그녀를 앞다퉈 섭외합니다. 그 과정에서 『창녀』는 프랑스의 저명한 문학상 후보에 차례로 오르며 작품성을 인정받았습니다. 시쳇말로 '창녀의 고백록'인 이 소설은 왜 그토록 인기를 끌었을까요. ('창녀'는 성매매 여성 종사자에 대한 멸칭입니다. 그러나 이 소설의 한국어판 제목이 '창녀'인 만큼 이 글에서는 굳이 구분하지 않고 사용합니다.)

1973년생 넬리 아르캉은 성매매 당시 20대 대학생이었습니다. 대학 내 별관 앞에는 누드 댄서들이 드나드는 바가 있었고, 장밋빛 네온사인이 내려다보였습니다. 넬리의 숙소 앞에 차 한 대가 도착하면 그녀는 외진 아파트로 가서 고객을 받았습니다. 그녀는 소개소 소속이었는데 사장의 '허락'이 떨어지면 그곳 아파트로 가서 침대 시트를 갈고 쓰레기통을 비운 뒤 화장을 고치며 앉아 있었습니다. 화대는 '반 시간에 50달러, 한 시간에 75달러.' 돈을 더 줄 테니 시간을 더 달라고 해도, 그녀는 거절하고 돈을 딱 저만큼만 챙겼습니다. 대학생이던 그녀가 성매매에 뛰어든 이유는 단지 돈 때문이 아니었습니다.

> 내가 매춘하기 쉬웠던 것은 원래부터 내가 타인들의 것이라는 점을 평소에도 아주 잘 알고 있었기 때문이지. 이미 나는 창녀로 운명지어진 거나 다름없고, 실제로 창녀가 되기 전부터 창녀였던 것 같으니까 말이야.21~22쪽

그녀는 스무 살이 되자마자 창녀가 됐는데, 첫 번째 이유는 부모에 대한 증오심이었습니다. 넬리의 집안 사정은 복잡했습니다. 어머니는 "네 아버지에게 버림받았다"며 하루 종일 침대에 누워 있었습니다. 아버지는 그런 아내를 집에 두고 젊은 매춘부를 찾아다닙니다. 그러면서도 그는 딸 넬리의 숙소에 방마다 십자가를 걸어두는 모순적인 인간이었습니다. 넬리는 부모 모두에게 반감을

품습니다. 그녀는 무기력하게 신세 한탄만 하면서 삶을 바꿀 의지를 전혀 보이지 않는 어머니를 '굼벵이'라고 모독하기도 합니다.

넬리 아르캉은 밤이 되면 낮 시간 동안 있었던 성매매 경험을 글로 적기 시작합니다. 그녀는 창녀의 시선에서 남성의 얼굴 뒤에 감춰진 어긋난 성욕을 관찰했습니다. 자신의 매춘 경험이 언젠가 글쓰기의 '원료'가 되리라는 것, 그건 넬리가 창녀가 된 두 번째 이유였습니다. 사실 창녀는 인류 역사에서 가장 오래된 직업이지요. 넬리는 자신의 성매매를 인류사적인 관점에서 접근하고, 글을 쓰면서는 토악질 나는 남성과 하부관계인 여성의 계급 구조까지 포착합니다. 넬리가 성매매 현장에서 본 남성들은 자기 아버지와 같은 평범한 인간들이었습니다. 가정을 가진 남성들은 딸뻘인 여성에게 돈을 지불하며 섹스를 원했습니다.

> 만약 자기 아내와 딸이 창녀 노릇을 한다면 어떻게 생각할지, 그들 역시 나처럼 침대 밑으로 콘돔을 내버리거나 전날 흔적인 뭇 남자들의 터럭이 마룻바닥 위를 굴러다니도록 내버려둔 채 손님들을 기다린다면 과연 아버지이자 남편으로서 어떤 생각이 들지. 47쪽

넬리는 하루에 '고객 대여섯 명'을 상대했습니다. 대부분의 남성은 주름살과 흰머리, 탄탄하지 않은 몸뚱어리를 가지고 넬리의 방에 들어와 젊음을 탐했습니다. 금발의 젊은 여성인 넬리는 뚱

뚱하든 늙었든 못생겼든 아무하고나 살을 섞습니다. 언젠가 아버지가 저 방문을 노크하리라는 예감과 함께 말이지요.

성매매에 종사하는 넬리의 '동료 창녀'들도 생각 없는 인형처럼 보였습니다. 키와 헤어스타일만 다를 뿐 그곳 여성들은 자신이 정말 무엇을 원하는지에 관한 사고력이 결여돼 있었습니다. 자신의 바스트(가슴)가, 자신의 힙라인(엉덩이)이 왜 이리 만족스럽지 않은지에 대해서만 투덜댄다고 넬리는 서술합니다. 수많은 여성이 자기 육체를 마치 '채석장'처럼 취급하고 있으며, 소량의 음식만으로 식욕을 통제하는 우를 범하고 있다고 말이지요.

넬리는 5년의 '창녀 짓'을 끝마치면서 너무 빨리 늙어버린 것 같다고 언급합니다. 넬리 자신의 말처럼 "무릎 사이에 얼굴을 파묻은 채로" 인생의 모든 남자를 만나버린 것이지요.

> 좌우간 그 방에서 딱 한나절만 보냈는데도 평생 동안 그 짓을 한 것 같은 느낌이 들더군. 까짓 단번에 늙어버린 것 같긴 했지만 엄청난 돈을 벌어들였어. 나는 빠른 속도로 늙어가기 시작했어.23쪽

『창녀』는 출간 즉시 베스트셀러가 됩니다. 단기간에 10만 부가 팔렸고, 전 세계 출판사의 러브콜을 받았습니다. 프랑스 언론과 비평계도 모두 찬사를 보냅니다. "잊지 못할 시적 영상"(『리베라시옹』), "텍스트의 진정한 힘"(『르몽드』) 등의 호평이 쏟아졌습니다. 『창녀』의 가장 큰 문학적 성취는 금기를 부숴버리면서 자전소설의 계보를 충실히 따랐다는 점입니다. 성매매 종사자의 자전소설은 '여성의 자리'라는 페미니즘적 가치를 획득했습니다. 또 이 책은 거의 한 권 전체가 하나의 문단, 하나의 문장으로 여겨질 만큼 문장과 문단의 구분 없이 쉼표만 사용하며 글이 구성됩니다. 마치 웅얼거리는 듯한 기법도 독창성을 인정받았습니다. 수상은 못 했지만 『창녀』는 메디치상, 페미나상 후보에도 오릅니다. 두 상은 프랑스에서 공쿠르상, 르노도상과 어깨를 나란히 하는 프랑스 최고의 문학상입니다. 참고로 한강 소설가의 장편 『희랍어 시간』도 2017년 메디치상 후보에 올랐습니다. 한강은 2023년 장편 『작별하지 않는다』로 결국 메디치상을 수상했습니다.

그러나 넬리는 『창녀』의 상업적 성공과 소설가로서의 문학적 명성에도 불구하고, 세 권의 책을 더 쓰고는 사망합니다. 2009년 9월 24일, 몬트리올의 아파트에서 스스로 목숨을 끊었다고 외신은 전했습니다. 그녀의 마지막 작품은 죽음에 관한 소설이었는데, 집필 과정이 실제 삶에 영향을 끼친 것으로 추정됩니다. 이후 넬리

넬리 아르캉의 『창녀』를 원작 삼은 영화 「넬리」(2016)의 한 장면.

의 짧은 삶과 그의 대표작 『창녀』는 「넬리」(2016)로 영화화됩니다. 안 에몽 감독이 연출하고 밀렌 매카이가 넬리 역을 맡았습니다. 그런 점에서 「넬리」는 소설가 넬리 아르캉에게 헌정된 작품이지요.

사실 『창녀』는 처음부터 책 출간을 계획하고 집필된 글이 아니었습니다. 정확히는 넬리 아르캉이 자신과 상담 중이던 한 정신분석가에게 보내는 글이었다고 합니다. 그녀가 매춘부로서의 삶을 선택한 것은 앞서 말했듯 개인적인 동기가 강했습니다. 넬리는 창녀라는 직업을 이어가며 자기 자신에 대한 혐오를 세계에 대한 혐오로 바꿔냈던 것이지요. 그녀는 자신과 세계에 대한 글쓰기를 통해 자기에게서 벗어나고 스스로를 치유하고자 했습니다. 그런데 이 글의 가치를 알아봤던 한 편집자에게 발탁되면서 『창녀』는 '자전소설autofiction'의 지위를 획득하지요. 자전소설은 고백문학의 한 갈래로서, 21세기 문학계에서 가장 첨예한 장르 중 하나입니다. 현실과 허구를 적절히 개입시키며 자신의 경험 일부를 드러내지요. 자전소설은 집단과 역사를 다루는 소설을 향해 반기를 듭니다. 개인의 내면에 더 치중하기 때문입니다. 최근 들어 자전소설에는 여성적 목소리가 많이 담깁니다. 넬리 아르캉의 문학적 계보는 집단이 아닌 개인으로서의 글쓰기, 특히 '여성적 글쓰기'의 계보를 따라가고 있으며, 이는 2022년 노벨문학상을 수상한 아니 에르노의 글쓰기와도 상당히 유사합니다.

프랑스 소설가 아니 에르노 역시 자기 삶을 숨김없이 소설로 드러냈습니다. "경험하지 않은 것은 쓰지 않는다"는 원칙을 가진 인물이었죠. 아니 에르노는 임신중절과 불륜, 특히 칼을 들고 어머니 목을 조르는 아버지의 학대와 폭력 묘사 등으로 논란을 일으켰습니다. 하지만 노벨문학상 수상 당시 "사적 기억의 근원과 소외, 집단적 구속의 덮개를 벗긴 용기와 꾸밈없는 예리함"이라는 스웨덴 한림원의 찬사를 받았습니다. 과거 소설이 집단과 역사를 중시했다면, 아니 에르노는 여성 개인의 글쓰기를 전 세계 문학의 중심으로 역류시켰습니다. 그런 상황에서 넬리 아르캉은, 아니 에르노의 자전소설처럼 성매매 경험을 적나라하게 기술한 것이었습니다.

물론 넬리의 소설에 담긴 내용이 '100퍼센트 사실'이라고만 볼 수는 없습니다. 기억은 언제나 편집되기 마련이고, 기록은 과장과 삭제의 과정을 거치기 때문입니다. 그럼에도 자전소설을 통해 자기만의 문학세계를 이루었습니다. '넬리 아르캉'도 작가의 본명이 아닙니다. 그녀의 본명은 이자벨 포르티에이며, 책 출간 과정에서 포르티에가 자신의 과거를 '넬리 아르캉'에게 투영한 것은 그렇게 과거의 '나'를 떠나보내려던 마음에서 비롯된 게 아니었을까요.

날것 그대로의 성애 묘사가 책에 가득합니다. 이 글에 옮기기는 쉽지 않을 만큼 수위가 높습니다. 하지만 그 어떤 섹스 묘사도 외설적으로 느껴지지 않습니다. 오히려 넬리는 이 글을 쓰면서 '죽음 충동(자살 욕망)'으로부터 벗어나려 애쓰고 있다는 것이 문장마다 절절하게 배어납니다. 결국 이렇게 정리해볼 수 있겠지요. '이자벨 포르티에가 넬리 아르캉으로서 썼던 글쓰기 방식은 '죽음'을 이겨내고자 했던 몸부림의 한 결과다.' 그녀는 살기 위해 이 글을 썼던 것입니다.

매춘부 작가 이름을 딴 공립도서관

캐나다에는 넬리 아르캉의 이름이 붙은 도서관이 운영되고 있습니다. 퀘벡 락-메간틱이란 지역에 있는 '넬리 아르캉 미디어 라이브러리'입니다. 2014년 신축된 이곳 벽면에는 넬리의 사진과 그녀의 소설 속 문장이 있습니다. 넬리의 고향이기도 하지요. 그녀 이름이 공립도서관 이름으로 선택된 것은, 단지 과거 이 지역 출신의 베스트셀러 작가를 기리기 위한 목적만이 아니었을 겁니다. 작가 자신이 한때 '창녀'였음을 고백한 용기 때문만도 아니었으리라고 저는 생각합니다.

한 개인이 겪은 역사가 한 시대를 움켜쥐는 보편성을 획득할 때, 자전소설은 단지 개인의 일기가 아닌 시대의 일기가 됩니다. 『창녀』는 그런 점에서 남성의 이중성을 바라본 한 창녀의 기록이라는 대표성을 획득하는 문학이 되는 것이지요. 도서관 공식 명칭을 고민했던 누군가는 바로 그 점을 간파하고 있었겠지요. 모든 문학은 자기고백적이며, 자전소설 작가는 그 글의 대상이 되는 시간과 공간으로부터 매번 이탈됩니다. 그렇게 글쓰기를 통해 문자 안에 자신의 내면을 관통했던 시공간을 정박시키고, 작가 자신은 그

캐나다 퀘벡 락-메간틱이란 지역에 위치한 넬리 아르캉 미디어 라이브러리의 모습.

시공간으로부터 떠나오기 마련입니다.

넬리 아르캉이 매춘부로서 일했던 '방'에서 벌어진 사건과 기억은 전부 『창녀』에 남겨졌습니다. 독자는 그녀의 소설을 다시 읽으면서, 자기 자신을 부정하다 결국 자신까지 내던지고야 만 한 여성을 기억하게 될 것입니다.

왜 젊은 거장은 '자위행위 소설'을 썼을까

필립 로스, 『포트노이의 불평』

표현의 자유가 보장된 미국에서 난데없이 금서로 지정된 소설이 있습니다. 호주에서도 음란법에 따라 수입이 전면 금지됐던 책입니다. 필립 로스의 『포트노이의 불평』입니다. 출간 직후 베스트셀러 1위에 올라 온 매체가 앞다퉈 보도했고, 상황이 심각해지자 작가는 한동안 칩거해야 했습니다. 호주의 한 출판사는 지역 인쇄소에서 이 책을 찍어 유통하는 비밀 작전을 수행했다가 검찰에 기소됐습니다. 일부 독자는 이 책을 읽기 위해 해적판(복제 출판물)을 제작했습니다. 『포트노이의 불평』은 400쪽에 달하는 한 권 전체가 소년의 수음手淫(자위행위) 이야기로 채워져 있습니다.

줄거리는 이렇습니다. '제2의 아인슈타인'이라는 별명이 뒤따랐던 포트노이는 전 과목 성적이 A, 단 한 번도 1등을 놓치지 않은 천재 소년이었습니다. 25세 때 하원에서 법률고문직을 맡은 그는 엘리트 변호사로 성장합니다. 30대 중반에 뉴욕시 한 위원회의 부감독관까지 올랐습니다. 포트노이는 겉보기에 아주 매력적인 엄친아였습니다. 이 때문에 그의 광기에 가까운 성도착증을 아무도 알지 못했습니다. 포트노이는 결벽증에 강박장애를 가진 유대인 어머니 밑에서 성장했습니다. 어머니는 그가 누나를 '똥'이라고 불렀다는 이유로 아들의 입을 갈색 빨랫비누로 벅벅 닦았고 포트노이가 하굣길에 패스트푸드를 먹었다고 의심해 아들의 대변을 검사하려 했습니다. 포트노이는 그럴수록 화장실을 자기만의 탈출구로 삼았고 변기 위에서 혼자 자위행위에 몰입했습니다.

이 책은 포트노이가 수음에 집착한 이유를 정신과 의사에게 고백하는 일인칭 서술로 진행됩니다. 책 전체가 자위행위 묘사인 이 소설은 규범을 조롱하고 금기를 깨부수는 블랙 유머로 가득합니다. 포트노이는 의사에게 솔직히 털어놓습니다. 발기가 시작되면 중요 부위에 손이 가는 걸 막을 수 없었고, 그래서 수업이나 식사 중에도 화장실로 들어가 '로켓'을 발사해야 했다고 말이지요. 제정신이 아닌 상태가 되면 소년은 어디에서든 바셀린을 바르고 '작업'에 몰두했습니다. 소년은 사과, 우유병, 심지어 가족들의 저녁 식사로 준비된 식재료까지 '범'했습니다. 상상 속에서 포트노이는 자신을 '빅 보이big boy'라고 부르는 환청까지 듣습니다. 포트노이를 빅 보이라고 부르는 것은 그가 자위를 하는 도구들이었습니다. 구멍이 뚫린 사과, 성기를 넣을 빈 우유병, 심지어 정육점에서 구입한 육고기까지 포트노이를 성기가 큰 소년, 빅 보이로 지칭하며 어서 빨리 자위를 시작하라고 말했습니다. 포트노이는 스스로를 애무하며 작가의 표현대로 '그것을 쑤셔대면서' 환희를 느낍니다. 그 행위는 억압적인 금기를 넘어서는 자유를 향한 부드러운 몸짓이었습니다.

포트노이는 성인이 되어서도 자위에 몰두합니다. 이성을 못 만난 것은 아니었습니다. 한 명의 레즈비언과 한 명의 매춘부와 '삼자 동맹'을 맺고 침대에 눕는 기행이긴 했지만요. 이 무슨 변태 자식의 정신 나간 야설인가 싶겠지만, 놀랍게도 이 책은 비평계에서도 상찬을 받으며 미국 사회를 발칵 뒤집었습니다. 비읍(ㅂ)과 지읒(ㅈ)으로 시작하는 성기 지칭 속어, 쌍시옷(ㅆ)으로 시작하는 성교 지칭 속어 등의 사용은 이 소설에서 그나마 애교 수준입니다. 한국 내 서점에서 제약 없이 구매 가능하고, 공립도서관에서도 대출되는 책이지만 인용은 여기까지만 하겠습니다.

'조심'과 '주의'로 빽빽했던 그가 성도착증자가 되기까지

필립 로스는 1933년생으로, 이 작품을 발표했던 1969년에는 36세였습니다. 로스는 그때 이미 젊은 거장이었습니다. 26세에 발표한 단편집 『굿바이, 콜럼버스』로 전미도서상을 받았으니까요. 따라서 그의 문학성은 의심할 여지가 없었습니다. 그런데 새로 나온 소설의 주요 소재가 하필 사회적 금기인 자위 얘기뿐이니 논란은 당연했습니다. 로스는 왜 자위에 관한 소설을 썼을까요. 이를 이해하려면 엘리트이면서 성도착증 환자로 묘사됐던 주인공 포트노이의 심리를 직시해야 합니다.

포트노이의 자위행위 묘사는, 소년의 단순한 일탈이 아니라 억압으로부터 벗어나려는 인간 행동의 한 상징이라고 평가받습니다. 그의 부모는 유대인이었습니다. 유대인은 예루살렘을 떠난 이후 디아스포라의 삶에 시달렸고, 나치의 홀로코스트를 거치면서 삶의 모든 행동을 금지 규범으로 도배했습니다. 이 때문에 성경의 율법 조항(전통)과 핍박의 사회적 맥락(역사)에 의거해, 포트노이의 부모는 아들의 삶을 '조심해라' 그리고 '주의해라'라는 말로 차곡차곡 채워나갔습니다. '음수대에서 물 마시지 마라, 더우니 밖에서 야구 경기를 하지 마라, 햄버거는 안 된다, 세상은 병균이 뚝뚝 떨어지는 위험한 곳이다' 등등 삶 전체를 '해서는 안 되는' 일들로 이해하게 만들었지요.

부모는 논리가 빈약한 미신을 들며 아들에게 죄책감을 심었습니다. 또 부모 개인의 경험에 따라 아들에게 히스테리를 부렸습니다. 그의 부모는 "난 뒷범퍼를 누가 들이박은 이후로는 한 번도 운전한 적이 없다"면서 아들이 차를 구매하는 것을 못마땅해하고, "난 웅덩이에서 넘어진 이후로 물 근처에도 가지 않았다"면서 범죄 가능성이 높은 도시에서 살아가는 아들을 이해하지 못합니다. 포트노이가 사회적으로 존경받는, 뉴욕시장의 동료 공직자 자리에 오른 고위층 인물이었는데도 말이지요.

예루살렘 올드시티의 상징과도 같은 '통곡의 벽'에서 통성기도를 올리는 유대교인들. 2022년 11월 현지에서 촬영한 사진으로 절절한 기도 소리가 성내를 울렸습니다.

유대인의 음식을 뜻하는 코셔Kosher는 유대 율법에 따라 육류와 유제품을 함께 섭취해서는 안 되는 금지 규정을 의미합니다. 구약 「출애굽기」와 「신명기」 구절에 기인하는데, 이 때문에 포트노이는 샌드위치 하나를 먹을 때도 죄책감을 가져야 했습니다. 그는 역사적 맥락과 전통의 수호 때문에 욕망을 말살당해야 했던 그 시대 젊은 개인의 상징이 됩니다. 필립 로스는 바로 그 지점을 포트노이의 성도착증을 통해 고발한 것이지요. 지금은 성적 욕구에 따른 소년의 자위행위가 자연스러운 행동으로 이해받고 있어, 이를 정신적 장애나 병리적 행동으로 보는 시각은 많지 않습니다. 소년의 자위행위는 지극히 정당한 행위라는 사회적 인식의 시작점에 『포트노이의 불평』이 자리했습니다.

이 소설은 출간된 이후 미국에서 베스트셀러 1위에 오릅니다. 문학성에 대한 찬사가 뒤따랐습니다. "이 작품을 즐기면서 조금도 죄책감을 느끼지 마라"(『뉴욕타임스』), "섹스에 관한 한 가장 충격적인 웃음을 주는 책"(『가디언』), "이 책은 상스럽다. 그러나 필립 로스는 첫 장부터 마지막 장까지 저속한 불평을 늘어놓음으로써 충격과 공포의 감정을 문학적으로 승화시켜 보여준다"(『타임』) 등입니다. 개인에 대한 사회적 억압이 어떻게 이상행동으로 발현되는지에 대해 심원한 사유를 펼쳤기 때문입니다. 『포트노이의 불평』은 그렇게 역사와 전통이 잉태한 전 사회적 엄숙주의에 어퍼컷 한 방을 먹인 것이지요. 평단의 찬사와 상업적 성공 이면에서 이 책을 거부하는 이들의 움직임도 바빠집니다. 일단 미국의 일부 공립도서관은 이 책에 담긴 엄청난 양의 비속어, 그리고 자위행위에 대한 세밀한 묘사를 이유로 금서로 지정했습니다.

호주 최대 규모의 출판사 펭귄북스는 이 책의 수입이 금지되자 밀매를 시도합니다. 펭귄북스는 1970년 이 책을 호주 현지에서 7만5000부 인쇄했습니다. 관행대로라면 미국 출판사에서 인쇄한 책을 배로 들여오지만 이 책은 검열 때문에 반입이 거부됐고 금지령을 피하려면 직접 찍어야 했습니다. 책이 유통되자 호주 검찰은 출판사를 기소합니다. 2년간의 법정 공방 끝에 검열에서 해제됐지만요. 호주에서 금서로 지정됐던 1970년대에는 해적판이 나돌기도 했습니다. 문학인들은 이 책 수백 부를 비밀리에 인쇄해 돌려봤습니다. 2022년 호주의 빅토리아 주립도서관에서는 '『포트노이의 불평』 해적판 전시회'가 열렸는데 현재까지 전해지는 해적판 판본은 총 3종이라고 합니다.

성도착증에 따른 자위행위를 소재로 다룬 영화나 문학작품은 적지 않습니다. 영화 「셰임」에서는 최상류층 주인공 브랜든(배우 마이클 패스밴더)이 하루 종일 자위행위와 포르노그래피, 또 콜걸에 중독된 인물로 나옵니다. 그는 미국 도시의 전문직 종사자를 뜻하는 여피yuppie이면서, 쾌락에 중독돼 살아가는 현대인을 연기했습니다. 「아메리칸 뷰티」에서도 잡지사 직원 레스터 버넘(배우 케빈 스페이시)은 아침마다 샤워 도중 자위행위를 합니다. 딸의 친구에게 욕망을 품는 변태적인 상상력을 이어나간 논란의 작품입니다. 또 「메리에겐 뭔가 특별한 것이 있다」에서 테드(배우 벤 스틸러)는 데이트 직전 긴장감을 풀고자 자위를 합니다. 테드의 귀에는 방금 그가 화장실에서 배출한 끈적끈적한 '그것'이 매달렸는데, 메리(캐머런 디아즈)는 그게 헤어젤인 줄 알고 머리에 바릅니다. 한국 영화 중에서는 「공공의 적」의 사이코패스 살인마 규환(배우 이성재)의 자위 장면이 유명하지요. 규환은 샤워 도중 아내가 아닌 다른 여성을 상상하면서 "XX년"이란 욕설을 남발하며 수음을 합니다. 그런데 샤워를 끝낸 직후에는 가정적인 남자로 돌변해 충격을 안겨줬습니다. 또 「살인의 추억」에서는 강간살인 현장을 찾아간 레미콘 공장 노동자 조병순(배우 류태호)이 흙바닥에 브래지어와 여성 팬티를 내려놓고 자위하다가 형사에게 추적당하는 장면이 나옵니다. 조병순은 병든 아내, 가난한 형편 때문에 성도착증을 앓는 인물로 그려지는데 "브라자, 비너스 브라자"라고 말하는 그의 변태적 음성이 귓가에 생생합니다. 이들 작품에 묘사된 자위행위 중인 남성들은 그 이상행동이 성도착증으로부터 시작된다는 점에서 자위가 단지 개인 욕망의 분출이 아닌 사회적 병증의 하나임을 드러내고 있습니다. 한 변태의 개인 이야기가 아니라 그 병증의 원인을 추적함으로써 이야기를 전개하는 방식이 보편화된 것이지요.

즉 『포트노이의 불평』은 '변태의 해악'을 문제시하는 것이 아니라 '변태 탄생의 이유'를 첨예하게 사유한다는 점에서 탁월한 성취를 이뤘습니다. 로스는 포트노이의 입을 통해 말합니다. 그 누가 모든 개인을 '히스테리에 시달리는 약한 사람들'로 전락시켰는지를, 또 포트노이의 부모님을 지속적인 불안 속에서 모든 이탈을 겁내는 겁쟁이로 만들었는지를 캐묻습니다. 영혼의 휴식을 허락하지 않고 도덕적 승리 속에 안주하도록 하는 힘들, 세계의 질서에 순응하도록 억제하면서 개인의 영혼을 끝장내려는 바로 그 힘들에 대한 반기, 그것이 이 소설의 핵심을 이룹니다.

내면의 검은 문 앞에서 열쇠 하나를 손에 쥐고

현대인이 느끼는 억압을 대표하는 인물로는 프란츠 카프카의 소설 「변신」의 주인공 그레고르 잠자를 언급하지 않을 수 없습니다. 의류 회사 영업사원이던 그는 어느 날 거대한 벌레로 변한 자신을 마주합니다. 잠자는 방 안에 갇혀서, 자신이 그동안 부양해온 가족들의 멸시와 혐오를 견딥니다. 아버지도 어머니도 그의 여동생도 모두 벌레가 된 그를 악감정의 시선으로 바라보지요. 등허리에는 그의 아버지가 온 힘을 다해 던진 사과가 박혀버렸습니다. 잠자는 결국 방 안에서 죽고 썩은 시체로 발견됩니다. 가정 내 개인의 억압이라는 주제의식의 공통분모로 볼 때, 필립 로스가 카프카를 의식하고 있었으리라고 저는 개인적으로 확신합니다. 「변신」은 『포트노이의 불평』보다 약 50년 전에 발표됐습니다. 네 명의 이상적인 가족(아버지, 어머니, 누이, 그리고 '나'), 또 그 구성원끼리 주고받는 '억압의 굴레'라는 소재는 동일합니다. 그러나 두 소설 사이에는 큰 차이가 있습니다.

가족의 외면을 받고 쓸쓸하게 죽음을 맞는 「변신」의 그레고르 잠자와 달리, 『포트노이의 불평』의 주인공 포트노이는 자신의 억압을 성性으로 분출했습니다. 잠자는 내면으로 침잠해야 했고 울음을 참아야 했습니다. 그러나 포트노이는 분노하고 증오하면서 자신을 감추지 않습니다. 그 결과가 빗나간 성도착증이었을지언정, 개인의 심리적 항거로서 '그 어떤 순간에도, 역사와 전통보다 우선시되어야 할 현존으로서의 개인'을 주장했던 것이지요. 따라서 포트노이가 '쏟아낸' 것은 단지 음낭 속에 고여 있던 미지근한 정액만이 아니었으며, 자기 내면의 상처 속에서 나온 일종의 정신적 고름, 혹은 뜨거운 눈물에 가까운 '진물'이었는지도 모릅니다.

포트노이Portnoy는 프랑스의 오래된 성姓으로, '검은 문'을 뜻하는 프랑스어 'porte noir'에 어원을 둔다고 합니다. 포트노이란 인물 자체가, 내면에 누구도 열어서는 안 될 검은 문을 가진 인간이란 함의가 아니었을까 생각해봅니다. 사실 누구든 심연의 터널 끝에 검은 문 하나쯤은 숨겨두지 않던가요. 그 문 안에 어떤 욕망이 도사리는지는, 그 문을 따고 들어갈 무형의 열쇠를 손에 쥔 나만이 알 것입니다. 검은 문 뒤에 무엇이 숨겨져 있든 간에, 그 욕망이 때로 외부에서 던져진 씨앗으로부터 발아하기도 한다는 사실만큼은 분명합니다. 함부로 타인의 문을 열려 해서는 안 되겠지만 말이에요. 저 심연 속의 검은 방은 모든 '나'만이 접근 가능한 절대적 골방일 테니까요.

필립 로스는 이 소설로 전미도서상뿐만 아니라 퓰리처상, 맨

부커상, 백악관 문화예술훈장, 미국 문학예술아카데미 골드 메달 등을 휩쓴 거장입니다. 한동안 노벨문학상 수상이 유력했지만 2018년 눈을 감으면서 결국 노벨상'만' 못 받았습니다. 하지만 그가 평생 써낸 작품은 미국인, 나아가 전 세계 현대인의 심리를 묘사하는 탁월한 성취를 이룩했습니다.

인간에게 죄의식을 선물한 바울식 운명의 강요

마광수, 『운명』

오래전 10대 시절, 제가 다닌 고교의 자랑은 대형 도서관이었습니다. 1층은 3학년 수험생의 야간자율학습이 가능한 칸막이 독서실, 2층은 인근 시립도서관과 견줘도 손색없는 수만 권의 장서를 보유한, 꽤 그럴듯한 문헌자료실이었습니다. 어느 날 자료실 책장에서 『알라딘의 신기한 램프』를 발견했습니다. 금빛 램프를 문지르면 요정이 나타나 소원을 성취해준다는 얘기는 알고 있었지만 이 소설에서 램프는 뜻이 달랐습니다. 그것은 남성 성기의 은유적 표현이었습니다. '그것'을 손으로 문지르면 여성 요정이 등장해 성적 쾌락을 허락해준다는 설정이었거든요. '19금 소설'이 아닌 이상 이 책이 책장에 꽂히지 못할 이유는 없었지만 경계 없는 상상력에 놀랐던 기억은 여전합니다. 그런데 이 책의 저자는 일개 고교생도 금기어로만 느껴졌던 마광수 교수였습니다.

『즐거운 사라』 필화 사건을 겪으며 20세기 후반 한국 사회에서 가장 큰 논란의 중심에 섰던 그는 2017년 9월 세상을 떠났습니다. '시대를 앞서간 천재'와 '변태적 상상력의 외설 작가'라는 양극단의 시선 속에서, 30년간 마광수 교수는 이름만으로도 논쟁이 됐습니다. 1995년에 출간된 그의 철학에세이 『운명』을 여행합니다.

쾌락의 쟁취는 죄인가?

『즐거운 사라』 사건을 많은 독자가 기억하실 겁니다. H대 미대 재학 중인 사라가 쌍꺼풀 수술과 과감한 헤어스타일로 외모 콤플렉스를 극복한 뒤, 룸살롱 친구 정아의 정부情夫 김승태, 대학교수 한지섭 등과 관계를 맺는 야릇한 내용입니다. 첫 성 경험 상대가 고교 시절의 과외교사 기철이라는 점뿐만 아니라 정숙함을 요구받던 당대 여대생의 마스터베이션을 다룬 점, 임신중절과 손톱 페티시즘까지 등장한 걸 보면 소설의 수위가 높긴 합니다. 마 교수는 1992년 이 소설을 출간한 뒤 외설 혐의로 강의실에서 검거되어 검찰에 구속됐습니다. 책을 출간한 청하출판사 대표까지 구속된 초유의 사태였지요. 금서의 출간이나 유통을 제한하기 위한 공권력의 재판은 열렸어도, 책을 집필한 이와 책을 제작한 이가 동시에 구속된 것은 세계사적으로도 전례가 드문 사건이었습니다. 『운명』은 마 교수가 '나는 왜 『즐거운 사라』를 썼는가'에 대해 학술적 관점에서 스스로 답하는 에세이입니다. 그는 한국 사회의 엄숙주의를 잉태한 종교의 폐단과 문화의 이중성을 하나씩 격파하면서 '우리의 성性은 왜 이 지경이 되었는가'를 기술합니다.

『운명』에서 마광수가 말하는 운명은, 인간의 삶을 둘러싼 모든 강압적 가치관을 아우르는 용어입니다. 흔히 우리가 '운명은 있다'고 말할 때 운명은 예정된 세계에 인간을 편입시키는 절대적인 중력으로 기능합니다. 또 '운명을 극복했다'라는 표현은 예정된 세계의 저 중력으로부터의 탈주를 이뤄낸 인간을 일컫기도 하지요. 저자는 머리말 첫 문장에 "운명은 있을 수 없다"5쪽고 하면서 체계적인 논리를 펼칩니다.

저자가 생각하기에 운명을 '유발'하는 첫 번째 가치관은 기독교입니다. 그가 예수의 존재를 부정하거나 기독교 교리를 재구성하려는 과욕은 책에서 감지되지 않습니다. 오히려 존중하는 마음이 느껴질 정도이지요. 그러나 기독교 교리의 뿌리 깊은 예정설만큼은 예리한 시선으로 비판합니다. 왜 그럴까요. 기독교는 사주팔자나 점성술을 미신으로 여깁니다. 그러면서도 기독교는 신이 결정한 예정설에 대해서는 꽤 관대합니다. 인간은 누구나 죽으면 사후 심판이 예정되어 있고, 인류 전체는 언젠가 '최후의 심판'을 받으리라는 예정설 말이지요. 하나님의 오른편에 앉은 예수가 이 땅에 다시 내려와 우리를 심판할 것이라는 예정설은 신의 존재와 권능을 강화하는 장치였습니다. 신의 심판을 확정적으로 예언한 기독교 교리가, 인간이 쾌락을 쟁취하려는 것을 죄악시했다고 저자는 주장합니다. 예정된 운명(심판)에 순응하기 위해서는, 심판에서 무죄를 선고받기 위해서는 금욕적 생활이 필수입니다. 신의 섭리에 복종하고자 현세의 행복(쾌락)을 포기하는 처세가 합리적이니까요. 이때 쾌락은 죄와 동일시되며, 심판의 날을 대비하려면 '쾌락으로부터의 도피'가 필연적입니다. 이 지점에서 마 교수의 비판은 바울을 향합니다. 여기까지 잘 따라오셨다면, 좀더 깊이 들어가볼까요?

마 교수는 『운명』에서 신약성경 「로마서」의 한 대목을 인용하며 질문합니다. 그가 거론한 「로마서」 9장 가운데 20~21절은 다음과 같습니다. "이 사람아 네가 누구이기에 감히 하나님께 반문하느냐. 지음을 받은 물건이 지은 자에게 어찌 나를 이같이 만들었느냐 말하겠느냐. 토기장이가 진흙 한 덩이로 하나는 귀히 쓸 그릇을, 하나는 천히 쓸 그릇을 만들 권한이 없느냐." 누구는 귀하게 쓰임 받고 누구는 천하게 쓰임 받는데, 결정 권한은 오직 유일신에게 있다는 뜻입니다. 반복되지도 재연되지도 않을 유일무이한 소중한 삶이 아무렇게나 쓰여도 좋다고 여길 사람은 없을 테지요. 아시다시피 「로마서」 집필자는 바울입니다. 인간 운명의 결정권은 '운명의 주재자'인 유일신만의 권능이라고 바울은 봤습니다. 이는 현실과 내세의 행복과 불행이 신의 결정이라는 기독교 교리의 뿌리가 됩니다. 하나님의 진노와 긍휼 사이에서 그 자녀인 인간은 '쓰임을 받을' 만반의 준비를 해야 하는데, 쾌락 추구는 죄의식을 발동시킵니다.

그런데 마 교수의 주장에 따르면, 기독교의 기원을 이룬 예수야말로 죄의식으로부터의 '해방'을 부르짖었던 인물입니다. 예수가 이 땅에 오신 것은 인류의 원죄를 재차 일깨워 신의 아들로서 대접받기 위함이 아니며, 인간은 죄인이 아니라 모두 하나님의 아들이자 딸임을 말하기 위함입니다. 그런데 사도 바울이 예정설(운명론)을 개입시킴으로써 '최후의 심판'을 앞둔 인간이 육체적 쾌락을 거부해야 했다는 게 마 교수 주장의 핵심입니다. 그는 예정설이 만든 폐단도 거론합니다. 사례가 극단적이긴 합니다만 1978년 남미 가아아나의 종교단체 '인민사원'의 집단자살, 1991년 한국의 오대양 사건, 1995년 일본의 옴진리교 등 인간의 운명이 예정돼 있다는 기독교 교리를 악용한 이들이 얼마나 인간을 속였는지를 책은 질문합니다. 그는 특히 "예수 사상의 핵심은 사랑을 통한 복지국가 건설이었으며, 이를 위해선 어떤 형태로든 혁명이 필요했다"고 말합니다. 예수야말로 기성 지배질서를 무너뜨리려 한 혁명가인데, 그를 앞세운 기독교는 오히려 인류에게 기성 지배질서, 즉 운명을 강요한다고 말이지요.

다음으로 『운명』이 겨냥하는 대상은 불교입니다. 윤회설과 업설業說이 비판의 대상입니다. 윤회설과 업설이 무엇이던가요. '전생에 지은 악업이 크면 현생에서 많은 고통과 번뇌에 젖기 마련인데 현생에서 선한 일을 많이 하면 다음 생에서 편안함을 누릴 수 있다'는 것입니다. 저자는 이 지점에서 불교의 궤적을 따라갑니다. 책에 따르면, 불교의 근원지로 알려진 인도에는 당초 윤회설이나 업설이 없었습니다. 그러다 기원전 8~기원전 7세기 문헌을 기점으로 불교에서도 사후세계가 다뤄지기 시작했고, 이때부터 윤회 사상이 퍼졌다는 주장입니다. 윤회설과 업설이 인간의 운명을 결정지었다는 얘기입니다. 부처가 된다는 것은 번뇌로부터 해탈한 완전한 자유를 소유하는 것과 같습니다. 그러나 불교는 육체적 고통이 깨달음으로 이어진다는 '환상'에 젖어 있다고 그는 씁니다. 석가모니는 육체적 고통을 통한 깨달음보다는 "중생이 다 부처"라고 강조했습니다. 그런데도 윤회설과 업설 때문에 현생에서의 쾌락과의 결별이 필요해졌고 숙명론과 결정론이 만들어졌다는 게 마 교수 비판의 또 다른 핵심입니다. 『운명』은 기독교와 불교의 예정론, 숙명론, 결정론을 혁파한 뒤 유교와 도교까지 비판합니다. 다음 한마디는 그의 성철학 사상을 집약합니다.

> "도대체 구원이 어디 있는가? 하늘 위에 있는가, 땅 위에 있는가? 구원은 나 자신의 본성 이외에는 아무 데도 없다. '밥 먹고 똥 싸고 잠자고 사랑하는 것'이 바로 우리의 본성이요, (불교에서 말하는) 평상심인바, 더 좋은 밥 먹고 더 편하게 똥 싸며, 더 편안히 잠자고 더 기분 좋게 섹스하려는 것을 욕구하는 것도 평상심인 것이다." 85쪽

이제 마광수 교수의 성철학의 윤곽이 대강 잡히셨겠지요. 그러나 이 책이 출간됐던 1990년대에 마 교수의 문학은 이해받지 못했습니다. 그는 연세대 국문과 학생들 앞에서 강의하던 도중에 끌려나갔습니다. 1989년 초 『나는 야한 여자가 좋다』를 출간하면서 에로티시즘 문학을 이야기하기 시작했던 그는 3년 뒤 『즐거운 사라』 출간으로 구속되어 몇 개월간 수감생활을 했습니다.

『운명』에는 당시 마 교수 본인이 느낀 소회와 울분도 자세히 나옵니다. 그는 자신이 치른 옥고가 "전통 윤리, 사회적 통념, 정신의 숭고성이란 이름으로 이뤄진 운명적 결정론에 승복시키려는 강압"임을 분명히 하지요. 또한 『즐거운 사라』가 겪은 고초에 대해서도 항변합니다. 주인공 사라가 만나는 이성은 자신보다 나이가 많거나 사회적 지위가 높은 남성들입니다. 사라의 아버지는 주재원이 되면서 사라만 남기고 미국으로 이민을 갔습니다. 사라는 '연상의 남성'에게 끌리고 실망하는 삶을 반복합니다. 작가는 이 부분에 대한 의도를 직접 기술합니다.

> 나는 신세대 여성인 사라가 갖고 있는 부권에 대한 도전의식에 초점을 맞춰, 부권에 대한 저항을 통한 성적 억압으로부터의 해방을 주제로 소설 『즐거운 사라』를 써보았다. 아버지에 대한 사랑과 미움의 양가감정을 추적해본 셈이다. 그러나 유교적 부권

연세대
중앙도서관
학술정보원의
마광수 교수
기증 도서
책장. 그의
서재를 그대로
옮겨놓은 듯한
모습으로
마 교수 사상의
근원을
염탐할 수 있는
장소입니다.

을 지배 이데올로기의 근간으로 삼는 이 시대의 시대착오적 봉건 윤리는 사라를 감옥에 처넣고 말았다.137쪽

연세대 졸업생들에게는 유명한 일화이지만 강단으로 복귀한 마광수 교수의 수업 과제는 아주 독특했습니다. '에로티시즘 소설' 한 편을 제출하는 것이었다고 하네요. (쉽게 말해서 '야설 쓰기'였습니다.)

오래전 대학에서 그의 수업을 들었던 한 친구가 말하기를, 당시 A+를 받은 한 수강생의 소설은 '단 한 줄'이었다고 합니다. 너무 인상적이어서 아직까지 기억하는데 소설 전문이 "한 여자와 한 남자가 한방에 있다(끝)"였다고 합니다. 마 교수가 자신의 소설에 자주 썼던 성적 취향에 가까울수록 높은 학점을 받았다는 우스갯소리도 전해집니다. 그의 다소(?) '독특한' 과제에 대해서는 호불호가 갈릴 수 있겠지만 "미적 탐닉을 통한 쾌락으로서의 성"224쪽을 고민하게 만드는 특별한 과제였던 점만은 분명해 보입니다. 창조의 동력은 결국 에로스이고, 에로스의 창조만큼 흥분되는 일은 없으니까요. 마 교수가 1998년에 쓴 논문 「소설에 있어서의 일탈미에 대한 고찰」의 첫 페이지에는 "소설을 예술의 한 형식으로 볼 때, 소설의 목적은 역시 '가르치는 데' 있지 않고 '즐거움을 주는 데' 있다. 소설의 목적이 가르치는 데 있다면 소설은 이미 예술이 아니다"라고 적혀 있습니다. 수업 과제, 즉 '야설 쓰기'는 일탈미를 느끼게 하려는 그의 의도가 아니었을까요.

사실 마광수 교수의 학문적 업적을 저 수업 과제의 주제만으로 짐작해서는 곤란합니다. 그의 학문적 성과는 한국인이 사랑하는 윤동주 시인과 떼려야 뗄 수 없습니다. 윤동주의 작품에서 일관되게 흐르는 '부끄러움'의 정서를 발견하고 학문적으로 정립한 학자가 바로 마 교수였습니다. 윤동주를 다룬 논문 가운데 그의 이름이 발견되는 건 거의 필연적입니다. 그를 거론하지 않고는 윤동주에 다가갈 수 없기 때문이지요. 『운명』에서도 윤동주 시에 대한 그의 흥미로운 해석 대목이 발견됩니다.

기억하실지 모르겠습니다만 윤동주의 대표 시 「자화상」의 첫 문장은 "산모퉁이를 돌아 논가 외딴 우물을 홀로 찾아가선 가만히 들여다봅니다"입니다. 마 교수는 이 시의 화자가 우물 안에 비친 사나이가 미워져 떠났다가 다시 돌아와 우물 안을 들여다보는 과정을 반복하고 있음에 주목하는데, 흔히 고교 교과서를 비롯해 대학 국문과 수업에서 우물은 일종의 '거울'로서 기능한다고 봅니다. 우물은 시적 화자가 자신을 바라보면서 '부끄러움'을 느끼는 계기를 만들어내지요. 마 교수는 「자화상」에서의 우물을 거울이 아니라 '여성의 자궁 또는 여성 성기의 상징'으로 해석합니다. 우물을 들여다보는 것은 관음증적 시선이고 그 안의 자신을 바라보는 것은 나르시시즘적 자기애인데, 윤동주 시의 화자는 "당당히 사랑하지도 그렇다고 과감히 떠나지도 못하는 폐쇄적 자아"268쪽를 의미한다는 놀라운 해석이지요. 화자가 기독교 금욕주의에 함몰돼 있었기에 우물을 죄의식 섞인 관음 행위로만 여긴다고 그는 봤습니다. 이 해석은 과연 맞는 걸까요, 틀린 걸까요. 하지만 문학에 정답이 없다는 점은 모두가 아실 겁니다. 그건 오직 해석하는 독자의 몫이니까요.

마광수 교수는 자택에서 숨진 채 발견되었고, 경찰 조사에 따르면 스스로 생을 포기했다고 합니다. 극심한 우울증이 결정적 원인이었다고 하네요. 마 교수가 생전에 받았던 평가는 온당한 것이었을까요. 그의 책을 마치 포르노에 가까운 것으로 이해하는 일은 또 합당할까요. 그의 죽음은 오랜 질문을 우리에게 다시 일깨워주었습니다. 논쟁작 『즐거운 사라』는 1990년 2~7월 한 월간지에 연재된 소설로, 1991년 7월 서울문화사에서 단행본으로 출간됩니다. 서울문화사는 서울 중구청으로부터 출판등록 취소 경고를 받은 뒤 배포된 책을 회수합니다. 그러나 청하출판사가 1992년 8월에 이 책을 다시 출간합니다. 1991년 서울문화사판, 1992년 청하출판사판이 중고시장에서 거래되곤 하는데 찾기가 쉽지 않습니다. 출판계에 따르면 마 교수 별세 이후 『즐거운 사라』 재출간이 논의되기도 했습니다. 하지만 1995년 대법원 판결로 인해 이 소설은 여전히 '음란물'로 지정되어 있기에 재출간을 위해서는 음란물 판결부터 번복되어야 합니다. 마 교수의 책을 출판하려는 출판사는 긴 소송과 그 결과까지 떠안아야 하는 것이지요. 자녀가 없던 마 교수의 책의 권리는 그의 형제 유족에게 있다고 전해지는데, 유족은 마 교수 책의 재출간을 허락할 계획이 없다고 들었습니다. 가족이 겪었던 긴 고초 때문이겠지요. 그러는 사이 『즐거운 사라』 중고판 호가

만 가파르게 오르고 있네요. 책 상태에 따라 보통 5만~10만 원이고, 초판 최고가는 30만 원에 육박합니다.

『운명』이 말하려던 바는 사실 어렵지 않습니다. 인간의 삶이란 누군가의 시험일 수 없고 다음 생을 위한 수련도 아니니, 그저 생을 한 판의 놀이처럼 쾌락을 숨기지 말고 즐기라는 것이 '마광수 성철학'의 핵심입니다. 물론 누구나 알듯이 삶이란 그저 놀이일 수만은 없는, 고해苦海와도 같은 무엇이지요. 그러나 육체와 대립되는 정신에만 가치를 두고 고통으로 삶을 점철시키는 미련함을 버리기, 그것이 그가 우리에게 남긴 의미입니다. 그것은 우리 자신의 본성, 즉 '나'를 잊지 말라는 하나의 외침으로 이해됩니다. 마광수 교수는 시대를 앞서간 천재였을까요, 아니면 그저 포르노 작품을 썼던 외설 작가일까요. 모두가 그의 작품을 좋아할 순 없겠고 모두가 그의 사상에 동의하는 것도 어려울 테지만 『운명』을 몇 페이지만이라도 읽어본다면 적어도 그를 외설 포르노 작가로 폄훼하지는 못할 겁니다.

주린 배를 움켜쥐고도 내 성기는 발기했다

헨리 밀러, 『북회귀선』

1934년 파리의 어느 출판사에서 책 한 권이 출간됐습니다. 당시 포르노 전문 출판사로 이름을 알렸던 오벨리스크 프레스가 발간한 소설이었습니다. 이 책은 그러나 훗날 『가디언』이 '20세기 100대 소설'로 선정합니다. 바로 헨리 밀러의 장편소설 『북회귀선』이었지요. 성행위가 숨김없이 상세하게 묘사된 이 작품은 정식으로 수입되기 전부터 밀수판과 해적판이 유통될 만큼 독자들의 관심을 끌었고, 이 책의 복제본을 유통시킨 사람을 저작권 소송 끝에 감옥까지 가게 할 만큼 책은 경멸과 상찬의 중심에 섰습니다. 미국 대법원이 30년간의 논쟁 끝에 외설 혐의에 대해 '무죄'를 선고하면서 『북회귀선』은 예술작품으로 복권됩니다. 밀러의 대표작이자 미국 문학사에서 '표현의 자유'의 분기점으로 기록되는 걸작인 이유이지요. 『북회귀선』은 '나' 자신이 타락했다고 느낄 때, 인생의 항로가 한참 잘못되었다고 느낄 때 펼쳐볼 만한 걸작입니다. 압도적인 성애 묘사 너머로 철학적 사색이 도도히 흐릅니다.

외설 출판물 판매 혐의로 기소당한 출판사들

소설 속 화자는 작가와 동명인 밀러입니다. 그는 뉴욕 출신의 미국인으로 2년 전부터 파리에 거주하고 있습니다. 이국땅에서 그는 사실상 부랑자에 가까운 비참한 신세입니다. 낯선 도시에서 자리 잡지 못하고 친구들 집에 의탁할 정도로 가난했거든요. 새로운 세입자가 오면 방을 비워줘야 하는 빈털터리였습니다. 카페에 앉아 가끔 글을 쓰지만 별다른 일감도 수입도 없었습니다. 밀러는 친구들에게 5프랑, 10프랑씩 푼돈을 빌려 쓰곤 했습니다. 하지만 그의 극빈한 사정을 잘 아는 친구들은 빌려준 돈을 굳이 받아낼 생각이 없었습니다. 이방인으로서 참담한 생활이 이어지면서 밀러는 인간으로서의 비참과 예술가로서의 수난을 인식합니다. 인간으로서의 자신은 고통받고 있고 자기도 모르는 세계 위에 던져진 가여운 존재였습니다. 절망 속에서 자신을 미워한 밀러는 죽음을 생각합니다. 인생은 오래전부터 어긋나버린 것만 같았습니다.

하지만 삶을 버려야 할지를 고민하는 순간에도 그는 여성 편력이 심했습니다. 뉴욕에 있는 아내 모나와의 관계는 이미 관계가 소원해져서 결혼반지를 전당포에 맡길까 고민하는 날들이 이어집니다. 밀러는 파리의 여성들과 잠자리를 가졌습니다. 절친한 친구의 아내인 타니아와는 불륜관계였고 익명의 매춘부를 푼돈으로 사 잠자리를 가졌습니다. 밀러는 주린 배를 움켜쥐고 하루를 길거리에서 보내면서도 발기하는 삶을 살아갑니다. 어느 날, 세르즈라는 친구가 밀러에게 두 가지 다른 일자리를 제안합니다. 하나는 극장 안에서 살균제 통을 굴려 보내는 하층 잡역부였고 다른 하나는 영어 교사였습니다. 복도 바닥에서 잠을 자던 첫날, 밀러는 살균제 냄새가 온몸의 털구멍으로 들어오는 것만 같았다고 회고합니다. 교사라고 처지는 별반 다르지 않았는데 학생들을 가르친 업무의 대가는 월급이 아니었습니다. 고작 '식사 제공'이었지요. 끔찍한 시간을 견디는 사이, 파리 거리에는 밀러에게 다가오는 매춘부가 많았습니다. 밀러는 푼돈이라도 생기면 기꺼이 매춘부에게 주고 잠자리를 가졌습니다. 거의 병적인 수준이었지요. 푼돈에 치마를 올리는 여자들, 급기야 공중화장실에서도 '그 짓'을 해주는 여자들을 만날 정도로 파리는 열락과 들뜬 신열의 도시였습니다. 밀러는 성性에 탐닉합니다. 섹스와 실존, 그것도 아니면 죽음만이 가능할 것 같은 날것 그대로의 삶이었습니다. 그러던 밀러는 문득, 자기 삶의 방향이 무언가로부터 완전히 어긋났다고 느낍니다. 호색한으로 전락한 파리의 이방인 밀러는 자신이 태어났던 뉴욕으로 돌아가야 할까요.

『북회귀선』에 나오는 구체적인 성애 묘사는 출간 후 유럽과 미국에서 거센 '외설-예술 논쟁'을 일으켰습니다. 이 글을 쓰고 있는 2024년 기준으로도 소설 속 표현이 참으로 대담하다고 느껴질 정도이니 좀더 억압적이었던 1930년대에는 더 큰 논란을 불렀겠지요. 파리의 영문 서적 출판사 오벨리스크 프레스는 오명과는 달리 단지 포르노로만 불릴 수는 없는 작품들을 주로 출간했다고 합니다. '프랑스에서 출간된 영문 서적은 검열에서 제외된다'는 점을 교묘히 파고들었다고 전해집니다. 1934년 『북회귀선』이 프랑스에서 영문판으로 출간되자 미국 정부는 이 책에 대한 수입 금지 조치를 내립니다. 하지만 역사가 증명하듯이 책이 가진 악명과 그럼에도 그것을 기어이 읽으려는 독자의 수요는 언제나 비례합니다. 미국의 한 출판인은 『북회귀선』을 판매했다가 소송을 당했고, 그 과정에서 또 다른 해적판까지 나돌았습니다. 『북회귀선』을 읽으려는 개인과 독서를 막으려는 사회 사이에서 벌어진 숨바꼭질은 서두에 불과했습니다.

들불처럼 번지는 다툼에도 불구하고 『북회귀선』의 생명력은 끈질겼습니다. 이 소설은 1950년대에 다시 미국 수입이 시도됐습니다. 정부는 불허하고 책을 압류했습니다. 1960년대에 들어서야 미국에서 '합법적으로' 출판되는데 21개 주州에서 『북회귀선』을 판매한 서점 60곳이 '외설 출판물 판매 혐의'로 피소를 당합니다. 외신에 따르면 마이클 무스마노라는 판사는 이 책을 "오물 구덩이, 하수구, 부패의 구덩이, 타락한 잔해" 등으로 표현했다고 하네요. 그러나 1964년 대법원 판결은 외설성 비난을 단번에 역류시켰습니다. 『북회귀선』이 포르노라는 주州법원의 판결을 기각하고, 책의 음란성을 불인정한 것입니다. 이 책을 외설이 아니라고 본 최초의 판결이었습니다. 이로써 헨리 밀러는 예술성과 문학성을 인정받았습니다. 영국, 캐나다, 핀란드에서 『북회귀선』이 압수되는 등 책은 고초를 겪던 중이었는데 미국 대법원 판결은 책이 걸어가야 할 도정에 적잖은 영향을 끼쳤습니다. 책 출간 후 30년 만에 논쟁의 마침표가 찍힌 것입니다. 이후 헨리 밀러는 전 세계에서 가장 뜨거운 작가로 부상합니다.

『북회귀선』을 줄거리로만 평가한다면, 이 책은 어쩌면 외설이란 판단이 들지도 모릅니다. 돈 없고 희망 없는 미국인 남성이 타국에서 불륜녀와 매춘부의 육체를 탐닉하는 내용으로 이뤄져 있으니까요. 그런데 막상 읽어보면, 그게 그렇지가 않습니다. 적나라한 성 묘사는 메스꺼움보다는 경이감에 가까운 느낌마저 일으키기 때문입니다. 밀러는 자신의 파리 방랑을 실존적으로 인식하다가 자기혐오의 감정을 갖는데, 이탈된 길에서 느끼는 밀러 자신의 인식은 판에 박힌 자기 연민과는 거리가 멉니다. 남루한 처지를 동정의 시선으로 바라보는 대신 자신의 정신적 궁핍을 보지요. 밀러는 자신이 도저히 숨을 곳이 없는 생生임을 간파하고 시간에 관해 사유합니다. 그는 자신이 처한 공간 속에서 살의 노예로 전락한 몸의 죽음, 즉 자살을 생각합니다. 예술가다운 묵직한 사유입니다.

> 시간의 암종癌腫이 우리를 파먹어 들어가고 있다. 우리의 주인공들은 모두 자살해버렸거나, 지금 자살해가고 있다. 그러고 보

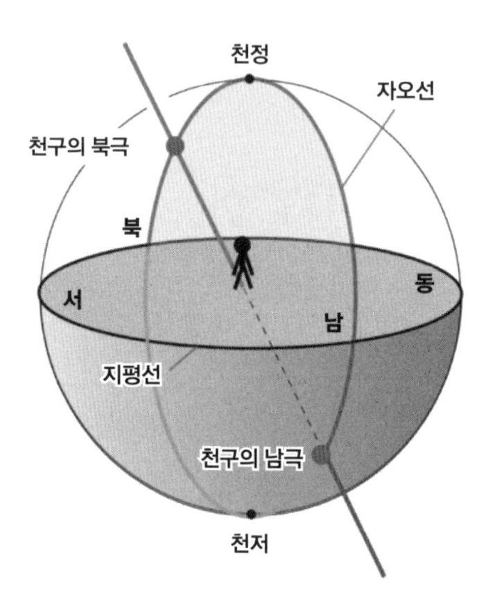

상단 좌측이 북극, 하단 우측이 남극이라고 볼 때 관찰자를 중심으로 그어지는 반원의 호를 자오선으로 부릅니다.

면 주인공은 시간이 아니라 바로 무시간無時間인 셈이다. 우리는 서로 밀치락거리며 죽음의 감옥을 향해 행진해가지 않으면 안 되는 것이다. 도피할 곳은 하나도 없다. 날씨가 바뀌지는 않으리라. 11쪽

아래 문장은 이 책에서 가장 핵심이 되는 문장입니다. 작품의 제목이 왜 '북회귀선北回歸線'인지를 드러내는 명문입니다.

세계는 축軸이 없는 자오선을 따라, 일제히 그 드라마를 펼쳐나갔다. 잠깐 손을 대기만 해도 발사되는 이 촉발 방아쇠와 같은 영원 속에, 모든 것이 정당화되는 절대적 정당성이 주어지는 것을 나는 느꼈다. 나는 시끄러운 비명 소리가 되어 내일 모습을 나타내기 위해 여기서 들끓고 있는 '죄악'을 느꼈다. 시간의 자오선 위에는, 부정이라곤 하나도 없다. 거기에는 진실과 드라마의 환영을 만들어내는 운동의 시詩가 있을 뿐이다. 두려운 점은, 인간이 분뇨더미 속에서 장미를 창조하여온 일이 아니라, 여러 가지 이유로 장미를 원하지 않을 수 없다는 점이다. 110쪽

멋지지만 이 소설의 핵심을 이루는 문장, 참 어렵지요? 일단 문장을 이해하려면 자오선과 책 제목 '북회귀선'의 정의부터 되짚어야 합니다. 자오선이란 관측자(인간)를 중심으로 북극과 남극을 잇는 반원형 호弧를 말합니다. 한 사람이 땅에 서 있을 때 그의 수

적도를 중심으로 음영이 짙은 가운데 지역은 태양이 90도로 지표면에 내리쬘 수 있는 지점을 의미합니다. 저 가운데 최북단 지점을 이은 선이 북회귀선, 최남단 지점을 이은 선이 남회귀선입니다.

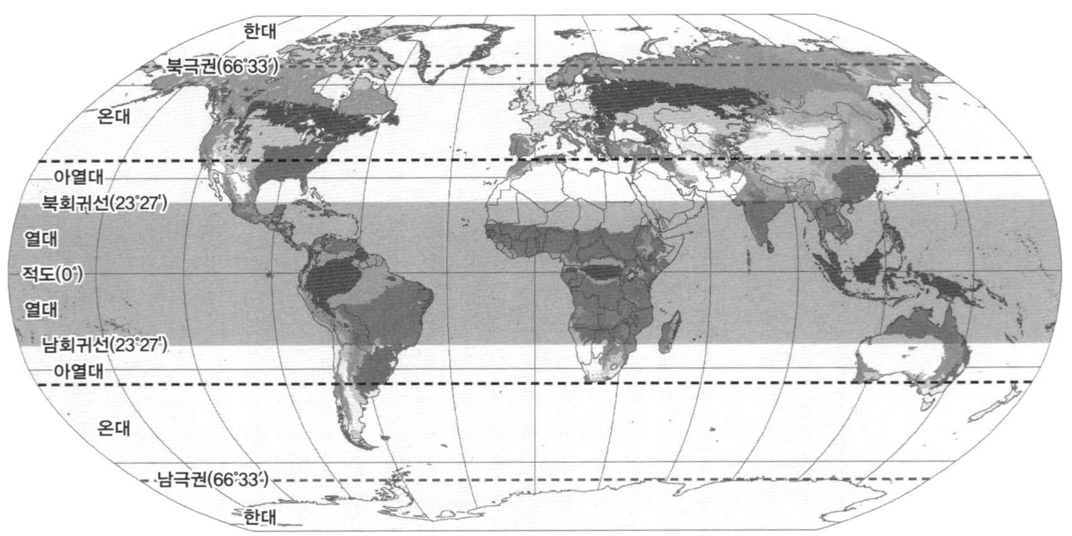

직 하늘을 가운데 두고 남극과 북극을 잇는 반원을 뜻합니다.248쪽 참고 지구에는 저 '관찰자'가 80억 명이기 때문에 저 선은 실재하는 것이 아닌, 상상의 선입니다.

반면 북회귀선이란 태양이 머리 위 천정을 지나는 가장 북쪽 지점을 잇는 지구상의 선을 말합니다. 북회귀선은 적도의 북쪽에서 태양이 90도로 지표면에 내리쬘 수 있는 최북단의 지점을 이은 선(태양고도 90도)입니다. 자오선이 관찰자가 위치하는 가상의 선인 반면, 북회귀선(과 남회귀선)은 실재하는 지점들을 연결한 선입니다.250쪽 참고

밀러는 자신의 생애를 자오선의 시간처럼 인식했습니다. 자오선은 관찰자가 어디에 서 있든 형성되기 때문에 모든 장소, 모든 위치, 모든 위도와 경도가 합당합니다('시간의 자오선 위에는 부정이라곤 하나도 없다'). 인간은 어디든 갈 수 있습니다. 그러나 밀러는 파리에서의 타락한 생활을 통해 자신이 결국 '인생의 회귀선'에 도달했다고 느낍니다. 이국땅의 방랑자가 되어 삶의 중심을 잃은 채 섹스에 탐닉했으니까요. 밀러는 완벽하게 몰락한 자기 삶에서, 태양이 90도로 내리쬐는 그곳에서, 발가벗겨진 한 개인이 됩니다(태양 아래에 선 밀러). 결국 파리는 밀러 자신의 영혼의 본질을 인식하는 장소이고, 타락의 끝에서 문득 '이제 나는 돌아가야 한다(나라는 본질로의 정신적인 회귀)'라는 정신적인 귀소본능을 느낀 것입니다. 그게 바로 이 책의 제목 '북회귀선'의 의미이지요. 작가는 소설의 제목이 '북회귀선'인 이유를 묻자 이렇게 답했다고 합니

다. “잘못된 길의 종점에서, 처음부터 완전히 다시 시작해야 할 필요성을 의미한다.” 자신만이 아는 삶의 중심으로 돌아가 ‘나’를 되찾아야 한다는 깨달음, 그것이 북회귀선을 통해 상징화됩니다.

생애 최후의 순간에서 만난 에로스와 타나토스의 감정

『북회귀선』을 지독한 성애 묘사로 가득한 포르노그래피로만 이해하기 곤란한 또 하나의 이유는, 주인공과 주변 인물들이 처한 세계사적 상황 때문입니다. 이 작품이 집필된 시기는 1930년대 초반으로 1891년생 작가의 나이 마흔 무렵이었습니다. 제1차 세계대전으로 무려 3000만 명이 죽거나 다친, 최악의 시대 바로 직후였습니다. 하지만 전운이 몰려오고 머잖아 제2차 세계대전이 벌어져 비극의 물결은 재개되지요. 파리에서 밀러가 만나는 인물 중 상당수는 유대인 혹은 반半유대인입니다. 그의 친구 보리스부터, 그의 불륜녀 타니아와 타니아의 남편 실베스터, 또 호색한 친구 반 놀든 모두가 유대인입니다. 저들은 죽음의 행렬 끝에 파리에서 살아가는 소시민이었습니다. 밀러는 그곳에서 유대인들을 관조하는 관찰자이기도 합니다. 지인들은 죽음에 근접한 삶을 살아가는, 그래서 성에 집착하면서 서로 뒤엉킨 성관계를 맺고 있습니다. 그리스 신의 의인화된 이름을 빌려 성애의 욕구는 에로스, 죽음의 욕구는 타나토스로 불립니다. 프로이트에 따르면 에로스와 타나토스는 불가분의 관계입니다. 인간에게는 자기 보존 본능, 즉 삶의 충동(에로스)이 있으면서 동시에 자기 파괴 본능, 즉 죽음의 충동(타나토스)이 공존합니다. 격렬한 불꽃처럼 성을 분출하려는 섹스 욕구와 현실의 절망 속에서 자신을 훼손하려는 자살 욕구는 인간의 본성인 것이지요. 이 소설에서 '에로스와 타나토스'의 중심에 선 문제적 인물은 밀러입니다. 그런데도 『북회귀선』을 한갓 음탕한 포르노로 격하시킬 수 있을까요.

1964년 『북회귀선』에 무죄가 선고된 이후 작품은 영화로 제작됐습니다. 조지프 스트릭 감독이 만든 「북회귀선Tropic of Cancer」(1970)입니다. 그런데 영화 「북회귀선」을 검색하면 「헨리 밀러의 북회귀선Henry&June」(1990)이 먼저 뜹니다. 이 작품은 소설가 아나이스 닌이 쓴 동명 소설을 영화화한 것으로, 밀러의 『북회귀선』과 내용상 전혀 무관합니다. 헨리 밀러의 『북회귀선』을 영화로 관람하려면 개봉 연도를 잘 살펴보시길 바랍니다. (그런데 사실 따지고 보면, 두 영화가 완전히 무관하다고 보긴 어렵습니다. 「헨리 밀러의 북회귀선」의 주요 인물 역시 헨리 밀러이기 때문입니다. 이 영화의 원작자 아나이스 닌과 헨리 밀러는 1930년대 바로 저 문제의 파리에서 불륜관계였습니다. 두 사람이 각각 소설을 집필한 것입니다. 어디까지가 사실인지 모를 영화 속 내용도 충격적입니다. 영화에서는 닌이 밀러와 바람을 피웠는데 닌은 밀러의 부인 준(!)과도 동성애 관계를 형성합니다. 거참 복잡한 인간관계네요.)

북회귀선은 영어로 'Tropic of Cancer'입니다. 여기서 'cancer'

는 우리가 아는 질병 암癌을 뜻하지 않습니다. 별자리 중에 게자리를 뜻하는 라틴어 '캉케르'입니다. tropic은 회귀선을 뜻하는 그리스어 'tropikos'에서 왔습니다. 그런데 북회귀선이 '게자리 회귀선Tropic of Cancer'으로 명명된 이유는, 태양이 북회귀선에 위치했을 때 별자리 중 게자리에 오기 때문이라고 합니다. 『북회귀선』 영문판 표지의 그림에 갑각류 '게'가 연인을 탐하고 있는 모습은 이런 이유에서입니다. 탐욕스러운 게, 그게 바로 파리 시절의 밀러 자신이지요. 사실 암종양의 모양이 게 모양이어서 영단어도 'cancer'로 굳어졌다고 합니다. 헨리 밀러는 이 책에서 중의적 단어인 'cancer'에 관한 사유를 이어갑니다. 위에서 소개한 문장, '시간의 암종癌腫이 우리를 파먹어 들어가고 있다'가 그렇습니다. 다음 문장 역시 암cancer에 대한 탁월한 비유입니다.

> 나를 둘러싸고 있는 세계는, 사방에 시간의 오점을 남기며 소멸해가고 있다. 세계는 스스로를 파먹어 들어가며 멸망시키는 암인 것이다. 시간의 자궁 속으로 모든 것들이 물러갈 때, 다시금 혼돈이 나타나리라. 혼돈이야말로, 그 위에 '진실'이 씌어질 악보다. 시간의 껍질을 벗기는 것은 내가 아니다. 그것은 죽어가고 있는 세계인 것이다.12쪽

인간은 모두 길을 잃어버린, 시간의 고아孤兒입니다. 혼란스러운 시대, 시간이라는 암종이 우리를 파먹어 들어가고 있다고 헨리

밀러는 씁니다. 어디론가 다시 돌아가야 한다는 것, 그러나 그곳이 어디인지 모른다는 것. 바로 『북회귀선』이 말하려 했던, 인간의 영원한 주제일 것입니다. 『북회귀선』은 출간 후 90년이 지났지만 철학적 사색의 그 문장의 빛은 퇴색되지 않을 것입니다.

초등학생인 내 아이가 LGBTQ 책을 읽는다면

조지 M. 존슨, 『모든 소년이 파랗지는 않다』

약간의 과장이 허락된다면 미국은 내전 상태라고 할 수 있습니다. 총도 없고 탱크도 없는 이데올로기 전쟁의 최전선은 다름 아닌 학교 도서관입니다. 미국인들이 둘로 갈라진 이유는 다음 문제에 대한 서로 다른 결론 때문입니다. '도서관과 교실 책상에서 아이들에게 동성애 서적을 읽도록 할 것인가?'

이에 대해 동성애 책 반대파는 "책을 금서로 지정하라"고 주장했고 찬성파는 "독서할 자유를 타인이 침해해서는 안 된다"며 맞섰습니다. 논란의 책들 가운데 흑인 작가 조지 M. 존슨의 회고록 『모든 소년이 파랗지는 않다』가 중심에 놓였습니다. 이미 한국에도 번역되어 대다수 도서관에서 대출 가능한 책입니다만, 미국에서는 그렇지 못했습니다. 표현의 자유가 다른 어느 나라보다 더 보장되는 곳이 미국이지만 학교 도서관에서 내 아이가 LGBTQ

책을 읽는 것은 다른 문제였을 테니까요. "누구나 표현의 자유를 존중한다. 듣기 싫은 이야기를 누가 하기 전까지는"이라는 말이 잘 어울리는 상황이지요.

1985년 뉴저지 출생인 조지 M. 존슨은 자신이 살아온 이야기를 이 책에서 담담히 서술합니다. 존슨은 흑인 퀴어로, 2022년 『타임』이 선정한 '올해의 떠오르는 인물 100인'에 이름을 올릴 만큼 세계에서 가장 영향력이 큰 퀴어입니다. 책의 내용은 이렇습니다. 존슨은 두 가지 측면에서 소수자로 살았습니다. 하나는 백인 중심 사회에서 흑인으로 성장했다는 점이고, 다른 하나는 퀴어라는 점입니다. 흑인 퀴어의 운명은 이중으로 잔혹했습니다. 흑인은 대개 남성적이고 강인한 '흑인다움'을 요구받습니다. 그 과정에 적응하지 못하면 공동체 내에서 도태됩니다. 존슨의 회고에 따르면 흑인들이 살아가는 뒷골목에서는 어린아이들끼리도 싸움이 잦았습니다. 존슨은 이미 5세 때 골목에서 이가 부러질 정도로 맞았습니다. 거친 사회에서 존슨은 자신의 정체성을 억눌렀습니다. 소년은 인형놀이가 더 좋았지만 일부러 미식축구에 참여해 자신의 강함을 드러내고자 했고, 결국 고교 육상팀 최고의 선수로 성장합니다. 그러나 존슨은 자신이 억눌리고 있음을 잊지 않았습니다.

> 중학교와 고등학교에 다니는 동안 내가 할 수 있는 선택은 억압뿐이었다. 나는 소수 중에서도 소수가 되어 흑인다움과 퀴어함의 교차 지점에서 난생처음 겪는 이중 억압을 감당해야 했다.17쪽

이 책이 갖는 차이점은, 퀴어임을 가족에게 밝히는 순간 존슨이 부모로부터 부정당하거나 갈등을 겪는 과정 없이 '무조건적으로' 받아들여졌다는 사실입니다. 존슨의 어머니는 아들이 퀴어일 거라고 짐작했던 터라 고백을 예감하고 모든 준비를 마쳤습니다. 주변 사람들에게 아들이 퀴어일 수 있음을 알린 것이지요. 그 결과 존슨의 할머니는 커밍아웃한 손주에게 "나는 모든 손주를 사랑한다"고 따뜻하게 말해줍니다. 퀴어임을 부정하지 않고 가족 구성원으로 받아들이는 과정은 아직 커밍아웃하지 못한 익명의 퀴어들에게 큰 울림을 주는 대목이지요. 이런 가족애 때문인지 저자는 "이 책은 10대가 읽어야 하는 책"이라고 강조합니다. 존슨은 가족의 지지 덕분에 우수한 성적으로 대학에 진학하고 대통령 장학금을 받을 만큼 모범생으로 성장합니다. 대학생이 된 존슨은 게이 친구 네 명, 스트레이트(이성애자를 뜻하는 말) 친구 네 명과 교류하면서 평범한 삶을 삽니다. 하지만 이 책에 이 정도의 '착한' 교훈만 담겨 있다면 극심한 논쟁에 휩싸이지 않았을 것입니다.

열세 살 때 사촌 형에게 '자위 실습'을 받다

『모든 소년이 파랗지는 않다』에는 10대 시절 저자가 경험한 성애 묘사가 자세히 서술됩니다. 존슨은 서문에서 미리 밝혀둡니다. "이 책은 추행을 포함한 성폭력, 첫 경험, 호모포비아, 인종차별,

반흑反黑, anti-Blackness 정서에 관하여 이야기할 것이다."6~7쪽 실제로 책을 펼치면 수위가 아찔합니다. 저자는 성애 묘사를 실오라기 하나 걸치지 않은 문장으로 남기고 있습니다. 여기에 그 내용을 모두 옮겨 쓰지는 못합니다만, 이 책에서 논란이 클 수밖에 없는 부분을 요약하면 다음과 같습니다.

조지 존슨은 13세 때 사촌 형에게 지하 창고에서 '자위 실습'을 받았고 이를 통해 성에 눈을 뜹니다. 학교 화장실에서는 남성 동기로부터 '성기를 움켜잡히는' 위압적인 추행을 당했으며, 대학교 3학년 때 게이 클럽에서 재회한 친구와의 '첫 항문 성교'와 고통스러운 장면도 몇 페이지에 걸쳐 날것으로 드러납니다. 정액, 콘돔, 윤활제 등 성교에 필요한 소재부터 '탑'과 '바텀' 등 퀴어들이 주로 사용하는 표현까지 다 담은 이 책에는 경계가 없습니다. 퀴어의 삶 그 자체를 보여주지요.

어린 학생들이 자주 찾는 도서관에 성애가 세세히 묘사된 책이 비치돼 있다고 가정해봅시다. 그 책은 '표현의 자유'와 '성소수자 교육'과 '다양성의 포용' 측면에서 허용되어야 할까요, 아니면 도서관 퇴출 명단에 올라야 할까요. 심지어 저자는 이 책의 집필 의도에 "10대가 읽어야 할 책"이라고 밝히고 있습니다. 이것이 미국에서 진행 중인 도서관 금서 논쟁의 딜레마입니다.

『모든 소년이 파랗지는 않다』를 둘러싼 논쟁이 폭발적으로 증폭된 시기는 2023년 4월이었습니다. 미국도서관협회ALA는 당시 한 데이터를 발표합니다. ALA는 세계에서 가장 오래된 도서관 협회로 1876년에 설립된, 회원 수 6만5000명의 최대 단체입니다. 여기서 발표한 자료의 요지는 '학교 도서관과 교실 도서관에 비치된 도서, 수업 커리큘럼에 명시된 자료를 검열해달라는 요청이 폭증했다. 해당 책들을 금서로 지정하거나 도서 목록에서 제외하라는 민원 요청이 쇄도하면서 독서의 자유가 침해되고 있다'는 것이었습니다. 2021년 미국 도서관에 검열을 요청한 건수, 즉 이 책의 보유와 대출을 금지해달라는 요청은 729건이었는데 2022년 1269건으로 증가했다고 ALA는 발표했습니다. 『모든 소년이 파랗지는 않다』가 검열 요청 건수 2위를 차지했고, 1위는 마이아 코베이브 작가의 그래픽노블 『젠더 퀴어』였습니다. 『젠더 퀴어』는 남성 정체성과 여성 정체성을 동시에 가진 주인공이 쓴 자서전입니다. 이 책 역시 한국어판으로 출간되어 있으며 구매와 대출에 제약이 없습니다. 다만 『모든 소년이 파랗지는 않다』는 경험 묘사가 글로 적혀 있지만, 『젠더 퀴어』는 생생한 그림(피 묻은 생리대, 도구를 이용한 성교 등)으로 표현됐다는 점에서 다소 느낌이 다릅니다. 『젠더 퀴어』의 저자 코베이브는 논바이너리(젠더 이분법을 벗어나, 남성과 여성 두 범주에 자신을 규정하지 않는 것)인 자신이 가족들에게 커밍아웃하는 과정을 책에 담고 있는데 그의 가족 또한 이 사실을 받아들입니다. 『젠더 퀴어』 역시 미국 도서관에서 퇴출됐습니다. 동성과의 구강성교 장면이 아무 제약 없이 그려지기도 하고 10달러짜리 '불릿 바이브레이터'를 구매해 사용하는 장면도 나오기 때문입니다.

금서 논란에 전직 대통령까지 가세하다

미국 사회를 뜨겁게 달군 현대판 금서 논쟁은 정치적 올바름을 둘러싼 양자 간 대결로 이어지는 모습입니다. 일단 버락 오바마 전 미국 대통령이 ALA에 손수 편지를 보내면서 논쟁은 사그라들지 않고 확대됐습니다. ALA 홈페이지를 통해 2023년 7월 17일 오바마 전 대통령이 보낸 편지 전문을 확인했습니다. 편지에는 이런 내용이 담겨 있네요. 오바마 전 대통령은 "책은 항상 제가 세상을 경험하는 방식을 형성해왔습니다. 저와 삶이 달랐던 사람들에 대해 읽음으로써 다른 사람의 입장에 서야 하는 방법을 책은 보여주었습니다. 그러나 제 삶을 형성한 책 중 일부는 특정한 생각이나 관점에 동의하지 않는 사람들에 의해 도전을 받고 있습니다"라며, 금서 지정을 원하는 이들의 요구에 "표현의 자유를 바탕으로 세워진 국가인 미국이 특정한 목소리와 생각들을 침묵시키는 것을 허용한다면, 왜 다른 국가들은 그것들을 보호하기 위해 노력을 기울여야 할까요"라며 반박했습니다.

ALA의 주장은 어린 학생들이 동성애 성애 묘사 서적을 자유롭게 읽도록 '권장'하자는 게 아닙니다. 정확히 옮겨 적자면 '자녀에게 책을 읽게 할 혹은 읽지 못하게 할 권리는 독자 개인과 부모에게 있으며, 제3자가 그것을 판단해서는 안 된다'입니다. 성적으로 노골적인 주제의 책을 읽기에 너무 어리더라도 이는 독자와 부모가 결정할 문제이지, 타인이 관여할 일은 아니라는 것입니다. 미국에서 벌어진 이 논란은 태평양 건너 먼 나라 얘기가 아닙니다. 한국 사회에서도 현재진행형인 사안입니다. 우리나라 도서관에서도 성과 관련된 도서의 대출을 금지하거나 아예 폐기 처분해달라는 요청이 쇄도 중입니다. 충청남도 교육청에는 동성애, 성전환, 낙태에 대한 도서를 폐기해달라는 학부모 단체의 서한이 도착했습니다. 울산의 한 지역 도서관에서는 어떤 보수 단체가 퀴어와 비혼을 주제로 한 강연을 철회하라고 시위하기도 했습니다. 모두 2023년에 일어난 일입니다. 이런 사례는 포털 사이트 검색창에 몇 글자만 넣어봐도 무수하게 뜹니다.

게이나 레즈비언을 연구하는 학자들 사이에서 동성애는 본질주의적 입장과 구성주의적 입장으로 나뉩니다. 본질주의에 따르면 인간의 성 정체성은 자연적으로 고정돼 있습니다. 다시 말해 동성애는 선천적이라는 주장입니다. 반면 구성주의에 따르면 사람의 정체성이란 유동적이어서 사회적 조건이나 문화에 따라 좌우됩니다. 구성주의적 입장의 최전선에 선 학자는 프랑스 출신 철학의 왕 미셸 푸코였습니다. 그의 저서 『성의 역사 1: 지식의 의지』에 따르면 동성애는 근대적인 형성물, 즉 근대의 발명품입니다. 이전에도 동성애에 기반한 성적 행위는 있었습니다만 1870년 즈음 '동성애자'로 분류되는 특정인이 등장했다고 합니다. 푸코는 1870년에 출간된 베를린 정신과 의사 카를 베스트팔의 논문 「정반대의 성적 감성」을 언급하면서 동성애자를 하나의 '종種'으로 언급합니다. 푸코가 학술적인 의미에서 언급한 동성애가 이뤄진 이후 지금까지 무려 150년의 시간이 흘렀습니다. 그런데도 이 논쟁은 현재진행형인 것이지요. 그만큼 어려운 문제입니다. 존슨의 책이 논쟁적인 이유는 그 책이 10대 LGBTQ를 위한 지침서라는 점, 작가 자신이 10대 시절에 참고할 책이 없었기에 쓴 것이라는 점 때문입니다. 책을 선택할 권리는 누구에게 있을까요.

> 어린 시절 내게는 내가 겪는 일들을 이해하기 위해 읽을 만한 책이 없었다. 우러러보거나 모방할 영웅도, 아이콘도 없었다. 방향을 알려줄 로드맵도, 가이드라인도 없었다. 나의 원래 목표는 지금도 그때와 크게 다르지 않는 상황을 바로잡는 것이었다.249쪽

『모든 소년이 파랗지는 않다』의 원제는 'All Boys Aren't Blue'입니다. 여기서 파란색blue은 전통적으로 남자아이들이 선호하던 색입니다. 책 제목은 모든 소년이 전통적인 성으로서의 남성이 아닐 수 있음을 알아달라는 뜻으로 해석됩니다. 그의 두 번째 책 『우리는 망가지지 않았다*We Are Not Broken*』도 언젠가 한국에서 출간될 것입니다. 이 책은 한국 독자들에게 환영받을 수 있을까요. 금서 논쟁은 혐오의 또 다른 단면일까요, 자녀를 지키려는 부모들의 노력일까요. 그에 앞서 저는 이런 생각도 듭니다. 과연 이 논쟁이 이분법으로 갈라칠 문제가 정말 맞기는 한 걸까요.

5부 신의 휘장을 찢어버린 문학

Iris Chang

方方

閻連科

Nguyễn Thanh Việt

Ken Liu

Toni Morrison

Bret Easton Ellis

Chuck Palahniuk

Camilo José Cela

Владимир Владимирович Набоков

Milan Kundera

Bohumil Hrabal

이문열

Ray Douglas Bradbury

Ismail Kadare

Nelly Arcan

Philip Milton Roth

마광수

Henry Valentine Miller

George M. Johnson

José de Sousa Saramago

Νικος Καζαντζάκης

Michel Houellebecq

نجيب محبوظ عبد العسيج ابراهيم احمد الباسا

তসলিমা নাসরিন

صادق هدایت

דורית רבניאן

Suzanna Arundhati Roy

Witold Marian Gombrowicz

George Orwell

열네 살 소년 예수, 죄의 연좌제에 걸려들다

주제 사라마구, 『예수복음』

포르투갈의 소설가 주제 사라마구는 『눈먼 자들의 도시』로 잘 알려져 있습니다. 같은 제목의 영화로도 만들어진 유명한 소설이지요. 사라마구는 인간과 세계의 모순을 풍자적인 상상력으로 꼬집은 거장입니다. 그런데 그의 수많은 작품 가운데 가장 파격적인 논란이 일었던 소설은 『눈먼 자들의 도시』가 아닙니다. 1991년에 발표된 『예수복음』입니다. 이 책 출간 후 사라마구는 가톨릭계와 개신교계로부터 맹비난을 받았습니다. 성경의 내용과 가상의 상상력을 겹쳐 치명적이고 불온한 이야기를 만들어냈으니까요. 얼마나 논란이 심했던지 유럽의 한 문학상 심사위원들은 이 작품의 심사를 거부해버립니다. 가톨릭교도였던 당시 포르투갈 총리는 이 작품이 모욕적이라며 불쾌감을 드러냈습니다. 사라마구와 그의 아내는 극심한 논란 때문에 다른 나라로 이민을 가야 했지요.

『예수복음』 발표 7년 뒤 사라마구가 노벨문학상 수상자로 호명되었을 때 로마 언론과 바티칸 교황청까지 그의 수상을 비판했습니다. 『예수복음』은 아직까지도 가톨릭 금서입니다. 포르투갈어 초판은 1991년에 출간되었습니다. 한국에서는 1998년 문학수첩이 『예수의 제2복음』이란 제목으로, 2010년 해냄출판사가 『예수복음』으로 출간했습니다. 종교의 원점原點을 흔드는 이 작품은 예수의 전기傳記 형식으로 쓰였습니다. 탄생부터 죽음까지를 새로운 해석의 지평 위에서 그린 이 작품에서 사라마구는 우리가 읽어온 성경의 '빈 공간'을 파고들고 여기에 불온한 상상력을 추가하는데, 소설이 연 새로운 지평에 대한 판단 여부는 독자들에게 맡겨지지요. 이제 소설 안으로 들어가볼까요.

요셉의 아내 마리아는 베들레헴 마구간에서 아기 예수를 출산한 뒤 구유 안에 핏덩이 예수를 눕혔습니다. 여기까지는 성경에 기록된 바와 같습니다. 그런데 『예수복음』에는 작가의 상상력이 문장마다 한 방울씩 더해집니다.

어머니 마리아가 아기 예수를 낳은 뒤 아버지 요셉은 로마 군인을 위해 목수로 일합니다. 대패질을 하고 들보를 짜 맞추지요. 나사렛에 돌아갈 여비조차 부족했던 궁핍 때문이었습니다.

어느 날 밤, 요셉은 로마 군인들이 나누는 대화를 몰래 엿듣습니다. 그러고는 겁에 질립니다. 로마의 한 장교는 동료 군인에게 말했습니다. "3세 이하의 아이들을 오늘 밤 제3시부터 전부 살육하라는 헤롯왕의 명령이 떨어졌다."121쪽 군인들의 말을 귀동냥한 요셉은 눈앞에 다가온 죽음, 특히 아기 예수의 불가피한 죽음을 느낍니다. 요셉은 마구간으로 달려가고, 아내에게 상황을 설명할 시간도 없이 즉시 마리아와 예수를 데리고 도망칩니다. 군인을 피해 도주하던 중 요셉은 살이 찢겨나가는 베들레헴 유아들의 비명을 듣습니다. 조금만 늦었다면 예수의 입에서 터져나왔을 울음소리이지요. 가까스로 가족을 지켜낸 것입니다. 하지만 시간이 지나도 요셉은 그날 들었던 베들레헴 유아들의 비명을 밀쳐내지 못했습니다. 심한 죄책감과 식은땀 나는 공포가 그의 주위를 맴돌았지요. 다른 아기들을 살리지 못하고 자기 아이만 살렸다는 극도의 미안함 때문이었습니다. 남편의 한숨과 고뇌를 이해하지 못하는 아내 마리아에게 천사가 나타나 요셉의 죄명을 일러줍니다. "목수[요셉]는 마을 사람들에게 군인들이 아이들을 죽이러 온다고 알릴 수 있었지. 시간이 있었으니까 부모들이 아이들을 데리고 피신할 수 있었을 거요. 이 죄에는 용서가 없소."133~134쪽 특히 천사는 이렇게까지 말합니다. "요셉이 저지른 죄의 그림자가 이미 아들 예수에게 드리우기 시작했다."134쪽 천사는 마리아에게 '죄의 연좌제'를 힘주어 말한 겁니다. 요셉의 죄가 아들에게 상속되리라는 절망의 예언이기도 했습니다. 악몽에 괴로워하던 요셉은 결국 사망합니다.

아버지 요셉이 죽고 자라난 예수는 아버지가 평소 자주 꿨다던 하나의 꿈을 유산처럼 물려받습니다. 요셉을 괴롭혔던 꿈은 로마 군인들이 베들레헴의 아기들을 죽이러 가는 악몽이었습니다.

하지만 그 꿈이 어디로부터 유래했는지는 알 수 없었지요. 예수는 왜 자꾸 자신이 밤마다 악몽을 꾸는지 깊이 궁금해합니다. 어머니 마리아는 어쩔 수 없이 아버지로부터 아들 예수에게 '상속된 꿈'에 얽힌 비극을 들려줍니다.

당시 베들레헴에서 헤롯왕의 명령으로 죽은 3세 이하 아기는 모두 25명이었다고 어머니 마리아는 예수에게 말합니다. 악몽의 연원을 접한 예수는 자신을 찌를 듯이 괴롭히는 날카로운 슬픔 때문에 고통을 받습니다. 그때 예수의 나이는 14세였습니다. 이 소설은 실제 성경에 나오지 않는 예수의 10대 시절을 상상력으로 채운 것입니다. 예수는 광야로 가서 혼자 머무르고 유대교 지도자를 만나 논쟁을 벌이며 갈릴리 호수에서 물고기를 잡던 어부 무리와 어울리면서 말씀을 전합니다. 이윽고 '몸 파는 여자'였던 막달라 마리아와 연인이 되어 사랑에 빠집니다.

신-예수-악마의 삼자 협상

고뇌하던 길의 끝에서 예수는 결국 자신을 세상에 보낸 신(하나님)을 만납니다. 신은 예수에게 말합니다. '때가 되면 모든 권세와 영광을 허락할 테니 그때까지만 최선을 다해 살고 있으라'는 지시이자 제안이었습니다. 예수가 만난 신은 맹목적으로 인간을 사랑하기보다 땅 위의 인간이 품는 모든 마음을 질투하고 다른 신과 경쟁하며 무엇이든 정복하려는 신이었습니다. 예수 앞에 나타난 신은 신으로서의 탐욕을 감추지도 않았습니다. 특히 예수에게 자신이 오래전부터 품은 원대한 계획의 전모를 낱낱이 털어놓습니다. 자신은 4000년간 유대인이 섬긴 유일신이었으나 곧 인류 전체의 신으로 도약하려 한다고 했습니다. 그 과정에서 예수의 희생이 필연적이라는 계획이었습니다. 예수의 탄생조차 예수를 순교자로 만들기 위한 계획의 일부였다고 신은 이야기합니다. 베들레헴의 예수 탄생일을 기점으로 수백 년 안에, 유대교의 유일신은 훗날 "그리스어에서 나온 말로 가톨릭이라고 부르게 될 사람들의 하나님"449쪽으로 자신의 권세를 확장하리라는 이야기였습니다.

그 말을 들은 예수는 화들짝 놀랍니다. 하나님과 예수는 갈릴리 호수의 배 위에서 만났습니다. 그때 대화를 나눈 것은 둘만이 아니었습니다. 훗날 신앙인들이 '악마'라고 부르게 될 어떤 존재가 신과 예수가 서로 마주한 배에 함께 올라타서는 대화를 나눕니다. '예수와 신과 악마의 삼자 협상'이었습니다. 그런데 예수가 자세히 보니 신과 악마가 마치 쌍생아처럼 닮아 있네요.

> 두 손이 뱃전을 움켜쥐었다. 거대하고 강한 두 손이었고, 손톱도 단단했다. 배가 흔들렸고, 헤엄을 치는 사람의 머리가 물 밖으로 나왔다. 이어 몸통이 나오면서 물이 사방으로 튀었다. 나[악마]도 함께 이야기하러 왔어. 그가 말하며 뱃전에 앉았다. 예수와 하나님의 딱 중간이었다. 이 친구가 우리가 방금 말하던

악마야. 예수는 둘을 번갈아 보다가, 하나님이 턱수염만 없다면 둘이 쌍둥이로 보일 것임을 알았다.445~446쪽

악마가 신에게 제안합니다. 인류의 슬픔과 고통을 유발하는 악행이라는 소임에 충실할 테니 시간이 흘러 자신이 소멸해야 할 적당한 때가 오면 그때는 천국에 보내달라는 호소였습니다. 악마의 말을 들은 신은 꿈쩍도 하지 않은 채 악마에게 몇 걸음 앞서나간 제안을 합니다. 끝내 악마를 용서하진 않겠지만 굳이 천국에 올 필요도 없다는 말이었지요. 신이 인간에게 영원한 영향력을 행사하려면 악이 필연적이라는 설명이었습니다.

자네[악마]가 지금 그대로 있는 것이 훨씬 나아. 그리고 가능하다면, 자네가 지금보다 더 나빠졌으면 좋겠어. 내가 대표하는 선은 자네가 대표하는 악 없이는 존재할 수 없기 때문이지. 자네 없이 선이 존재한다는 것은 생각할 수 없는 일이야. 자네가 끝나면 나도 끝나는 거야. 내가 계속 선이려면 자네가 계속 악이 되는 게 긴요해.480쪽

신이 예수에게 약속한 권세와 영광은 예수가 십자가에서 죽은 뒤의 일이었습니다. 또 신이 예수에게 한 제안 중 가장 큰 비극은, 온 인류의 하나님이 되겠다는 신의 계획이 지속되려면 인간의 끝없는 희생(순교)이 필요하다는 점이었습니다. 고난, 죽음, 전쟁,

학살은 신의 영향력을 확장하기 위해 불가피한 '정당한' 수단이라고 강조합니다. 다시 말해 신 자신의 영광을 위해 인간의 비참한 운명을 계획했다는 의미였으며, 역경과 고난에 빠진 인류가 신을 찾음으로써 위안을 얻는 게 아니라 신의 영광을 위해 인간이 도구화된다는 충격적인 전제였습니다.

새로운 종교의 부흥을 위해서는 인간의 고통이 예정되어 있음을 간파한 예수는 신이 제안한 계약을 수용하지 않습니다. 그는 신의 영광을 드러내기 위한 인간의 재물로 죽기를 거부합니다. 예수는 하나님의 뜻에 반하는 역모를 스스로 계획합니다. (이 부분은 소설의 가장 중요한 장면이자 스포일러가 될 수 있기에 더는 자세히 적지 않겠습니다.) 하지만 이런 반란에도 불구하고, 골고다 언덕에서 예수가 죽음을 맞이하던 순간에 신은 인간들 앞에 등장해 이렇게 선언해버립니다. "이는 내 사랑하는 아들이며, 내가 기뻐하는 자다."543쪽 마치 자신의 반란을 처음부터 알았다는 듯한 신의 음성을 들은 예수는 자신이 "속았다"고 느끼면서 죽어갑니다. 예수는 자신의 의지와 무관하게 "신의 아들"로 선포됐습니다. 여기까지가 『예수복음』에 등장하는, 사라마구의 신성모독적인 상상력의 전말입니다.

헤아릴 수 없는 수많은 성도의 믿음을 전복시키는 도발적인 문학적 상상력은 언제나 성도들의 저항을 받아왔습니다. 『예수복음』 발표 후 작가 사라마구에 대한 비난이 쏟아집니다. 기독교인들은 예수가 신의 대행자라는 믿음 안에서 존귀와 영광을 신과 예수께 바쳐왔는데, 우리의 죄를 담당하는 예수가 실은 아버지에게 배신당한 존재라는 소설의 내용이 그 믿음을 가로막았으니까요. 문학이 신의 휘장을 무참하게 찢어버린 겁니다.

『예수복음』에 가장 민감하게 반응한 곳은 포르투갈 정부와 바티칸 교황청이었습니다. 당시 포르투갈은 가톨릭을 국교로 정하진 않았으나 국민의 90퍼센트가 가톨릭교도일 정도로 바티칸의 막강한 지지층이었습니다. 포르투갈 총리였던 아니발 카바코 실바는 『예수복음』이 아리스테이온상의 후보가 되지 않기를 바란다고 공개적으로 발언합니다. 이 상은 유럽연합 국가들이 선출한 심사위원들이 매년 우승자를 결정하는 당대 최고의 문학상이었습니다. 『예수복음』은 아리스테이온상 심사 대상에서 제외됩니다. 훗날 실바 총리는 포르투갈 대통령으로 선출됩니다. 실바 대통령은 사라마구 소설의 문학성을 끝까지 인정하지 않았습니다. 심지어 2010년 사라마구의 장례식에도 불참했다고 합니다. 자국의 유일한(현재까지도 유일) 노벨문학상 수상 작가의 장례식에 국가 최고 수반이 "난 주제 사라마구를 아는 특권을 누린 적이 없다"고 비꼬며 참석하지 않은 초유의 일이었습니다. 여호와 하나님의 이름을 '망령되이' 일컬었고 성도를 기만했다는 이유였습니다.

1998년 사라마구가 노벨문학상을 마침내 수상하자 바티칸 교황청은 작가를 공개적으로 비난했습니다. 그가 대중의 인기에 영합하고자 성서의 절대적인 고정관념(예수의 공생애)을 비트는 위험한 시도를 했다는 이유에서였습니다. 아무리 시대가 바뀌고 종교가 개방적으로 변하더라도 교리 자체를 뒤흔드는 발칙한 상상력까지 교황청이 수용할 순 없었겠지요. 인간의 구원이 오직 믿음과 복종만으로 이뤄진다는 근본 교리를 수정하려는 시도는 불허되었습니다. 그사이 사라마구는 카나리아 제도의 란사로테라는 지역으로 이민을 가야 했습니다. 사실상 망명이었지요.

'인간의 굴레' 원죄를 신에게 되갚아주다

이토록 논란이 컸는데도 사라마구가 노벨문학상을 수상할 수 있었던 힘은 무엇일까요. 그해 10월 스웨덴 한림원 보도자료에 기술된 선정 이유를 살펴보면 다음과 같은 문장이 발견됩니다. "주제 사라마구의 소설에 담긴 상상력, 연민, 아이러니로 뒷받침되는 비유를 통해 우리는 계속해서 알 수 없는 현실을 다시 한번 깨닫게 됩니다." 여기에서 가장 눈여겨봐야 할 단어는 아마 '연민'일 겁니다. 죄의 굴레 속에서, 인간은 십자가에 매달려 인류의 죄를 대속한 예수 앞에 무릎 꿇고 죄책감을 실토합니다. 그런데 주제 사라마구는 저 십자가를 바라보면서, 인간이 느껴야 하는 원죄의 죄책감을 바로 그 십자가에 매달렸던 예수에게 고스란히 '돌려주는' 충격적인 방식을 사용했습니다. 좀더 깊이 들어가볼까요.

우리가 알기로 인간의 원죄는 인류의 조상 아담(에덴의 인간)에게서 왔습니다. 『예수복음』에서 원죄는 예수의 아버지 요셉(나사렛의 인간)에게서 옵니다. ‘원죄를 느끼는 인간’ 대신 ‘원죄를 느끼는 예수’라는 상상력을 덧댄 것이지요. 기독교인들은 사실 얼굴도 모르는 아담의 죄가 자신에게 ‘상속’되었다고 생각하며, 원죄로부터의 해방과 영혼의 구원을 위해 예수가 흘린 피에 고개를 숙입니다. 그런데 사라마구는 인간의 원죄라는 오래된 종교적 세계관을 ‘예수의 원죄’로 치환합니다.

사라마구는 이윽고 십자가 위 예수의 입을 빌려 이렇게 외칩니다. “인간들이여, 하나님을 용서하라. 하나님은 자신이 한 짓을 알지 못한다.”549쪽 이는 ‘예수께서 이르시되 아버지여 저들을 사하여주옵소서. 자기들이 하는 것을 알지 못함이니이다’라는 「누가복음」 23장 34절을 신에게 똑같이 ‘되갚아주는’ 문장이지요. 이 문장을 그대로 받아들인다면 『예수복음』은 그야말로 최악의 종교 모독 서적일 겁니다. 반면 인간의 불행에 대한 비명으로 새겨듣는다면 『예수복음』은 인류를 대표해 신에게 종교의 모순과 인간 고통의 원인을 묻고자 하는 눈물의 서書로 기억될 수 있습니다.

『예수복음』이 신약성경을 비튼 소설인 반면, 사라마구의 『카인』은 구약성경을 패러디한 소설입니다. 카인은 구약성경에 기록된 인류 최초의 악인입니다. 카인은 신이 자신보다 동생 아벨을 더 사랑한다고 믿었기에 동생을 나귀 턱뼈로 내리쳐 죽인 최초의 살인자라고 성경은 기록합니다. 『카인』에서 사라마구는 주인공 카인이 자신의 살인을 추궁하는 신과 벌이는 논쟁을 묘사하는데, 이때 카인은 인간과 신의 ‘공동 책임’을 주장합니다. “너는 선과 악

사이에서 선택을 할 수 있었지만 악을 택했다"는 하나님의 주장에 카인은 "주[하나님] 때문에 저지르는 인간 범죄에 대해 주도 책임을 져야 한다. 인간의 악행에 진짜 책임을 져야 하는 것은 신이다"라는 논리로 맞섭니다. 카인의 질문은, 유신론자와 무신론자를 막론하고 신이라는 절대자를 생각하면서 인간이 품었던 의문의 총합이지 않을까요. 신과 인간의 관계 속에서 죄란 무엇인지, 신의 의지에 반하는 행동에서 선악은 어떻게 가려져야 하는지를 고민하게 만드는 작품이기 때문입니다. 결국 『예수복음』이든 『카인』이든 사라마구의 종교 소설은 다음의 질문으로 귀결됩니다.

'바람직한 종교란 무엇인가?'

참된 종교란 자기 종교의 완전무결함을 주장하지 않고 불완전성을 인정하는 마음 위에서 건립되는 것이라고 저는 생각합니다. 종교적 자기비판을 결코 용납하지 않는 종교보다는 교리의 불완전성과 미흡함을 수용하면서 그 자장 속에서 인간을 포용하는 것이 좋은 종교라고도 감히 생각해봅니다. 인류가 수천 년 동안 종교의 이름 뒤에서 희생됐던 연민까지 기억해야 하는 까닭은 바로 그 때문이겠지요. 사라마구의 작품은 바로 이 지점에서 위대한 성취를 이룹니다. 인간의 고통에의 연민, 그리고 신에게 묻고 싶었던 질문을 그가 대신 수행한 것이지요.

성경과 예수를 정면으로 패러디해 사회적 비판을 받았던 작가와 작품은 주제 사라마구의 『예수복음』이 처음은 아닙니다. 이 책의 다음 장에서 다루는 니코스 카잔차키스의 『최후의 유혹』, 이문열의 『사람의 아들』도 신약성경 속 예수의 삶을 패러디했고 각각의 크고 작은 논란을 겪었습니다. 파트리크 쥐스킨트의 『향수』에 등장하는 장 바티스트 그루누이도 '향香의 메시아'로서의 예수를 패러디한 작품으로 널리 알려져 있지요. 인간들이 끊임없이 만들어내는 이러한 이교주의적 상상력을 하나씩 감상하고 검토하고 있을 하나님(신)은 과연 저 아래 땅의 인간들이 정성스럽게 빚어내는 불온한 상상력에 분노하고 계실까요. 아니면 그와 반대로, 상실에 슬퍼하고 결핍에 절어 있는 인간의 고통을 바라보면서 창조주로서 연민의 시선을 보내고 계실까요.

저는 그분의 표정이 부디 후자이기를 바랍니다. 그래서일까요. 불현듯 이 시가 생각나는군요. 잠시 옮겨 적으며 이 위험한 글을 맺습니다.

> 나를 위하여 기뻐하는 자는 슬프고, 나를 위하여 슬퍼하는 자는 더욱 슬프다. 나는 내 이웃을 위하여 괴로워하지 않았고, 가난한 자의 별들을 바라보지 않았나니, 내 이름을 간절히 부르는 자들은 불행하고, 내 이름을 간절히 사랑하는 자들은 더욱 불행하다.
>
> — 정호승, 「서울의 예수」 제5연

"예수가 두 아내와 동침" 묘사, 죽어서도 용서받지 못했다

니코스 카잔차키스, 『최후의 유혹』

그리스 작가 니코스 카잔차키스의 장편소설 『최후의 유혹』은 수십 년간 거센 저항에 직면했던 작품입니다. 그리스 정교회 성직자들은 이 소설이 출간되기도 전에 교인들에게 읽기를 금지했고, 종교계 최고 지도부는 그때까지 자신을 기독교인이라고 말해왔던 작가를 파문하는 엄혹한 결정을 내리기도 했습니다. 훗날 이 소설이 세계적인 영화감독 마틴 스코세이지의 「그리스도 최후의 유혹」(1988)으로 제작되어 전 세계 영화관에서 상영되었을 때 이단성 논쟁은 걷잡을 수 없이 번졌습니다. 격분한 관객들은 영화를 상영하던 극장에 불까지 질렀고 이날 화재로 관객 13명이 큰 화상을 입기도 했습니다. 이단 논쟁의 중심에 선 카잔차키스는 『그리스인 조르바』로 명성을 떨친 세계적인 작가입니다. 하지만 그의 대표작은 『최후의 유혹』이라고 해도 과언이 아닐 것입니다.

카잔차키스는 사망 이후에도 성직자들에게서 용서받지 못했습니다. 소설에서 예수가 받았던 '최후의 유혹'을 카잔차키스가 어떻게 묘사했기에 그는 거대한 미움을 샀던 걸까요. 종교에 대한 의문을 끈질기게 이어나가 불붙은 상상력으로 전개한 『최후의 유혹』 속으로 들어가봅니다.

줄거리는 이렇습니다. 약 2000년 전 유대인들은 로마의 압제와 착취를 끝내줄 메시아를 갈구했습니다. 로마군은 십자가에 유대인들을 매달아 죽였고 골고다 언덕에는 시체 썩는 냄새가 가득했습니다. 나사렛에 살던 가난한 목수 예수는 신(하나님)의 계시를 받습니다. 예수가 생존을 구걸하는 사람들을 위한 단 한 명의 구원자가 되리라는 영성의 메시지였습니다. 그러나 예수는 신이 자신에게 보낸 환상에 동의하지 않습니다. 보잘것없는 자신이 결코 신이 보내신 메시아일 리가 없다는 강한 부정이었습니다. 그럼에도 예수는 끝없이 들려오는 내면의 목소리 때문에 정신적으로 고통을 받습니다. 참다못해 유대의 광야로 떠나 번민하고 그곳에서 마침내 신의 사자와 대면합니다. 이후 자신이 짊어져야 할 세상의 짐을 받아들이기로 하지요. 예수는 예루살렘에 돌아와 그분의 말씀을 전하고 결국 십자가형을 선고받습니다.

여기까지만 읽으면 성경에 적힌 말씀과 소설 속 예수의 생애는 별로 다를 게 없습니다. 『최후의 유혹』은 예수가 십자가 위에 올라간 순간부터 작가의 도발적인 상상으로 가득해집니다. 마치 지옥문이 열린 것처럼 이단적 사유로 빽빽합니다.

십자가 형벌의 극심한 고통 때문에 기절했던 예수가 눈을 뜹니다. 이때 발아래 어린 천사가 조용히 앉아 기다리고 있었습니다. 천사를 본 예수는 자신이 정말로 죽은 것인지, 아니면 아직 살아 있는 것인지 몰라 잠시 혼란스러워합니다. 천사가 예수에게 이렇게 말합니다. 신께서 당신(예수)을 불쌍히 여겨 십자가 처형을 면해주셨으며 이제 인간으로서의 평범한 삶을 허락하셨다고 말이지요. 복된 소식을 들은 예수는 신께 감사를 드립니다. 예수와 천사는 울부짖는 유대인들 사이로 마치 유령이 된 듯 빠져나옵니다. 메시아의 십자가에서 내려와 보통 사람의 인생을 허락받은 예수에게 '첫 번째 선물'이 주어집니다. 한때 예수가 간절히 사랑했던 연인 막달라 마리아와의 혼인이었습니다. 막달라 마리아는 예수가 세 살 무렵부터 알고 지낸 여성으로, 유년 시절 이후 예수의 첫사랑이었습니다. 예수는 레몬꽃을 머리에 단 막달라 마리아와 가정을 이루고 벅찬 전율과 감동 속에서 살아갑니다. 자신이 한때 메시아로 지목되었다는 사실은 이제 예수와 천사, 막달라 마리아만 공유하는 비밀로 남았습니다.

예수와 마리아의 신혼생활이 며칠 지나지 않았을 무렵, 마리아가 알 수 없는 이유로 사망합니다. 사랑했던 아내와의 혼인이 사별로 귀결되자 예수는 넋 나간 표정을 지으며 절망합니다. 신이 자신에게 이런 고통을 준 이유가 무엇인지 알 수 없었지요. 그러나 예수에게는 신의 '두 번째 선물'이 기다리고 있었습니다. 천사는 슬퍼하는 예수를 라자로의 집으로 데려갑니다. 과거 공생애 시절의 예수는 죽은 지 나흘이나 지난 라자로의 시체에 숨을 불어넣어 소생시킨 적이 있었지요. 예수와 재회한 라자로의 두 여동생 마리아(막달라 마리아와는 다른 마리아)와 마르타는 돌아온 예수를 극진한 마음으로 모십니다. 아내를 잃어 상심했던 예수에게 천사는 조심스레 재혼을 제안합니다. 신께서 데려가신 막달라 마리아를 이제는 잊고 평범한 삶을 재개하라는 뿌리치기 어려운 유혹이었습니다. 신의 아들에서 평범한 인간으로 돌아간 예수는 천사의 제안을 수락합니다. 마리아, 마르타 자매와 동시에 한 가정을 꾸린 예수는 두 여인과 동침하면서 자녀들을 낳아 양육합니다. 아이들이 마당을 가득 채울 정도로 많았습니다. 아이들의 존재는 예수에게 넘치는 기쁨이었습니다. 평범한 인간으로서의 모든 것이 예수의 삶에 허락되었습니다. 사랑하는 두 아내가 예수를 따스하게 위로했고 건강하게 자란 아이들은 오래전 예수가 십자가에서 느꼈던 고통을 말끔히 잊도록 이끌었습니다. 메시아로서의 예수는 세상에서 사라졌고 오직 사람으로서의 예수만 남았습니다. 예수는 지상의 현실세계에서 극도의 만족감을 느낍니다.

"배신자 예수여, 당신은 오래전에 죽었어야 했소"

시간이 흐르면서, 예수가 십자가에 못 박혀 사망한 것은 틀림없는 사실이며, 그러나 그가 죽음에서 부활했다는 소문이 돌기 시작합니다. 이 소문을 들은 예수는 참담한 심정이 됩니다. 자신은 사망한 일이 없고 소생한 적도 없으니까요. 그는 천사의 안내를 받아 십자가에서 내려와 평범한 삶을 사는 한 명의 가장일 뿐이었습니다.

예수는 사도 바울이 '죽음과 부활, 그리고 이를 통한 구원과 대속代贖'이라는 거짓 소문을 퍼뜨렸다고 확신합니다. 예수는 자기 삶을 메시아로 둔갑시킨 바울을 찾아가 따져 묻습니다. '사기꾼 바울'이라고 삿대질하면서 자기 삶을 왜곡한 이유를 캐묻습니다. "내가 나사렛 예수인데, 나는 십자가에 매달린 적도 없고, 부활한 적도 없어요. 그런 거짓말이 어디 있습니까. 사기꾼!"735쪽 거짓말이 들통났지만 바울은 그 순간에도 예수 앞에서 당당합니다. 고통으로 가득한 세상 사람들에게 단 하나의 희망을 선물하기 위해서는 그대(예수)의 거짓 죽음과 가짜 부활이 필요했다고 바울은 항변하지요. 예수 부활의 서사에서 진실 여부는 바울의 관심 밖이며 오직 희망의 서사만이 중요할 뿐이라는 논리였습니다. "세상의 부패와 불의와 가난 속에서, 십자가에 못 박혔다가 부활한 예수는 정직한 인간, 핍박받던 사람들에게 소중한 위안이 되었어요. 알 게 뭔가요. 세상이 구원을 받는다면 그만이죠. 십자가에 매달렸느냐 안 매달렸느냐 따위에는 난 관심도 없습니다."737쪽 예수는 바울의 의지를 꺾을 수가 없습니다. 예수는 두 아내의 죽은 오빠인 '라자로'로 이름까지 바꾸고, 자신을 신으로 받드는 세상으로부터 스스로 격리되어 은둔자로 살아갑니다.

다시 오랜 시간이 흐르고, 예수는 흰머리가 성성한 노인이 되어 침대에 누워 있습니다. 생물학적인 죽음을 앞둔 시간, 옛 제자 12인이 '가짜 라자로'로 살아온 예수의 집을 방문합니다. 제자들은 한 명씩 돌아가면서 '옛 스승' 예수에게 욕설을 퍼붓습니다. 예수의 의무는 십자가 위에서 죽는 것인데도 죽음 직전에 도망쳤다는 점에 대한 제자들의 날카롭고 매서운 비판이 침상을 가득 채워 나갑니다. 특히 제자들은 평생을 곁에 머문 천사가 사탄임을 정말 몰랐던 것이냐면서 예수를 추궁합니다. 예수는 깨닫습니다. 자신이 매달린 십자가 앞에 앉아 있던 소녀의 정체는 천사가 아니라 사탄이었음을요. 그가 예수에게 건넨 유혹은 평범한 인간으로서의 삶이었던 것이지요. 그게 바로 이 소설의 제목인 '최후의 유혹'입니다. 예수는 눈물을 흘리며 옛 제자들에게 사죄합니다. 제자들은 끝내 예수를 외면합니다.

그런데 바로 그 순간, 예수가 눈을 뜹니다. 예수는 정신을 차려 주변을 돌아보면서 여전히 십자가에 매달려 있는 자신을 발견합니다. 막달라 마리아와 어머니, 그리고 제자들이 십자가에서 죽어가는 자신을 보며 눈물을 흘리고 있네요. 인간의 한가운데서 인간으로 살아왔던 시간이, 평범한 인간으로서의 삶이 전부 신이 예수에게 보여준 환영이었던 것입니다. 신이 예수에게 사탄을 보내 유혹의 결말을 파노라마처럼 펼쳤습니다. 평범한 인간으로서의 삶, 그것이 바로 예수가 받은 '진짜' 최후의 유혹이었습니다. 예수는 그제야 깨닫습니다. 이 죽음을 기꺼이 받아들이지 않을 이유가 없다고 말이지요. 자신의 의무는 십자가 위 육체의 죽음으로, 이제 그것을 관대하게 수용해야 할 때임을 완벽하게 깨닫습니다.

1953년 『최후의 유혹』이 발표되자 그리스 정교회 대주교와 신부들은 카잔차키스를 이단으로 몰아세웠습니다. 1954년 교황청은 『최후의 유혹』을 금서로 지정했습니다. 이듬해 아테네에서 열린 그리스 정교회 회의 참석자들은 카잔차키스의 모든 책을 금서로 지정해야 한다고도 주장했습니다. "도저히 있을 수 없는 신성모독의 저서"라는 이유였습니다. 카잔차키스는 소설의 결말에서 예수의 평범한 삶을 환영으로 그렸지만 '십자가에서 스스로 내려와 두 아내를 거느린 예수의 모습'이라는 불경스러운 묘사는 종교계에서 결코 용납되지 못한 것이지요. 카잔차키스는 『최후의 유혹』의 이단성 논란 때문에 사망 후에도 그리스 정교회의 박대를 받았습니다. 당시 대주교는 그의 시신이 그리스 본토에 안장되는 것을 거절했습니다. 우여곡절 끝에 카잔차키스의 고향인 크레타섬의 신부들이 그의 매장을 허용했습니다. 크레타섬에 위치한 카잔차키스의 묘소 사진을 보면 마른 통나무 두 개를 맞댄 나무 십자가가 처연해 보입니다.

1957년 카잔차키스가 사망하고 30여 년 뒤 마틴 스코세이지 감독이 「그리스도 최후의 유혹」을 제작합니다. 그리스에서 벌어졌던 『최후의 유혹』 이단 논쟁은 전 세계적 이단 논쟁으로 확산됩니다. 극단주의자들은 영화 상영을 금지할 테러 계획을 세웁니다. 결국 프랑스에서 일이 벌어졌습니다. 파리의 생미셸 극장 지하 1층 영화관에서 1988년 10월 23일 사제 폭탄이 터져 화재가 일어납니

크레타섬에 세워진 니코스 카잔차키스의 묘지. 나무를 엮어 만든 십자가 하나가 그의 내면을 말해주는 듯합니다.

다. 지금도 운영 중인 이 극장의 홈페이지를 보니 방화 테러로 영화관은 잿더미가 됐다고 하네요. 특히 영화 제작사 유니버셜의 모회사인 미국 MCA 앞에서는 수천 명의 교인이 피켓 시위를 이어갔습니다. 스코세이지 감독은 살해 위협까지 받아 한동안 경호원을 고용해야 했습니다.

카잔차키스는 왜 이런 위험한 소설을 쓴 걸까요. 그는 서문에 소설의 집필 의도를 다음과 같이 밝혔습니다.

> 지상에 화려하게 만발한 함정들을 극복한 승리, 사람들이 누리는 크고 작은 기쁨의 희생, 희생에서 희생을, 승리에서 승리를 거치며 순교의 정상인 십자가로 오르던 길…. 그리스도의 뒤를 따르려면 우리는 그리스도의 갈등을 깊이 이해하고, 그리스도의 고뇌를 다시 살아야 한다.9쪽

카잔차키스는 예수 그리스도가 한 명의 인간으로서 경험했을 진짜 고통은, 그분의 육체에 가해졌던 통증만이 아니라 바로 '평범한 인간의 삶'의 가능성을 박탈당한 바로 그 점이 아니었겠느냐는 근원적인 물음을 던지고 있습니다. 희생자 예수의 진짜 고통을 이해하기 위해서는 그분의 등과 허리와 허벅지와 종아리에 내리쳐졌던, 유리와 쇠구슬 박힌 채찍의 살갗 터지는 고통만이 아니라 모든 사람이 갈망하며 사는 지극히 평범한 삶, 가령 배우자와 함께 사랑하며 아이를 양육하는 바로 그런 삶을 소설적으로 가정하고 상상

해봐야 한다는 뜻이겠지요. 그렇다면 『최후의 유혹』은 예수가 매달린 십자가 위에 거짓된 환상을 보여준 뒤 독자가 '인간으로서의 예수'의 고뇌에 한 걸음 더 가까이 다가갈 가능성을 제시한 것이 아닐까요. 카잔차키스는 문학적인 형식으로 이 물음을 세상에 던졌는데, 세상은 '십자가에서 도망쳐 두 아내를 거느린 예수의 상을 묘사했다'며 금서로 지정한 것이지요.

한 가지 더 생각해볼 지점이 있습니다. 『최후의 유혹』에서 예수의 직업은 목수입니다. 목수였던 예수를 생각하면 우리는 그가 만들었을 목제품으로 탁자나 의자를 떠올립니다. 그런데 소설에서 예수가 톱과 손도끼와 대패와 나사로 제작하는 목제품은 그런 가구가 아니라 십자가입니다. '나무 십자가에 매달린 예수'가 아니라 '나무 십자가를 직접 만들어 로마 군인에게 납품하는 예수'입니다. 로마 군인들은 매일 유대인을 십자가에 매달아 처형하는데, 유대인이 죽을 십자가를 손으로 깎아 만들고 이를 골고다 언덕에 배달까지 하는 사람이 바로 예수로 그려집니다. 모든 목수가 유대인을 죽일 십자가 제작을 거절했지만 유독 예수만이 로마 군인에게 협조하는 것으로 카잔차키스는 서술하고 있습니다. 동네 사람들은 그런 예수를 배교자로 욕하고 침 뱉고 저주합니다. 작가는 왜 소설에서 예수를 '십자가를 만드는 목수'로 그렸던 걸까요. 정말 의미심장한 대목이지요. 책에서 이 부분에 대한 명쾌한 답은 나오지 않으므로 독자가 홀로 답을 찾아봐야 할 대목인 것만은 분명합니다. 아울러 예수의 제자 유다가 '유대인 공동체를 해방할 정치적 메시아'를 기다리는 반면, 예수는 '인류 전체의 종교적 구원을 위한 영적 메시아'를 자처하면서 발생하는 둘 사이의 소설 속 갈등도 흥미로운 논쟁거리입니다. 구원은 현실에 있을까요, 내세에 있을까요. 소설은 바로 그것을 묻고 있습니다.

니코스 카잔차키스의 작품이 무수한 철학적, 종교적 주제를 담아낼 수 있었던 동력은 방랑에 가까웠던 작가 자신의 삶과 번민, 그리고 신앙적 갈증에 있었을 것입니다. 카잔차키스는 니체와 불교에 빠져들었고, 결국 예수의 삶에 심취했습니다. 그는 유럽 내 구도자들이 결집하는 성지인 아토스산을 오르며 영혼 구원을 갈구했습니다. 구약 「출애굽기」의 무대인 시나이산 근처에 거주하기도 했지요. 그래서 그의 이름에 어른거리는 수사는 '20세기 문학의 구도자'입니다.

'선배 작가' 니코스 카잔차키스의 문학적 성취를 당대 후배 작가들은 모르지 않았습니다. 카잔차키스는 아홉 차례나 노벨문학상 후보에 올랐고 1957년 단 한 표 차이로 수상 기회를 놓쳤는데, 그해 수상자는 『페스트』와 『이방인』을 쓴 프랑스 소설가 알베르 카뮈였습니다. 카뮈는 수상 이후 "니코스 카잔차키스가 나보다 노벨상을 받을 이유가 수백 배 더 크다"고 말했습니다. 노벨상 수상은 동시대 최고의 작가임을 인정받는 일이지만 그걸 받지 못했다고 해서 동시대 최고의 작가가 아니라는 진실을 카잔차키스와 카뮈는 증거하고 있습니다. 노벨문학상은 인간이 처한 생래적 조건과 불안한 현실, 해결이 불가능해 보이는 모순을 고민한 선구자들이 받는 상입니다. 하지만 때로 이러한 합의는 빗나가며, 저는 가장 대표적인 사례가 카잔차키스라고 생각합니다. 신에게 더 다가가기 위하여 신을 모독했다는 평가를 받은 그는 유죄일까요, 무죄일까요. 크레타섬에 안치된 그의 묘비에는 이렇게 적혀 있다고 합니다. '나는 아무것도 바라지 않는다. 나는 아무것도 두렵지 않다. 나는 자유롭다.' 소설가이자 구도자로서의 카잔차키스의 삶 전체를 움켜쥐는 문장입니다.

니캅을 쓴 여학생들이 캠퍼스에 오기 시작했다

미셸 우엘벡, 『복종』

2015년 1월 7일 오전 11시 30분경 프랑스의 한 언론사에 테러리스트가 난입해 총을 난사했습니다. 주간지 『샤를리 에브도』 총격 테러 사건입니다. 21세기 세계사에서 가장 충격적인 참극 중 하나였습니다. 무장 괴한들은 "이슬람을 모독했다"며 언론인 12명을 사살했습니다. 대낮의 테러에 프랑스는 충격을 받았고, 반反이슬람 여론이 가마솥처럼 들끓었습니다. 그런데 그날 테러에서, 우리가 잘 기억하지 못하는 한 가지 사실이 있습니다. 테러가 일어난 날은 '이슬람 모독 소설'이라고 평가받는 『복종』의 출간일이었고, 이날 발행된 『샤를리 에브도』 1면과 2면의 주인공은 바로 이 소설을 집필한 미셸 우엘벡이었습니다. 이슬람 초강경 극단주의자의 테러 시작점에 놓인 정치소설 『복종』은 프랑스 사회에 보편화되는 이슬람교를 통해 종교와 인간을 이야기한 문제작입니다.

줄거리는 이렇습니다. 40대 남성 주인공 프랑수아는 파리3대학 조교수입니다. 그는 '교수진 만장일치의 축하'를 받으며 박사 논문 심사를 통과하고 바로 교수로 임용된 영민한 지식인입니다. 어느 날 프랑수아는 20대 애인 미리암에게 놀라운 이야기를 듣습니다. 미리암은 유대인이었는데 그녀의 부모가 이스라엘로 이민을 가려고 프랑스의 전 재산을 처분 중이라는 고백이었습니다. 사실 프랑수아가 보기에도 프랑스에서 곧 뭔가 일이 벌어질 것만 같았습니다. 파리는 현기증 날 정도로 빠르게 이슬람화를 경험하는 중이었습니다. 박하차와 사과향 물담배를 파는 이슬람식 카페가 개점했고 눈만 빼고 두상을 전부 가린 전통 복장인 니캅을 두른 여학생 그룹이 프랑수아의 강의실에 앉아 있었습니다. 아랍의 자본도 프랑스 대학사회에 홍수처럼 범람했습니다. 영국 옥스퍼드대학과 프랑스 소르본대학의 두바이 캠퍼스 설립도 논의됩니다. 오일머니는 프랑스 대학들을 통째로 집어삼킬 기세였습니다.

프랑수아가 TV 뉴스를 켜 보니, 차기 대통령 선거 상황은 최악을 예고하고 있었습니다. 여론조사 결과 극우파 국민전선 32퍼센트, 전통 우파 14퍼센트, 좌파 사회당 23퍼센트, 이슬람박애당 21퍼센트의 지지율을 기록했습니다. 프랑스는 대선 1차 투표에서 과반(50퍼센트)을 얻지 못하면 득표율 1, 2위가 결선투표를 치러 대통령을 선출합니다. 극우와 전통 우파가 둘로 쪼개진 상황에서 만에 하나 대선 1차 투표 결과 이슬람박애당이 사회당을 누르면 프랑스의 미래는 극우이거나 이슬람이었습니다. 프랑스의 무슬림 지도자 모하메드 벤 아베스는 중도적 행보를 보입니다. 그는 청년운동, 문화센터, 자선단체로 영역을 확장하면서 프랑스의 빈곤 해결을 정책 삼아 인기를 얻었습니다. 그런 분위기에서 치러진 1차 투표의 최종 결과는 이랬습니다. 극우파 국민전선 34.1퍼센트, 이슬람박애당 22.3퍼센트, 좌파 사회당 21.9퍼센트, 전통 우파 12.1퍼센트. 우려가 현실이 됐습니다. 거리에서는 비명이 들립니다. 극우파 국민전선과 이슬람박애당의 양자 대결만이 남았습니다. 이제 대통령 선거 레이스의 최대 관심사는 '중도 성향의 이슬람박애당과 좌파 사회당의 협상(단일화)'으로 모아집니다.

사실 단일화의 난제가 없지 않았습니다. 양당의 최대 갈등은 교육이었습니다. 첫째, 이슬람 교육(정교일치)과 공화국 교육(정교분리) 사이의 선택, 둘째, 남녀공학의 존속과 폐지, 셋째, 할랄 음식(무슬림 음식)의 도입 등이었습니다. 갈등 없이 단일화를 이루는 유일한 해결책은 두 시스템을 모두 허용하는 것이었지요. 공화국 교육을 받을지 이슬람 교육을 받을지를 국민의 선택에 맡기면 된다고 본 것입니다. 대권이 좌절된 좌파 사회당 입장에서는 당의 존립을 위해 별다른 선택의 여지도 없었습니다. 하지만 이슬람박애당의 계산은 전혀 달랐습니다. 이슬람 신설 학교에는 거액의 보조금을 뿌리면서 프랑스 전통 공립학교의 보조금을 감축하면 결국 프랑스 부모들이 "차라리 우리 아이를 이슬람 학교에 보내는 것이 낫겠다"고 판단하리라는 속내였습니다. 소설에 나오는 대선 레이스가 정말이지 매력적일 정도로 흥미로운데, 스포일러가 우려되어 자세히 옮기진 않겠습니다. 다만 대선 결과는 이야기해야겠지요. 예상하셨겠지만 이슬람박애당이 좌파와 중도 세력을 결집해 연대하면서 극우 정당 국민전선을 압도적인 표차로 눌러버리고 프랑스 역사상 초유의 완승을 거둡니다.

대학이 일부다처제를 권유하고, 교수와 여학생의 결혼을 주선하다

프랑스 최초의 무슬림 대통령이 당선된 이튿날, 겉보기에 세상은 달라진 게 없었습니다. 오히려 더 나아진 듯했습니다. 먼저 침체됐던 경기가 회복됩니다. 여성 노동 제한에 따른 실업률 감소, 아랍 석유 강국의 지원에 따른 프랑스 사회보장 예산 85퍼센트 감액 등 고용과 재정이 점차 안정됩니다. 서서히 시민들은 '오일머니의 마법'에 도취되고, 이슬람교가 무해하다고 느끼기 시작합니다. 주인공 프랑수아가 근무 중인 대학에도 변화가 일기 시작했습니다. 일단 파리3대학 정문 간판 옆에 이슬람의 상징인 '별과 초승달'이 붙여집니다. 학교 당국은 교수들에게 연봉의 3배 증액, 방 3개짜리 중대형 아파트 지급을 약속합니다. 단, 조건은(혹은 대가는) 이슬람교로의 개종이었습니다.

개종한 교수들에게는 더 놀라운 일이 기다리고 있었습니다. 대학은 무려 교수진의 일부다처제 정착을 위해 결혼을 주선해주기에 이릅니다. 프랑수아의 한 동료 교수는 두 번째 부인을 맞았습니다. 20대 여학생이었습니다. 대학 총장 르디에는 한술 더 뜹니다. 그는 앳된 10대 소녀와 함께 거주합니다. 총장은 프랑수아를 초대한 자리에서 이렇게 말합니다. "아이샤라고, 새로 들인 제 처입니다. 이제 막 열다섯 살이 되었죠."295쪽 총장의 원래 부인은 집안일을 담당하고, 두 번째 부인은 침대 위에서 남편과의 '다른 일'을 담당했습니다. 여성의 지위가 수직 낙하했습니다. 여성 의류점은 문을 닫았고 원피스와 미니스커트가 사라졌습니다. 아랍 청년들이 무슬림이 아닌 교수진을 폭행해도 경찰은 아무 일 없다는 듯 외면합니다. 프랑스 언론들까지 단체로 실어증에 걸렸습니다. 결국 프랑수아도 선택의 순간에 직면합니다. 무슬림이 되기만 하면 학자로서의 안락한 성공, 평생 누리지 못했을 막대한 부富, 그리고 여러 명의 아내가 법적으로 허락되니까요. 과연 프랑수아는 이슬람교로 개종할까요.

미셸 우엘벡은 왜 소설 『복종』을 썼을까요. 그가 이 작품을 쓰던 2014년 유럽은 이슬람 난민 처리 문제로 여론이 양분됐고, 이 논란은 현재진행형입니다. 우엘벡은 2000년대 초반부터 이슬람교의 부조리한 측면을 공개적으로 비판해왔습니다. 2001년 한 언론과의 소설 출간 인터뷰에서 "이슬람은 가장 멍청한 종교"라며 경멸감을 숨기지 않은 위험한 발언을 했다가 법정 소송까지 갔지요. 악명 높던 작가가 이슬람 정권이 들어선 미래의 프랑스를 우울하고도 위험하게 묘사했으니 그야말로 불편했던 감정에 휘발유를 부어버린 격이었습니다. 그 결과, 무슬림 초강경 극단주의자들은 결코 해서는 안 될 테러를 감행했습니다.

『샤를리 에브도』는 1969년에 창간된 풍자 전문 주간지입니다. 『샤를리 에브도』 1177호는 이날 일어난 비극적인 테러의 한 상징과도 같습니다. 테러 당일인 2015년 1월 7일자에는 파란색 고깔모자를 쓰고 담배를 손에 든 우엘벡의 대형 캐리커처가 그려져 있습니다. 『샤를리 에브도』는 미셸 우엘벡을 풍자하면서 그의 소설 『복종』에 실린 내용을 통해 이슬람까지 우회 비판한 것으로 해석됩니다. 이어서 13면에는 『복종』의 리뷰 기사도 실려 있었습니다. 우엘벡의 지인이자 파리8대학 교수 베르나르 마리스의 글이었지요. 1177호가 발행된 그날, 『샤를리 에브도』 회의실에 있던 베르나르 마리스도 총격으로 즉사합니다. 한국에도 책이 여러 권 번역 출간됐을 만큼 베르나르 마리스는 세계적인 학자였습니다. 이 주간지의 1177호가 워낙 역사적인 신문이 되다보니 현재 본판의 가격은 상상을 초월할 정도로 비쌉니다.

이제 소설 제목 '복종'에 담긴 의미를 살피는 일은 소설의 본뜻을 이해하는 필연적 과정일 것입니다. 약 370페이지에 달하는 『복종』 한국어판에서 (제 기억이 틀리지 않는다면) '복종'이라는 단어는 딱 한 번 등장합니다. 대학교수 프랑수아가 자신의 제자이자 애인인 여학생 미리암과 성교를 나누는 장면입니다. 사실 『복종』은 어지간한 포르노그래피나 야설은 대적할 수 없을 정도로 외설적입니다. 19금이 아니라 24금도 부족합니다. 이 때문에 해당

대목을 인용할 수는 없습니다만 저 장면에서 프랑수아는 애인 미리암에게 자신의 '성기'를 내맡기며 심적으로 "나는 (미리암에게) 복종했다"125쪽고 생각합니다.

이런 설정은 단지 소설적 재미만을 위한 장치가 아니라고 저는 생각합니다. 프랑수아가 미리암에게 성적으로 '복종'하듯이, 프랑수아는 이슬람 대통령 취임을 전후로 여러 의미에서 심리적인 복종을 강요받았기 때문입니다.

첫째, 남성적 성욕에서 기인하는 젊은 여체에의 복종(성애의 위계). 둘째, 지식인으로서 갖는 학계 시스템에의 복종(지성의 위계). 셋째, 무신론자였던 자신에게 주어지는 유일신에의 복종(종교적 위계)입니다. 냉소적이고 당당했던 무신론자 지식인인 프랑수아도 성性과 학문과 종교 앞에서는 '복종'을 고민하게 되는 것이지요. 이때 우엘벡이 프랑수아를 통해 설정한 복종은 '굴종이나 항복'이 아닙니다. 인간은 무언가에 복종하고 자신을 온전히 내맡길 때 오히려 평온해집니다. 광신도들이 대개 비슷한 표정을 짓고 있는 것처럼요. 그렇다고 저 평온한 얼굴이 과연 참된 자아냐 하면 그건 아닐 겁니다. 그것은 거짓된 '나'에 가깝겠지요. 결국 『복종』은 무언가에 복종함으로써 안주할 것인가, 혹은 저항함으로써 본래의 자기 자신으로 존재할 것인가라는 심오한 물음을 던집니다. 프랑수아는 복종할까요, 저항할까요.

JÉSUS A-t-il existé? P. 15 **HOUELLEBECQ** Sa conversion, par Bernard Maris P. 13 **LA GAUCHE ET LE FRIC** Honteuse et faux cul P. 8 **APPEL AUX DONS** On en a encore besoin! P. 3

CHARLIE HEBDO

JOURNAL IRRESPONSABLE

7 JANVIER 2015 / N° 1177 / 3€

LA VÉRITABLE HISTOIRE DU PETIT JÉSUS
HORS-SÉRIE, EN VENTE EN KIOSQUES

L 14057 - 1177 - F: 3,00 €

프랑스 풍자 전문 주간지 『샤를리 에브도』 1177호의 1면. 묘사된 남성이 작가 미셸 우엘벡입니다. 이 신문 발행 당일 총격 테러가 발생했습니다.

한국도 직면할 수 있는 『복종』 속 가상의 프랑스

『복종』은 동시에 현실적인 질문을 던지고 있습니다. 우엘벡은 특히 사상가 아널드 토인비에 기대어 "문명은 살해당하는 것이 아니라 '자살'하는 것이다"310쪽라는 사유를 이어갑니다. 이 견해에 따르면, 인류 문명사에서 가장 찬란한 문화를 꽃피웠던 프랑스는 무슬림을 수용함으로써 쇠락의 길로 접어들었습니다. 『복종』은 이를 프랑스 사회 전체의 '자살'로 언급합니다. 이슬람 난민을 받아들임으로써 프랑스 사회가 정체성의 혼돈을 겪기 시작했고, 그 혼돈 속에서 무슬림들은 점점 세력화되어 제도권 정치의 주역이 되어갔다는 것입니다. 지금 이 순간, 유럽 전체가 고민하고 있는 바로 그 주제입니다. 한국 역시 무관하지 않지요.

무슬림 난민 사태를 '국가 정체성의 훼손'을 이유로 외면해야 마땅할까요. 유럽권 반反난민 정서에 따른다면 난민 수용은 사회적 문제로 이어지고 있습니다. 그런데 과연 이것이 선택 가능한 문제일까요. 참 어렵습니다. 훌륭한 시민 정신과 관용으로 무사히 해결됐지만 여론이 둘로 쩍 갈라졌던, 우리나라의 2021년 아프가니스탄 난민 사태를 떠올려보면 미래 한국 사회와 『복종』 속 프랑스의 가상세계는 서로 무관하지 않을 것입니다. 『복종』은 바로 양자택일할 수 없는 문제, 그 첨예한 질문을 우리에게 던집니다. 따라서 이 소설은 그만큼 현재적인 작품입니다.

이슬람과의 갈등을 겪던 미셸 우엘벡과의 연락이 한때 두절

되자 유럽에서는 그가 납치 살해된 것이 아니냐는 소문이 돌았습니다. 하지만 그는 건강한 모습으로 돌아왔습니다. 이 해프닝을 영화로 만들어보자는 제안에 우엘벡은 직접 주연으로 출연했습니다. 그는 이처럼 냉소와 유머를 넘나드는 작가입니다.

흔히 우리는 소설과 현실이 물과 기름처럼 분리되어 있다고 여깁니다. 소설은 추상으로 나아가는 예술인 반면, 현실은 실상으로서 우리 곁에 머무니까요. 하지만 서점가 세계문학 책장을 가만히 들여다보면 현실에 가까운 소설, 아니 현실보다 더 현실 같은 소설이 적지 않습니다. 『복종』처럼 말이지요. 이들 작가가 쓴 책의 문장 한 줄에서 우리가 살아갈 미래의 초상이 발견될지도 모를 일입니다.

자비와 연민을 외치다가 목을 찔리다

나지브 마흐푸즈, 『우리 동네 아이들』

1994년 10월 이집트 카이로에서 83세의 노인이 한 청년이 휘두른 칼에 목을 찔립니다. 청년은 노인에게 이렇게 말했습니다. "당신은 배교자요!" 목숨은 건졌지만 신경 일부가 손상된 노인은 죽을 때까지 오른손을 제대로 쓰지 못했습니다. 이것은 단순한 강도 사건이 아니었습니다. 봉변을 당한 노인은 1988년 노벨문학상 수상 작가 나지브 마흐푸즈였습니다. 이슬람 극단주의자 테러리스트가 노벨문학상 작가를 노려 범행을 저지른 것이었습니다. 청년은 왜 그에게 '배교자' 운운했고, 어떤 악감정으로 노작가를 찾아갔을까요. 테러 사건의 시작점이었던 마흐푸즈의 장편소설 『우리 동네 아이들』을 여행합니다. 한국에서는 『게벨라위(자발라위)의 아이들』로도 출간된 적이 있습니다.

우선 제목만 보면 마치 순수한 동화 같은 첫인상을 풍깁니다.

그러나 『우리 동네 아이들』은 그런 책이 아닙니다. 종교소설이 대개 그렇듯이, 논쟁적이고도 위협적인 작품입니다. 유대교의 모세오경, 기독교의 사복음서, 이슬람교의 코란을 비틀어 현대적으로 재해석했기 때문입니다. 소설 속 중심인물은 자발라위라는 남성입니다. 자발라위는 허허벌판 황무지였던 땅을 혼자 힘으로 개간했습니다. 자발라위에게는 두 가지 소문이 뒤따랐는데, 하나는 그가 '깡패'이자 '독재자' 같은 성격이라는 설이고 다른 하나는 그가 자손을 지극히 사랑하는 할아버지라는 평이었습니다. 자발라위는 자신이 일궈낸 부동산을 후손에게 맡기고 대저택 안에 은둔하는 절대자였습니다. 10개의 상속 조건만 지키면 그의 부동산을 유산으로 물려받을 수 있었지요. 자발라위는 얼굴을 잘 드러내지 않았지만 모두가 그의 권능을 두려워했고 그의 힘을 추앙했습니다.

어느 날 자발라위가 막내아들 아드함에게 재산 관리의 전권을 맡깁니다. 이에 다른 아들들이 반발합니다. 맏아들 이드리스는 아버지가 혼자 내린 결정에 반감을 품고 조목조목 따지다 자발라위의 명으로 대저택에서 쫓겨납니다. 아버지의 뜻에 순응한 아드함은 부동산 임대료를 걷는 소임을 다합니다. 하지만 아드함의 평화로운 시절도 잠깐이었습니다. 그는 아내 우마이마의 꾐에 빠져 아버지가 써둔 유언장을 미리 엿봅니다. 자신들이 땅을 상속받을지에 대한 내용을 확인하고 싶었거든요. 하지만 아드함 부부의 행동이 발각되면서 아버지 자발라위는 진노합니다. 아드함 부부는 대저택에서 퇴출됩니다. 아드함은 죽는 날까지 아버지의 용서를 얻지 못했고, 평생 수레 끄는 노동을 감내해야 했습니다. 이쯤에서 눈치 채셨겠지요? 위 내용은 구약성경 「창세기」의 패러디입니다. 대저택의 주인 자발라위는 신神, 아드함은 아담, 아내 우마이마는 이브를 뜻합니다. 자발라위의 평화로운 대저택은 에덴동산, 아드함과 우마이마가 훔쳐본 유언장은 금단의 과실인 선악과, 이드리스는 사탄을 상징합니다. 소재와 설정 전체가 성서를 비튼 내용입니다.

『우리 동네 아이들』은 아담과 이브의 '에덴 추방'을 시작으로 유대교, 기독교, 이슬람교의 경전에서 거론된 인물의 삶을 재해석합니다. 아드함에 이어 몇몇 핵심 인물이 등장하는데 첫째, 구약성경 속 모세를 뜻하는 자발, 둘째, 신약성서 속 예수를 뜻하는 리파아 등의 이야기가 차례로 서술됩니다. 먼저 자발은 한 부잣집의 양아들이었습니다. 그러나 그는 자신이 인근 빈민층 마을 출신임을 잊지 않았습니다. 자발은 양아버지에게 요구합니다. 빈민층 마을 주민의 명예와 재산권을 보장해주고, 또 저들이 노예에서 벗어나 자유인으로 생활하게 해달라고 말이지요. 자발의 청은 거절당합니다. 결국 자발은 동네에 일부러 뱀이 창궐하게 만든 후 소탕해주는 대가로 '주민 해방'의 뜻을 이룹니다.

긴 시간이 흐르고, 세상은 다시 수탈자들의 세상이 됩니다. 이때 목수의 아들인 소년 리파아가 등장합니다. 리파아는 내면의 구원에 관심을 기울인 영특한 인물이었습니다.

리파아는 이런 말까지 하고 다닙니다. "재산과 부동산은 아무것도 아니며, 행복이 가장 중요하다. 우리 동네에 진실로 필요한 건 자비와 연민이다." 하지만 마을 지도자를 비판했던 리파아는 의심과 탄압을 받고, 결국 몽둥이로 가격당해 희생되고 맙니다. 리파아가 사망하자 그의 친구들은, 리파아가 생전에 부르짖던 사명을 세상에 '부활'시키는 일에 남은 생을 겁니다. 그 덕분에 죽은 리파아는 살아서는 꿈조차 꾸지 못한 후손들의 존경을 받습니다. 급기야 '아직 살아 있는' 자발라위가 리파아를 몹시 아껴 그의 시신을 대저택에 묻었다는 소문까지 돕니다. 짐작하시겠지요? 리파아는 예수 그리스도를 의미합니다. 자발라위를 시조始祖로 둔 저 동네는, 이제 자발 구역(모세의 신앙, 즉 유대교)과 리파아 구역(예수의 신앙, 즉 기독교)으로 양분됩니다. 유일신 야훼(하나님)를 두고 분열한 유대교와 기독교를 상징합니다. 자발과 리파아라는 두 존재는 현대의 대립적 세계의 원천을 뜻합니다. (혹시라도 천주교의 행방을 궁금해하실 수 있는데, 기독교는 예수 그리스도를 '메시아'로 규정하는 종교 모두를 통칭합니다. 기독교는 가톨릭, 개신교, 정교회를 아우르는 용어입니다.)

유대교, 기독교, 이슬람교를 한눈에 조감하는 걸작

자발과 리파아의 시대가 지나가고 시간이 흘러 또 한 명의 주요 인물이 나타납니다. 바로 이슬람교를 일으킨 창시자 무함마드를 상징하는 문제의 남성 까심입니다. 세월이 흘러도 대저택은 여전히 조용합니다. 까심이 사는 동네의 주민들은 불행합니다. 극빈층과 부랑자들이 모인 하층민 집결지였거든요. 그들은 자신들 역시 대저택의 주인 자발라위의 후손이라고 생각하지만 밥벌이는 고달픕니다. 더구나 자발 구역의 주민, 리파아 구역의 주민과 달리 까심 동네 주민들은 자발라위로부터 아무런 유산도 상속받지 못했습니다.

어느 날 까심은 자신이 자발라위를 모시고 있다고 주장하는 유령을 만납니다(무함마드와 천사 가브리엘의 만남을 은유). 까심은 유령의 말을 빌려 "동네 사람들 모두가 자발라위의 자녀이고, 자발라위의 재산은 우리 동네 사람들의 공동 재산"이라고 주장합니다. 까심은 자발(모세)과 달랐고, 리파아(예수)와도 달랐습니다. 까심은 아예 '몽둥이'를 들어야 한다고 주장하면서, 자신들을 통치하는 수탈자들을 전복시킬 전쟁을 일으킵니다. '승리의 날'에 모두가 공포의 시대에서 벗어날 것이라는 명분까지 까심은 더해갑니다. 무함마드가 마흔 살이었던 610년에 천사 가브리엘을 만나 신(알라)의 뜻을 접하고, 세를 불려 메카의 대상隊商을 습격하는 등의 역사적 사실이 『우리 동네 아이들』에서 변용되어 서술됩니다. 이렇듯 나지브 마흐푸즈의 소설은 자발라위와 그의 아들 아드함, 그리고 후손인 자발, 리파아, 까심 다섯 인물을 통해 유대교, 기독교, 이슬람교의 궤적을 압축적으로 한눈에 조감하도록 하는 걸작입니다.

그런데 무슬림은 왜 이 소설에 격분했을까요. 사실 유심히 읽어보면, 무슬림이 분노할 만한 은유와 상징이 소설에 일부 담긴 것은 부인할 수 없습니다. 까심이 살아가는 동네를 족보를 알 수 없는 부랑자 마을로 묘사한 데다, 마을을 통치하는 지도자들의 사악함을 꼬집었기 때문입니다. 문제는 내용이 아닌 형식이기도 했습니다. 무슬림 경전인 코란은 원문의 본뜻이 훼손될 우려 때문에 윤색이 사실상 불허됩니다. 코란은 문자 그대로, 그 자체로 암송의 대상인 신성한 책입니다. 그런데 아랍권인 이집트 출신 작가가 무함마드의 생애를 다시 썼으니 무슬림 입장에서는 받아들일 수 없었던 것이겠지요. 마흐푸즈를 찌른 청년의 입에서 "배교자"라는 말이 튀어나온 것은 그 때문이었습니다.

『우리 동네 아이들』이 독자를 처음 만난 것은 1959년이었습니다. 이집트 일간지 『알아흐람』에 연재될 때부터 "이슬람교에 위배되는 신성모독 소설"로 알려져 논란을 겪었습니다. 1962년 레바논에서 단행본으로 출간됐지만 이집트에는 반입이 불허되었습니다. 1988년 스웨덴 한림원이 마흐푸즈를 노벨문학상 수상자로 호명합니다. 아랍 작가의 수상은 1901년 제정된 노벨상 역사에서 최초였습니다. (그 이후로 단 한 명의 아랍권 수상자도 추가되지 않았으니, 123년 노벨문학상 역사에서 마흐푸즈만이 유일한 수상 작가입니다.) 상을 받고 6년 후 '금서의 작가' 나지브 마흐푸즈는 위에서 언급한 테러를 당합니다. 1959년에 쓴 책이 무려 반세기가 지나 그의 목을 찌르는 '잘 벼린 칼'이 되어 돌아온 것입니다. 이제 본질적인 질문이 불가피합니다.

과연 이 책은 이슬람교를 모독하는 소설이 맞을까요?

마흐푸즈는 이슬람을 혼돈에 빠뜨리고 창시자 무함마드를 욕되게 하기 위해 이 책을 쓴 걸까요. 이에 대한 답을 찾으려면 첫째, 마흐푸즈가 유대교와 기독교를 묘사한 부분을 살펴보고, 둘째, 1950년대에 이집트를 둘러쌌던 정치적 현실을 되새겨볼 필요가 있습니다.

우선 이 소설에는 유대인과 기독교인도 수용하기 힘든 내용이 상당 부분 있습니다. '민족 영웅' 자발(모세)이 선악의 경계에 선 인물로 그려졌고, 리파아(예수)는 악령을 쫓는 퇴마의식을 배워 사람들을 현혹하는 인물로 묘사됩니다. 무엇보다 리파아의 부활은 '육체'의 부활이 아니며, 그가 생전에 주장했던 '사명'의 부활이란 점도 기독교 교리에 어긋납니다. 아울러 마흐푸즈가 이 소설을 쓴 결정적 계기는 당대의 정치적 현실, 즉 1952년에 발생한 나세르 혁명에 있었습니다. 나세르 혁명이란 군부 출신 가말 압델 나세르(1918~1970)가 쿠데타를 일으켜 군주제와 신분제를 폐지하고 공화국을 성립시킨 사건입니다. 처음에 혁명의 당위성에 공감했던 나지브 마흐푸즈의 시선은, 점차 혁명의 지도자들이 드러내는 부정적 측면으로 향하기 시작했습니다. 이 혁명은 1950년대 후반에 이르러 초기의 정당성과 멀어지는 양상을 보였고 그 과정에서 구금, 투옥, 탄압 등이 있었다고 합니다.

『우리 동네 아이들』 제2권 해설에는 작가가 쿠웨이트 일간지 『알까바스』와 한 인터뷰 내용 일부가 수록됐는데, 여기에 이 소설을 집필한 본뜻이 담겨 있습니다. 그는 이 인터뷰에서 "1952년 혁명이 길을 잃기 시작한다고 느끼기 시작했다"360쪽는 소회를 밝혔습니다. 작가는 나세르 혁명을 일으킨 지도자들에게 폭력배의 길을 걷지 말 것을 이야기했다고 합니다. 성서에 나오는 선지자들은 인간이 걸어야 할 참된 길을 걸으라고 말했지만 그들은 선지자의 길 대신 폭압의 방식을 선택했으니까요. 마흐푸즈는 성서에 나온 선지자들의 일화를 소설에 삽입함으로써 그들이 걸어가야 할, 아니 걸어가야 했던 부단한 진보의 길을 물었습니다.

쉽게 말해서, 성서에 담긴 내용을 우화의 소재로 차용해 당대 권력자들에게 일침을 가하려 했던 작품이 『우리 동네 아이들』이었습니다.

인류 역사를 돌이켜보면 악랄한 수탈자에게 억압당하던 인물이 고통 끝에 혁명에 성공하면 위대한 지도자의 반열에 올랐습니다. 이런 그들도 시간이 지나면 대개 자신이 오래전에 몰아냈던 바로 그 수탈자의 얼굴이 되어 누군가를 억압하는 모순이 반복되곤 했습니다. 그러나 모세(자발), 예수(리파아), 무함마드(까심)는 권력에 도취되지 않았고, 끝내 초심을 지켜 위대한 초인으로 남았습니다. 따라서 『우리 동네 아이들』은 나세르 혁명에 성공한 군부 출신 지도자들에게 깡패 같은 지도자로 타락하지 말라는 경계심을 주려 했던 작품이었습니다. 작가의 간절한 바람에도 불구하고 책은 오독誤讀되었고, 작가는 이슬람교 전체를 부정했다는 혐의를 받았습니다. 그 결과 치명적인 테러 피해를 입었지요. 그런데 무슬림의 극단주의자 테러가 과거의 일일 뿐일까요. 이것은 현재진행형입니다. 살만 루슈디처럼 말이지요.

세계적인 소설 거장 살만 루슈디는 2022년 8월 뉴욕의 한 강연장에서 무슬림 극단주의자 테러리스트의 피습을 받아 한쪽 눈을 잃었습니다. 열다섯 차례나 찔렸지만 결국 살아났지요. 2023년 그는 한쪽 눈을 가린 안경을 착용하고 대중 앞에 모습을 드러냈습니다. 루슈디의 피습은 마흐푸즈의 피습처럼 '작품 논란에 따른 무슬림 극단주의자의 테러'라는 공통점을 가집니다. 루슈디의 금서로는 『악마의 시』가 유명하지요. 그는 피습 테러 사건 비망록 『칼: 살인미수 후의 명상*Knife: Meditations After an Attempted Murder*』을 출간할 예정이라고 합니다.

성경에 대한 최소한의 지식을 가진 분이라면 『우리 동네 아이들』을 읽는 재미가 매우 클 겁니다. 신이 허락한 '약속의 땅'을 자발라위의 부동산 임대사업으로 패러디한 점, 부동산을 임차하는 조건이 사람마다 다른데 상세한 계약 조건은 오직 임대인 자발라위 본인과 임차인 당사자만 안다는 점도 흥미로운 설정입니다. (간절한 성원의 성취와 그에 상응하는 조건은, 기도 중인 인간과 그 기도를 들어주실 신만이 공유하는 문제일 테니까요.)

그리고 이 책을 한번 손에 쥐었다면 부디 끝까지 완독해야 하는 이유가 또 있습니다. 바로 아드함, 자발, 리파아, 까심에 이어 '다섯 번째 인물'이 등장하기 때문입니다.

바로 소설 속 최후의 인물 아라파입니다. 아라파는 문제적 인간으로, 그는 자발라위의 대저택에 잠입합니다. 그가 이 공간에 침입한 목적은 선량했습니다. 자발라위가 가진 절대적인 힘의 원천과 그 비밀을 알게 된다면 동네 사람들이 더 즐겁고 더 풍요로운 삶을 영위할 수 있으리라는 간절한 바람 때문이었습니다. 그런데 아라파가 자발라위의 대저택에 들어가자, 놀랍게도 자발라위가 죽은 채 발견됩니다. 아라파는 '과학'을 상징합니다. 아라파가 대저택에서 탈취하려는 비밀은 신의 권위에 도전하려는 과학을 의미하지요. 인간이 신을 살해한 걸까요. 아니면 너무 노쇠한 신의 자연사일까요. 그런데 소설 속 표현처럼 정말로 신이 죽은 게 확실할까요. 자발(모세)의 한마디를 기억해봅니다. 대저택에 은둔하며 침묵하는 자발라위에게 후손 자발은 이렇게 외쳤습니다. "자발라위, 당신의 침묵이 길어지면 길어질수록 불의가 점점 더 지독해지는 것 같습니다. 언제까지 침묵하실 겁니까?" 제1권 201쪽

하나만 더. 나지브 마흐푸즈가 일러주는 한 가지 사실을 우리는 곱씹어볼 필요가 있습니다. 유대교의 야훼와 엘로힘, 기독교의 하느님과 하나님, 이슬람교의 알라 등 아브라함 계통에서 지칭하는 모든 신의 이름이, 실은 처음에는 서로 같았던, 단 하나의 공통된 유일신을 가리킨다는 사실 말입니다. 『우리 동네 아이들』은 이처럼 본래 하나였지만 지금은 너무나 다른 길을 걷는 인류가 다시 하나가 될 가능성, 그런 본질적 질문을 던지는 걸작입니다.

일주일 만에 쓴 소설로 30년째 망명 중

타슬리마 나스린, 『라자』

광신도 젊은이들이 들이닥칩니다. 폭력배는 말 한마디 없이 테이블, 의자, 텔레비전, 책장을 부수더니 여동생을 끌고 나갑니다. 여동생이 사라진 거리에는 어머니의 비명이 남았습니다. 타슬리마 나스린의 소설 『라자LAJJA』에 적힌 장면입니다. 이슬람교가 국교인 방글라데시에서 벌어진 '힌두교인 학살'을 고발한 가슴 아픈 금서로, 이 책에 담긴 비극은 모두 실화입니다. 타슬라마 나스린은 1994년부터 30년째 이슬람 정치 지도자들을 피해 망명 중이며, 검거되면 죽음을 면치 못합니다. 한국에는 번역되지 않은 책으로 작가 이름도 덜 알려졌지만 나스린은 '여자 살만 루슈디'로 불리기도 합니다. 이슬람의 종교적 판결인 파트와에 의해 사형 명령이 떨어진 논쟁적인 작가이기 때문입니다. 31세 때 쓴 소설로 예순이 넘도록 고국에 돌아가지 못하고 있습니다. 해외 배송으로 『라자』를 구해 숙독했습니다. 한 인간의 평생에 걸친 영혼의 도정과 같은, 매캐한 비극 속으로 빠져드는 기분이었습니다.

이 소설 속으로 진입하기 위해서는 두 가지 배경지식이 필요합니다. 전혀 어렵지 않으니 함께 따라가보시지요. 먼저, 인구 14억 명의 인도와 1억7000만 명의 방글라데시는 국제관계에서 앙숙 중의 앙숙입니다. 인도 인구의 절대다수가 힌두교도이고, 방글라데시 인구의 절대다수는 이슬람교도이기 때문입니다. 두 나라는 철조망으로 둘러싸인 국경을 맞대고 있습니다. 영토가 인접한 두 나라가 불화하는 것은 전 세계의 보편적 현상입니다. 두 나라는 지금도 관계가 아주 매끄럽지 못합니다. 1992년 12월 6일 오후 2시경 벌어진 역사적인 사건 때문입니다. 바로 이슬람 사원 '바브리 마스지드Babri Masjid' 철거 사건입니다.

본래 바브리 마스지드는 인도 북부 도시 아요디아에 건립된 이슬람 종교 시설이었습니다. 바브리 마스지드가 세워진 자리는 역사적으로 위상이 다소 특이했습니다. 힌두교인들이, 바브리 마스지드가 세워진 위치를 힌두교의 신神 람의 출생지라고 믿었기 때문입니다. 16세기 무굴제국 황제이자 무슬림인 바부르가 부하를 시켜 이 자리에 사원을 세웠고, 바브리 마스지드도 '바부르의 이슬람 사원'이라는 뜻입니다. 힌두교인들이 최고의 성지로 꼽는 자리에 500년 전 무슬림 황제가 이슬람 사원을 세운 것입니다. 악감정이 쌓인 힌두교 극단주의자들이 1992년 12월 6일 오후 몇 시간 만에 바브리 마스지드 돔 세 개를 완전히 파괴해버립니다. 이 장면은

CNN에 생중계될 정도로 충격적인 사건이었습니다. 힌두교와 이슬람교의 완전한 절연을 보여주는 현대사의 결정적 장면이었기 때문입니다. 인도 내 힌두교 광신도들이 바브리 마스지드를 파괴하자 인도 전역에서 폭동이 일어났습니다. 사태는 걷잡을 수 없을 만큼 커졌습니다. 인도 전역에서 2000명이 사망했습니다.

서론이 길었습니다만 첫째, 인도와 방글라데시가 앙숙이란 점, 둘째, 1992년 바브리 마스지드가 강제 철거됐다는 점, 이 두 가지만 우선 기억하시면 됩니다.

"당신의 여동생이 강물에 떠 있다는 말을 들었네"

타슬리마 나스린은 다큐멘터리 형식으로 쓴 『라자』에서 20대 남성 주인공 수란잔을 통해 그날 이후의 일들을 사유하기 시작합니다. 이슬람 종교 시설 바브리 마스지드가 철거되었다는 소식이 들려옵니다. 방글라데시 다카에 거주하는 수란잔을 비롯한 힌두교인들은 온 신경을 곤두세웁니다. 또 전쟁이었으니까요. 수란잔은 인도 아요디아의 바브리 마스지드에서 '난동'을 피운 힌두교 광신자들에게 분개합니다. 권총 한 자루만 주어진다면 세계 각지의 종교 광신자들을 전부 총으로 쏴버리고 싶을 정도였습니다. 그러나 지금은 혐오의 감정조차 사치였습니다. 국교가 이슬람교인 방글라데시에서 이슬람 극단주의자들이 폭력배로 둔갑할 태세였기 때문입니다.

인도 아요디아의 이슬람 모스크 '바브리 마스지드'가 철거되기 전의 모습. 1863년에서 1887년 사이에 촬영된 사진입니다. 힌두교인들은 이슬람 사원이 건립된 이 자리가 힌두교 신神 람의 출생지에 세워졌다고 주장했습니다. 악감정이 쌓인 힌두교인 중 극단주의자들은 1992년 12월 6일 바브리 마스지드 돔 세 개를 파괴했습니다.

수란잔은 다카에서 벌어진 약탈과 방화, 강간과 살인의 '인간 사냥' 풍경을 실시간으로 관찰합니다. 거리를 조심히 걸어가던 수란잔에게 한 무리의 소년들이 소리칩니다. "힌두교도다!" 수란잔은 그 소년들과 알던 사이였습니다. 노래를 가르쳤고 다치면 치료도 해주었지요. 그런데 소년들은 수란잔이 힌두교인이라는 이유로 위협했습니다. 이웃들이 광분한 폭도로 변했고 길거리의 서점이 불에 탔습니다. 발치에는 불에 탄 책이 놓여 있었습니다. 다카 전역을 장악한 악마가 수란잔 집 대문까지 노크합니다. 지금까지의 비극은 곧 벌어질 일에 비하면 아무것도 아니었습니다. 폭도들이 수란잔의 집으로 쫓아와서 그의 여동생 마야를 데려간 것입니다. 수란잔이 집을 비웠을 때 순식간에 벌어진 일이었습니다.

> 수란잔의 어머니 키론모이는 문으로 가서 누구냐고 물었다. 중얼거리는 대답이 들렸고, 키론모이는 문을 열었다. 순식간에 7명의 청년이 들이닥쳐 키론모이를 옆으로 밀쳤다. (…) 마야는 침대 기둥을 붙잡았지만 청년들은 잔인했다. 그들은 마야가 잡은 침대 기둥을 부서뜨린 다음 마야를 끌고 떠났다. 그녀의 어머니는 비명을 지르며 그들을 뒤쫓았다. 두 남자가 키론모이를 밀쳐냈다. 사라진 딸을 쫓아가는 것은 헛되고 헛된 일이었다. 집에 돌아온 수란잔은 바닥에 쓰러져 다리를 쭉 뻗었다. 토할 것 같은 느낌이 들었다. 지금쯤이면 그들이 동생 마야를 집단 성폭행했을 게 틀림없다고 수란잔은 생각했다.148~152쪽 발췌

수란잔의 아버지 수다모이, 어머니 키론모이의 처절한 비명이 집 안에 가득 찼습니다. 종교의 이름으로 자행되는 폭력의 민낯은 이토록 끔찍했습니다. 바브리 마스지드에서 일어난 극단주의자들의 폭력이, 옆 나라에 살던 한 가정의 소녀를 납치 강간하는 결과로 이어진 겁니다. 시간이 지나 수란잔에게 믿기 어려운 소식이 들려옵니다. "마야처럼 생긴 소녀가 다리 아래에 떠 있는 것을 보았다." 강물에 뜬 시체는 수란잔의 여동생 마야가 맞을까요.

놀랍게도 『라자』는 작가가 불과 7일 만에 쓴 책입니다. 1993년 2월에 출판된 뒤 나스린을 둘러싼 후폭풍은 대단했습니다. 소수자 박해, 종교적 불관용, 인간 악의 기록물이었던 이 책이 신성모독 논란까지 불러왔기 때문입니다. 고국 방글라데시에서 타슬리마 나스린은 금기어가 되었습니다. 방글라데시 정부는 5개월 만에 『라자』를 금서로 지정하고 회수하기로 결정합니다. 이미 6만 부가 판매된 후였지만요. 이 금서 조치는 그녀가 겪어야 했던 장기적인 불행의 아주 짧은 서막에 불과했습니다.

이슬람교에서는 그녀에 대한 파트와fatwa가 내려집니다. 파트와란 이슬람 법률에 따른 종교적 판결인데, '파트와가 내려졌다'고 함은 사형선고가 내려졌다는 뜻과 같습니다. 이슬람 근본주의자들이 그녀가 이슬람을 모독했다고 본 것이지요. 그녀의 목에는 '무제한의 거금'이 걸렸다고도 합니다. 나스린은 여권을 빼앗겼고, 그녀가 참가 중이던 도서박람회장에 종교 근본주의자들이 쳐들어와 모조리 부수는 일도 일어났습니다. 무슬림 공개 집회에서는 "종교적 감정을 상하게 했다"는 이유로 그녀의 교수형을 요구했고, 처형을 원하는 이들이 총파업까지 벌여 방글라데시 사회가 마비되는 사태까지 벌어집니다. 그러나 그녀는 굴하지 않았고, 망명생활 동안 수십 권의 작품을 써냈습니다. 모두 방글라데시에서는 금서였지만 말이지요.

나스린은 자신에게 파트와가 거듭 선언되자 숨어 살다가 결국 방글라데시를 떠납니다. 사실상 소리 없이 이뤄진 추방이자 타의에 의한 망명이었습니다. 스웨덴으로 망명했던 그녀는 미국으로 재망명했고, 조국으로 돌아가겠다며 방글라데시에 입국했다가 테러 단체의 표적이 되자 다시 프랑스로 떠나는 등 평탄하지 않은 시간을 겪었습니다. 종교 근본주의자들은 이렇게까지 협박했다고 합니다. "입국하면 산 채로 불태워버리겠다." 2010년 들어 그녀는 인도에 거주하는데, 다행히 인도 정부는 "나스린은 자신이 선택한 국가에 남을 권리가 있다"며 허가해줍니다. 2023년 그녀의 신작 시집 『내 정원의 불타는 장미들*Burning Roses in My Garden*』이 출간된 걸 보니 아직 생존해 있는 것으로 추정됩니다.

사실 타슬리마 나스린은 장교 출신의 산부인과 의사였습니다. 의학 학위MBBS를 취득하고 대학병원에 근무하면서 틈틈이 시를 쓰는 시인이었지요. 『라자』 출간 이후 나스린은 180도 다른 삶을 살게 됩니다. 그녀는 자신을 '작가, 인문주의자, 페미니스트, 의사'로 소개합니다. 힌두교 여성들이 처한 인권 침해에 대해 목소리를 내며 사회운동가로도 활동하고 있습니다.

여기서 하나의 물음이 불가피해집니다. 종교 근본주의는 성서와 경전의 무오주의無誤主義(절대 오류가 없음)를 추종하는 데서 오는 것은 아닐까요. 문구 하나하나를 그대로 받아들이는 모습은 세계 종교사에서 늘 반복되는 비극의 씨앗과 같았습니다. 힌두교 3대 경전이자 힌두교의 신약성경(구약성경은 『베다』)으로 불리는 『바가바드 기타』의 몇 문장을 읽어본 적이 있습니다. 서점에 수십 종의 번역 판본이 있어 독서가 어렵지 않습니다. 일부를 인용해봅니다.

> 바라타의 아들이여, 싸우거라. 육신을 입은 자아가 누군가를 죽이거나 혹은 누군가에 의해 죽임당할 수 있다고 생각하는 사람은 누구든지 잘못된 이해를 하고 있는 것이다. (…) 옷이 낡고 닳으면 그 옷을 벗고 새 옷을 입듯이, 육신을 입은 자아 또한 낡은 몸을 버리고 새로운 몸을 입는다. 자아는 불멸하여 도처에 흐르는 견고한 부동의 영원성이다. 태어나는 모든 것들의 죽음이 확실하듯이, 죽음을 알아버린 것의 탄생 또한 확실하다.

위 대목은, 왕위 계승을 위한 전쟁을 거부하는 아르주나에게 크리슈나가 참전參戰의 당위성을 설득하는 부분입니다. 아르주나는 힌두교 대서사시에 나오는 중심인물입니다. 아르주나는 왕위를 위해 전쟁을 하면 사촌을 죽이게 된다는 이유로 왕위를 포기한 뒤 산에 들어가 살았지만, 전차를 모는 마부였던 크리슈나에게서 '우주의 원리(불멸의 자아)'를 들은 뒤 전쟁에 참여합니다. 몸이 죽는다고 해도 자아(본래의 나이자 불멸의 자아, 즉 아트만)는 불멸하며, 인간의 몸은 윤회 과정을 거치는 껍데기이고, 진짜 아트만은 따로 있다는 논리였습니다. 윤회에 관한 한 불교와 대단히 유사하지요. 그런데 '아트만(인간의 본래 자아)'을 설명하기 위해 후대에 전해지는 저 문장을, 바로 오늘, "죽여도 죽인 게 아니고, 죽어도 죽는 게 아니니, 싸워서 죽이고 죽어라"라고 문자 그대로 받아들인다면 세상은 어떻게 될까요.

이슬람교를 둘러싼 종교 근본주의도 마찬가지가 아닐까 생각해봅니다. 무슬림의 절대 경전인 코란의 몇 문장은 "폭력을 정당화한다"고 오인되어 세상에 떠돕니다. 이는 무슬림의 극단적 혐오의 근원인데, 일부를 옮겨봅니다. 코란 9장 5절입니다.

> 그리고 금지된 달들이 지나갔을 때 너희가 우상 숭배자들을 보는 대로 죽이고 포로로 잡고 공격하라. 그리고 모든 매복 처소에서 엎드려 그들을 기다리라. 그러나 그들이 회개하고 기도를 준수하고 자카트[일종의 세금]를 지불할 때 그때는 그들을 자유롭게 풀어주라. 실로 하나님께서는 가장 관대하시고 자비로우시니라.

5절의 앞부분만 보면 마치 이슬람교를 믿지 않는 이들을 상대로 전쟁을 벌이라는 호전적인 문구 같습니다. 그러나 5절 뒷부분과 이어지는 6절을 읽어보면 분위기가 사뭇 다릅니다.

> 만약 우상 숭배자 가운데 어떤 자라도 너희로부터 보호를 구하거든 그를 보호하여 그가 하나님의 말씀을 들을 수 있도록 하라. 그리고 그를 안전한 그의 처소로 옮기라. 그것은 그들이 무지한 백성이기 때문이니라.

이슬람교도 충분히 관용의 종교인 것이지요. 그렇다면 문제는 경전이 아니라 이를 악용하거나 오독했던 인간 아닐까요. 다카에서 벌어진 학살처럼 말입니다. 경전을 문자 그대로만 받아들이면 근본주의 광신도가 출몰하기 마련이고, 그건 비非종교인이 종교와 신앙을 경멸하는 치명적인 근거가 되곤 합니다. 경전은 그 문구가 집필됐던 당대의 시대상과 역사적 현실을 반영하기 마련이니 시간이 흐름에 따라 재해석되어 받아들여져야 합니다. 그것이 경전을 대하는 바람직한 독법이라고 생각합니다. 따라서 힌두교인의 바브리 마스지드의 철거도, 무슬림들의 방글라데시 다카에서의 학살도 종교적 관점에서 비난받아 마땅합니다.

타슬리마 나스린은 저 당연한 사실을 지적했는데, 그녀는 삶의 많은 부분을 부정당해야 했습니다. 나스린이 유죄로 선고되는 세상에서는 어떤 종교적 화합도 불가능할 것입니다. 진정한 종교란 타종교에 대한 관용 위에서 세워지는 게 아니었던가요. 불화했던 타인과의 화해가 종교의 존재 이유 중 가장 큰 것이기도 할 테니까요. 그러나 그건 너무 멀고 먼 이상이 되어버렸습니다.

나의 죽음을 기쁘게 바라보는 이들로부터 나를 보호할 것

타슬리마 나스린은 힌두교와 이슬람교에 대해 동시에 비판적입니다. 그녀는 무신론자라고 전해지는데, 책에서 '무슬림의 폭력'을 다뤘다고 해서 힌두교의 바브리 마스지드 철거를 옹호했던 것도 아닙니다. 『라자』에서는 힌두교 광신도들의 폭력을 날선 문장으로 비판하기 때문입니다. 힌두교 옹호가 아니라 양비론, 나아가 인간이 종교의 이름으로 벌이는 광기를 고발한 것이지요. 종교적 이상과 정치적 사회의 관계에 대해 그녀는 성찰합니다. 책에서 나슬린은 "종교의 깃발을 휘날리는 것은, 인간은 물론이고 인간 정신을 무無로 만드는 쉬운 방법임이 항상 입증되어왔다"36쪽고 지적하고 있습니다.

제목인 'LAJJA(라자)'는 부끄러움 혹은 수치심을 뜻하는 힌디어라고 합니다. 나스린은 수란잔의 입을 통해 끊임없이 부끄러움과 수치심을 이야기했습니다. 인간이 인간의 이름으로 자행하는 폭력 전체가 부끄럽고 수치스러운 일임을 폭로합니다. 폭력 앞에서 두려움보다 부끄러움을 갖는다는 것, 이것이 이 소설이 이룬 성취입니다. 이슬람교가 '가장 싫어하는' 작가로 파트와가 내려진 뒤 실제로 한쪽 눈을 잃은 살만 루슈디는, 과거 타슬리마 나스린에게 보낸 공개서한에 이렇게 썼습니다. "당신이 죽는 것을 기쁘게 바라보는 사람들로부터 당신을 보호하라."

우리에게는 생소한 타슬리마 나스린을 기억해야 하는 이유는, 저 이름을 기억하는 것이 곧 종교인이든 비종교인이든 인간의 선량한 마음을 '보호'하는 일이기 때문일 것입니다. 기억하지 못한다면, 그것이야말로 부끄럽고 수치스러운 일이니까요. 악은 선의 반대말이 아니라, 어긋난 믿음이 종교를 잘못 이해하는 순간 잉태되는 하나의 가혹한 현실이라는 생각을 해봅니다. 종교적 이상과 우둔한 현실은 늘 불화합니다. 나스린은 그 사이를 문학으로 메우려 했던 중재자로 기억되어야 할까요. 원래 저 중재는 신이 맡았어야 했던 역할이란 생각이 뒤늦게 들지만 말입니다.

6부

저주가 덧씌워진 걸작들

Iris Chang

方方

閻連科

Nguyễn Thanh Việt

Ken Liu

Toni Morrison

Bret Easton Ellis

Chuck Palahniuk

Camilo José Cela

Владимир Владимирович Набоков

Milan Kundera

Bohumil Hrabal

이문열

Ray Douglas Bradbury

Ismail Kadare

Nelly Arcan

Philip Milton Roth

마광수

Henry Valentine Miller

George M. Johnson

José de Sousa Saramago

Νικος Καζαντζάκης

Michel Houellebecq

اشابلا دمحا ميهاربا زيزعلا دبع ظوفحم بيجن

তসলিমা নাসরিন

تیاده قداص

ואיניבר תירוד

Suzanna Arundhati Roy

Witold Marian Gombrowicz

George Orwell

다 읽는 순간, 자살하는 책

사데크 헤다야트, 『눈먼 부엉이』

여기, 저주받은 소설이 있습니다. 이란의 소설가 사데크 헤다야트의 『눈먼 부엉이』입니다. 이란에서는 읽을 수 없는 금서, 유럽과 미국에서는 걸작으로 평가받는 책입니다. 감히 '저주'라는 단어를 언급한 이유는 이 책에 덧씌워졌던 일련의 위험성 때문입니다. 이 책은 "다 읽는 순간 자살한다"는 소문까지 돌았습니다. 믿기 어렵지만 출간 당시 일부 독자는 목숨을 끊었다고 전해집니다. 『눈먼 부엉이』는 1937년 첫 출간된 뒤 86년여가 지난 현재까지 이란 내에서는 읽을 수 없습니다. 2005년 테헤란 국제도서전 '공식' 금서였고, 2006년에는 국가가 출판권을 몰수했습니다. 이란 정부의 탄압 이면에서 『눈먼 부엉이』는 1990년 노벨문학상 수상 작가 옥타비오 파스, 영국 BBC 등 전 세계 작가와 언론의 격찬을 받았습니다. 이란이 잉태한 20세기의 걸작을 소개합니다.

사데크 헤다야트는 1903년 테헤란 귀족 집안에서 태어났습니다. 그는 프랑스계 학교에서 교육을 받았고, 1925년 국비장학생 자격으로 벨기에로 떠나 수학했습니다. 공학도였던 헤다야트는 예술을, 특히 문학을 향한 욕망이 컸습니다. 그는 학업을 중단하고 귀국했는데, 이후 이란 국립은행에 근무하며 소설을 쓰는 이중생활을 이어갔습니다. 헤다야트가 살았던 시대의 이란은 팔라비 왕조가 이끄는 쿠데타 왕정 국가였습니다. 헤다야트는 예술가 모임을 결성하는 등 예술에 열정적이었지만 정부는 헤다야트의 작품을 검열했습니다. 고국에서 예술에 대한 갈망이 자꾸만 꺾인 그는 인도 뭄바이로 이주합니다. 그 무렵인 1937년 헤다야트는 복사본 형태로 제본한 소설 50부를 지인들에게 선물합니다. 그 작품이 바로 『눈먼 부엉이』입니다.

줄거리를 살펴볼까요. 이 작품은 무명無名의 예술가인 주인공 '나'의 일인칭 독백 소설입니다. 그는 필통에 그림을 그리며 생계를 유지하는 궁핍한 화가였습니다.

그가 그려넣는 그림은 언제나 같았습니다. 사이프러스 나무 한 그루 아래 터번을 착용한 곱사등이 노인이 앉아 있고, 검은 옷을 입은 소녀가 노인에게 꽃을 건네는 이미지였습니다. 주인공은 자신이 언제부터 이 그림을 그렸는지, 실제로 봤던 장면인지 아닌지 기억하지 못합니다. 어느 날 '나'는 포도주를 꺼내려다가 선반 위 벽에 뚫린 구멍으로 바깥세상을 보게 됩니다. 벽틈 너머에 사이프러스 나무, 곱사등이 노인, 꽃을 든 소녀가 보였습니다. 소녀가 실제로 존재한다는 것을 확인한 '나'는 소녀와의 만남을 갈망합니다. 놀랍게도 바로 그날 밤, 소녀가 '나'의 방 안에 들어오더니 침대에 누워버립니다. 소녀는 몽유병에 걸린 것만 같았습니다. 말을 걸어보려다가 자세히 보니, 소녀는 침대에 엎드려 누운 채 그대로 숨이 멎은 상태였습니다. 급기야 그 몸에서 부패의 징후가 나타나고 불행의 냄새가 방에 가득 찹니다. 겁에 질린 '나'는 소녀의 몸을 하나씩 절단해 대형 가방에 넣은 뒤 집을 나섭니다. (사실 이게 지금 꿈인지 현실인지, 주인공은 혼란스럽습니다.) '나'는 한 노인의 도움을 받아 소녀의 시체를 유기합니다. 다시 정신을 차리고 보니 '나'는 침대에 누워 있고, 자신이 오래전 '토막'을 냈다고 기억한 그 소녀가 시한부 환자인 '나'를 간호 중입니다. 의사는 '나'가 회복될 가망이 없자 고통을 줄여주려고 아편을 투약해준 상태였습니다. '나'가 방금 경험했던 토막 살해와 사체 유기는 거짓된 환상이었던 것이지요. 그런데 거울을 쳐다보니, 그곳에서 곱사등이 노인이 '나'를 바라보고 있네요. '나'는 자신이 누구인지도 제대로 모른 채 늙어 죽어가던 것이었습니다. (하지만 또 이것조차 아편에 찌들어 꾸는 꿈인지, 혹은 죽음을 앞둔 '나'의 현실인지 불분명합니다.) 바로 그때, 벽에 비친 부엉이 모양의 그림자가 주인공을 조용히 내려다보고 있었습니다. 기름 램프의 빛이 만들어낸, 눈동자 없는 부엉이 모양의 그림자(주인공 '나'의 그림자)였습니다.

마즈덱 태비 감독이 연출한 영화 「눈먼 부엉이」(2015)의 한 장면. 1936년 소설을 현대적으로 각색한 작품입니다. 마즈덱 태비 감독의 웹사이트에서 관람 가능합니다.

이 몽환적인 소설은 왜 금서였을까요. 사체 유기, 마약 투약, 불륜 묘사, 근친상간 등 선정적인 소재가 책 곳곳에 가득한 이유도 있겠고, 이슬람을 모독하는 듯한 부분도 논란을 일으킬 만합니다. 그러나 『눈먼 부엉이』가 금서로 낙인찍힌 진짜 이유는 이란의 정치적 상황에 대한 불온한 우화로 읽힐 가능성 때문이었으리라고 추정됩니다. 1921년 정권을 잡고 이란을 통치했던 레자 샤 팔라비(팔라비 왕조의 선대 왕)는 테헤란의 예술가들을 탄압합니다. 서구적 문학 작법으로 기술된 헤다야트의 책도 그중 하나였습니다. 『눈먼 부엉이』에서 필통 화가 '나'가 살아가는 닫힌 방은 왕정에 의해 억압받던 이란 시민의 내면 심리를 상징합니다. 몽유병 환자가 되어 방 안에서 죽어버린 소녀는 인간의 원초적 순수성의 상실과 결핍을, 망상과 현실 사이에서 혼란을 겪는 노인(주인공 '나')은 이란 전체에 내려앉은 정신적 혼돈을 은유합니다. 따라서 『눈먼 부엉이』는 단지 침대에 누워 죽음을 기다리는 나약한 정신분열적 사이코패스의 고백록만으로 해석되지 않을 가능성이 컸습니다.

하지만 『눈먼 부엉이』가 한때의 정치 현실을 고발하는 기능만 담당했다면, 금세 기억의 저편으로 사라졌을 것입니다. 이 책의 진짜 문학적 가치는 인간 존재의 부조리와 영혼의 본질적인 고통을 정면으로 들여다본다는 데 있습니다. 그래서인지 죽음과 삶에 대한 진지한 고민이 문장마다 가득합니다.

> 삶에는 마치 나병처럼 고독 속에서 서서히 영혼을 잠식하는 상처가 있다. 하지만 그 고통은 다른 누구와도 나눌 수 없다. 아직 인간은 그런 고통을 치유할 만한 수단을 갖고 있지 못하기 때문이다.7쪽

> 내 인생 전체를 포도처럼 짜서 그 즙을, 아니 그 포도주를, 성수와도 같은 그것을 한 방울 한 방울, 내 그림자의 메마른 목구멍 안으로 떨어뜨리고 싶다. (…) 한때 나였던 존재는 죽었다. 그것은 이미 부패가 진행 중인 몸에 불과하다. 나는 생이라는 포도를 짜내서, 그 즙을 한 숟가락 한 숟가락씩 떠서, 내 늙은 그림자의 메마른 목구멍 안으로 흘려 넣어야 한다.61쪽, 64쪽 발췌

병상에서 아편에 취해 꿈을 꾸듯이 죽음을 경험하는 '나'는, 부엉이 모습을 한 자신의 그림자에게 죄악과 불안을 고백합니다. 주인공이 현실과 환상 속에서 보게 되는 소녀는 삶에 대한 강한 욕망을 불러일으키는 존재입니다. 인간은 태어남과 동시에 죽어가기 시작하는 존재이므로 이 욕망은 결국 제거되기 마련이지요. 헤다야트는 '삶에 대한 욕망'과 '필연적인 죽음' 사이의 불일치 때문에 인간의 슬픔이 생겨난다고 봤습니다("이 세계는 텅 빈 슬픔의 집이었다"99쪽). 작가는 바로 그 지점을 소설로 진단했습니다. 그런 점에서 『눈먼 부엉이』는 이란의 정치 현실을 은유하는 한편, 동시에 인간 보편의 운명을 움켜쥐는 위대한 작품이라고 평가할 수 있을

것입니다.

좋은 문학이란 불안한 현실의 첨예한 모순을 빼어난 상징과 은유로 고발하면서, 동시에 소설 그 자체만으로도 인간의 숙명을 압축하는 글이 아니던가요. 한 시대를 작동시키는 정신의 심장을 차가운 메스로 도려내면서, 모든 시대의 살갗에 접촉하며 불에 덴 듯한 뜨거움을 주는 문학이야말로 참된 문학일 것입니다.

소설을 쓴 자도, 소설을 읽은 자도 죽었다

『눈먼 부엉이』에 얽힌 또 하나의 유명한 일화가 있습니다. 1978년생 테헤란 출신의 미국인 작가 포로치스타 하크푸르는 『눈먼 부엉이』 영문판에서 그녀 자신과 이 책의 긴 인연을 소개했습니다(구글에서도 전문 검색이 가능합니다). 하크푸르에 따르면, 그녀의 집 책장에는 『눈먼 부엉이』가 꽂혀 있었다고 합니다. 동화책 같은 느낌의 제목에 이끌린 소녀 하크푸르는 아버지에게 그 책을 읽게 해 달라고 졸랐습니다. 그러나 아버지는 딸에게 독서를 허락하지 않았습니다. 10대가 되어서도 마찬가지였습니다. "이란이 낳은 최고의 걸작이지만, 너무 위험한 책"이라는 게 이유였습니다. 아버지는 이렇게 말했습니다. "이 책은 출간 후 이란에서 너무 많은 자살을 야기했다. 그리고 꼭 알아야 한다면, 이 책의 저자 역시 자살했다." 시간이 흘러 성인이 된 하크푸르는 이 책을 탐독했고, 아버지

프랑스 파리 페르라셰즈 묘지에 위치한 사데크 헤다야트의 무덤. 묘비 좌측에 그려진 부엉이 한 마리가 인상적입니다.

가 『눈먼 부엉이』 독서를 막았던 오래전의 진의를 이해하게 되지요. 책의 위험성을 간파한 하크푸르는 이 칼럼의 마지막 줄에 이렇게 썼습니다. "독자 여러분, 이 책을 읽지 마십시오. 당신은 경고를 받았습니다."

이제 이런 질문이 불가피해집니다. 왜 작가들은 우울하고 음험한 소설을 쓰고, 독자들은 또 그런 소설에 매료되는 걸까요. 『눈먼 부엉이』는 어떻게 숱한 논란에도 불구하고 여전히 생명력을 유지했을까요.

『눈먼 부엉이』를 읽은 일부 독자의 우울증과 자살은 이 책에 담긴 문장들로 생生의 근원을 염탐했다는 좌절과 막막함 때문이었으리라고 저는 생각합니다. 그 결과 자기 삶에서 유의미성을 발견하지 못한 영혼들은 영영 삶을 포기한 것이겠지요. 물론 이 책도, 이 글도, 삶을 지양하고 죽음을 찬미하려는 것은 결코 아닙니다. 오히려 정반대입니다. 인생이란 살 만한 가치가 있으며, 세상에 주어진 모든 삶에는 섭리와 이유가 있다고 생각합니다. 문학적 죽음은 문학 바깥에서는 제한되어야 하며, 죽음을 다룬 문학은 삶의 깊이를 고민할 기회를 제공하는 선에서 그쳐야 합니다. 다만 삶의 이유가 모두에게 다르더라도, 우리가 제대로 된 삶을 살아내기 위해서는 삶으로부터 죽음을 격리하고 단절시키는 것이 아니라, 죽음을 좀더 삶 가까이에 두고 정확하게 통찰하면서, 삶의 유의미성을 발견해야 한다는 진리만큼은 영원히 불변할 것입니다.

따라서 『눈먼 부엉이』는 '죽음의 의미를 이해할 때 비로소 진정한 삶을 살아낼 수 있는 것'이라는 교훈을 주는 소설입니다. 『눈먼 부엉이』 속 '나'는 자신의 그림자 형상인 부엉이와 대화했습니다. 선반 위의 벽틈을 보는 것은 주인공 자신의 심연을 들여다보는 행위이기도 했지요. 우리는 이처럼 자기 자신의 심연을 응시하면서 삶의 의미를 고민하는 존재입니다. 자기 내면과의 대화 없이 삶은 완성되지 못합니다. 따지고 보면, 누구나 내면에 헤다야트의 부엉이 같은 '무엇'이 있지 않던가요. 『눈먼 부엉이』는 바로 이 질문에 대한 답을 찾도록 이끄는, 위험하고도 유의미한 작품입니다.

헤다야트 작품에 매료되어 한국에 출간됐던 그의 다른 작품을 모두 찾아 읽었습니다. 명지출판사가 출간했던 『사죄』는 현재 제 책장에 꽂혀 있고, 같은 출판사에서 나온 또 다른 소설 『세 방울의 피』는 출판사에 문의까지 했으나 한 권도 남아 있지 않았던 까닭에 구할 길이 없어 도서관에서 빌려 읽었습니다. 이 두 권은 오래전 절판됐습니다. 언젠가 '사데크 헤다야트 전집'이 한국에 출간되기를 소망해봅니다.

파리 페르라셰즈 묘지에는 사데크 헤다야트의 무덤이 자리하고 있습니다. 구글로 찾아본 그의 묘비 좌측에 그려진 부엉이 한 마리는 마치 여전히 우리를 내려다보는 것만 같습니다.

과거가 현재보다 중요하다는 것은 착각이다

도리트 라비니안, 『모든 강물』

2014년 5월 이스라엘에서 히브리어 소설 한 권이 발표됩니다. 여성 작가가 쓴 276쪽짜리 분량의 책이었습니다. 겉보기에는 흔한 사랑 이야기였습니다. 그런데 2년 뒤인 2016년 『뉴욕타임스』 『가디언』 등 유명 신문들이 이 소설을 둘러싼 논란을 대서특필합니다. 이스라엘 정부가 책을 금서로 지정했기 때문입니다. 이 책이 금서로 낙인 찍힌 사유는 "무슬림과의 결혼을 조장하는 책"이라는 것이었습니다. 9·11 테러 발생 후 1년이 지난 2002년 뉴욕을 배경으로 전직 군인이던 이스라엘 여성과 팔레스타인 남성의 운명을 다룬 소설입니다. 둘은 '정치' 때문에 이별하고, 끝내 죽어서야 재회합니다. 이스라엘 작가 도리트 라비니안의 장편소설 『모든 강물』에 대해 이야기 나누고자 합니다. 아직 한국엔 번역 출간되지 않았지만 2023년 10월 이스라엘-하마스 전쟁의 개전을 보며 해외 배송으로 구매해 읽은 이 책을 소개합니다.

역사적 사건은 침대 속에서도 배경 소음이 될 수 없다

때는 2002년, 두 명의 FBI 요원이 여성 주인공 리아트의 집을 방문하는 장면으로 소설은 시작됩니다. FBI는 리아트를 탐문합니다. 아랍인 외모의 리아트가 최근 뉴욕의 카페 아쿠아리움에 자주 모습을 보이자 누군가 그녀를 아무 이유 없이 신고한 것이지요. 당시만 해도 테러 우려와 공포 때문에 아랍인들은 FBI의 불심검문을 곧잘 받았다고 합니다. 하지만 리아트의 부모가 특이하게도 '이란 테헤란에서 태어난 유대인'이기에 이런 오해가 빚어졌습니다. FBI는 실수를 인정하고 자리를 뜹니다. 리아트는 히브리어 번역가였고 풀브라이트 장학생으로 대학원 석사과정을 마치고자 뉴욕에 장기간 체류 중이었습니다. 어느 날 리아트가 카페 아쿠아리움에 다시 갔던 날, 그녀는 테이블 반대편에 앉은 젊은 남성 힐미와 눈이 마주칩니다. 둘은 서로의 운명을 알아봅니다. 아름다운 외모, 둘은 첫눈에 반했습니다.

4년 전부터 브루클린에 거주한 힐미는 팔레스타인 출신의 주목받는 젊은 화가였습니다. 힐미는 뉴욕에서 개인전을 열 만큼 지명도가 높았습니다. 그는 비非무슬림이자 무신론자였습니다. 그는 "알라 외에 신은 없다"는 말을 '믿지 않는' 아버지 밑에서 성장했습니다. 힐미는 자신이 무경계의 예술가이길 희망했지요. 서로 적대국의 국민이었지만 유년 시절 살았던 공간이 그리 멀지 않았던 두 사람은 상대와의 대화에 집중합니다. 한때 마주쳤을지도 모르는 신기한 인연. 둘은 사랑에 빠지고 잠자리를 갖습니다. 9·11 테러 이후 정국은 혼란스러웠지만 두 사람에게 국적보다 중요한 것은 사랑이었습니다. 한 국가의 시민이기보다는 그저 한 명의 개인이길 바랐던 두 사람은 짧은 시간 동안 상대에게 몰입했습니다.

아무리 서로를 아끼는 연인이라 해도 두 사람의 국적이 만들어내는 '심리적 장벽'을 이겨내기란 쉽지 않았습니다. 상대의 과거가 연인 사이에 첫 번째 균열을 일으킵니다. 이제 널리 알려졌다시피 이스라엘 여성은 군대에 의무 복무를 합니다. 리아트도 이스라엘 방위군IDF 출신이었지요. 후방 사무직이었지만 군사 훈련은 받았습니다. 힐미는 리아트가 11년 전 군대 상관에게 선물 받은 히브리 성경(타나크)을 보고 흠칫 놀랍니다. 힐미는 10대 시절, 고향의 한 건물 벽면에 낙서를 했다가 무려 4개월간 수감된 경험이 있었습니다. 그 낙서라는 게 정치적 구호도 아니고 그냥 팔레스타인 깃발이었는데도 말이지요. 리아트가 이스라엘 출신이니 IDF에 복무하는 건 당연한 사실이었지만 막상 직접 접하니 당황스러웠습니다. 힐미는 이에 히브리 성경을 '팔레스타인 무장단체 하마스가 대원들에게 나눠주는 이슬람의 코란'과 비교합니다. 'IDF가 성경을 지급하는 것과 하마스가 코란을 주는 일은 근본적으로 동질적이겠구나'라는 의미였지요. 그 얘기를 들은 리아트는 어떻게 하마스와

IDF를 동등하게 바라볼 수 있느냐며 힐미의 말을 이해하지 못합니다. 팔레스타인 남성의 눈에는 이스라엘과 팔레스타인 간의 갈등이 '하마스와 IDF 간의 대립'이었지만, 전직 군인인 이스라엘 여성의 눈에 하마스는 그저 불법 무장단체였으니까요.

이어지는 둘의 작은 논쟁들. 힐미 역시 리아트의 삶을 전부 이해할 순 없었습니다. 힐미는 평생 바다를 본 게 세 번뿐이었는데 바다에 접근하려면 IDF의 허가를 받아야만 했기 때문입니다. 이와 반대로 리아트는 10대 시절 아랍 사람들 근처를 지나갈 때마다 테러범들에게 납치될까 두려워 손가락 사이에 바늘을 쥐고 다녔던 기억까지 끄집어냅니다. 둘은 그만큼 서로의 나라에 대한 적의가 깊었지요. 그러다 문득, 두 사람은 이러한 대화의 위험성을 감지합니다. 과거를 들추면 결국 이별이 불가피해지는데, 두 사람은 이미 사랑에 빠졌으니까요. 역사적 사건은 둘의 앞날에 펼쳐질 사랑 앞에서 그저 배경 소음에 가까웠습니다. 이제 두 사람은 과거에 대해 이야기하지 않기로 합의합니다. 과거보다 현재가, 현재보다 미래가 중요하니까요. 하지만 그건 둘만의 착각이었습니다.

리아트는 힐미 친구들의 식사에 초대됩니다. 거기에는 지납이라는 친구도 있었습니다. 지납은 영국인 소아과 의사와 결혼한 뒤 현재 사립학교에 근무 중인 여성이었습니다. 문제는 지납의 아버지가 과거 팔레스타인해방기구PLO 고위 멤버였고, 이스라엘 특공대에 의해 암살당한 인물이었다는 점입니다. 지납과 동료들의 눈에 IDF 출신의 리아트는 눈엣가시 같은 존재였습니다. 정치 얘기를 하지 않기로 했던 약속은 와인을 곁들인 소박한 식사가 진행되자 점점 깨지기 시작합니다. 테이블 위 대화는 격렬하게 변해갑니다. 『모든 강물』의 가장 흥미로운 부분은 뉴욕의 한 레스토랑에서 벌어진 첨예한 대화를 통해 팔레스타인의 입장과 이스라엘의 입장을 민낯 그대로 드러내는 이 지점입니다.

리아트는 지납을 포함한 팔레스타인 친구들에게 '두 국가의 공존'을 주장합니다.

> 팔레스타인 사람들은 자신들의 깃발과 정부 아래서 존엄하게 살아갈 자격이 있어. (…) 만약 우리 세대가 타협점에 도달하지 못한다면, 지금 우리가 명확한 국경에 동의하지 않는다면, 우리가 어떤 비참한 길을 가게 될지는 생각조차 하고 싶지 않아. 155쪽

하지만 테이블에 동석한 와심이란 남성은 이스라엘의 점령을 비판합니다.

> "리아트, 리아트, 너희 이스라엘 사람들은 깨어나 눈을 떠야만 해. 너희는 무슨 불경 외듯이 멍청하고 진부한 슬로건만 계속 외치고 있는데, 그건 실제로 수년간 불가능했어." 그[와심]는 씁쓸하고 자기만족적인 웃음을 지으며 말했다. "그런 일은 절대 일어나지 않을 거라고." 164쪽

한 중동 지역
건물 외벽에
그려진
팔레스타인
깃발 그래피티.

심지어 팔레스타인 인구가 이스라엘 인구를 초월하면 결국 이 전쟁은 팔레스타인의 승리로 끝나리라는 이상한 속내까지 나옵니다. '타협을 거부한 채 시간이 흐르면 팔레스타인의 모든 고통이 보상받으리라'는 계산이었습니다.

> 와심은 이쑤시개로 허공을 찌르며 당황하지 않고 계속했다. "이스라엘-아랍 인구의 출산율은 돌이킬 수 없는 또 다른 현실이지." (…) 그[와심]는 아랍의 출생률을 믿고 기다릴 것이다. 아마도 그의 역겨운 오만과 보복적 기질보다 이 암울한 미래에 대한 그의 비전, 그가 옳을지도 모른다는 나의 두려움이 나를 화나게 하고 반복적으로 그와 충돌하게 만들었다.166쪽

아랍인과 유대인 사이의 대화가 지칠 기색 없이 영원한 체스처럼 이어집니다. 양측은 서로가 국가에 의해 '세뇌당했다'고 생각합니다. 대화는 종잡을 수 없는 지경에 이릅니다. 리아트는 아랍 민족주의자인 지납과 와심에게 이렇게 외칩니다.

> "우리가 한 억압을 다른 억압으로 바꾸지 않겠다고 어떻게 약속할 수 있지?" 나[리아트]는 끈질기게 테이블을 두드렸다. "대부분의 무슬림 아랍인들 사이를 살아가는 민주적인 유대인 소수민족인 우리가 어떻게 홀로코스트 같은 재앙이 일어나지 않을 거라고 확신할 수 있단 말이지?167쪽

그날의 대화 이후 리아트와 힐미는 좁혀지지 않을 거리감을 느낍니다. 인종과 국적, 나아가 시대를 초월한 사랑을 꿈꾸는 일은 힘겨웠습니다. 그리고 시간이 흘러, 리아트는 아직 서른 살도 되지 않은 옛 연인 힐미가 해안가에서 익사 사고로 사망했다는 소식을 듣습니다. 힐미의 사랑은 이제 리아트의 기억에만 남았습니다.

"이건 소설이 아니다, 내가 겪었던 실제 사랑"

여기까지가 『모든 강물』의 줄거리입니다. 적대국의 두 남녀가 사랑에 빠졌다가 결국 하나가 되지 못하고 이별하는 내용이지요. 놀라운 사실은, 이 책이 그저 허구가 아니었다는 점입니다. 20대 시절의 뉴욕 체류, 진실되게 사랑했던 팔레스타인 남성, 친구들과의 격렬한 대화, 이별 후 연인의 익사 사고는 전부 작가 라비니안의 실제 경험이었습니다. 도리트 라비니안의 옛 연인은 하산 올라니(1974~2003)였습니다. 올라니의 생전 모습과 그의 작품은 외신에 전해지는데, 마치 샤갈을 떠올리게 하는 화풍이었습니다. 올라니는 2000년대 초반 뉴욕 미술계에서 촉망받던 예술가로 국제연합UN 건물에서 개인전을 열었다고 합니다. 이라크, 이집트, 요르단 등 중동 지역을 포함해 미국 휴스턴, 심지어 한국에서도 작품이 전시됐습니다. 소설 속 리아트는 작가 라비니안의 분신, 힐미는 올라니를 문학적으로 부활시킨 인물인 것이지요. 그런 점에서 『모든 강물』은 이제 세상에 없는 하산 올라니를 위한 작가 도리트 라비니안의 헌정의 서이기도 했습니다.

현대판 『로미오와 줄리엣』을 떠올리게 하는 이 소설은, 그러나 발표 이후 큰 논란을 일으켰습니다. 한 줄씩 뜯어보면 팔레스타인 사람들과 이스라엘 사람들의 '진짜 속마음'을 다루고 있기 때문입니다. 훗날 국방부 장관, 총리직을 역임하는 당시 이스라엘 교육부 장관 나프탈리 베네트는 "『모든 강물』이 감수성 예민한 이스라엘 청소년들에게 팔레스타인 이성과의 통혼通婚을 부추길 수 있다"고 경고하면서 이 책을 사실상 금서로 분류합니다. 이후 이스라엘 문학 강의에서 『모든 강물』은 원천 배제됩니다. 2014년 첫 출간 당시 이스라엘 신문 『하레츠』가 『모든 강물』을 '올해의 책'으로 선정했음에도 불구하고 말이지요.

그러나 금서 지정은 오히려 이 책의 세계적인 확산에 불을 지핍니다. 서점에서는 다시는 손에 넣지 못할까봐 이 책의 구매를 위해 줄을 섰습니다. 작가는 『타임』 기고를 통해 당시 겪었던 심정을 이렇게 토로했습니다. "나는 내가 사랑 이야기를 쓰는 것이 아니라 사랑에 대한 끈질긴 저항의 이야기를 쓰고 있다는 것을 최근에 깨달았다. 『모든 강물』의 실제 주제는 리아트로 대표되는 유대인 여성의 정체성이 아랍인 힐미의 정체성에 용해될 것이라는 두려움이다. (…) 이 책의 금서 논란 이후 제기된 수많은 목소리와 이상한 얼굴, 문자 메시지와 전화 통화, 알림, 게시물, 공유, 트윗 등 모든 것은 너무 터무니없고 기괴한 일들이다……."

당초 이 책의 제목은 '국경의 삶Border life'이었습니다. 유럽과 미국에서 영문판이 출간되면서 제목이 '모든 강물All the Rivers'로 바뀌었습니다. 이 책에는 물의 이미지가 지속적으로 나옵니다. 리아트와 힐미가 만났던 장소는 카페 아쿠아리움이었고, 힐미가 자유롭게 가지 못했던 가자지구의 바다도 언급됩니다. 제목에도 강이 언급됐습니다. 작가는 '물'을 통해 무엇을 은유하려 했던 걸까요. 작가 도리트 라비니안의 연인 하산 올라니는 2003년 지중해 자파 항구 근처에서 수영을 하다가 익사한 채로 발견됩니다. 그가 도착했던 최후의 바다는 '죽음'이었습니다. 그런데 그의 연인 라비니안이 쓴 소설 첫 부분에서 리아트는 힐미에게 말합니다. "너희 가자지구에는 바다가 있지 않느냐"고 말이지요. 리아트에게 힐미는 이렇게 말했습니다.

> "언젠가는 그곳이 모든 사람의 바다가 될 거야. 우리는 그곳에서 '함께 수영하는 법'을 배우게 되겠지." 26쪽

힐미의 바다, 하산 올라니의 바다는 얼마나 가깝고 또 멀까요. 아마도 라비니안은 옛 연인 올라니에게 소설 속에서 그 자유의 공간을 선물하고 싶었는지도 모르겠습니다. 힐미가 말했던 '모든 사람이 함께 수영하는 법을 알게 될 바다'는 국적이나 종교 또는 이념에 관계없이 모든 사람이 화합하는 평화의 공간을 의미한다고 저는 생각합니다. 세상의 모든 강물은 각자의 방향으로 흘러가지

만 바다라는 통합적 공간에서 뒤섞이며 합일을 이룹니다. 강은 서로 다른 물빛, 길이, 면적을 가졌지만 바다에서는 결국 하나의 뒤섞임을 경험하니까요. 결국 '언젠가는' 하나의 만남을 이룰 것임을 작가는 이야기하고 있습니다.

때로 우리는 국적이나 인종, 종교를 초극한 사랑을 높이 평가합니다. 그러나 리아트와 힐미는 그런 사랑에 도달할 수 없었습니다. 사랑하는 사이여도 둘의 관계에는 반드시 '과거'와 '타자'가 개입하기 때문입니다. 모든 걸 초극한 사랑의 가능성, 『모든 강물』은 바로 그 점을 묻습니다.

문학은 현실세계에서 아무런 힘이 없다고 하지요. '소설은 무용無用하다'고도 누군가는 이야기합니다. 하지만 포성과 비명이 느껴지는 팔레스타인 가자지구의 소식을 들으면서, 이런 소설을 읽는 것이야말로 어쩌면 가장 필요했던 일이 아닐까 생각해봅니다. 언젠가 한국에서도 이 책이 출간되길 기다려봅니다.

픽션은 더 깊은 진실이다

아룬다티 로이, 『작은 것들의 신』

한 남자가 자신의 한쪽 눈을 뽑아 손바닥에 놓고 이웃집 대문을 두드리기 시작합니다. 남자는 '하나 남은 눈'으로 울면서 용서를 빌고 "자신은 이 눈을 가질 자격이 없다"351쪽고 울부짖습니다. 진짜 눈알은 아니고 의안義眼이었습니다. 실명한 사람이 안구를 적출한 자리에 대신 넣는 가짜 눈이었지요. 문 앞에 선 남자는 이어서 말했습니다. 자기 아들은 괴물이라고. 귀댁에 죄를 저지른 아들을 반드시 내 손으로 죽일 테니 제발 용서해달라고. 인도 작가 아룬다티 로이의 장편소설 『작은 것들의 신』의 한 장면입니다. 이 남자는 왜 자신의 유리 눈알을 뽑아들고 참회의 감정과 살인 의지를 고백했던 걸까요. 아룬다티 로이는 처음 발표한 이 소설로 1997년 부커상을 수상했습니다. 그러나 『작은 것들의 신』은 법정 소송까지 갈 만큼 로이를 몰아세웠습니다. 인도의 금기시된 성性 문제를 다루면서 카스트제도의 불합리성을 폭로하고 '여성 포식자'로서의 남성을 비판한 이 소설의 내부로 들어가봅니다.

주인공은 이란성 쌍둥이 남매 라헬과 에스타입니다. 일곱 살 된 여동생 라헬과 오빠 에스타가 인도 남서부 마을 아예메넴의 한 장례식에 참석하는 장면으로 소설은 출발합니다. 그로부터 23년이 지났고, 성인이 된 라헬은 장례식이 열렸던 어린 시절과 현재를 오갑니다. 유년의 라헬과 에스타가 봤던 그날의 장례식장은 익사 사고로 죽은 아홉 살짜리 사촌 소피 몰의 빈소였습니다. 강가에서 보트를 타다 물살에 휩쓸린 몰은 이튿날 아침 강 하류에서 발견됐습니다. 사촌이 죽던 순간 라헬과 에스타도 그 자리에 있었기에 남매는 그가 어떻게 죽었는지를 누구보다 더 잘 알고 있습니다.

하지만 아이들에게는 침묵이 강요되었습니다. 라헬과 에스타, 소피 몰의 외고모할머니였던 83세의 베이비 코참마는 첫째 조카손녀의 장례를 앞두고 쌍둥이에게 이렇게 말합니다. 소피 몰의 죽음은 이미 일어난 일이므로 되돌이킬 수 없다고, 사실대로 말하면 너희 엄마 암무까지 감옥에 갈 거라는 협박조의 말이었지요. 평화로운 오후를 보내고자 보트를 타고 강에 놀러 갔던 세 아이의 비극은 외고모할머니의 지시에 따라 은폐됩니다. 이제 소피 몰의 마지막 모습은 베이비 코참마, 라헬과 에스타 남매 사이의 비밀이 되었습니다. 베이비 코참마는 왜 소피 몰의 최후를 함구하라고 지시했을까요.

이 소설을 이해하기 위해서는 먼저 이쯤에서 아예메넴에 사는 베이비 코참마 집안의 인물관계도를 면밀히 살펴봐야 합니다. 아예메넴 저택의 안주인 격인 대모大母 베이비 코참마는 이 집안의 중심인물입니다. 한때 그녀는 수녀였지만 지금은 종교에 얽매이지 않고 살아갑니다. 베이비 코참마의 올케이자 쌍둥이 아이들의 외할머니인 맘마치는 피클과 잼 통조림을 만드는 작은 회사 '파라다이스 피클&보존식품'의 경영주입니다. 맘마치의 남편이자 쌍둥이 남매의 외할아버지인 파파치는 영국 제국 출신의 곤충생물학자였습니다. 맘마치와 파파치는 두 자녀를 뒀는데 아들 차코와 딸 암무였습니다. 둘은 모두 이혼했습니다. 옥스퍼드대학을 졸업한 공산주의자 차코는 영국인 마거릿 코참마와 혼인했지만 이혼했고, 그 부부의 딸이 바로 소피 몰이었습니다. 소피 몰은 사촌 라헬보다 두 살 많은 언니였습니다. 베이비 코참마의 가족은 겉으로는 부족함도 과함도 없이 평범하지요. 하지만 삶이라는 게 어디 평범한 서사만으로 설계되고 구축되던가요. 베이비 코참마를 비롯해 이 집안의 어른들은 내면에 가득한 욕망의 함수로 인해 꼬일 대로 꼬인 상태였습니다. 행복을 꿈꾸며 심어진 욕망의 씨앗이 불가항력적인 불행으로 자라났다가 시들어버리길 반복했기 때문입니다.

첫째, 소피 몰의 태생부터 그리 일반적이지 않았습니다. 차코의 영국인 아내 마거릿은 아이를 임신한 상태로 다른 남성 조와 사랑에 빠졌습니다. 차코는 아내의 요청에 따라 이혼했습니다. 대모 베이비 코참마는 백인의 피가 섞이고 외모도 백인 같은 조카손녀 소피 몰을 좋아할 리 없었습니다.

둘째, 베이비 코참마는 주변 사람들의 불행을 숙주 삼아 자기 만족을 느끼는 조용한 악인이었습니다. 젊은 한때 그녀는 신부神父를 사랑한 나머지 그에게 다가가려 수녀가 됐는데 신부에게 가는 길은 멀고도 멀었고 결국 사랑은 이뤄지지 못했습니다. 마음 깊이 맺힌 감정 때문인지 베이비 코참마는 평생 순수함과는 거리를 둔 채 살았습니다. 교묘하게 타인들 사이를 이간질하고 그 동력으로 자기 삶을 이끌어나갔지요. 베이비 코참마는 조카인 암무와 그녀의 아이인 라헬이나 에스타도 못마땅한 시선으로 봤습니다. 암무는 정략결혼이 아닌 연애결혼을 했고 심지어 이혼까지 했으니, 그의 아이들도 좋지 않게 보였던 것이지요. 자기중심적 시선으로 세상을 보는 그녀의 눈에 라헬과 에스타는 '잡종'이었습니다.

셋째, 쌍둥이의 엄마이자 이혼녀인 암무가 아예메넴에서 사랑하는 사람은 따로 있었습니다. 벨루타란 남성이었습니다. 벨루타는 카스트제도 중 불가촉천민인 파라반 출신이었지요. 암무와 벨루타는 서로 사랑했습니다. 하지만 두 사람이 몸을 섞는다는 것은 집안사람들이 상상할 수도 없는 오욕이자 모독, 그리고 집안 전체의 불명예였지요. 파라반은 길거리도 마음대로 걸어다닐 수 없는 최하층민이었습니다. 윗사람과 말할 때는 '숨결이 오염되지 않도록' 입을 가려야 했고 발자국도 지우며 걸어야 했습니다. 브라만 계급이나 시리아 정교회 신자들이 파라반의 발자국을 밟으면 불결해진다고 생각했기 때문입니다. (이 글 서두에 나온, 의안을 들고 찾아왔던 남성은 바로 벨루타의 아버지 벨리아 파펜입니다. 자기 아들이 코참마 가문을 더럽혔으니 그 괴물을 자기 손으로 죽이겠다고 애써 다짐하는 상황이었지요.)

그러던 중 소피 몰과 엄마 마거릿 코참마(차코의 전처)가 아예메넴을 방문했습니다. 소피 몰의 생부인 차코는 딸을 몹시 아꼈고 마침 의붓아버지가 사망하면서 딸이 힘들어한다는 걸 알고 있었습니다. 친아빠를 만난 소피 몰은 사촌 라헬과 에스타와 함께 놀러 갔다가 물에 빠지는 사고를 당했고 이튿날 주검으로 발견됩니다. 문제는 여기서부터 시작됩니다. 조카딸이 죽었다는 소식이 전해지자 베이비 코참마는 슬퍼하기보다 이를 명예 회복의 기회로 삼습니다. 파라반 출신으로 자기 집안을 심각하게 더럽힌 벨루타를 처단하면서 조카 암무에게서 '불륜을 범한 이혼녀'라는 망신의 더께를 일거에 제거해 가문의 영예를 되찾을 수 있다고 생각한 것이지요. 모든 사건의 주범인 베이비 코참마가 짜맞춰 경찰에게 한 증언은 다음과 같았습니다.

(a) 파라반 출신의 천박한 벨루타가 내 조카 암무를 성폭행하려 했다.
(b) 벨루타가 내 조카손주들을 유괴했고 결국 그중 한 명인 소피 몰을 살해했다.

경찰이 들이닥치고 벨루타는 심한 구타를 당합니다. 갈비뼈가 나가고 윗니 여섯 개가 부러져 아랫입술에 박힐 정도로 크게 다쳤습니다. 경찰의 눈에 벨루타는 강간미수범에 살인 용의자인 악질이었으니까요. 천박한 파라반에게 정식 재판은 중요하지 않았고 오직 베이비 코참마의 계략에 지역 경찰은 설득됩니다. 경찰은 경찰봉으로 벨루타의 성기를 툭툭 치면서 말합니다. "얼마나 커지는지 한번 보자." 424쪽

하지만 라헬과 에스타는 알고 있었습니다. 벨루타는 자신들을 납치하지 않았으며 소피 몰이 누군가에게 살해당하지 않았다는 사실을 말이지요. 외고모할머니 베이비 코참마는 사건을 끼워 맞췄지만 대모 앞에 선 아이들은 자신들이 본 사실을 말할 수 없습니다. 『작은 것들의 신』은 이처럼 평범한 약자들이 눈앞에서 겪은 공동의 비극을 전시함으로써 인도 사회의 전근대성과 집단적 야만성, 그리고 사회적으로 금기시됐던 계층 초월의 자유로운 사랑의 가능성을 모색합니다.

고국이 만든 유리구두에 발이 맞지 않으면

1961년생 아룬다티 로이는 1992년 『작은 것들의 신』을 집필하기 시작해 4년 만에 탈고했습니다. 그는 이 소설을 탈고한 뒤 영국의 한 출판사에 투고했는데 반응이 뜨거웠습니다. 문학 에이전트 두 곳은 당장 계약하자며 화답했고 또 다른 에이전트인 데이비드 고드윈은 작가를 만나려고 인도를 직접 방문합니다. 한국과 달리 해

외에서는 북 에이전트 없이는 책을 내기 어려운데, 문학 에이전트란 작가가 쓴 원고의 문학사적 가치와 문학적·상업적 생존 가능성을 종합적으로 판단해 출간까지 책임지는 일종의 '문학 대리인'입니다. 문학 에이전트가 투고된 원고를 읽고 즉각 잠재력을 알아본 뒤 유명 출판사에서 책을 내주겠노라고 수락하는 일은 거의 '신데렐라 이야기'에 가깝습니다. 비행기를 타고 영국에서 인도로 날아가 아룬다티 로이에게 계약서를 내민 데이비드 고드윈은 스타 문학 에이전트였습니다. 고드윈은 데이비드 고드윈 어소시에이츠를 운영했는데, 아룬다티 로이는 고드윈이 이후 30년간 발견하게 될 보석과 같은 작가들 가운데 가장 아름다운 다이아몬드였습니다. 출판사 문학동네에 따르면 데이비드 고드윈은 『작은 것들의 신』의 선인세로 로이에게 160만 달러를 제시했다고 합니다. 그는 2024년 현재에도 여전히 에이전트 활동을 하고 있는데, 그곳 웹사이트에 따르면 고드윈은 고령의 나이에도 불구하고 매해 500편 이상의 원고를 읽고 신진 작가를 발굴한다고 합니다. 이 에이전트가 발굴한 100여 명의 작가 가운데 아룬다티 로이를 포함해 세 명의 작가가 부커상을 받았습니다. 하지만 로이의 명성을 뛰어넘는 작가는 없어 보입니다.

현재까지 『작은 것들의 신』은 40개국 이상에서 번역됐고 누적 판매 부수는 600만 부가 넘는다고 합니다. 하지만 어떤 위대한 작품들은 자체의 명성이 더해질수록 작가의 모국 때문에 수모를 겪곤 합니다. 아룬다티 로이가 신데렐라에 머물렀다면 지금에 이르진 못했을 겁니다. 동화 『신데렐라』에서 신데렐라는 유리구두에 꼭 맞는 발 사이즈를 가졌지만 현실에서 위대한 작가들은 모국이 만든 유리구두에 발이 맞지 않는다는 이유로 탄압받곤 했으니까요.

『작은 것들의 신』이 세계적 명성을 얻자 로이의 고향이며 소설 속 무대인 아예메넴이 속한 케랄라주의 E. K. 나야나르 총리는 그녀를 비판합니다. 소설 마지막 부분에 나오는 성애 장면을 두고 외설 혐의를 덧씌운 겁니다. 이 소설은 사랑에 빠진 암무와 벨루타가 보트 위에서 사랑을 나누는 장면으로 끝납니다. 고작 일곱 살이었던 라헬과 에스타가 느꼈을 음울하고 역겨운 현실 묘사 때문에 심장 판막 한쪽이 답답해졌던 독자는 결말에 이르러 사랑으로써 해방감을 느끼지요. 암무와 벨루타는 나체로 서로의 몸을 탐하며 계급, 전통, 금기에서 벗어납니다. 포개진 두 입술, 암무의 둔부를 어루만지는 벨루타의 떨리는 손, 몸 안으로 들어간 몸 등의 묘사가 유려한 문체로 그려지지요. 하지만 이 장면 때문에 로이는 법정에 서게 됩니다. 두 사람의 성애 장면이 인도 형법IPC 제14조 제292항을 위반했다는 이유였습니다. 이 조항은 음란물 창작과 유포 금지에 관한 것으로 법정은 작가가 성애 장면을 통해 공중도덕을 타락시켰다고 봤습니다.

당시 인도 외신 기사를 찾아보면 로이는 『작은 것들의 신』 출간 직후 유럽과 미국 홍보를 마치고 고국에 돌아와 판사 앞에 섰고 "이 책에 외설은 전혀 없다"고 강하게 항변했습니다. 로이는 사실 소설가이기에 앞서 영화인이고 사회운동가였습니다. 인도 여성의 권리를 주장했던 그녀는 『작은 것들의 신』 출간 2년 전인 1994년 한 영화의 상영을 중지하라며 큰 목소리를 낸 적이 있는데 당시 논란이 됐던 사건이 그녀의 첫 소설에도 악영향을 끼친 것입니다. 그 영화는 풀란 데비라는 실존 인물의 삶을 그린 「산적 여왕Bandit Queen」으로, 11세에 조혼한 뒤 여러 남성에게 강간을 당한 풀란 데비가 갱단에 합류해 강간범을 처벌한다는 내용을 담았습니다. 인도 여성들이 처한 폭압적인 현실을 강한 어조로 비판한 작품이지만 정작 사건 당사자인 풀란 데비는 영화 속 강간 장면이 선정적이라며 문제 삼았고 "영화 상영을 멈추지 않으면 극장으로 가서 분신하겠다"고 항의해 논란이 커졌습니다. 로이는 데비의 주장에 동조하면서 지금까지도 회자되는 한 편의 영문 에세이 「위대한 인디언 강간 수법The Great Indian Rape-Trick」을 더하버드보케이트(theharvardvocate.com)에 남겼습니다. 이 글에서 로이는 "강간은 (이 영화의) 메인 요리이며, 카스트제도는 그것(강간)이 헤엄치는 소스다"라고 꼬집었습니다. 여성의 아픔을 다룬 영화에서 여성의 아픔이 아닌 여성이 아픔을 당한 시간만을 재생한다면 이는 영화로서의 가치가 떨어진다는 비판이었습니다. 살아 있는 여성의 강간을 재상영할 수는 없다는 논리이기도 했지요. 이 논란을 기억하고 있던 인도의 유력자들은 로이가 첫 소설을 발표하자 '딴지'를 걸기 시작한 것입니다.

벨루타와 같은 파라반을 묘사하는 방식도 『작은 것들의 신』

을 둘러싼 논란의 원인이었습니다. 파라반은 케랄라주 인근의 바다에서 주로 어업에 종사했던 대표적인 불가촉천민입니다. 앞서 잠시 설명했지만 이 계급 사람들은 길거리에 발자국도 남기면 안 되는 하류계층이었습니다. 파라반들에게는 계층으로부터 이탈하려 한 깊은 역사가 있는데, 오히려 그 시도가 그들을 고립시켰습니다. 파라반들은 차별이 이어지자 불가촉천민의 지위에서 벗어나려고 시리아 정교회로 개종합니다. 인도가 영국으로부터 독립했을 때 개종한 파라반들은 이중 차별을 당했다고 소설은 기록합니다. 서류상으로는 시리아 정교회 소속 기독교인이므로 인도 전통의 카스트제도에서 벗어난 사람들로 인식됐으니까요. 이 때문에 『작은 것들의 신』의 주인공은 라헬과 에스타이지만, 실질적으로 가장 큰 고난을 당하는 아웃사이더는 파라반 벨루타인데, 아룬다티 로이의 연민 어린 시선은 이 작품의 주제를 형성합니다.

소설로 되돌아가서, 로이는 왜 제목을 '작은 것들의 신'이라고 했을까요. '작은 것'은 무엇일까요. 소설의 한 문장을 가져와봅니다.

> 이날 이후 이어진 열세 번의 밤 동안에도, 본능적으로 그들(암무와 벨루타)은 '작은 것들'에 집착했다. '큰 것들'은 안에 도사리고 있지도 않았다. 자신들에게는 갈 곳이 없다는 것을 알고 있었다. 아무것도 가진 게 없었다. 미래도 없었다. 그래서 그들은 작은 것들에 집착했다. 461쪽

여기서 '열세 번'은 암무와 벨루타가 몰래 만나 사랑을 나눈 횟수입니다. 그들은 인도인을 둘러싼 사회의 고정관념과 편견, 전통이라는 이름으로 자행되는 비이성 속에서 살아갑니다. 그들의 사랑은 사회로부터 인정받지 못하지요. 그래서 두 사람은 성애를 나눈 이후 서로 엉덩이에 물린 개미 자국이나 뒤집어진 딱정벌레 같은 작은 것들을 보며 미소 짓습니다. 한 명의 인간으로서 그들은 종교와 이념이 만들어내는 '큰 것' 대신 자기 주변을 지나가는 아주 작은 것들을 이야기합니다. 인간은 모두 '큰 것'에의 복종을 요구받지만 사실 행복이란 큰 것에 있지 않으니까요. 사랑하는 이의 신체에 깃든 살내음이 주는 감정은 오직 그/그녀를 사랑하는 사람만이 갖는 미풍과도 같은 축복이지요. 그것은 세상의 거대한 비인간적 관념이 제공하지 못하는, 아주 작으면서도 소중한 무엇일 겁니다. 외고모할머니의 거짓말 연극에 동참을 요구받은 라헬과 에스타 역시 작은 것들이지요. 따라서 '작은 것들의(작은 것들이 믿는) 신'이란 결국 모든 인간이 한 명의 개인으로서 마땅히 누려야 하는 사랑을 뜻한다고 저는 생각합니다.

소설에는 이 글에서 다루지 못할 만큼 방대한 상징과 은유가 숨겨져 있습니다. 일례로 외할머니 맘마치가 운영하는 '파라다이스 피클&보존식품'이 그렇습니다. 이 회사는 피클이나 잼을 만드는데 여기서 생산된 바나나 잼이 잼도 아니고 젤리도 아닌 애매한 농도라는 이유로 영업을 정지당합니다. 사회는 일개 상품뿐만 아니라 인간에게도 명확한 분류를 요구하고 있지요. 인간을 수직계

열화하는 카스트제도처럼 말입니다. 하지만 인간이 과연 분류 가능한 존재인가요. 베이비 코참마는 '애매한 농도'인 사람들을 단죄했고 인위적으로 개입해 사랑의 가능성과 불가능성을 구분하고자 했습니다. 불가능한 사랑의 당사자인 벨루타를 죽음으로 이끈 것처럼요. 사랑은 저 공장에서 생산되는 제품인 바나나 잼처럼 일률적인 구분으로 정의할 수 없습니다. 벨루타가 강간미수 성범죄자이자 소피 몰을 죽인 살인범이어야 했던 것은 베이비 코참마처럼 전통의 보존이라는 명목으로 인간성을 억눌렀던 모든 지배 체제 때문이었습니다. 사랑에는 법칙도 규칙도 없어야 하며 인간은 분류될 수 없음을 로이는 이야기하고 있습니다.

사실 아룬다티 로이에게는 이제 노벨문학상보다 노벨평화상이 더 어울립니다. 그는 소설을 쓰기 전에 영화 각본가이자 배우였습니다. 로이의 부커상 시상식 동영상은 부커상 홈페이지에서 볼 수 있는데 당시 그녀는 36세임에도 마치 '10대 소녀'처럼 보일 만큼 작지만 총명한 눈망울을 하고 있습니다. 그녀가 배우였다는 사실이 그리 놀랍지 않은 대목이지요. 『작은 것들의 신』 출간 이후 그녀의 두 번째 소설 『지복의 성자』는 부커상 수상 이후 20년이 지난 2017년에 출간됐습니다. 작가로서 그녀의 작품 수가 적기도 한데 그녀는 평생 소설가'로만' 살진 않았습니다. 인도 라자스탄주 핵실험, 구자라트주 댐 건설 등 사회 문제에 대한 반대와 비판 발언을 이어갔고 20권에 달하는 에세이나 인터뷰집은 로이가 소설가가 아닌 사회운동가로서 쓴 것입니다. 로이는 2023년 인도의 우익단체로부터 '또' 고발을 당했는데, 13년 전인 2010년 뉴델리에서 열린 카슈미르 분쟁 관련 회의에서 "카슈미르는 인도의 필수적인 지역이 아니다"라는 취지로 발언했기 때문입니다.

로이는 2020년 한국의 이호철통일로문학상을 수상했습니다. 당시 코로나19로 방한하진 못했지만 온라인 인터뷰를 통해 이렇게 말했습니다. "누군가는 내가 소설이란 장르를 차용해 정치적인 메시지를 전한다고 지적한다. 그러나 나는 정치적인 것이나 젠더의 문제나 무엇이든 복잡성을 있는 그대로 바라보려 한다. 예술과 정치는 뼈와 피의 관계와 같아 분리할 수 없다. 픽션은 진실이며, 픽션은 더 깊은 진실이기도 하다."

『작은 것들의 신』의 본질이 아룬다티 로이의 저 한마디 말에 담겨 있습니다. 작은 것, 그러나 가장 위대한 것, 그것은 인간의 권리이자 의무이기도 한 '사랑'입니다.

두 구의 시신 옆에서 상상한 미성년자들의 교접

비톨트 곰브로비치, 『포르노그라피아』

두 명의 남성 지식인이 마차 뒤에서 앞자리에 앉은 소년과 소녀의 뒷모습을 응시합니다. 두 남자는 소녀의 가는 목덜미에 자꾸만 눈길을 보내고, 그 옆에서 한껏 달아오른 소년의 몸을 감지하기 시작합니다. 남자아이는 17세, 여자아이는 16세로 둘은 미성년자였습니다. 아직 어린 티를 벗지 못한 아이들을 바라보면서 시작된 두 지식인의 음험한 상상은 외설에 가까웠습니다. 두 아이의 탐스러운 굴곡의 나체를 그려보고, 급기야 벌거벗은 몸으로 교합交合하는 부정한 장면까지 생각합니다. 순진한 아이들을 훔쳐보며 타락해버린 아이들을 상상하기, 그것은 어른 남성이 벌이는 유희이자 일종의 은밀한 게임처럼 천천히 진행됩니다. 폴란드 작가 비톨트 곰브로비치의 『포르노그라피아』에 등장하는 장면입니다.

비톨트 곰브로비치라는 이름은 우리에게 덜 익숙합니다. 하지만 그는 1960년대에 노벨문학상 수상이 예측됐던 강력한 후보 중 한 명이었습니다. 『설국』을 쓴 가와바타 야스나리가 1968년 노벨문학상을 수상했을 때 최후까지 경합했던 작가가 비톨트 곰브로비치였습니다. 곰브로비치가 야스나리에게 '단 한 표' 차이로 수상을 놓쳤다는 기록도 발견됩니다. 곰브로비치는 이듬해에도 노벨상 후보로 거론되는데 발표를 몇 개월 앞두고 프랑스에서 사망하지요. 제목부터 외설스럽고, 소설 내부로 들어가면 끈적끈적한 악취가 진동하는 『포르노그라피아』의 작가 곰브로비치는 어떻게 그토록 추앙받는 존재가 됐던 걸까요. 심지어 모국인 폴란드에서 그의 작품은 오랜 세월 금서로 지정되기도 했습니다. 그러나 숱한 논란에도 불구하고 세계적 인정을 받을 만한 작가였지요. '시선視線의 문제'로 권력의 탄생, 나아가 인간세계에서 악이 출몰하는 구도를 사유했던 비운의 소설 『포르노그라피아』를 여행합니다.

주인공 '나'의 이름은 작가와 동일한 비톨트입니다. 비톨트는 폴란드 지식인들이 예술과 철학을 논하는 술집에 앉아 잔을 기울이다가 처음 보는 한 남성을 차분하게 지켜봅니다. 프레데릭이라는 이름의 이방인이었습니다. 비톨트가 보기에 프레데릭은 마치 자신이 위치한 술집이라는 세계가 온통 자기 자신을 위해 만들어진 연극 무대인 것처럼 행동합니다. 강박적으로 연기하고 있는 듯한 모습이었지요. 프레데릭의 몸짓은 영 의심스러웠고 그의 말은 신뢰할 만하지 못했습니다. 하지만 비톨트는 인내심을 갖고 호기심 가득한 눈으로 그와 대화를 나누다가 서서히 친구가 됩니다. 며

칠 뒤 비톨트의 오랜 친구였던 히폴리트가 편지를 보내 자신의 사업을 도와달라고 요청합니다. 자기 토지에서 수확한 농작물을 바르샤바까지 운반해 판매해달라는 것이었지요. 생계가 막막했던 비톨트는 프레데릭과 함께 혼잡한 열차에 몸을 싣고 히폴리트가 거주하는 시골 마을로 내려갑니다.

두 사람이 도착해보니 히폴리트의 딸 헤니아가 눈에 들어옵니다. 이미 발육과 성장이 한창인 10대 중반의 여자아이였습니다. 그리고 또 한 사람, 헤니아를 몰래 짝사랑하는 것이 분명해 보이는 카롤도 두 남성의 호기심을 불러일으켰습니다. 꾸미지 않은 아이들의 젊은 웃음은 그야말로 싱싱함으로 가득했고 그들의 젖빛 살갗은 유혹적이었습니다. 이미 노화가 시작되어 죽음의 통로로 들어선 두 중년 남성은 두 미성년자와 이야기를 나누면서 서서히 심장이 뛰기 시작합니다. 아이들의 젊음이 탐났으니까요. 그래서 두 남성은 마차 뒷자리에서 또 교회를 나오는 길목에서 소년 카롤과 소녀 헤니아를 훔쳐봅니다. 이윽고 둘은 해서는 안 될 상상으로 진입합니다. 아주 불경스럽고 사회적으로도 금기였던 생각이었지요. "그녀의 소녀다운 몸이 소년의 두 다리 사이에 끼여 흔들리는"35쪽 추악한 상상이었습니다. 탐스러운 육체를 가진 미성년자들이 서로 온몸을 애무하며 교접하는 생각은 비톨트와 프레데릭에게 말도 못 할 즐거움을 줍니다. 소년과 소녀는 동정童貞도 아니었습니다. 매사에 거리낌도 부끄러움도 없는 소녀 헤니아가 '나' 비톨트에게 이미 성 경험을 고백했으니까요. 헤니아는 자기 집에 숨어 지낸 한 군인과 첫 경험을 나눈 적이 있다고 말했습니다. 소년 카롤도 헤니아에게 은밀한 욕망을 품은 것이 분명했으니, 두 미성년자에게 외설적인 시선을 보내는 일은 두 지식인에게 정당화되었습니다.

하지만 안타까운 사실이 한 가지 있었습니다. 헤니아에게는 이미 정혼자가 존재했습니다. 헤니아의 부모인 비톨리트 부부는 법률가인 알베르트에게 딸을 시집보낼 계획이었습니다. 카롤과 헤니아는 유년 시절부터 함께했던 친구일 뿐 미래를 약속할 수는 없는 사이였던 것입니다. 그러다 두 가지 사건이 발생하면서 상황은 반전됩니다.

먼저 헤니아의 정혼자인 알베르트의 어머니 아멜리아가 사망합니다. 어이없는 총격을 받아 숨을 거뒀습니다. 소설 속 배경은 1930년대 나치 치하의 폴란드인데 혼란스러운 정세 속에서 한 침입자가 아멜리아의 자택에 숨어들면서 사고로 죽었습니다. 집안 분위기가 암울한 그 시기에 또 한 명의 인물이 등장합니다. 나치 독일에 저항했던 비밀 레지스탕스의 지도자 중 한 명인 시에미안이 저들의 집에서 잠시 은닉하게 됩니다. 정리하자면 헤니아의 예비 시어머니였던 아멜리아가 뜻밖의 일로 사망했고, 때마침 저항운동의 지도자 시에미안이 등장한 겁니다. 프레데릭은 이런 두 가지 상황을 이용해 주어진 현실을 비틀어버릴 한 가지 꾀를 냅니다. 거미줄 같은 음모를 꾸민 뒤 10대 아이들을 조종해 자신들의 욕망을 채울 흥분되는 시나리오였습니다. 이는 헤니아와 카롤의 정해진 운명, 헤어질 수밖에 없는 둘의 예정된 운명에 자신이 나서서 개입하겠다는 상상이었습니다. 프레데릭은 한 편의 위험한 연극을 설계하듯이 '살인 계획'이 담긴 시나리오를 구상하고 그 계획이 담긴 편지를 '나' 비톨트에게 건네 동참을 권합니다. 프레데릭과 비톨트는 소년과 소녀를 이용해 누구를 죽이려는 걸까요. 두 사람이 공모한 살인 연극은 과연 성공할까요. 무엇보다 비톨트 곰브로비치가 중년 남성들의 관음증과 살인을 연결한 소설을 집필한 근원적 이유는 무엇이며, 이 작품으로 그가 노벨문학상 후보에까지 올랐던 이유는 또 무엇이었을까요.

시선 확보에서 패한 자는 균열의 입속으로 빨려 들어간다

『포르노그라피아』는 이처럼 두 미성년자에게서 포르노에 가까운 상상으로 욕망을 채우고 어린애들을 살인 연극에 초대하는 위험한 내용의 소설입니다. 그러나 두 중년 남성이 별 이유도 없이 시시덕거리고 덜 자란 아이들을 유혹해 자신들의 목적을 채우려는 미지근한 내용이 결코 아닙니다. 비톨트 곰브로비치와 동시대를 살았던 대문호 밀란 쿤데라는 그를 두고 "우리 시대의 가장 위대한 작가"라고 치켜세웠지요. 곰브로비치의 이와 같은 명성은 어디서 연유할까요.

그 이유를 탐구하기 위해서는 먼저 '한 사람이 다른 사람을 바라보는 일', 즉 시선의 문제부터 살펴야 합니다. 『포르노그라피아』는 비톨트가 술집에 처음 도착한 프레데릭을 바라보는 장면을 시작으로 작품 속에서 끊임없이 '시선이 곧 권력'임을 사유하기 때문입니다. 여기서는 프랑스의 실존철학자 장 폴 사르트르를 하나의 비평적 렌즈로 삼아 『포르노그라피아』에 나오는 시선과 권력의 문제를 들여다볼까 합니다. 사르트르의 시선 개념은 일견 복잡해 보이지만 들어가보면 전혀 어렵지 않습니다. 평범한 우리가 자주 경험하는 문제를 철학적으로 해석했을 뿐이니까요.

사르트르가 보기에 인간이 사는 세상은 '시선과 시선의 투쟁과 갈등'으로 채워진 복합적인 공간입니다. 사르트르 철학에서 세상에 놓인 존재는 크게 '대자존재'와 '즉자존재'로 구분됩니다. 대자존재는 스스로 의식을 가진 존재, 즉 인간을 뜻합니다. 즉자존재는 의식을 갖지 못한 존재를 통칭하며 예컨대 컵, 탁자, 꽃병 같은 것입니다. (대타존재라는 제3의 개념도 있지만 여기선 설명을 생략합니다.) 대자존재인 인간은 '바라보는 자'(시선의 주체)가 되기를 갈망하는 반면, '바라보인 자'(시선의 객체)가 되기를 거부합니다. 쉽게 말해서 어떤 인간이든 '내가 보지 못하는 누군가(타자)가 나를 쳐다보고 있다'는 사실에는 불쾌감을 느낍니다. 사르트르가 보기에 인간은 가뜩이나 '그냥 거기에 던져져 있는' 존재여서 실존적인 불안에 노출되어 하루하루를 살아가는데 자신은 바라보지 못하는 타자가 자신을 바라본다면 나는 객체로 전락하므로 불안해지니까요. 대자존재인 모든 인간은 '바라보는 자'의 위치에 올라서길 희망하며 '바라보인 자'로서 낮아지길 거부합니다.

하나의 연속된 공간에서 인물 A가 인물 A′를 훔쳐보는 상황을 가정해보겠습니다. A′는 A가 자신을 쳐다보면서 자신을 객체로 전락시키고 있다는 사실을 모릅니다. '바라보는 자'인 A는 '바라보인 자'인 A′의 객체성을 유지함으로써 상위 권력을 획득합니다. 시선은 곧 권력입니다. A는 이로써 '바라보는 자'로서의 주체성을 확보합니다. A와 A′의 시선 구도 속에서 B라는 또 다른 타자가 등장해 A가 A′를 훔쳐보는 상황을 훔쳐보는 상황을 다시 가정해보겠습니다. A는 B의 시선을 인지하지 못한 상태이므로 B는 A의 '비밀'을 움켜쥐게 됩니다. 바로 'A가 A′를 훔쳐보고 있다'는 저 사실로부터 생겨나는 비밀 말이지요. 사르트르는 A가 '바라보는 자'에서 '바라보인 자'로 바뀌는 상황을 '강등'으로, 타자의 출현을 '균열'로 표현했습니다. 이때 균열적 존재인 타자 B는 비밀을 가진 존재, 즉 'A가 A′를 훔쳐보고 있다'는 그 비밀을 '훔쳐가는' 존재가 됩니다. "타자는 지옥이다"라는 사르트르의 유명한 말은 바로 저 시선의 문제로부터 성립됩니다.

이들 A, A′, B의 권력관계는 어떻게 될까요. 바로 'B > A > A′'가 되겠지요. 이를 『포르노그라피아』에 적용하면 어떤 결과가 도출될까요. 두 아이를 쳐다보면서 음란함을 상상하는 비톨트와 프레데릭은 상위 권력을 가진 '바라보는 자'가 되고 헤니아와 카롤은 '바라보인 자'로서 객체, 즉 즉자존재의 위치에 서므로 권력체계의 하위자가 됩니다. 두 중년 남성은 두 미성년자를 보며 유희를 즐기고 그들에게 정보를 교란해 살인 연극에 동참시키니까요. 시선의 문제는 권력의 발생과 등가를 이루는 일이며 시선을 확보한 자가 권력의 소유자가 됩니다. 인간이 지하 단칸방이 아닌 고층 건물 거주를 희망하거나 권력자가 되어 세상을 내려다보기를 바라는 것은 근본적으로 시선 확보의 문제이기도 하지요. 시선의 우위에 서면 타자로부터의 개입('균열')을 근원적으로 차단할 수 있으니까요. 이 소설에는 "이 기이한 타자와 대면한 그녀 앞에 어두컴컴하고 모호한 균열이 입을 벌리고 있었다"123쪽라는 문장이 나오는데, 이는 사르트르 철학에 등장하는 시선의 문제와 궤를 같이합니다.

『포르노그라피아』에서 작가의 관점은 시선의 독점과 권력의 확보에서 더 나아가 '악의 탄생'으로까지 확장됩니다. 시선을 독점하고 하위자를 관찰하다 그들을 조종해 살인에 동참시키는 두 사람은 그 자체로 악의 출현과 다르지 않습니다. 술집에 등장한 프레데릭을 관찰했던 비톨트는 시선의 최상위 포식자이며, 프레데릭은 비톨트와 심리적으로 동화되고 살인을 계획함으로써 폭력을 발생시킵니다. 두 사람은 결국 악마의 시선을 독점한 권력자라는 의미입니다. 그렇다면 잠시 소설로 되돌아가서 '살인의 과정'을 좀더 들여다보겠습니다.

배경은 나치 치하의 폴란드입니다. 항독抗獨 레지스탕스 지도자인 시에미안은 모두가 추종하는 인물이었지만 사실 시에미안의 내면에는 두려운 감정밖에 없었습니다. 심지어 무슨 힘으로 뭘 더 할 수 있겠느냐는 자조 섞인 말까지 내뱉을 정도로 나약한 인물입니다. 한때 모두의 동지였지만 이제는 배신자의 낙인이 두려워 벌벌 떠는 약자, 그것이 시에미안의 민낯이었습니다. 시에미안의 고백을 접한 비톨트와 프레데릭은 시에미안의 '배신'을 헤니아와 카롤에게 전해줍니다. 카롤은 흔쾌히 시에미안의 살인극에 동참하기로 결정합니다. 두 지식인은 우선 헤니아가 시에미안의 방문을 열게 하고 문을 연 시에미안을 카롤이 찔러 살해하라고 설득합니다.

살인을 계획한 바로 그 시간, 비톨트와 프레데릭이 현장에 도착했을 때 그곳에는 시에미안의 시체와 알베르트의 시체가 나란히 누워 있었습니다. 헤니아의 약혼자 알베르트는 자신의 어머니 아멜리아의 사망에 시에미안의 책임이 있다고 생각해 시에미안을 처단했는데(제1차 살인), 그곳에 도착한 소년 카롤이 자신이 사랑하는 헤니아의 정혼자 알베르트를 찌른 겁니다(제2차 살인). 카롤의 살인이 계획적이었는지는 소설에서 분명히 밝혀지지 않는데, 괴이하게도 비톨트, 프레데릭, 헤니아, 카롤 네 사람이 주검들을 바라보면서 함께 미소 지으며 소설은 끝납니다. 알베르트가 사망했으므로 헤니아와 카롤은 자신들의 욕망을 실현할 수 있게 되었기 때문일 것이고, 비톨트와 프레데릭은 그들의 머릿속에서 상상했던 불온한 장면, 즉 헤니아와 카롤의 은밀한 교접을 '완성'할 수 있게 되었기 때문일 겁니다. 그 웃음은 악마들의 폭소와 다르지 않습니다. 비톨트와 프레데릭은 카롤과 헤니아의 영혼(미래)과 욕망을 교환시킨다는 점에서 20세기 중반 서유럽 문학에 환생한 메피스토펠레스라는 비유가 적절할 것입니다.

독자도 은밀한 공모자가 되고 마는가

시선과 권력의 관계를 사유한 곰브로비치의 작품이 전체주의 국가였던 폴란드에서 환영받을 수는 없었습니다. 그의 소설은 1930년대 나치 치하의 폴란드에서 전면 금서로 지정된 바 있고 나치 독재가 종결된 1960년대에도 판금 조치에서 완전히 풀리지 않았습니다. 나치 이데올로기에 동조하지 않았으니 곰브로비치의 작품이 나치 시절에 금서였다는 사실은 쉽게 이해됩니다. 그러나 『포르노그라피아』가 출간된 때는 1960년이었습니다. 그 시기에도 곰브로비치의 작품은 폴란드에서 출간되지 못했습니다. 작가의 첫 소설인 『페르디두르케』를 비롯해 그의 3부작을 이루는 『포르노그라피아』 『코스모스』가 모두 나오지 못해 폴란드 국민은 수십 년간 곰브로비치의 작품을 읽을 수 없었습니다. 그것은 나치 독재가 무너졌어도 폴란드에 공산주의 정권이 들어섰기 때문입니다. 1952년에 세워진 폴란드인민공화국은 1989년까지 존속했는데 폴란드 공산당은 폴란드인민공화국의 유일한 독재 정당으로서 곰브로비치의 언어예술에 담긴 전복적 성격의 위험성을 감지했습니다. 체제에 반하는 외설스러운 표현뿐만 아니라 전체주의 국가의 권력 비판을 암시하는 대목, 나아가 악과 폭력의 원천을 고민한 내용은 사회주의 문학과는 거리가 멀었으니까요. 받아들여지지 못하다가 공산정권 세력이 약화되면서 곰브로비치의 소설은 빛을 보게 되었습니다. 그의 역작으로 꼽히는 『일기*Dziennik* 1953～1956』도 1980년대까지 폴란드 내에서 금서였습니다. 곰브로비치는 희곡작가로도 명성을 떨쳤는데 그의 연극은 공산주의 정권과 다년간 반목했습니다. 1970년대가 되어서야 곰브로비치는 모국에서 명성을 회복하기 시작했지요. 곰브로비치는 제2차 세계대전이 발발하기 전에 아르헨티나 부에노스아이레스로 망명했는데 그가 '이민자 작가'였다는 점도 그의 소설 출간이 어려웠던 이유 중 하나였습니다.

이제 한 가지 질문이 남습니다. 이 책의 제목은 왜 '포르노그라피아'일까요. 단지 '나' 비톨트의 외설적인 상상 때문에 곰브로비치가 제목을 이렇게 정했다고만 하기에는 허전합니다. 시집의 제목을 단지 '시집'이라고 붙이거나 소설의 제목을 단지 '소설'이라고 붙이는 것처럼 외설적인 내용의 문장을 '포르노'로 명명하는 것은 공허한 일이니까요. 특히 『포르노그라피아』는 도발적인 제목 때문에 오랫동안 '포르노 소설'이라는 오해까지 받았습니다.

폴란드어 포르노그라피아pornografia는 영어 포르노그래피pornography와 같은 말로 호색好色문학이나 외설을 뜻하는 단어이고, 포르노그래피는 인간의 성적 행위를 묘사한 소설, 영화, 사진, 그림 따위를 통틀어 일컫습니다. 인간의 성행위를 기록물로 남긴 모든 것이 약칭 포르노porno의 정의인 것이지요. 포르노의 선결 조건은 도덕적 규범으로부터의 이탈일 겁니다. 사회적으로 보편 통용되는 질서만 따라서는 인간의 성적 욕망을 충족시킬 수 없으므로 그건 포르노가 되지 못합니다. 규범을 해체하고 규범으로부터 일탈하는 행동만이 포르노가 됩니다. 『포르노그라피아』는 세 층위에서 도덕과 윤리의 규범을 벗어나 읽히는 작품입니다. 작중 화자 비톨트의 은밀한 상상, 즉 소녀 헤니아의 신체를 둘러싼 상상 장면은 일차적인 포르노를 형성합니다. 실시간으로 헤니아와 카롤의 교접을 상상하는 것은 비톨트가 몰래 만끽하는 즐거움이었습니다. 비톨트가 상상하는 미성년자들의 섹스 장면이 담긴 이 소설을 읽으면서 독자도 은밀한 상상 속으로 유입됩니다. 이것이 이 소설의 이차적인 포르노 구도입니다. 비톨트의 상상에 동행하면서 비톨트와 독자 사이의 장벽은 무너집니다. 이는 아동성애에 가까운데 작중 인물 헤니아와 카롤은 2차 성징이 진행된 나이이므로 정확히는 15~19세 미성년자에 대한 성기호증을 뜻하는 에페보필리아 ephebophilia의 불온함으로 연결됩니다.

하지만 『포르노그라피아』를 다 읽고 나면 아동성애니 에페보필리아니 하는 식의 불경스러운 느낌은 전혀 들지 않습니다. 그보다는 아직 어린 10대를 도덕적 규범에서 벗어나게 만든 작중 비톨트와 프레데릭, 아이들을 살인의 여정에 동원시키고자 심리적으로 조종하고 한데 모여 자신들이 죽인 시체를 보면서 웃는 도덕적 일탈의 순간에 주목하게 됩니다. 살인을 모의하면서도 죄의식을 느끼지 못한 비톨트와 프레데릭, 살인을 수행하고도 어여쁜 얼굴로 웃는 헤니아와 그 옆의 카롤의 표정이 섬뜩하게만 느껴집니다. 폭력의 얼굴을 마주하면서 그 인물들이 위치한 악의 구도를 관찰하는 것, 그것이 이 소설의 제목이 '포르노그라피아'인 진짜 이유가 아닌가 생각해봅니다.

아무도 비판하지 않은 정부의 집단 통계 조작

조지 오웰, 『1984』

학창 시절 자주 언급되는 소설 『1984』를 모르는 분은 아마 없을 것입니다. 국가 시스템이 자행하는 '인간성 말살'의 시대를 꿰뚫는 문장이 가득한 작품이지요. 하지만 『1984』의 본문을 처음부터 끝까지 읽어본 독자는 많지 않을 것입니다. 너무 유명한 책이란 사실 아무도 안 읽는 책이기도 하니까요. 그런데 이미 고전이 된 『1984』가 다시 화제입니다. 『1984』는 2022년 러시아 서점 베스트셀러 1위에 올랐고, 친러시아 국가인 벨라루스는 이 소설을 2022년 금서로 지정했습니다. 1903년생으로 47세였던 1950년 1월 21일에 사망한 단명의 예술가이지만 여전히 최고의 작가로 기억되는 조지 오웰의 소설 『1984』를 여행합니다.

가상의 미래를 그린 『1984』에 담긴 작중 국제정세부터 살펴볼까요. 『1984』의 세계에는 오직 세 강대국만 존재합니다. 러시아가 동·서 유럽을 전부 흡수했고(유라시아), 미국은 북·남 아메리카 대륙 전체와 호주, 그리고 영국을 통합했으며(오세아니아), 중국은 동남아 국가와 한국, 일본, 대만 등을 10년간의 전쟁 끝에 점령했습니다(동아시아). 전쟁 중인 세 나라는, 그러나 사실 이념이란 게 별반 다를 바 없는 전체주의 국가이며 배급 시스템에 의존하는 사회주의 국가입니다.

『1984』의 주인공은 윈스턴 스미스입니다. 그는 오세아니아에서 사는 생계형 공무원입니다. 윈스턴은 미디어, 예술, 연예, 교육을 관장하는 '진리부'에 근무합니다. 우리나라로 따지면 문화체육관광부와 교육부의 혼합 부처였지요. 그는 부서에서 기록 변조를 담당합니다. 말하자면 국가가 공표한 통계 수치를 사후에 조작하는 일이었습니다. 정부가 발표한 생산 계획은 매번 숫자가 틀렸습니다. 제대로 된 생산에 기여하는 사람이 없었기 때문입니다. 예측했던 수치가 미달했는데도 목표치를 초과 달성했다는 식으로 기록을 바꿔치기하는 것, 그게 윈스턴의 일과였습니다.

일반인들에게 정부 기록물 접근은 쉽지 않았습니다. 그래서 윈스턴은 통계 수치를 마음껏 조작할 수 있었지요. 무려 일간지에 보도됐던 내용을 사후에 바꿔도 별로 문제가 불거지지 않았습니다. 게다가 원본은 이미 파기된 상태였습니다. 국민은 정부를 맹신하고 맹종합니다. 시민들은 혼재된 과거 기억과 확실한 현재 기록 사이에서 윈스턴이 저지른 조작을 신뢰하지요. 그 믿음의 결과 '정부가 잘하고 있다'는 잘못된 확신이 퍼졌습니다. 정부에게 조작은 현실을 장악하는 가장 쉽고 빠른 선택이었습니다. 책은 묘사합니다. "우리가 아는 것은 분기마다 천문학적 숫자의 구두가 문서상으로는 생산되고 있지만, 아마도 오세아니아 인구의 반수 정도는 맨발로 다니리라는 사실이었다."55쪽 맨발로 생활하면서도 날조된 기록(구두 생산 증가)이 주는 희망에 안도했습니다.

막 찍어낸 싸구려 포르노, 정부발 국책 사업이 되다

윈스턴이 보는 세상의 풍경은 이랬습니다. 모두가 세뇌된 상태입니다. 남자아이는 여동생에게 '가짜 총'을 들이대며 "사상범! 반역자!"라고 외칩니다. 오누이가 자주 하는 '체포 놀이'였습니다. 그런데 엄마는 아이들을 말리기는커녕 아이들이 '교수형 구경'을 안 시켜줘서 저러는 것이라며 별일 아닌 듯 여겼습니다. 시장에서는 이런 풍경도 보입니다. 나이 든 여성이 국가 지도자의 얼굴이 그려진 포스터로 소시지를 싸들고 가자 옆에 있던 아이들이 그 여성의 치맛자락에 성냥으로 불을 붙입니다. 국가 최고의 지도자를 모독했다는 이유에서였지요.

그런 와중에 음란물은 국책 사업이었습니다. 인간의 성욕만큼은 절제가 안 되니, 정부가 아예 싸구려 음란물을 직접 만들어 유통한 것입니다. 채용된 음란물계 직원은 전부 여성이었고 남성은 제외되었습니다. 남성들이 보면 타락한다는 공무원들의 판단 때문이었습니다. '여학교의 하룻밤'과 같은 저급한 제목의 밀봉 책자가 유통됐습니다. 책은 이처럼 모든 것을 정부가 통제하는 전체주의 사회의 암울한 시대상을 묘사합니다. 이 나라에서는 불법적인 쾌락, 가령 불법 성매매 같은 게 장려되었습니다. 결혼의 목적은 사랑과 교감이 아니라 '당黨을 위해 헌신할 아기를 출산하는 것'이므로, 부부간 성교는 개인의 내밀한 욕망이 아닌 사회활동의 일환이었습니다. 빈민가에는 고작 술 한 병의 대가로 치마를 내릴 가난한 여성이 많았습니다. 무서울 정도로 무지하고 무비판적인 사람들을 보면서 윈스턴은 서서히 환멸을 느낍니다. 그는 '이 나라가 근원적으로 잘못 작동하고 있다'는 것을 깨닫습니다.

윈스턴의 반골 기질을 알아차린 회사 상사 오브라이언은 윈스턴에게 접근합니다. 오브라이언은 정부로부터 사회악이자 병폐로 규정된 '지하 군대' 수장 골드스타인의 수하였는데, 그는 윈스턴에게 한 권의 책을 읽게 합니다. 존재는 알려졌지만 실재하는지 확신할 수 없었던 골드스타인의 바로 그 책이었습니다.

윈스턴은 책의 첫 번째 장을 펼칩니다. 윈스턴이 지나가는 거리 벽면에는 '전쟁은 평화'라는 선전 구호가 가득합니다. 유라시아, 동아시아와 전쟁 중인 오세아니아 정부는 국민을 전쟁에 총동원합니다. 이 나라는 언제나 전시戰時입니다. 『1984』의 핵심적인 매력은, 윈스턴이 이 책을 읽는 대목입니다. 저자 골드스타인은 왜 이 나라가 영원히 전쟁 중인지를 비판적으로 파고드는데, 여기서 조지 오웰의 통찰이 빛나기 때문입니다.

오웰은 윈스턴이 읽는 골드스타인의 문장을 통해 첫째, 평등을 정의로 내세우는 자에게 권력을 쥐여줘도 세상의 불평등 구조는 왜 사멸하지 않는지를 고찰하고, 둘째, 인류는 왜 항상 계층화와 강력하게 결합해 다수의 노예를 낳는지를 사유합니다. 이는 단지 소설 속 얘기가 아니라 소설 바깥을 살아가는 인류사의 풍경이기도 하지요. 먼저 골드스타인은, 세 강대국이 왜 전쟁을 일으키고 또 전시를 유지하는지를 성찰합니다. 골드스타인의 책에 따르면, 세 강대국은 전쟁으로 인해 얻는 경제적인 소득이나 실익도 없습니다. 이들 국가 내에서 생산과 소비는 하나로 묶여 있기에 새 시장을 개척할 이유도 없었습니다. 원자재는 국내에 풍부했고, 이미 소비 주체도 상당했습니다. 그런데도 비非전쟁 상태가 실현되지 않는 이유를 골드스타인은 '잉여 소비품의 소모'와 '계급사회의 유지'로 분석합니다.

> 그런 까닭에 오늘날의 전쟁은 옛날의 전쟁을 기준으로 판단하면 단지 사기 행위에 불과하다. 그것은 마치 소나 염소 같은 반추동물이 뿔이 잘 못 나서 피차 상처를 입힐 수 없는 상태에서 싸움을 하는 것과 같다. 그러나 그것이 비현실적이라고 해서 무의미한 것은 아니다. 그것은 잉여 소비품을 소모시키고, 계급사회가 요구하는 특수한 심적 분위기를 조성하는 데 도움이 된다. 전쟁이란, 뒤에서 말하겠지만 순전히 국내의 문제이다. 과거에는 모든 국가의 지배자들이 자신들의 공동이익을 인정하고 전

쟁으로 인한 파괴의 범위를 제한해가며 서로 전쟁을 치렀고 승자는 늘 패자를 약탈했다. 그러나 우리 시대에는 결코 서로 적대해 싸우는 것이 아니다. 우리 시대의 전쟁은 각 지배집단이 그 백성에 대해 싸우는 것이며, 또 전쟁의 목적이 영토 확장에 있는 것이 아니라 그들의 사회체제를 고스란히 지키려는 데 있다. 그러므로 '전쟁'이라는 바로 그 낱말도 잘못 쓰인 것이다. 전쟁은 늘 계속되고 있기 때문에 전쟁은 없다고 말하는 것이 정확한 표현일지도 모른다.243쪽

전쟁이 항구적이어야 하는 이유가 잉여 소비품의 소모 때문이라면, 잉여 소비품을 만들지 않으면 되는 것 아닐까요. 생산부터 억제하는 것이지요. 그런데 골드스타인이 간파한 정부의 판단은 달랐습니다. 생산을 억제하면 경제 불황으로 이어지고 불황은 일자리를 감소시키며 직장을 잃은 사람들은 국가 보조금에 기대게 됩니다. 그러면 군사력의 약화를 초래해 정권이 무너진다고 골드스타인은 봤습니다. 그렇다면 생산을 현재 상태로 유지하면서 잉여 소비품을 시민들에게 분배하면 해결될 일이 아닐까요. 하지만 골드스타인이 파악한 정부의 속내는 또 달랐습니다. 인간은 풍족함을 느끼면 사유의 진화를 경험합니다. 생활에 여유가 생기면 문맹에서 해방되고 이는 세상을 객관적으로 바라보는 눈을 확보하게 됨을 의미합니다. 그 결과, 일당 독재 체제의 허구성을 간파하게 된다는 얘기였습니다. '정부 지도자들이 실은 아무것도 하는 게 없

으면서 자신들을 통치하고 있다'는 진실에 가닿는다는 겁니다. 그게 정부의 본성本性이라고 골드스타인은 기술합니다. 따라서 오세아니아 정부로서는 이런 결론이 타당해집니다. 요약하자면 다음과 같습니다. '잉여 소비품을 지속적으로 생산하도록 시민 전체의 노동력을 동원하되 분배는 하지 않음으로써 전全 사회의 궁핍을 영구적으로 유지한다.' 그걸 가장 손쉽고도 간명하게 진행하는 방법은 바로 전쟁이었습니다. 철저히 무의미한, 그러면서도 모두를 지치게 만드는 전쟁 말입니다.

골드스타인은 책에서 권력의 본질도 사유합니다. 인류의 항구적인 불평등의 원인을 바라보는 성찰이었습니다. 윈스턴이 사는 오세아니아는 세 계층으로 구분됩니다. 먼저, 상징적인 제1통치자 빅브라더 밑에는 600만 명으로 제한된 내부당黨이 자리합니다. 그들은 특권 계층입니다. 인구의 2퍼센트 정도로 구성되지요. 내부당 산하에는 총인구의 13퍼센트에 달하는 외부당이 있습니다. 윈스턴이 외부당원 중 한 명입니다. 나머지 85퍼센트의 일반인은 힘없는 대중입니다. (소설에서는 '프롤'로 지칭, 프롤레타리아라는 의미.) 이 세 계층은 비중이 달라도, 구성의 원리는 인류사에서 늘 같았습니다. 권력을 가진 상층계급은 권력을 포기하지 않으려 하고, 중간계급은 상층계급으로의 진입을 희망했으며, 굶주리고 헐벗은 하층계급은 아예 모두가 평등해질 수 있는 전복적인 사회를 꿈꿨으니까요. 중간계급은 언제나 하층계급을 앞세우면서 혁명과 전복을 꿈꿨다고 골드스타인은 씁니다. 평등보다 좋은 명분은 없었습니다.

> 과거의 중간 계층은 평등이란 기치를 올리고 혁명을 일으켰고, 전날의 정권이 없어지자마자 새로운 전제를 일으켜 세웠다. 실제로 새로 등장한 중간 계층은 새로운 전제를 선언하고 나섰다. (…) 이들의 목적은 발전을 제지하고 자신들이 편리한 시기에 역사를 동결시켜버리는 것이다.247~248쪽

중간계급은 하층계급의 평등과 자유를 명분 삼아 기존의 상층계급을 무너뜨리고 자신들이 상층계급으로 진입합니다. 그러나 사회 체제가 바뀌면 사회 전복의 명분으로 사용된 하층계급은 권력으로부터 철저히 소외됩니다. 그런데 이 과정을 거치면서 중간계급에서 낙오된 사람들과 상층계급의 잔당이 합세해 '새로운 세상의 중간계급'을 형성합니다. 그 결과 사회는 아무것도 변한 게 없습니다. 조지 오웰은 골드스타인의 글을 통해 이렇게까지 이야기합니다. "계급상의 조직 구조가 똑같은 이상 '누가' 권력을 휘두르든 그것은 중요하지 않다."255쪽

소설은 전개 방향을 예측하기 어려운 반전을 거듭합니다. 『1984』를 읽는 재미이지요. 오브라이언을 통해 골드스타인의 책을 접했던 윈스턴은 결국 검거되고, 고문 끝에 사랑하던 애인을 밀고합니다. 그의 애인 줄리아 역시 윈스턴을 배신합니다. 총 3부로 집필된 거의 396쪽짜리 책에서 두 사람의 배반 과정이 소설의 클라이맥스를 이룹니다. 그 내용은 책에서 직접 확인하시길 권합니다.

러시아와 미국, 어느 나라가 더 독재적인가

전체주의 국가를 비판한 소설 『1984』가 1949년에 출간된 뒤 1988년까지 소련(소비에트연방)에서 금서였다는 사실은 유명합니다. 그 과정에 대해서는 재론할 필요도 없을 것입니다. 그런데 이 책이 최근 다시 또 화제가 됐습니다. 러시아 서점가에서 베스트셀러 1위를 차지했기 때문입니다. 2022년 12월 러시아 관영 타스통신은 흥미로운 사실을 보도합니다. 러시아의 유명 서점이 연간 판매 순위를 집계해보니 『1984』가 종합 베스트셀러 2위, 전자책 부문 1위를 차지한 것입니다. 출간된 지 70년도 넘은 책이 뜬금없이 베스트셀러 목록에 오른 것이지요. 2022년은 러시아가 우크라이나 침공을 감행한 해로, 『1984』의 내용이 러시아의 푸틴 대통령을 연상케 한다는 게 서구 외신의 분석입니다. 전쟁의 무의미성, 그리고 그 과정에서 신음하는 대중(강제 동원된 병력)이 『1984』에 예견돼 있으니까요. 특히 2023년 12월에는 웃지 못할 뉴스가 보도됐는데, 러시아 서점에서 가장 많이 도난당한 책은 바로 『1984』였다고 합니다. 친러시아 성향의 독재 국가 벨라루스는 2022년 『1984』를 금서로 지정했습니다. 벨라루스 주간지 『나샤 니바』에 따르면, 벨라루스 정부는 "조지 오웰의 책 판매를 중단하라"는 공문을 보냈습니다. 『1984』 등 오웰의 책을 출간한 출판사의 대표는 안드레이 야누시케비치로, 그는 구금 몇 개월 뒤 출판사 등록을 취소당하는 수모를 겪습니다.

벨라루스와 러시아의 이런 차이가 무척 흥미롭지요. 러시아에서는 『1984』 출간과 독서가 권장될 정도라고 하는데, 그 이유는 이 소설이 러시아 등 동유럽을 비판하는 게 아니라 오히려 서구 자유민주주의를 비판한다고 생각하기 때문입니다. 따지고 보면 윈스턴의 국적이 오세아니아이고, 오세아니아는 미국과 영국의 서구 문명 복합체라는 논리이지요. 하지만 오웰이 생각한 오세아니아가 미국이나 영국을 닮았는지, 구소련과 러시아를 닮았는지의 답은 어렵지 않게 알 수 있습니다. 다만 미국 역사상 딱 한 명의 지도자만이 『1984』 속 오세아니아 독재를 연상시킨다는 비판이 있었는데, 다름 아닌 도널드 트럼프 전 미국 대통령입니다. 푸틴과 트럼프, 한때 '스트롱맨'으로 불렸던 국가 지도자의 시대에 『1984』가 소환된 것입니다.

오웰은 47세의 나이로 사망했습니다. 작가로서 매우 젊은 나이에 세상을 떠났지요. 사인은 심각한 결핵이었다고 합니다. 하지만 오웰의 문학은 이미 그 성취도가 탁월했습니다. 개인적으로 오웰의 문학이 걸작인 이유는 그가 항상 세계사의 현장을 고집했기 때문이라고 저는 생각합니다. 오웰은 영국의 명문 이튼칼리지에 진학했지만 학교생활은 그에게 잘 맞지 않았다고 합니다. 그는 가족을 설득해 영국이 식민 통치했던 버마(미얀마)로 떠났고 5년간 '제국의 경찰'로 일했습니다. 그러나 영국 경찰의 식민지 폭압을 경험하면서 이를 견디지 못했고 사표를 냅니다. 그는 작가가 되기로 결심한 뒤 파리의 빈민가와 런던 부랑자의 극빈생활을 체험했습니다. 스페인 내전이 발발하자 바르셀로나로 가서 시민군으로 참여했습니다. 스페인 내전은 훗날 "제2차 세계대전의 리허설"로 불릴 만큼 거대한 이념의 각축장이었습니다. 당시 오웰은 교전 과정에서 목에 관통상을 당할 만큼 크게 다쳤지만 현장을 중시했던 그의 스페인 내전 경험은 훗날 『카탈로니아 찬가』로 기록됐습니다. (앞서 오웰의 영국 식민지 제국 경찰의 경험은 『버마 시절』로 집필됐습니다.) 그는 히틀러의 나치가 제2차 세계대전을 일으키자 영국 육군 입대 시험을 보며 참전을 희망했지만 (훗날 그의 목숨을 앗아갈 원인이 될) 폐에 문제가 있다는 이유로 떨어집니다. 대신 『옵서버』에서 종군기자로 두 달간 활동하며 참상을 경험하지요.

그런 점에서 보면 식민지에서 또 전쟁터에서 조지 오웰이 걸었던 걸음은, 한 개인이 선택한 여유롭고 한가로운 산책이 아니었습니다. 그는 사회의 완전한 실체를 파악하려 했던 것이지요. 오웰의 도정은 비극적인 세계를 온몸으로 걸으면서 감춰진 진실을 파악하고 인간이 비극을 견딜 수 있는 돌파구를 발견하려는 한 인류의 걸음이기도 했습니다. 격변의 시대는 오웰 자신의 소설적 독무대였습니다. 우리가 오웰에게 감화되고 열광하는 이유가 바로 저 '현장성'에 있을 것입니다. 문학을 '한다'는 것에 대해 조지 오웰의 삶은 하나의 전범典範을 이루고 있습니다.

그의 생애를 추적하다보면 또 하나의 흥미로운 점이 발견됩니다. 20세기 초의 또 다른 명작 『멋진 신세계』를 쓴 작가 올더스 헉슬리가 오웰의 이튼칼리지 재학 시절 프랑스어 교사였다는 사실

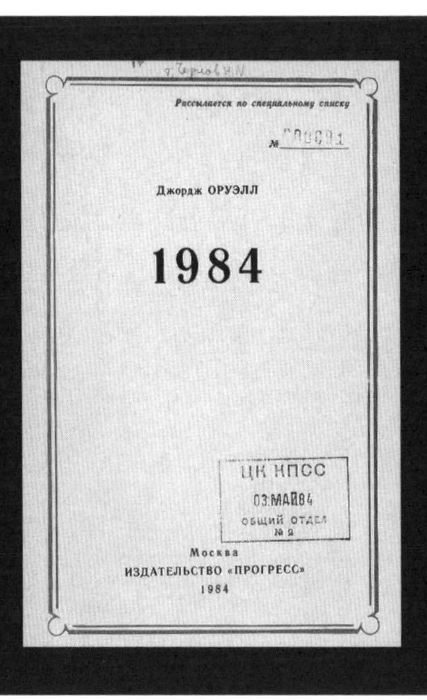

Рассылается по специальному списку

Джордж ОРУЭЛЛ

1984

ЦК КПСС
03.МАЙ84
ОБЩИЙ ОТДЕЛ
№ 2

Москва
ИЗДАТЕЛЬСТВО «ПРОГРЕСС»
1984

소비에트연방이 당 내부 지도자를 위해 한정판으로 제작했다고 알려진 소설 『1984』 표지. 사회주의 국가를 비판하는 책을 사회주의 국가의 핵심 계층이 읽었다는 사실이 흥미롭습니다. 한정판이어서 그런지 우측 상단에 '91'이란 숫자가 찍혀 있습니다. 이 책이 제작된 1984년엔 『1984』가 금서였습니다.

입니다. 미래사회의 디스토피아를 그린 『멋진 신세계』는 『1984』와 상당한 유사점이 있지요. 통제된 사회의 암울함이라는 뼈아픈 공통점 말입니다. 사제지간이었던 둘은 미래사회를 그리면서 인간 세계에 펜과 종이로 경고음을 울렸습니다. 『1984』가 그려낸 1984년이란 해도 벌써 40년 전입니다. 하지만 이 책이 우리에게 건넨 주제의식은 여전히 유효하며, 미래에도 마찬가지일 것입니다. 좌우 이데올로기를 떠나 개인과 사회는 영원히 길항하기 마련이며 이는 과거, 현재, 미래의 모든 개인이 당면하는 문제이니까요. 오웰의 소설은 바로 이 위기의 징후를 파악하도록 만드는, 하나의 진실한 종鐘인 것이지요. 인간이라는 존재의 가치가 무엇인지 알려주는 일종의 초저음 주파수처럼 말입니다. "완전히 비정치적인 문학은 존재할 수 없다"는 오웰의 말에 고개를 끄덕이게 되는 이유입니다.

공시성synchronicity은 '한 시기에 벌어진 사건들의 보편성'을, 통시성diachronicity은 '시대를 불문하고 어느 시대에나 합당하다고 여겨지는 보편성'을 의미하는 단어입니다. 공시성과 통시성은 문학에도 적용 가능합니다. 문학은 한 시대의 독자를 감동시킬 때 위대한 곳으로 도약합니다. 그런데 위대한 공시적 문학은 놀랍게도 통시적 문학이 되기도 합니다. 모든 시대의 독자를 움켜쥘 가능성을 획득하니까요. 오웰의 문학이 정확히 그렇습니다. 『1984』가 다시 회자되는 이유는 전체주의의 출몰에 대한 1940년대 시민들의 불안감을 움켜쥐면서도, 동시에 2020년대 현대사회의 불안감까지 동시에 증거하기 때문이겠지요. 공시적이면서도 통시적인 감각을 유지하는 문학, 그게 영원한 가치를 지니는 책의 유일한 조건이 아닐까요.

런던에 세워진 조지 오웰의 동상의 벽면에 그의 문장이 새겨져 있습니다. "자유가 무엇인가를 의미한다면 그것은 사람들이 듣고 싶어하지 않는 것을 말할 수 있는 권리를 의미한다." 선과 악의 격렬한 대립 속에서 인간의 자유를 갈망했던 오웰의 이 한마디를 저는 오래 간직할 생각입니다. 그의 이름은 필명으로, 오웰orwell은 그의 부모가 사는 지역에 흐르는 강의 이름입니다. 책의 바다에서 조지 오웰이라는 이름의 강은 영원히 마르지 않을 것만 같습니다.

참고문헌

들어가며

옌렌커, 『사서』, 문현선 옮김, 자음과모음, 2012.

1부 아시아인들은 못 읽는 책

8만 명의 성폭행을 고발하고 죽다

아이리스 장, 『역사는 누구의 편에 서는가』, 윤지환 옮김, 미다스북스, 2014.

아이리스 장 추모 웹사이트 irischang.net.

존 라베·에르빈 비케르트, 『존 라베, 난징의 굿맨』, 장수미 옮김, 이룸, 2009.

유강하, 「난징대학살의 기록자, 아이리스 장의 죽음에 대한 한 연구」, 『외국학연구』 제34집, 중앙대학교 외국학연구소, 279~298쪽.

김유태, 「[독립견문록, ④난징] '만삭 위안부' 朴할머니의 19번방…눈물은 언제 마를까」, 『매일경제신문』 A12면, 2019.2.19., https://www.mk.co.

kr/news/society/8694566.
______, 「[독립견문록] 독립의 기억, 제도화하라」, 『매일경제신문』 A6면, 2019.4.19., https://www.mk.co.kr/news/columnists/8770322.
Zu Cheng Shan, *Memorial Hall of the Victims in Nanjing Massacre*, Scala Publishers Ltd., 2011.

'상갓집 개'처럼 버림받은 우한의 수천만 생명

팡팡, 『우한일기: 코로나19로 봉쇄된 도시의 기록』, 조유리 옮김, 문학동네, 2020.
김태연, 「팡팡의 『우한일기』와 혐오의 정동」, 『중국현대문학』 97권, 한국중국현대문학학회, 2022, 235~259쪽.
박우, 「중국 사회의 국가정체성(들): 『우한일기』와 온라인 논쟁을 중심으로」, 『중국사회과학논총』 4권 1호, 성균중국연구소, 2022, 31~56쪽.
김유태, 「죽거나 혹은 나쁘거나…봉쇄도시 우한의 60일 기록」, 『매일경제신문』 A33면, 2021.4.10., https://www.mk.co.kr/news/society/9290611.

주사 약솜 하나로 아홉 번을 문질렀다

옌롄커, 『딩씨 마을의 꿈』, 김태성 옮김, 자음과모음, 2019.
______, 『침묵과 한숨: 내가 경험한 중국, 문학, 그리고 글쓰기』, 김태성 옮김, 글항아리, 2020.
______, 『인민을 위해 복무하라』, 김태성 옮김, 웅진지식하우스, 2008.
______, 『풍아송』, 김태성 옮김, 문학동네, 2014.
______, 『연월일』, 김태성 옮김, 웅진지식하우스, 2019.
______, 『레닌의 키스』, 김태성 옮김, 문학동네, 2020.
______, 「[특별기고] 역병 이후 쪼개진 中민심…다른 목소리에 귀기울여야」,

『매일경제신문』 A29면, 2020.4.2., https://www.mk.co.kr/news/culture/9277577(코로나19 팬데믹 당시 옌롄커가 『매일경제신문』에 보낸 특별기고문).
위화, 『허삼관 매혈기』, 최용만 옮김, 푸른숲, 2007.
김유태, 「中현대문학 거장 옌롄커 단독 인터뷰 "문학은 정신의 밥…가려진 진실까지 드러내야"」, 『매일경제신문』 A34면, 2018.11.7., https://www.mk.co.kr/news/culture/8546728.
______, 「노벨문학상 후보 中소설 거장 옌롄커 인터뷰 "어둠 없이는 아름다움도 무의미"」, 『매일경제신문』 A31면, 2020.9.7., https://www.mk.co.kr/news/culture/9509043.

CIA 간첩을 고문한 소설, 베트남에서 못 읽는 이유

비엣 타인 응우옌, 『동조자』, 김희용 옮김, 민음사, 2023.
비엣 타인 응우옌 추모 웹사이트 vietnguyen.info.
어나더 워 메모리얼 웹사이트 anotherwarmemorial.com.
팀 오브라이언, 『그들이 가지고 다닌 것들』, 이승학 옮김, 섬과달, 2020.
이경재, 『한국 베트남 미국의 베트남전 소설 비교: 국가 정체성 젠더를 중심으로』, 역락, 2022.
김유태, 「'동조자'로 퓰리처상 수상 비엣 타인 응우옌 방한 "내 소설로 드라마 연출 박찬욱 감독에 감사"」, 『매일경제신문』 A28면, 2023.6.16., https://www.mk.co.kr/news/culture/10760910.
Viet Thanh Nguyen, Min Hyoung Song, "TO SAVE AND TO DESTROY: ON WRITING AS AN OTHER | NORTON LECTURE 1: ON THE DOUBLE, OR INAUTHENTICITY", 2023.9.19., https://mahindrahumanities.fas.harvard.edu/event/norton-lecture-1-viet-thanh-nguyen(비엣 타인 응우옌의 하버드대학 노턴 엘리

엇 시 강좌 1~6회 영상은 MahindraHumanitiesCenter의 유튜브 채널에 공개, https://www.youtube.com/@MahindraHumanitiesCenter).
유튜브 채널 '일당백', 「박찬욱 초대석! 박찬욱의 복수극은 무엇이 다른가?: 박찬욱 차기작 [동조자] 1부」, 2023.6.23., https://www.youtube.com/watch?v=nrBxPay4PD0.

일본 731부대를 추적한 천재 소설가

켄 리우, 『종이 동물원』, 장성주 옮김, 황금가지, 2018.
켄 리우 웹사이트 kenliu.name.
노다 마사아키, 『전쟁과 죄책: 일본 군국주의 전범들을 분석한 정신과 의사의 심층 보고서』, 서혜영 옮김, 또다른우주, 2023.
김유태, 「SF·판타지문학 거장 켄 리우 "인간은 이야기로 세계를 이해하는 종種이죠"」, 『매일경제신문』 A31면, 2018.12.19., https://www.mk.co.kr/news/culture/8602630.
Ken Liu, *The Man Who Ended History: A Documentary*, 2011.9., https://kenliu.name/binary/liu_the_man_who_ended_history.pdf(「역사에 종지부를 찍은 사람들」의 원문은 작가가 위 링크에 전문 공개).

2부 독자를 불편하게 할 것

우린 모두 '강자의 안경'을 심장에 박아넣었다

토니 모리슨, 『가장 푸른 눈』, 신진범 옮김, 들녘, 2003.
__________, 『타인의 기원』, 이다희, 바다출판사, 2022.
토니 모리슨 웹사이트 tonimorrisonsociety.org.

최재구, 「토니 모리슨 소설에 나타난 '이중의식'」, 경희대학교 박사학위논문, 1999.

Toni Morrison, "Nobel Lecture", 1993.12.7., https://nobelprize.org/prizes/literature/1993/morrison/lecture.

American Library Association(ALA), "How to Respond to Challenges and Concerns about Library Resources", Accessed 2024.3.26., https://www.ala.org/tools/challengesupport/respond.

Nobel Prize organisation, "Facts on the Nobel Prize in Literature", Accessed 2024.3.26., https://www.nobelprize.org/prizes/facts/facts-on-the-nobel-prize-in-literature.

Arden Theatre Company, "The Bluest Eye: Trailer", 2018.3.14., https://www.youtube.com/watch?v=DzndmdpCAaA.

연쇄살인범들의 성경으로 불렸던 피 얼룩 같은 책

브렛 이스턴 엘리스, 『아메리칸 사이코(상·하)』, 이옥진 옮김, 황금가지, 2009.

브렛 이스턴 엘리스 웹사이트 breteastonellis.com.

박시성, 「영화 속 사이코패스에 관한 라깡 정신분석적 고찰」, 『현대정신분석』 11권 2호, 한국라깡과현대정신분석학회, 2009, 67~85쪽.

턱뼈 전체가 날아간 한 여성의 마약 사냥

척 팔라닉, 『인비저블 몬스터』, 최필원 옮김, 책세상, 2003.

________, 『파이트 클럽』, 최필원 옮김, 책세상, 2002.

________, 『질식』, 최필원 옮김, 책세상, 2002.

________, 『랜트』, 황보석 옮김, 랜덤하우스코리아, 2009.

척 팔라닉 웹사이트 chuckpalahniuk.net.

Chuck Palahniuk, "Insomnia and me", In *The Guardian*[Online], 2014.4.19., https://www.theguardian.com/lifeandstyle/2014/apr/19/chuck-palahniuk-struggles-insomnia.
지크프리트 크라카우어, 『칼리가리에서 히틀러로』, 장희권 옮김, 새물결, 2002, 「서론」의 제2장 부분.
김유태, 「문학동네 창립 강태형 단독 인터뷰, "필름 사라져도 사진 남았듯…책 사라져도 이야기는 불멸」, 『매일경제신문』 A18면, 2023.4.8., https://www.mk.co.kr/news/society/10707007.

폭력과 증오는 사악한 세상이 잉태하는 것이다

카밀로 호세 셀라, 『파스쿠알 두아르테 가족』, 정동섭 옮김, 민음사, 2009.
최인훈, 『광장』, 문학과지성사, 2009.
정동섭, 「범죄심리학과 『빠스꾸알 두아르뜨 가족』」, 『스페인어문학』 36권, 한국스페인어문학회, 2005, 231～248쪽.
최정윤, 「프로이트의 정신분석 관점으로 본 『파스쿠알 두아르테 가족』」, 한국외국어대학교 석사학위 논문, 2023.
Nobel Prize organisation, "The Nobel Prize in Literature 1989 Camilo José Cela", 1989.10.19., https://www.nobelprize.org/prizes/literature/1989/press-release.
Valerie Miles, "Camilo José Cela - The Art of Fiction No. 145", In *The Paris Review*[Online], 1996., https://www.theparisreview.org/interviews/1396/the-art-of-fiction-no-145-camilo-jose-cela.

금기를 구원처럼 선택하고야 마는 인간들의 자화상

블라디미르 나보코프, 『어둠 속의 웃음 소리』, 정영목 옮김, 문학동네, 2016.
________, 『롤리타』, 권택영 옮김, 민음사, 2009.

__________, 『사형장으로의 초대』, 박혜경 옮김, 을유문화사, 2006.
블라디미르 나보코프 웹사이트 thenabokovian.org.
박혜경, 「나보코프 소설의 시각성 - 『카메라 옵스쿠라』(『어둠 속의 웃음소리』)를 중심으로」, 『러시아연구』 22권 2호, 서울대학교 러시아연구소, 2012, 1~26쪽.

3부 생각의 도살자들

한 번의 농담에 5년간 군대에 끌려간 남자

밀란 쿤데라, 『농담』, 방미경 옮김, 민음사, 1999.
__________, "Nesamozřejmost národa", Festival spisovatelů Praha, Accessed 2024.3.26., https://www.pwf.cz/cz/prazske-jaro/560.html(프라하작가페스티벌 웹사이트에 2008.2.22. 게시된 밀란 쿤데라의 1967년 연설 원문).
__________, 『소설의 기술』, 권오룡 옮김, 민음사, 2013.
김규진, 『체코 현대문학론』, 도서출판 월인, 2003.
박성창 외, 『밀란 쿤데라 읽기』, 민음사, 2013.
김유태, 「쿤데라는 어떻게 러시아의 침탈을 예견했나」, 『매일경제신문』 A21면, 2022.10.29., https://www.mk.co.kr/news/culture/10507203.

생각의 도살자여, 내 사유는 폐기할 수 없노라

보후밀 흐라발, 『너무 시끄러운 고독』, 이창실 옮김, 문학동네, 2016.
__________, 『엄중히 감시받는 열차』, 김경옥 옮김, 버티고, 2006.
김대중, 「랑시에르의 정치와 미학을 통한 『소년이 온다』와 『너무 시끄러운 고독』 분석」, 『동서비교문학저널』 64권, 한국동서비교문학학회, 2023.

Genevieve Anderson, "Too Loud a Solitude", 2007, https://www.youtube.com/watch?v=16Wb1aBgKlc&t=289s.

Becca Rothfeld, "The Violent Insights of Bohumil Hrabal", In *New Yorker*[Online], 2019.11.19., https://www.newyorker.com/books/under-review/the-violent-insights-of-bohumil-hrabal.

전두환의 계엄군도 광주 시민도 이 책을 읽고 똑같이 분노했다

이문열 외, 「필론의 돼지」, 『작가作家 1』, 민음사, 1980, 105~120쪽. (「필론의 돼지」는 개정판 출간 과정에서 「필론과 돼지」로 제목 변경.)

이문열, 「작가 후기」, 『구로九老아리랑』, 문학과지성사, 1987, 347쪽. (단편 「필론의 돼지」 74~92쪽 재수록.)

김윤식 외 16인, 『이문열론論』, 삼인행, 1991.

김욱동, 『이문열: 실존주의적 휴머니즘의 문학』, 민음사, 1994.

김유태, 「1980년대 정의하는 새 소설 집필 이문열 "역사를 한 音으로 부를 수 있나…이제 산업화·민주화 화음 이룰 때"」, 『매일경제신문』 A31면, 2016.1.25., https://www.mk.co.kr/news/special-edition/7193629.

______, 「장편 '사람의 아들' 5번째 개정판 출간한 소설가 이문열 "반세기 허덕인 질문 神…장황·공허는 들어내고 싶었다" [인터뷰]」, 『매일경제신문』 A16면, 2020.5.20., https://www.mk.co.kr/news/culture/9346545.

______, 「데뷔 45주년 맞은 소설가 이문열 신년 인터뷰 "지적하면 '너가 그래' 삿대질 정치…저걸 말이라 할 수 있나"」, 『매일경제신문』 A6면, 2023.1.3., https://www.mk.co.kr/news/society/10589762.

______, 「전소된 이문열문학관에 다시 선 이문열 "45년 최고작은 '필론과 돼지'…폭력은 우리사회 영원한 주제"」, 『매일경제신문』 온라인 기사, 2023.10.22., https://www.mk.co.kr/news/culture/10498094.

종이책이 마약보다 혐오스러운 세상은

레이 브래드버리, 『화씨 451』, 박상준 옮김, 황금가지, 2009.

레이 브래드버리 웹사이트 raybradbury.com.

황은주, 「레이 브래드베리의 『화씨 451』과 지식 통제 사회」, 『영어영문학』 58권 4호, 2012, 589~609쪽.

Sohrab Ahmari, "Ray Bradbury vs. Political Correctness", In *Wall Street Journal*[online], 2012.6.6., https://www.wsj.com/articles/SB10001424052702303753904577450711772419938.

돌에 묻은 피와 살 그리고 거기서 들리는 비명

이스마일 카다레, 『피라미드』, 이창실 옮김, 문학동네, 2022.

Rowan Moore, "Pyramid of Tirana review – from tyrant's monument to joyful symbol of modern Albania", In *the Guardian*[Online], 2023.11.5., https://www.theguardian.com/artanddesign/2023/nov/05/pyramid-of-tirana-review-from-tyrants-monument-to-joyful-symbol-of-modern-albania-mvrdv-marble-arch-mound.

Booker Prize Foundation, "The Man Booker International Prize 2005", Accessed 2024.3.26., https://thebookerprizes.com/the-booker-library/prize-years/international/2005.

4부 섹스에 조심하는 삶의 이면들

낮에는 매춘부, 밤에는 소설가

넬리 아르캉, 『창녀』, 성귀수 옮김, 문학동네, 2005.

넬리 아르캉 웹사이트 nellyarcan.com.

넬리 아르캉 미디어 라이브러리 웹사이트 https://www.ville.lac-megantic.qc.ca/services-aux-citoyens/sports-loisirs-et-culture/mediatheque-nelly-arcan.

Alex Rose, "The story of a controversial, tragic Quebec author comes to the big screen", In *Cult MTL*[Online], 2017.1.20., https://cultmtl.com/2017/01/nelly-film.

아니 에르노, 『사건』, 윤석헌 옮김, 민음사, 2022.

김유태, 「"직접 체험한 것만 쓴다"…韓사로잡은 아니 에르노」, 『매일경제신문』 A32면, 2022.7.12., https://www.mk.co.kr/news/culture/10383101.

_____, 「노벨문학상에 佛작가 아니 에르노…금기를 넘어 자신을 해부한 자전소설의 대가」, 『매일경제신문』 A32면, 2022.10.7., https://www.mk.co.kr/news/culture/10480392.

왜 젊은 거장은 '자위행위 소설'을 썼을까

필립 로스, 『포트노이의 불평』, 정영목 옮김, 문학동네, 2014.

_____, 『왜 쓰는가?』, 정영목 옮김, 문학동네, 2023.

필립 로스 도서관 웹사이트 prpl.npl.org.

프란츠 카프카·루이스 스카파티, 『변신』, 이재황 옮김, 문학동네, 2005.

Terry Gross, "Philip Roth: 'You Begin Every Book As An Amateur'", In *NPR*[Online], 2018.5.23., https://www.npr.org/2018/05/23/613631354/philip-roth-you-begin-every-book-as-an-amateur.

김유태, 「소설보다 역겨운 현실…거장의 신랄한 고발」, 『매일경제신문』 A17면, 2023.5.20., https://www.mk.co.kr/news/culture/10740456.

인간에게 죄의식을 선물한 바울식 운명의 강요

마광수, 『운명』, 사회평론, 1995.

______, 『알라딘의 신기한 램프 1·2』, 해냄, 2000.

______, 「소설에 있어서의 일탈미逸脫美에 대한 고찰」, 『현대문학의 연구』 12호, 한국문학연구학회, 1999, 221~246쪽

윤철호, 「돌아온 사라, 마광수의 항변」, 월간사회평론길, 『길을 찾는 사람들』 93권 6호, 1993, 176~183쪽.

이소영, 「민주화 이후 검열과 적대: 마광수와 장정일의 필화사건을 중심으로」, 『상허학보』 54권, 상허학회, 2018, 49~96쪽.

김유태, 「100번째 책 '태양은 아침에 뜨는 별이다' 낸 장석주 시인 인터뷰 "100권을 썼지만 필생의 역작은 아직…"」, 『매일경제신문』 A31면, 2018.12.17., https://www.mk.co.kr/news/culture/8587732.

주린 배를 움켜쥐고도 내 성기는 발기했다

헨리 밀러, 『북회귀선』, 김진욱 옮김, 문학세계사, 2015.

헨리 밀러 추모 웹사이트 henrymiller.info.

헨리 밀러 추모 도서관 웹사이트 henrymiller.org.

초등학생인 내 아이가 LGBTQ 책을 읽는다면

조지 M. 존슨, 『모든 소년이 파랗지는 않다』, 송예슬 옮김, 모로, 2022.

마이아 코베이브, 『젠더 퀴어』, 이현 옮김, 학이시습, 2023.

미셸 푸코, 『성의 역사1. 지식의 의지』, 이규현 옮김, 나남, 2020, 제2장 제2절 '성적 도착의 확립' 부분.

American Library Association(ALA), "Top 13 Most Challenged Books of 2022", Accessed 2024.3.26., https://www.ala.org/advocacy/bbooks/frequentlychallengedbooks/top10.

Barack Obama, “Thank You to America’s Librarians for Protecting Our Freedom to Read”, 2023.7.17., https://barackobama.medium.com/thank-you-to-americas-librarians-for-protecting-our-freedom-to-read-80ce373608b3.

5부 신의 휘장을 찢어버린 문학

열네 살 소년 예수, 죄의 연좌제에 걸려들다

주제 사라마구, 『예수복음』, 정영목 옮김, 해냄, 2010.

___________, 『카인』, 정영목 옮김, 해냄, 2015.

정호승, 『서울의 예수』, 민음사, 1982.

이문열, 『사람의 아들』, 알에이치코리아, 2020.

파트리크 쥐스킨트, 『향수: 어느 살인자의 이야기』, 강명순 옮김, 열린책들, 2009.

송필환, 「주제 사라마구의 작품세계 - 『예수의 제2복음』에 대한 사라마구의 이교주의Paganismo적 시각」, 주제 사라마구, 『예수의 제2복음』, 이동진 옮김, 문학수첩, 1998, 285~295쪽.

김유태, 「사라마구 유고작 ‘카인’ 국내 첫 출간, 사라마구의 질문…神은 왜 인간을 시험하는가?」, 『매일경제신문』 A31면, 2015.12.31., https://www.mk.co.kr/news/culture/7139750.

Nobel Prize organisation, “The Nobel Prize in Literature 1998, José Saramago”, 1998.10.8., https://www.nobelprize.org/prizes/literature/1998/press-release.

Michael Carlson, “Jose Saramago: Nobel laureate who blended social realism with magical realism”, In *Independent*[Online], 2010.6.23., https://www.independent.co.uk/news/obituaries/jose-saramago-nobel-laureate-who-blended-social-realism-with-magical-realism-2007612.

"President defends Jose Saramago funeral no-show", In *BBC NEWS*[Online], 2010.6.21., https://www.bbc.com/news/10364807.

"예수가 두 아내와 동침" 묘사, 죽어서도 용서받지 못했다

니코스 카잔차키스, 『최후의 유혹』, 안정효 옮김, 열린책들, 2010.

__________, 『영혼의 일기』, 이순하 옮김, 거송미디어, 2006.

__________, 『그리스인 조르바』, 이윤기 옮김, 열린책들, 2009.

니코스 카잔차키스 웹사이트 nikoskazantzakisestate.org.

니코스 카잔차키스 박물관 웹사이트 kazantzaki.gr/en.

파리 에스파스 생미셸 웹사이트 espacesaintmichel.com.

제임스 캐럴, 『예루살렘 광기』, 박경선 옮김, 동녘, 2014, 제10장 '좋은 종교' 부분.

안숭범, 「'그리스도 최후의 유혹'과 '패션 오브 크라이스트'에 나타난 기독교 비평장 연구: 복음서 재현에 관한 논의를 중심으로」, 『신앙과 학문』 16권 2호, 기독교학문연구회, 2011, 111~130쪽.

니캅을 쓴 여학생들이 캠퍼스에 오기 시작했다

미셸 우엘벡, 『복종』, 장소미 옮김, 문학동네, 2015.

미셸 우엘벡 웹사이트 michelhouellebecq.com.

샤를리 에브도 웹사이트 charliehebdo.fr.

Angelique Chrisafis, "Michel Houellebecq: 'Am I Islamophobic? Probably, yes'", In *The Guardian*[Online], 2015.9.6., https://www.theguardian.com/books/2015/sep/06/michel-houellebecqsubmission-am-i-islamophobic-probably-yes.

자비와 연민을 외치다가 목을 찔리다

나지브 마흐푸즈, 『우리 동네 아이들 1·2』, 배혜경 옮김, 민음사, 2015.

Naguib Mahfouz, "Nobel Lecture", 1988.11.8., https://www.nobelprize.org/prizes/literature/1988/mahfouz/lecture.

문애희, 「현대 이집트 인의 고독과 고뇌: 나지브 마흐푸즈 작품속의 인간상을 중심으로」, 『한국중동학회논총』 6권 1호, 한국중동학회, 1986, 7～38쪽.

전완경, 「작품 『우리 동네 이야기』의 주제분석」, 『아랍어와 아랍문학』 2권 1호, 한국아랍어아랍문학회, 1998, 35～48쪽.

일주일 만에 쓴 소설로 30년째 망명 중

Taslima Nasrin, *LAJJA*, Penguin Books, 1994.

타슬리마 나스린 웹사이트 taslimanasrin.com.

존 바우커, 『세계종교로 보는 죽음의 의미』, 박규태·유기쁨 옮김, 청년사, 2005.

『코란』 9장 5～6절.

김유태, 「[김유태 기자의 밑줄긋기] 문학은 허구와 유머…이슬람 비난은 루슈디에 대한 오해」, 『매일경제신문』 A31면, 2022.8.17., https://www.mk.co.kr/news/culture/10424904.

6부 저주가 덧씌워진 걸작들

다 읽는 순간, 자살하는 책

사데크 헤다야트, 『눈먼 부엉이』, 배수아 옮김, 문학과지성사, 2013.

『눈먼 부엉이』 소개 웹사이트 blindowl.org.

Porochista Khakpour, "This Book Will End Your Life: The Greatest Modern Persian Novel Ever Written", 2010.10.8., https://therumpus.net/2010/10/08/why-i-love-sadegh-hedayats-the-blind-owl.

신규섭, 「문학, 예술: 영원한 자유인: 서덱 헤더야트」, 『중동연구』 17권 2호, 한국외국어대학교 중동연구소, 1998년, 454~459쪽.

과거가 현재보다 중요하다는 것은 착각이다

Dorit Rabinyan, *All the Rivers*, Serpent' Tail, 2017(2014년 첫 출간 당시 제목은 *Borderlife*였으나 개정판에서 제목 바뀜).

______________, "The Day Israel Banned My Book From Schools", 2017.4.25., In *Time*[Online], https://time.com/4754208/all-the-rivers-dorit-rabinyan-book-ban.

______________, "The exile's return", In *The Guardian*[Online], 2004.4.3., https://www.theguardian.com/books/2004/apr/03/fiction.israelandthepalestinians.

픽션은 더 깊은 진실이다

아룬다티 로이, 『작은 것들의 신』, 박찬원 옮김, 문학동네, 2016년.

아룬다티 로이 다큐멘터리 웹사이트 weroy.org.

Booker Prize Foundation, "Winner The Booker Prize 1997 - The God

of Small Things", Accessed 2024.3.26., https://thebookerprizes.com/the-booker-library/prize-years/1997(아룬다티 로이의 1997년 부커상 시상식 영상).
Arundhati Roy, "The Great Indian Rape-Trick", 1994.10.22., https://womens.theharvardadvocate.com/the-great-indian-rape-trick.

두 구의 시신 옆에서 상상한 미성년자들의 교접

비톨트 곰브로비치, 『포르노그라피아』, 임미경 옮김, 민음사, 2004.
비톨트 곰브로비치 웹사이트 witoldgombrowicz.com/en.
변광배, 『장 폴 사르트르-시선과 타자』, 살림, 2004.
______, 『존재와 무-자유를 향한 실존적 탐색』, 살림, 2005.

아무도 비판하지 않은 정부의 집단 통계 조작

조지 오웰, 『1984』, 김기혁 옮김, 문학동네, 2009.
______, 『카탈로니아 찬가』, 김승욱 옮김, 문예출판사, 2023.
조지 오웰 웹사이트 orwellsociety.com.
"У Беларусі забаронены продаж рамана Оруэла 『1984』", In *Наша Ніва*[Online], 2022.5.18., https://nashaniva.com/290474.
Jessie Gaynor, "Belarus has banned the sale of 1984", In *Literary Hub*[Online], 2022.5.20., https://lithub.com/belarus-has-banned-the-sale-of-1984.
Stuart Anderson, "1984 And George Orwell Live Again In Putin's Russia", In *Forbes*[Online], 2023.9.27., https://www.forbes.com/sites/stuartanderson/2023/09/27/1984-and-george-orwell-live-again-in-putins-russia/?sh=66ff2a1a131b.
"Orwell's '1984' Named Most-Stolen Book in Russia in 2023", In

Moscow Times[Online], 2023.12.27., https://www.themoscowtimes.com/2023/12/27/orwells-1984-named-most-stolen-book-in-russia-in-2023-a83576.

이미지 출처

76쪽, HBO
88쪽, 松岡明芳· Wikimedia Commons
102쪽, 아든 시어터 유튜브 캡처
128쪽, Zarateman· Wikimedia Commons
166쪽, Barocco· Wikimedia Commons
190쪽, United States Holocaust Memorial Museum· Wikimedia Commons
200쪽, Brosen· Wikimedia Commons
214쪽, 배급사 노바엔터테인먼트
218쪽, 넬리 아르캉 미디어 라이브러리 웹사이트
248쪽, Amitchell125· Wikimedia Commons
250쪽, KVDP· Wikimedia Commons
286쪽, William Neuheisel· Wikimedia Commons
298쪽, 이베이 캡처
314쪽, Samuel Bournen· Wikimedia Commons
328쪽, IMDb· mazdaktaebi.com
332쪽, Coffeetalkh· Wikimedia Commons
340쪽, Marsupium· Wikimedia Commons
382쪽, издательстве Прогресс· Wikimedia Commons

나쁜 책

1판 1쇄 2024년 4월 25일
1판 3쇄 2024년 7월 11일

지은이 김유태
펴낸이 강성민
편집장 이은혜
마케팅 정민호 박치우 한민아 이민경 박진희 정유선 황승현
브랜딩 함유지 함근아 고보미 박민재 김희숙 박다솔 조다현 정승민 배진성
제작 강신은 김동욱 이순호

펴낸곳 (주)글항아리
출판등록 2009년 1월 19일 제406-2009-000002호

주소 경기도 파주시 심학산로 10 3층
전자우편 bookpot@hanmail.net
전화번호 031-955-2689(마케팅) 031-941-5161(편집부)

ISBN 979-11-6909-221-0 03800

잘못된 책은 구입하신 서점에서 교환해드립니다.
기타 교환 문의 031-955-2661, 3580
www.geulhangari.com